GEOFF RODKEY

LAS CRÓNICAS DE EGG

EGG

Mar en llamas

GEOFF RODKEY

LAS CRÓNICAS DE EGG

Mar en llamas

Traducción de Luis Noriega

B DE BLOK

Barcelona • Madrid • Bogotá • Buenos Aires • Caracas • México D. F.
Miami • Montevideo • Santiago de Chile

Título original: *Blue Sea Burning. The Chronicles of Egg Trilogy, Book 3*
Traducción: Luis Noriega
1.ª edición: junio 2015

© 2014 Geoff Rodkey
© Ediciones B, S. A., 2015
 para el sello B de Blok
 Consell de Cent 425-427 - 08009 Barcelona (España)
 www.edicionesb.com

Printed in Spain
ISBN: 978-84-16075-56-0
DL 12290-2015

Impreso por QP PRINT

Para Rahm

CAPÍTULO 1

TRES PROBLEMAS

El barco de Quemadura Healy se hundía. Y nosotros estábamos a bordo.

Durante la invasión de Pella Nonna una bala de cañón había abierto un boquete en la parte inferior del casco, que los hombres de Healy habían remendado provisionalmente. Sin embargo, antes de que pudieran llevar a cabo la reparación definitiva, se habían visto obligados a zarpar de nuevo, esta vez con el Tripas, Kira, mi hermano Adonis y yo a bordo, y tan pronto el *Timo* alcanzó la velocidad máxima, el casco se agrietó otra vez y el agua empezó a entrar a borbotones en la bodega. Ahora los piratas se afanaban por contener el agua mientras el barco avanzaba con dificultad a través del mar Azul rumbo a la isla Bochorno, donde podríamos repararlo.

Por desgracia, Bochorno estaba a cuatro días de camino y si las grietas que habían aparecido en el casco empeoraban, llegar allí iba a ser imposible.

Eso era un problema.

Sin embargo, había uno más grande todavía.

En algún lugar del horizonte había un convoy de buques de guerra decididos a hacernos volar por los aires.

El convoy estaba comandado por el virrey de Cartaga en las Nuevas Tierras, Li Homaya, y su aliado para la ocasión, el brutal pirata Destripador Jones. Entre los dos contaban por lo menos con tres barcos, incluidos dos enormes buques de guerra de la armada cartagina de más de cincuenta cañones cada uno.

La de Jones y Li Homaya era una asociación insólita. Lo único que tenían en común, además de las típicas orejas pequeñas de los cartaginos, era el deseo de matar a Quemadura Healy. Para entonces debían de llevar semanas rondando por el mar Azul en su búsqueda, y si llegábamos a encontrarnos con ellos antes de alcanzar nuestro destino estábamos perdidos.

Eso era otro problema.

Pero había un tercero.

Y en ese preciso instante era incluso mayor que los otros dos.

El tercer problema era el siguiente: la tripulación del *Timo* nos quería matar.

—¿Matarnos? ¿De qué *pudda blun* estás hablando? —se retorció el Tripas al tiempo que me insultaba en dos idiomas a la vez.

Al Tripas le faltaba una mano, tenía un humor de perros y era terriblemente malhablado. Era mi mejor amigo en el mundo entero.

Se había echado a dormir tan pronto como salimos de Pella Nonna y, al igual que Kira y Adonis, acababa de despertar tras dar una necesitadísima cabezada. Los tres estaban doblando las hamacas que habían colgado de las vigas del *Timo*, en la popa, en un rincón de la cubierta de cañones.

—Echadles un ojo —dije, haciendo un gesto en dirección a los que estaban a mis espaldas—. ¿Os dais cuenta de la forma en que nos miran?

El Tripas, Kira y Adonis echaron un vistazo por encima de mi hombro a los más de cien piratas que se apiñaban, vigilantes, formando grupos compactos alrededor de las dos docenas de cañones dispuestas a lado y lado de la cubierta.

Uno por uno, mis amigos fueron abriendo los ojos de par en par.

—Es evidente que están enfadados —dijo Kira, que asintió moviendo la cabeza lentamente, más pensativa que asustada. Kira no era una persona que se alarmara con facilidad.

El Tripas volvió a retorcerse.

—El de la camisa a rayas parece que quisiera mi *glulo* en la *pudda*.

Kira arrugó la nariz al oír eso.

—Eso es asqueroso —dijo.

—Pero es cierto —dijo el Tripas, rascándose la nariz con el muñón que tenía al final del brazo izquierdo—. Míralo. Y los que están trabajando en la bomba de cadena realmente nos desean lo peor.

En medio de la cubierta, delante de la columna del palo mayor, cuatro piratas sudorosos se encargaban de mantener en movimiento la bomba de cadena con la que se estaba sacando el agua de la bodega inundada.

Me volví a echarles un vistazo y las miradas de odio puro que capté me revolvieron las entrañas.

Adonis resopló, indignado:

—¡Venga, Egbert! ¡Te estás comportando como una nenaza!

La réplica hizo brillar los ojos negros de Kira, que en el acto giró la cabeza hacia él:

—¿Has dicho *nenaza*?

Adonis se encogió al instante. Como la mayoría de los abusones, mi hermano mayor se desmoronaba cuando se sentía retado por alguien más fuerte que él. Kira era más baja, y debía de pesar casi cincuenta kilos menos, pero no cabía duda de que era, de lejos, más fuerte que él.

Y si bien yo no había estado presente, tenía la sospecha de

que el moratón que Adonis tenía debajo del ojo izquierdo era obra suya.

—¡No! —exclamó—. Lo que dije fue...

La cara de Adonis se contrajo en la mueca de dolor que solía hacer cada vez que intentaba pensar.

—Lo que dije fue... tenaza —se corrigió finalmente.

Sin prestarle atención, Kira se volvió hacia mí:

—Egg, el barco se hunde y en cualquier momento podrían atacarnos, razón más que suficiente para que la tripulación esté furiosa. ¿Qué te hace pensar que el enfado es con nosotros?

—Porque todo este embrollo es por mi culpa —dije.

Y era cierto. La única razón por la que el *Timo* había zarpado de Pella Nonna con tanta prisa era que Quemadura Healy me había rescatado cuando estaban a punto de ahorcarme en público, algo que no sentó nada bien al hombre que quería colgarme.

El hombre que recientemente se había autoproclamado nuevo gobernador de Pella Nonna.

El hombre que intentaba apoderarse de la totalidad de las Nuevas Tierras y esclavizar a todos los habitantes del continente.

El hombre que había matado a mi padre.

—No es culpa tuya, Egg —insistió Kira—. La culpa es de Roger Pembroke.

Al pronunciar el nombre, los labios de Kira se curvaron en una especie de gruñido y recordé que Pembroke también había ordenado matar a su padre por intentar impedir que usara como esclavos a los okalu, su tribu, en la mina de plata de la isla Amanecer.

—Tonterías —ladró Adonis de nuevo—. Nadie en este barco va a matarme. ¡El capitán es mi tío!

—También es tío mío —dije—. Y estoy muy preocupado.

Aún no terminaba de hacerme a la idea de que era sobrino de Quemadura Healy, algo de lo que apenas me había enterado aquella mañana, mientras estaba en el patíbulo con la soga al cuello.

Había sido un día horriblemente extraño. Y no había acabado. De hecho, ni siquiera era la hora de comer.

—Estás preocupado porque eres una nen... —Adonis se detuvo y miró de reojo a Kira—. Una tenaza.

—Creí que habíamos acordado que ibas a tratarme bien —le recordé.

Unas pocas horas antes, cuando Adonis se derrumbó al recordar la muerte de nuestro padre y me contó el miedo que le producía el futuro, yo le había prometido que estaría a su lado, pero solo con la condición de que dejara de ser un abusón y un gamberro.

—¡Y lo estoy haciendo! Hoy no te he pegado, ¿verdad?

—No es solo cuestión de que no me pegues. ¡Deja de insultarme! En especial con motes que no significan nada. ¿Qué demonios es una «tenaza»?

Durante un momento quedamos en silencio mientras Adonis se estrujaba la cara en su esfuerzo por hallar una respuesta verosímil.

El Tripas rompió el silencio:

—No importa a quién le echen la culpa de este lío —dijo—. No van a matarnos. Y no porque el capitán sea tu tío sino por el código.

El código era el conjunto de reglas que todos los piratas de Quemadura Healy juraban cumplir. Y sabíamos por experiencia que el código garantizaba la seguridad de los niños.

¿O no?

—¿Qué dice el código? ¿Se tratará con piedad a los niños? —pregunté.

El Tripas asintió con uno de sus tics.

—Así es.

—Bueno, ¿y si eso solo significa que han de darnos una muerte piadosa?

Eso lo dejó mudo.

Y después nadie dijo mucho durante un buen rato. Nos limitamos a quedarnos ahí, amontonados en un rincón de la cubierta de artillería, apartando los ojos cada vez que uno de los piratas lanzaba una mirada asesina en nuestra dirección. Entre el agua filtrándose a borbotones por la bodega y el estado de alerta ante un posible ataque, el ambiente era de gran tensión en todo el barco y preferíamos quedarnos quietos en lugar de ir por ahí entorpeciendo el trabajo de la tripulación.

Consideré que podía buscar a mi tío y preguntarle si existía la posibilidad de que sus hombres nos mataran. Pero la última vez que le había visto estaba en la cubierta principal, celebrando con sus oficiales una reunión que tenía toda la pinta de ser muy seria, la clase de reunión que sería una mala idea interrumpir.

Y en cualquier caso, si decidía ir en su busca (o, ya puestos, a cualquier otro sitio), tendría que pasar junto a cientos de piratas furiosos, de modo que me quedé donde estaba, procurando no pensar en el hecho de que, para colmo, tenía ganas de mear.

En lugar de ello, pensé en Millicent.

Millicent, que era lista y divertida y tenía una cabellera larga y dorada como la miel que a la luz del sol brillaba como un tesoro.

Millicent, en cuyos ojos marrones ardía un fuego feroz.

Millicent, cuya sonrisa era cálida y misteriosa y me hacía sentir que valía la pena vivir cada vez que me la dedicaba.

Millicent, la hija de Roger Pembroke. El hombre más malvado del mundo.

Eso no era culpa suya. Nadie escoge a sus padres.

Y ahora ella lo sabía, lo sabía todo, el horror de cuanto él había hecho, y estaba tan decidida como Kira y yo a detenerle antes de que pudiera extender a la totalidad de las Nuevas Tierras el tráfico de esclavos que llevaba a cabo en la isla Amanecer.

No había visto a Millicent desde esa espantosa mañana (desde entonces había pasado menos de una semana, pero yo sentía como si hubiera pasado ya todo un año) a la sombra de Mata Kalun, cuando mi padre cayó muerto en los escalones del templo y nuestro desesperado plan fracasó por completo. Ese día Pembroke nos había separado y la había enviado de regreso con su madre en la isla Amanecer.

¿Dónde estaba ahora? Probablemente seguía en Amanecer. Viviendo en la Mansión de las Nubes, esperando el buque que había de llevarla al otro lado del Gran Buche, a Rovia, a un internado para niñas ricas.

¿Cómo podía llegar hasta ella? Amanecer era la isla de Pembroke y estaba repleta de soldados rovianos que cumplían sus órdenes. Pero tal vez yo pudiera...

—Quiero un poco de esa comida.

La voz de Adonis interrumpió mis pensamientos. Alcé la mirada y vi que la tripulación de la cubierta de cañones estaba comiendo. Un hombre de cada grupo había bajado a la cocina, en la cubierta inferior, y regresado con un cubo con las raciones, y ahora todos estaban sentados alrededor de su cañón, comiendo galletas y chuletas saladas.

Viendo comer a los piratas se me hizo la boca agua. Había pasado mucho tiempo desde el desayuno.

Adonis se puso de pie.

—Voy a por un cubo para nosotros.

Empezó a caminar por la cubierta con la fanfarronería que era habitual en él, un pavoneo que hacía que incluso los extraños sintieran ganas de patearle el trasero. El Tripas, Kira y yo vimos cómo los piratas le clavaban la mirada al pasar.

—¿Creéis que se meterá en problemas? —le pregunté a los dos.

Kira suspiró.

—Sin duda —dijo. Y se puso de pie—. Deberíamos ir con él.

Por desgracia, yo estaba de acuerdo.

LA QUEJA DE PALO

lcanzamos a Adonis en la cubierta inferior. Al encaminarnos hacia la corta fila de piratas que esperaban sus raciones fuera de la cocina, pasamos junto a la escalerilla que conducía a la bodega: antes incluso de habernos acercado lo suficiente para echar un vistazo a lo que ocurría allí abajo, oí el ruido del agua chocando contra las paredes del casco.

Me bastó oír ese ruido para entender que la situación era mala. Sin embargo, ver que el agua llegaba casi hasta la mitad de la escalerilla me dejó sin aliento. En algún lugar allá abajo se oían voces y chapoteos, y recé por que lograran reparar el casco, porque si el nivel del agua seguía subiendo, el *Timo* no iba a mantenerse a flote por mucho más tiempo.

Al llegar al final de la fila, Adonis recibió un empellón con el hombro del pirata que en ese momento salía con el cubo de raciones. Por suerte, mi hermano fue lo bastante sensato para morderse la lengua y esperar en silencio mientras el cocinero, un hombre entrecano al que le faltaba una pierna, entregaba los cubos a los tres piratas que se encontraban delante de nosotros.

Entonces llegó nuestro turno y Adonis se plantó en la puerta de la cocina.

El cocinero, sin embargo, ni siquiera le dejó hablar.

—¡Fuera de aquí! —ladró. E hizo un gesto con la mano para que regresáramos por donde habíamos venido.

Eso era suficiente para el Tripas, Kira y yo, pero no para Adonis. Mientras el resto dábamos media vuelta para largarnos, él abrió la boca.

Lo que salió de ella me recordó una de las novelas que había leído, *Dora, la huérfana*. La novela, en realidad, no era buena. Era uno de esos libros en los que la protagonista, un personaje digno de lástima, pero valeroso, pasa por tantísimas situaciones desgarradoras que uno termina creyendo que el único propósito del autor es hacer llorar a los lectores como bebés.

En la parte final, la pequeña Dora escapaba de la mina de carbón en la que trabajaba encadenada junto a otros desdichados y caminaba ochenta kilómetros en medio de una nevada torrencial para llegar a la casa de un panadero viudo cuya única hija había muerto en una trama secundaria tan aburrida que me salté seis capítulos enteros. Cuando el panadero abre la puerta, Dora dice con una voz «adorable a pesar de que estaba a punto de desmayarse debido al hambre: "Por favor, señor, si solo pudiera probar un bocado de un pan viejo y rancio..."»

Lo que, por supuesto, le rompe el corazón al pobre hombre. Una vez que el panadero ha terminado de llorar no solo le ofrece a Dora toda una hogaza de pan recién sacada del horno sino que la adopta y viven juntos y felices por siempre jamás.

Lo que Adonis le dijo al cocinero fue muy similar al parlamento de Dora, salvo que no fue adorable, él dijo «por favor» y el cocinero, en lugar de romper a llorar y adoptarlo, rugió:

—Cómete esto —le dijo. Y le dio un puñetazo en la boca.

El golpe fue bastante bueno, en especial para un hombre con una sola pierna al que no creerías capaz de soltar un puñetazo con tanta fuerza. Tumbó a Adonis, que en su caída pasó delante de nosotros y fue a aterrizar enfrente de mi tío, que justo en ese momento apareció de la nada acompañado por un puñado de oficiales.

Quemadura Healy miró a mi hermano con sus ojos azules moteados de gris. El gesto evidenciaba cierta curiosidad, pero no mucho más.

Adonis abrió los ojos, vio a nuestro tío, el capitán pirata, mirándolo fijamente, e hizo un ruido con la boca sangrante que sonó algo así como *chgrf*.

Mientras mi hermano se ponía de pie tambaleándose, Healy dirigió la vista al cocinero.

—¿Qué ha ocurrido aquí, Palo? —preguntó con voz afable.

Sin embargo, el significado de la pregunta no era afable en absoluto. Healy tenía la inquietante habilidad de introducir un trasfondo de amenaza mortal incluso en la pregunta de apariencia más simpática, de modo que en este caso todos los que le oyeron comprendieron que lo que realmente quería decía no era solo «qué ha ocurrido aquí», sino también «tu vida depende de la respuesta que me des».

El cocinero fue incapaz de aguantarle la mirada a Healy y respondió con los ojos clavados en el suelo.

—Perdí los estribos, capitán —dijo en voz baja.

—Son cosas que pasan —dijo Healy, asintiendo con la cabeza con gesto pensativo.

Durante un momento la tensión que chisporroteaba en el aire pareció mermar.

—No obstante...

Al momento, la tensión se disparó de nuevo. Alguien se asustó y dejó escapar un grito ahogado al tomar aire, y luego me di cuenta, con vergüenza, que había sido yo.

—Me vienen a la cabeza dos artículos del código —dijo Healy al cocinero—. No habrá peleas entre la tripulación... y se tratará con piedad a los niños.

Todos miramos al cocinero esperando su réplica. Tenía la piel alrededor de los ojos curtida y arrugada, pero cuando alzó la cara para mirar a Healy abrió tanto los ojos que las arrugas prácticamente se desvanecieron.

Seguí su mirada aterrorizada hasta la pistola que de repente había aparecido en la mano del capitán.

—¿Qué tienes que decir al respecto, Palo? —preguntó.

Salvo por los latigazos del agua contra las paredes de la bodega que oíamos bajo nuestros pies, el silencio era total.

Cuando el cocinero por fin habló, lo hizo con voz pesada y lenta:

—Le ruego que me perdone, capitán... y con el debido respeto —dijo, e inclinó la cabeza para señalar a Adonis—, ese de ahí no pertenece a la tripulación... y tampoco es un niño.

Todos nos volvimos a mirar a Healy. Había permanecido inmóvil como una piedra, la mirada firme en el cocinero.

Entonces empezó a alzar la pistola.

Los piratas que estaban tras él cerraron los ojos a la vez y sus rostros se oscurecieron.

La pistola detuvo su avance cuando faltaba poco para que el cañón apuntara directamente al cocinero.

Healy estiró el pulgar hacia el percutor amartillado.

El dedo flotó allí durante un segundo interminable.

Finalmente, aflojó el percutor, lo devolvió a su puesto sobre la cazoleta y bajó el arma.

—Cubierta superior. Cinco minutos. Toda la tripulación... —dijo. Y entonces me miró a los ojos—. Y todo el pasaje.

Acto seguido desapareció dando grandes zancadas en la penumbra de la cubierta inferior.

CAPÍTULO 3

LIBERTAD DE EXPRESIÓN

Bañados por la cálida luz del sol poniente, con las espaldas contra la pared que había junto a la escalera de la toldilla, los cuatro veíamos a los doscientos piratas que se apiñaban en medio de la cubierta esperando la aparición de Healy.

El lugar lo había elegido Kira.

—Está al lado del camarote del capitán —anotó—. Y lejos de la borda. Si tratan de tirarnos por la borda, los veremos venir. Y habrá tiempo para que Healy nos oiga gritar.

Ella era así de lista.

Y ahora estaba rezando, alejada de los demás susurraba en dirección a la puesta de sol. Era un ritual que llevaba a cabo al amanecer y al atardecer, una muestra de devoción a Ka, el dios del Sol. El significado de lo que decía en okalu se me escapaba, pero tenía la esperanza de que estuviera pidiendo ayuda.

La necesitábamos. Además del tatuaje de una pequeña llama en un lado del cuello que los identificaba como hombres de Healy, lo único que toda esa multitud tenía en común era el odio que sentían hacia nosotros cuatro, un odio a punto de estallar.

Eran un grupo heterogéneo. Más de la mitad eran rovianos, pero el resto era una mezcla de mandaros, ildianos, gualos, un puñado de cartaginos de orejas minúsculas e incluso algunos nativos fingu. No había dos hombres que vistieran la misma ropa, prácticamente todos tenían al menos una gran cicatriz y a una buena cantidad le faltaba algún pedazo, rara vez algo tan importante como un brazo o una pierna, pero eran muchos los que habían perdido un ojo, una oreja o un dedo.

Muchas de las heridas eran recientes. Las llevaban envueltas con vendas que la sangre había teñido de un color marrón cobrizo, el recordatorio de su participación en la invasión de Pella Nonna que había instalado a Roger Pembroke en el palacio desde el que antes gobernaba Li Homaya.

Los piratas permanecían en silencio, exhibiendo su seriedad y frialdad habituales. Habiendo crecido en Bochorno, yo había tenido ocasión de ver a muchísimos piratas y sabía que, con cualquier otro grupo, apiñar de esta forma a dos centenares de ellos era una receta para el caos: risas, gritos, puñetazos, quizás algún puñal...

Pero los hombres de Healy eran diferentes y esperaban impasibles, callados como enterradores. Viéndolos ahí, inmóviles pero sin dejar de lanzarnos miradas asesinas, era evidente que lo único que nos mantenía con vida era el código y el capitán, que garantizaba su cumplimiento.

Un detalle que contribuía a que Adonis estuviera más aterrorizado que el resto de nosotros. Tenía dieciséis años, tres más que yo, y era lo bastante grande como para formar parte de la tripulación por derecho propio. Si el código solo protegía a los niños y el cocinero tenía razón en que Adonis ya no lo era, estaba en un auténtico aprieto.

—¿Qué va a pasar? —me susurró al oído, arrastrando las palabras debido al puñetazo que había recibido y que, al parecer, le había reacomodado algunas piezas en la boca.

—No lo sé —dije—. Nunca antes había visto algo así.

La puerta del camarote del capitán estaba a nuestra derecha. Y en el momento en que yo le contestaba a Adonis, se abrió.

Doscientas cabezas se volvieron para ver a Quemadura Healy salir a cubierta seguido por la figura aguileña de Spiggs, el primer oficial.

Con un par de zancadas llegó hasta la muchedumbre, que se apartó para formar un semicírculo perfecto a su alrededor. Fue casi mágico.

Entonces alzó un pequeño reloj de arena para enseñárselo.

—Libertad de expresión, hermanos —dijo con voz recia—. Cinco minutos.

Dicho lo cual le dio la vuelta al reloj y se lo puso en el bolsillo de la camisa.

Un estruendo de voces enfadadas estalló en cubierta y las miradas asesinas que habíamos visto se convirtieron en palabras lanzadas en nuestra dirección con tanta fuerza que sentí que me empujaban contra la pared.

Cuando la avalancha de insultos e imprecaciones cayó sobre nosotros, la mano de Kira, que se encontraba a mi izquierda, encontró la mía y le dio un ligero apretón, que yo respondí apretando la suya también. La otra mano se la apretaba el Tripas, la cabeza ligeramente inclinada ante el torrente verbal.

«Todo saldrá bien. Ellos respetan el código. Él no dejará que nos hagan daño», me dije. Pero mi cuerpo no acababa de creérselo. El corazón me latía con tanta fuerza que lo sentía en las orejas.

Y entonces, de repente, los insultos cesaron.

Alcé la vista.

Healy había levantado la mano.

—Quejas específicas, hermanos —dijo—. Por turnos.

Señaló a uno de los piratas que estaba más cerca de él.

—¡Pierdo dinero por ellos!

Y luego otro:

—¿Dónde está nuestro oro?

Y otro más:

—¡Estamos en la ruina!

La situación era peor de lo que pensaba. No tenía ni idea de que perdían dinero por culpa nuestra.

—¿Qué otra cosa además del dinero? —preguntó Healy.

—¡Nos dejaron sin vacaciones! ¡Incluso antes de que empezaran!

—¿Por qué los protege el código? ¡El código es para los cautivos! ¡Estos van por ahí tan frescos como si hubieran comprado billetes! Tienen lo que se merecen, digo yo.

—Y este —dijo, apuntándome con el dedo uno que más que un pirata parecía un oso gigante— ¡se pavonea como si fuera el primer oficial!

Las mejillas se me pusieron coloradas. Nunca en la vida me había pavoneado, al menos hasta donde era consciente.

Sin dejar de señalarme, el oso se volvió hacia Healy.

—Con el debido respeto, capitán: en cinco años que llevo formando parte de la tripulación de este barco, nunca le he hablado sin permiso, y este de aquí va charlando con usted como si fuera su colega y estuvieran de juerga en una taberna.

Mis piernas parecían haberse vuelto gelatina. Y una vez más las voces se unieron en un rugido furioso, al punto de que Healy tuvo que levantar la mano por segunda vez para hacer silencio.

Señaló a un pirata que estaba en medio de la multitud, un mandaro alto que llevaba la cabeza envuelta con una venda andrajosa y manchada de sangre.

—Ather —dijo Healy—, ¿qué tienes que decir?

Ather hablaba con más tranquilidad que los demás. Pero estaba igual de molesto que todos.

—Lo único que quiero es lo justo —repuso—. Perdí una oreja y la mitad del cuero cabelludo en la toma de Pella. Enterré a tres de mis colegas en la arena de la laguna. Todos aceptamos pelear porque usted y ese tal Pembroke nos prometieron dos semanas de vacaciones y un gran saco de oro cuando hubiéramos hecho nuestro trabajo. Pues bien, yo hice el mío. ¿Y qué he conseguido? Ni dinero ni vacaciones. Estoy aquí, en un barco que se hunde, esperando que me mate la escoria orejicorta que ni siquiera merecería limpiarme las botas. —Luego asintió en mi dirección y continuó. Su tono destilaba indignación—. Todo porque ese de allí necesitaba que lo salvaran. ¿Quién es él para mí? El código dice que dé la vida por la tripulación. Y eso haré. Pero él no pertenece a la tripulación. Ni él ni ninguno de ellos. Me gustaría abrirlos en canal y esparcir sus tripas por la cubierta. Eso no arreglará las cosas, pero estoy seguro de que disfrutaré viéndolos morir.

La naturalidad con la que hablaba hacía que sus palabras resultaran todavía más aterradoras.

Y la verdad que contenían era devastadora.

Si fuera un miembro de la tripulación, yo también desearía matarme.

Healy asintió con la cabeza.

—Eres un hombre honorable, Ather. Y lo que dices es razonable.

Esperé la segunda parte de la réplica, esa en la que le diría al tal Ather que, no obstante, estaba equivocado y que nosotros merecíamos vivir. Pero no llegó.

—¿Eso es todo, hermanos? —gritó Healy—. ¿Hay alguna queja que no hayáis mencionado aún?

Nadie pronunció palabra.

—Muy bien. —Healy comprobó el reloj de arena y luego cerró el puño alrededor de él. Su voz retumbó por toda la cubierta—. Se acabó la libertad de expresión. He oído vuestras quejas. He aquí mi respuesta. En primer lugar: estos cuatro pasajeros, sean niños o no, se encuentran bajo mi protección. Mientras yo sea el jefe de esta tripulación y mi código esté en vigor, nadie les tocará ni un pelo.

Sentí que mis músculos empezaban a relajarse: Healy nos mantendría a salvo.

—En segundo lugar: dimito como capitán, mi renuncia será efectiva cuando el sol se ponga.

Pensé que debía haber oído mal porque eso no tenía ningún sentido.

Healy echó un vistazo al sol enrojecido que flotaba justo por encima del horizonte.

—Tenéis veinte minutos para elegir un nuevo capitán. Escoged con rapidez... y hacedlo bien. El futuro de esta hermandad está en vuestras manos.

Dio media vuelta y regresó marchando a su camarote. Un zumbido excitado se alzó de entre la multitud apenas cerró la puerta.

La cabeza me daba vueltas.

Si lo que creía que acababa de pasar era lo que realmente había pasado... nos quedaban veinte minutos de vida.

CAPÍTULO 4

AVERGONZADO

No había entendido mal. Quemadura Healy había renunciado.

La tripulación se dividió en docenas de conversaciones urgentes acerca de quién iba a reemplazarlo. A juzgar por las miradas venenosas con las que nos topábamos cada vez que un pirata se volvía en nuestra dirección, era prácticamente seguro que la primera orden de quienquiera que terminara ocupando el puesto de capitán sería matarnos.

Y por esa razón nosotros estábamos también en medio de nuestra propia conversación urgente acerca de cómo escapar del *Timo* con vida.

—Digo que nademos —dijo Adonis.

Miré al horizonte. Hacia el oeste, donde tenía que estar el continente no se veía más que el océano.

Negué con la cabeza.

—Estamos a medio día en barco de tierra firme. Nunca lo conseguiremos.

—Necesitamos un barco —dijo Kira.

El barco tenía seis botes salvavidas grandes, tres a cada lado de la cubierta, tapados con lonas y atados de cabo a rabo a lo largo de la borda.

—No basta con coger uno —dijo el Tripas—. Necesitamos ayuda para ponerlo en el pescante.

—¡Tonterías! Lo tiraremos por la borda —gruñó Adonis.

Viendo el tamaño de los botes y cómo estaban amarrados, me pareció claro que el Tripas tenía razón. Nunca lograríamos poner un bote en el agua sin ayuda, en especial teniendo en cuenta que tan pronto como alguien nos viera intentarlo la tripulación entera saltaría sobre nosotros.

—Es imposible —dije.

—A menos que consiguiéramos que Healy les diera la orden —dijo Kira, y se volvió hacia mí—. Pregúntale.

Algo me decía que no debía pedirle a Healy un bote, pero estaba tan confundido que no lograba precisar qué era lo que me lo desaconsejaba y mucho menos encontrar las palabras para decirlo.

—No... creo... que...

—¡No *pudda* pienses! —bramó el Tripas—. ¡Simplemente hazlo!

—¿Por qué yo?

—¡Tú eres el que le cae bien!

Adonis parecía ofendido.

—¡Yo le caigo igual de bien! ¡También es mi tío!

—Eso no significa que le gustes —gruñó el Tripas.

—¡Jódete!

Kira se interpuso entre los dos para poner fin a la discusión antes de que pasara a mayores y luego, extendiendo los brazos, me empujó hacia el camarote del capitán.

—¡Ve, Egg, pregúntale!

—¿No podemos ir todos? —les imploré.

Kira negó con la cabeza.

—Es mejor que vayas solo. Te será más fácil rogar así.

Eso no era tranquilizador.

—¡Ve de una vez! No hay tiempo que perder.

La puerta del camarote de Healy estaba a solo unos pocos pasos de distancia, pero de camino hacia ella el lío que tenía en la cabeza se desenredó lo suficiente como para permitirme encontrar el motivo por el que no debía preguntar.

—Él es muy listo; ¿qué pasa si tiene su propio plan?

—¿Para qué?

—Para que no nos maten. Quiero decir: la razón por la que estamos en este embrollo es que él me salvó la vida. Después de todo eso, no va a dejar que su tripulación nos rebane...

Kira me interrumpió.

—Si tiene un plan, pedirle un bote no lo arruinará. ¡Ve y pregúntale!

Alcé el puño para llamar a la puerta, pero fui incapaz de golpear.

—¡Hazlo ya! —ladró el Tripas.

Kira dejó escapar un suspiro de fastidio, caminó hasta mí y llamó a la puerta.

—Adelante —fue la respuesta.

Kira se hizo a un lado y me dejó solo. Respiré hondo y entré.

El camarote de Healy era limpio y sobrio. Él estaba sentado en su escritorio, tenía delante un diario encuadernado en cuero y una pluma en la mano. Era evidente que se disponía a escribir algo, la pluma detenida sobre la hoja de pergamino.

Habló sin alzar la vista.

—¿Qué tal se te dan los números?

—¿Perdón? —Dado que no miraba hacia la puerta, no entendí cómo pudo saber que era yo. Tal vez, se me ocurrió, habría planteado la misma pregunta a cualquiera que entrara en ese momento.

—Los números. Las matemáticas. Específicamente... —levantó la pluma y utilizó el extremo para rascarse la cabeza—, dividir una cantidad muy grande en muchas cantidades más pequeñas. ¿Se te dan bien esas cosas?

—En realidad, no —reconocí.

—Una pena. Cierra la puerta al salir —dijo.

Pero me quedé allí de pie, como un idiota, intentando reunir el valor para preguntar por el bote.

Él miró por encima del hombro y por primera vez puso los ojos en mí.

—¿Qué pasa?

Su mirada fija tuvo en mí el efecto usual. Mi cerebro amenazaba con dejar de funcionar por completo.

—Hijo, ahora estoy algo más que ocupado. Di qué es lo que te trae aquí.

—Nosotros... eh... nos preguntábamos... si... bote —fue todo lo que pude decir.

Su mirada se tornó gélida, y al instante supe que había cometido un terrible error.

—¿Queréis un bote salvavidas? ¿Para huir del barco?

La voz era tan fría y dura como la mirada.

Negué con la cabeza, intentando enmendar el error.

—N... n... no...

Él advirtió en el acto la mentira. Se puso de pie y caminó hacia mí. Empecé a temblar.

—Pues es verdad que no se te dan bien las mates. Tengo seis botes salvavidas, doscientos hombres y un barco en peligro de hundirse.

Para entonces estaba exactamente delante de mí, tan cerca que su amplio pecho era casi lo único que podía ver.

—Si el barco se hunde, esos seis botes serán apenas justos para salvar a la tripulación. Si lanzo uno con vosotros cuatro a bordo... y nos hundimos... treinta hombres morirán por tu egoísmo.

No me di cuenta de que había empezado a retroceder hasta que mi espalda chocó contra la pared.

Quería echar a correr y esconderme, pero no tenía a donde ir.

Healy me miró desde su más de metro ochenta de estatura, taladrándome con los ojos.

—Voy a dar por hecho que tus amigos te incitaron a venir aquí y que el chico al que me tomé la molestia de salvar de la horca no es un cobarde que solo piensa en sí mismo en momentos de crisis.

Dio un paso a un lado y abrió la puerta del camarote. De algún modo, me las apañé para salir a trompicones a la cubierta.

Oí la puerta cerrarse a mis espaldas mientras mis amigos se acercaban.

—¿Qué ha ocurrido? —preguntó Kira, mirándome con preocupación—. Pareces un fantasma.

—No me siento bien —dije, justo antes de que todo se volviera negro.

Las caras de Kira y el Tripas flotaban sobre mí, mirándome con inquietud. Adonis se encontraba un poco más atrás que ellos, pero su expresión era más confundida que preocupada.

—¿Estás bien? —preguntó Kira.

—¿Qué ha pasado? —Estaba echado en la cubierta de un barco, pero por un instante no supe de qué barco se trataba o cómo había llegado hasta allí.

—Te desmayaste —dijo el Tripas—. Totalmente.

Entonces lo recordé todo, y me sentí terriblemente avergonzado. No por haberme desmayado, aunque en una situación normal eso ya habría sido bastante embarazoso, sino por lo que Healy había dicho sobre ser un cobarde egoísta.

Quemadura Healy era alguien que me inspiraba un temor reverencial desde hacía un buen tiempo, así que el que estuviera molesto conmigo ya habría sido bastante difícil de asumir cuando solo era un capitán pirata. Pero ahora era además mi tío, y eso, en cierto modo, hacía que me sintiera mucho, muchísimo peor.

Una vez que les conté a los demás lo que había sucedido, Kira trató de consolarme.

—Tranquilo. Nosotros te enviamos allí. Y estoy segura de que tienes razón en lo que dijiste antes: él tiene un plan.

—No te preocupes. Saldremos de esta —dijo el Tripas.

Pero al mismo tiempo retorcía la cara con fuerza y últimamente eso era algo que solo ocurría cuando estaba alterado.

Los había decepcionado. Era consciente de que era una mala idea, y no obstante había seguido adelante con ella.

Y ahora Quemadura Healy pensaba que yo era un cobarde egoísta.

Quizá lo era.

—Tengo que hacer algo —dije.

—No hay nada que hacer salvo esperar —dijo Kira.

Me asomé al mar de piratas que solo aguardaban la elección del nuevo líder para proceder a matarnos.

—Voy a pronunciar un discurso —dije.

—¿Qué? —Mis amigos me miraron como si me hubiera vuelto loco.

—Voy a decirle a la tripulación que todo esto es por mi culpa y que, por tanto, pueden matarme, pero que en cambio deberían respetar la vida de vosotros tres, porque sois inocentes.

—¡No puedes hacer eso! —dijo Kira, agarrándome del brazo con tantísima emoción que se me aguaron los ojos.

—Tengo que hacerlo. Es culpa mía...

—Tú tienes el mapa. Si mueres, todo habrá terminado.

Se me había olvidado por completo el mapa que tenía en la cabeza.

El mapa conducía, o eso era lo que creíamos, al tesoro perdido del Rey del Fuego, incluida su pieza más valiosa: el Puño de Ka. El Puño era un objeto sagrado de los okalu, la tribu de Kira, que habían sido obligados a abandonar sus dominios y luchaban por sobrevivir en las Nuevas Tierras, en algún lugar de las montañas conocidas como los Dientes del Gato.

Kira creía que si conseguía hallar el Puño de Ka, podría salvar a su pueblo.

Roger Pembroke también ansiaba apoderarse de él, pues estaba convencido de que el Puño le ayudaría a dominar a las tribus de las Nuevas Tierras. Y, de hecho, me había torturado para obtener el mapa. Sin embargo, cuando lo hizo traducir, sufrió tal ataque de furia, que llegué a la conclusión de que toda la leyenda no era más que un mito y que nuestros esfuerzos desesperados por evitar que se hiciera con el Puño habían sido una pérdida de tiempo trágica y estúpida.

No obstante, Kira todavía creía. Su mirada me decía que para ella seguía siendo una cuestión de vida o muerte.

Si estaba o no en lo cierto, era irrelevante. Ella había permanecido a mi lado en montones de situaciones difíciles y debía hacer cuanto pudiera para que el mapa no muriera conmigo.

—Escucha con atención —dije—. El primer jeroglífico es una pluma con una raya y un punto...

—¡Egg, no hay tiempo! La elección tendrá lugar en cualquier momento.

Tenía razón. Yo había necesitado horas y horas para memorizar el mapa. No había forma de que ella se lo metiera en la cabeza en cinco minutos sin poder siquiera ver una copia.

Sin embargo, Healy tenía pluma y pergamino.

Antes de darme cuenta de lo que hacía estaba de nuevo llamando a su puerta.

Esta vez la abrió él mismo. Mantuve la cabeza gacha porque sabía que si lo miraba a los ojos me acobardaría.

—Por favor: necesito una pluma y un pergamino. Para escribir algo. No es para mí sino para los otros. Para ayudarles.

—En el escritorio —dijo.

Y salió, con lo que me quedé solo en el camarote.

Corrí al escritorio. La pluma y el pergamino estaban allí, junto con el tintero. El pergamino estaba cubierto de números garabateados. Le di la vuelta. El otro lado estaba en blanco.

Me senté en el escritorio y transcribí los antiguos jeroglíficos que formaban el mapa por segunda vez en esa semana.

Raya punto pluma, taza, dos rayas punto pájaro de fuego. Lanza, sol ojo, línea quebrada estrellas...

Al empezar la mano me temblaba, pero en la tercera línea los trazos de la pluma ya eran regulares. Fue un alivio poder por fin transcribir el mapa para alguien que no pensaba utili-

zarlo para hacer el mal, librarme definitivamente de la espantosa responsabilidad de llevarlo en la cabeza.

Lo que sentía era más que alivio. Una vez que le entregara
el mapa a Kira, y siempre que consiguiera convencer a los piratas de que le respetaran la vida, habría hecho todo lo que estaba
en mis manos para ayudar a los okalu. Aunque no hubiera conseguido terminar el trabajo, al menos lo habría intentado.

Y nadie podría decir que había sido egoísta o cobarde al
respecto.

Tan pronto como terminé corrí a la puerta sacudiendo el
pergamino para que la tinta se secara.

Fuera la elección estaba a punto de comenzar. Healy se encontraba junto a la borda, solo, estudiando el horizonte mientras el primer oficial, Spiggs, se movía entre la multitud entre-
gando a cada miembro de la tripulación una moneda de oro
que sacaba de un gran saco de lona.

Kira, el Tripas y Adonis seguían esperando cerca de la escalera de la toldilla. Caminé hasta ellos y le entregué el mapa a
Kira.

—Es tuyo —dije—. Llévalo siempre contigo.

Sin dar crédito a lo que veía, clavó los ojos en el pergamino.

—¿Y ahora ella es tu socia? ¿Me estás marginando? —El
Tripas me lanzó una mirada fulminante desde debajo de su desgreñado flequillo rubio platino, y al instante recordé que el
mapa no era algo que pudiera regalar tan fácilmente porque no
era solo mío.

—Oh, sí... El Tripas tiene derecho a una tercera parte de
cualquier tesoro que encuentres —dije.

Kira y el Tripas intercambiaron una mirada que no acababa
de entender. En la semana que habíamos estado separados, su
relación parecía haber evolucionado a algo más que una mera
amistad.

O quizá no. No estaba seguro. Y no quería preguntarle a
ninguno de los dos porque no me apetecía ganarme un tortazo.

—Eh, un momento —intervino Adonis—. Si ese mapa
procede de nuestra propiedad...

Estaba a punto de decirle a mi hermano que se callara cuando la ronca voz de Spiggs se encargó de poner fin a la conversación por mí.

—¿Queda alguien sin moneda? —preguntó, levantando el saco.

Nadie respondió.

—Muy bien. Entonces, que empiece la votación.

LA VOTACIÓN

Healy se alejó de la borda y regresó a su lugar enfrente de la tripulación.

Era el momento de tomar una decisión. Una vez que la elección estuviera en marcha, interrumpirla para suplicar por la vida de mis amigos me resultaría imposible. Y una vez que hubiera terminado, la tripulación nos despedazaría antes de que yo pudiera decir una sola frase. Si no hablaba ahora, no volvería a tener la oportunidad de hacerlo.

Traté de gritar tan alto como pude para hacerme oír por toda la multitud.

—Tengo algo que...

—Cállate, chico.

La voz de Healy me golpeó como un mazo. La cabeza me daba vueltas, los ojos se me llenaron de pequeñas explosiones de verde y rojo y, por un instante, creí que iba a desmayarme de nuevo.

Después de eso, no habría sido capaz de encontrar mi voz ni siquiera con un catalejo. Mi única esperanza ahora era tener una segunda oportunidad cuando la elección hubiera terminado.

Healy hizo un gesto con la cabeza en dirección a Spiggs. Podía empezar.

—¿Quiénes aspiran a capitanear el *Timo* y su tripulación? —preguntó el primer oficial.

—Yo, Roy Okemu.

Roy Okemu era un mandaro calvo, de piel oscura, casi una cabeza más alto que los piratas que le rodeaban. Incluso en una multitud de hombres feroces, tenía un aspecto excepcionalmente aterrador. Necesité un momento para entender qué era lo que lo hacía destacar: en medio de toda esa colección de barbas hirsutas y rostros sin afeitar, era el único miembro de la tripulación que llevaba la cara perfectamente rasurada y lisa, desde la barbilla hasta las inexistentes cejas.

Era como si le metiera miedo a su propio pelo. Y bastaba mirarlo para saber que no podríamos esperar clemencia de su parte si llegaba a ganar.

—Yo, Jonas Pike.

Pike era un hombre mayor, uno de los oficiales de Healy. Tenía la barba salpicada de canas y una mirada aguda y penetrante. Me pregunté cuán cercano era a Healy, y si este, de ser elegido Pike capitán, podría convencerlo de que no nos mataran.

—Yo, Mateo Salese.

Mateo Salese era un gualo de pelo negro y piel aceitunada que tenía un acento casi musical. Era tan guapo que de inmediato pensé en Tonio, el ladrón caballeresco de *El trono de los antiguos*. ¿Era posible que, como ocurría en la novela con Tonio, a las mujeres las tuviera sin cuidado que las robara Salese?

Era difícil imaginarse a un hombre tan apuesto rebanándonos el cuello. Quizá tendríamos suerte si él resultaba siendo el elegido.

Después de que Salese presentara su candidatura, hubo un momento de silencio, y empecé a preguntarme si teníamos más probabilidades de sobrevivir con este o con Pike, cuando oí otra voz que me produjo un sobresalto.

—Yo, Quemadura Healy.

Un murmullo de sorpresa se propagó por la multitud. Y entonces:

—Jonas Pike se retira.

—Mateo Salese se retira.

Roy Okemu se limitó a entrecerrar los ojos. Él no iba a retirarse de nada.

—¿Algún otro? —preguntó Spiggs.

Nadie respondió.

—Muy bien. Okemu y Healy se presentan al puesto de capitán. Roy Okemu, exponga sus argumentos.

Los hombres que se encontraban alrededor del candidato retrocedieron para darle espacio.

—Todos vosotros conocéis a Roy —empezó diciendo con un marcado acento mandaro en una voz tan grave y atronadora como el volcán de la isla Bochorno—. Ocho años en la tripulación. Buen combatiente. Hombre justo. Primer día en el barco, no hablaba una palabra de roviano. ¿Hoy? Hablo diez. Quizá doce.

La multitud celebró el chiste. Okemu sonrió.

—¿Queréis un capitán que sepa más palabras? No votéis a Roy. Pero yo digo: para ser capitán las palabras no importan tanto. La acción importa.

Hizo una pausa para que los piratas asimilaran la idea. Hubo algunos que asintieron y se oyeron varios gruñidos de aprobación.

—Seguimos a Healy mucho tiempo. Nos pusimos su marca, obedecimos su código. Nos fue bien, sin duda. A Healy mejor. ¿Qué se quedaba? La cuarta parte.

Más asentimientos. Algún refunfuño.

—El capitán se queda más, eso está bien. Es el líder. Es lo justo. ¿Pero un cuarto? Eso es demasiado. Si soy capitán, aceptaré un décimo.

Montones de asentimientos. E incluso algunos aplausos. A los hombres les gustaba lo que estaban oyendo.

Okemu levantó la mano.

—Pero un momento: el oro es el oro. Es importante, sí. Pero no lo más importante. Lo más importante es el código. Todo hombre en este barco jura cumplir el código. Vivimos. Morimos. Siempre según el código. ¿Sí? ¿De acuerdo?

Cabezas asintiendo y voces de aprobación por todas partes.

—Artículo uno. El primer día me citan esta gran regla: «Los camaradas por encima de todo.» Yo digo: ¿Qué significa eso? ¿Qué es «camaradas»? Me dicen que camaradas somos nosotros. Los camaradas son la tripulación. Los camaradas son todo.

Hurras. Es posible que Roy Okemu no supiera muchas palabras, pero era muy bueno utilizando las que conocía.

—¡Por delante de los camaradas, nada! Ni el tesoro. Ni las mujeres. Ni la sangre. ¡Nada!

Más hurras. En este punto, la voz de Okemu era ya atronadora y estaba teñida de rabia.

—Si nosotros rompemos esta regla, ¿qué pasa? Morimos. Por su mano —dijo y apuntó con el dedo a Healy. El rostro de mi tío era una máscara.

Y mi corazón empezó a latir cada vez más rápido, por mí y por él. Pues me resultaba claro adónde se encaminaba todo eso.

—Yo digo: está bien. Es justo. Una regla es una regla. La misma para todos. Hasta hoy. —Okemu bajó la voz—. ¿Qué pasó hoy en Pella? Todos lo sabemos. Nadie quiere decirlo. Yo lo digo. —Se volvió hacia Healy y lo miró a los ojos—. Usted rompió su código. Lo puso a él —me señaló— por delante de nosotros. Ahora no tenemos dinero. Ahora el barco se hunde. Ahora puede que muramos. No por los camaradas. Solo por el chico.

Okemu soltó un gruñido y lentamente negó con la cabeza.

—Eso no está bien —añadió—. ¡La regla es la regla! Incluso para el hombre que las hizo. El capitán rompió el código..., no es más el capitán.

La implicación era clara: Roy Okemu no solo buscaba defender su candidatura y convertirse en el nuevo capitán. Buscaba condenar a muerte al antiguo.

Y los hombres vociferaron para aprobar sus palabras. No todos, es cierto. Pero sí bastantes.

Kira volvió a agarrarme la mano.

Yo hacía todo lo que podía por mantenerme en pie.

Healy miró a su tripulación aclamar al hombre que acababa de proponer que lo ejecutaran. Su cara permaneció impasible.

Una vez que los vítores se apagaron y la cubierta volvió a estar en silencio, Spiggs habló de nuevo.

—Quemadura Healy, exponga sus argumentos.

Healy empezó su intervención en un tono sombrío.

—La situación es peligrosa. El casco está roto, nuestro destino está a días de camino y doscientos cañones recorren este mar decididos a matarnos. Quienquiera que os lidere ha de tener una devoción incuestionable.

Healy hizo una pausa. Yo podía sentir cómo la multitud iba poniéndose en su contra. La lealtad de hierro que mantenía unida a la tripulación bajo su mando desde que yo había subido al barco se estaba deshaciendo para cobrar forma de nuevo alrededor de Okemu.

—Roy Okemu —dijo Healy— es un hombre justo. Y, hermanos, lo que dice es cierto. Hace veinte años, yo escribí el código con mi propia mano. Y lo he seguido al pie de la letra.

Hizo una nueva pausa y su mirada se ensombreció.

—Hasta hoy. Cuando lo rompí. Puse la sangre por delante de los camaradas. Peor aún, hermanos: volvería a hacerlo.

Conmovido, noté que se me formaba un nudo en la garganta al ver a Healy asentir con la cabeza para subrayar lo que acababa de decir.

—Y si vosotros consideráis que la pena correcta por lo que hice es la muerte... pues bien, chicos, no voy a discutir con vosotros.

Para entonces había empezado a sonreír. Pero por más que

pensara no podía entender por qué. Y a juzgar por los rostros de la tripulación, tampoco ellos lo entendían.

—Peor todavía —continuó—, al ordenar que partiéramos de Pella Nonna, os privé a cada uno de vosotros de la justa recompensa que os correspondía por la toma de la ciudad. ¿Qué esperabais? ¿Quinientas monedas de oro cada uno? ¿Mil? Quedemos en la cifra más grande. En total, os he costado doscientas mil monedas de oro. Porque puse la sangre por delante de los camaradas.

No estaba precisamente contribuyendo a su causa. Los piratas lucían furiosos, pero Healy seguía sonriendo.

—Pero he aquí la promesa que os hago: pondré a los camaradas por delante del oro. A mí me ha correspondido una cuarta parte de nuestras ganancias, es cierto. Y a lo largo de los años, hermanos, eso suma. Cerca de Villa Edgardo hay un lugar oscuro y secreto al que solo yo puedo acceder. Dentro hay el equivalente a diez millones en oro.

La mención de una cifra tan asombrosa causó una pequeña oleada de incredulidad en la multitud.

—Tenemos por delante un mundo de problemas. Pero quienes me sigan a través de él hasta dar su merecido a Destripador Jones y Li Homaya podrán repartirse esos diez millones equitativamente. Hermanos, si hacemos este trabajo juntos... os corresponderán a cada uno cincuenta mil monedas de oro.

Doscientos piratas quedaron boquiabiertos en el acto.

—Llama a votar —dijo Healy a Spiggs.

Spiggs alzó un gran saco de lona, abierto en la parte superior.

—Dentro del saco hay dos bolsas. Una blanca y una negra. La moneda en la bolsa blanca es un voto para Okemu. La moneda en la bolsa negra, para Healy.

La votación se llevó a cabo con tanta rapidez que cuando terminó todavía podía verse una pequeña porción del sol por encima del horizonte. Spiggs sacó primero la bolsa blanca. Pesaba tan poco que no hubo necesidad de contar.

—Vuestro nuevo capitán es... Quemadura Healy —bramó Spiggs.

Una ovación empezó a brotar de la multitud, pero Healy la interrumpió con un movimiento de la mano.

—Volved a vuestros puestos —ordenó.

De inmediato los hombres se pusieron manos a la obra con la resolución habitual. Ninguno se fijó en nosotros.

El recién reelecto capitán acababa de iniciar una breve conversación con los hombres de más alto rango cuando Roy Okemu se le acercó. Llevaba en la mano una pistola que cogía por el cañón. Estiró la pistola hacia Healy para que este la tomara.

—Lo que dice el código —dijo al capitán—. Si el reto falla... no más retador.

Healy asintió con gesto grave.

—Las reglas son las reglas.

Okemu se puso de rodillas. Healy levantó la pistola y apuntó a la calva del mandaro.

Di media vuelta para no ver lo que iba a pasar. El Tripas y Kira hicieron lo mismo. Adonis se quedó mirando embobado.

La pistola rugió.

—¡Diantres! —farfulló Adonis—. ¡Falló!

Me volví a mirar a Healy. Estaba examinando la pistola humeante con cara de curiosidad.

—Mmm. Ya no tengo la puntería de antes —dijo.

Desconcertado, Okemu se puso de pie. Healy le devolvió la pistola.

—Mejor así. Necesitamos a todos los hombres con los que podamos contar. Vuelve a tu puesto.

El capitán dio algunas órdenes concisas a sus oficiales, los mandó a trabajar y se volvió hacia nosotros.

—Vosotros cuatro. A mi camarote. Ya.

En medio del camarote había una mesa cuadrada. Healy nos hizo sentarnos alrededor de ella. Con el crepúsculo el recinto había oscurecido, de modo que encendió un farol y se sentó enfrente de nosotros.

—Gracias —dije, en el sentido de: gracias por salvarnos la vida, por supuesto, pero Healy no me prestó atención.

Preocupado por la posibilidad de que creyera que lo que estaba diciendo era gracias por la luz, estaba a punto de explicarme cuando empezó a hablar.

—Solo para que quede claro: la tripulación todavía desea mataros —dijo. Mientras hablaba se reclinó contra el escritorio, los brazos cruzados sobre el pecho sin formalismos—. Si no hubiera convocado la elección y aplacado su excitación, no habríais vivido para ver el amanecer. Y es probable que yo tampoco.

»Por suerte, he resuelto ese problema en lo que a mí respecta. Aunque no del todo en lo relativo a vosotros. Técnicamente, el código solo se aplicará mientras estéis a bordo de este barco. Si llegamos a Bochorno y desembarcamos estando la tripulación aún en contra vuestra, apuesto a que no duraréis más de cinco minutos en tierra firme.

Healy se encogió de hombros, como queriendo decir que sería una pena, pero no mucho más.

—Por tanto —continuó—: si yo estuviera en vuestro lugar, ¿cómo evitaría semejante desenlace? Pues haciéndome increíblemente útil para la tripulación, de modo que cuando desembarquemos, tengan tantas ganas de mataros como de arrojar por la borda una lanada en perfecto estado.

Entonces ladeó la cabeza y frunció el ceño al tiempo que concentraba la mirada en Adonis.

—En especial tú —dijo—. Palo tenía razón: tú no eres un niño. Así que lo mejor es que dejes de actuar como uno o no durarás mucho en este mundo. Eso significa tratar a las personas con respeto. No solo a mi tripulación, sino también a tus compañeros. Y, ya puestos, al resto de la humanidad. La fortuna no le sonríe a los cabezas huecas, hijo. Tienes que espabilar.

Adonis parecía a punto de vomitar. Yo, de hecho, me descubrí sintiendo pena por él. Si había alguien en el mundo que él respetaba, ese alguien probablemente era Healy, y oírlo hablarle así debió de ser devastador para él.

Con todo, era algo que él necesitaba oír.

Healy se enderezó y caminó hacia la puerta sin dejar de hablar.

—Si me permitís, os sugeriré una forma de «haceros útiles»: la bomba de cadena está diseñada para cuatro. Y los hombres destinados a ella tienen responsabilidades en otras partes —dijo, manteniendo la puerta abierta de par en par—. En marcha.

Todos nos apresuramos a salir. Por un momento vacilé, pues tenía una idea que, se me ocurrió, podría resolver tanto su problema como el mío. Pero seguía estando tan avergonzado por la última vez que abrí la boca sin invitación que preferí no hacerlo de nuevo.

Sin embargo, al pasar delante de él, cuando ya estaba prácticamente al otro lado de la puerta, estiró un brazo para detenerme.

—Sé que estás pensando en algo.

—No, yo... no quería hablar sin permiso.

Healy sonrió con suficiencia.

—¿Qué te lo impide ahora? —dijo.

Los demás ya estaban fuera. Él cerró la puerta.

—Desembucha.

—Es solo... quiero decir, es tantísimo el dinero que tendrás que desembolsar, y es injusto que Pembroke se quede sin pagar lo que le debe a la tripulación por ayudarle a tomar Pella Nonna... y solo estamos a medio día de camino, y si regresamos...

Mi tío me interrumpió alzando la mano. Luego me señaló la mesa.

—Siéntate.

Me senté. Y él también lo hizo.

—¿Quieres que regrese a Pella Nonna?, ¿para hacer qué?

—Destruir a Roger Pembroke —dije. Y al pronunciar su nombre, la rabia me desbordó—. ¡Tú puedes detenerlo! ¡Sé que puedes hacerlo! Vi la reacción de sus soldados ante ti: ¡les encantas! Te aprecian mucho más que a él. ¡Y, además, tienes que hacerlo! Si Pembroke se apodera de la totalidad de las Nuevas Tierras...

—... mejor para mí.

De nuevo, su voz me paró en seco.

—¿Has olvidado que fueron mis hombres los que le ayudaron a tomar Pella? —continuó.

—Pero eso fue... antes de que...

—... te pusiera una soga alrededor del cuello. Sí. Y a pesar de eso, no me conviene destruir a Roger Pembroke. Al contrario. Necesito ayudarle.

Debía de verme tan asqueado como me sentía. Healy dejó escapar un suspiro de agotamiento.

—El mar Azul... es un lugar complicado. Y no es muy grande. Tarde o temprano, los caminos de todos se cruzan. Una y otra vez. He estado navegando por estas aguas durante más de veinte años. Y ya sea que empieces siendo el mejor amigo de un hombre... o su peor enemigo... tarde o temprano, todos terminamos teniendo una relación estrecha. ¿Entiendes lo que te quiero decir?

—No estoy seguro —dije.

—Probablemente, no. Porque eres muy joven, y apuesto a que todavía entiendes el mundo como una cosa de buenos y malos. ¿Estoy en lo cierto?

—No —dije—. No soy tan estúpido.

—¿De verdad?

—De verdad —insistí—. Sé que hay zonas grises.

—¿Es serio? Muy bien, entonces: Roger Pembroke. ¿Bueno o malo?

—Malo —dije al instante.

—¿Nada de gris en absoluto?

Pensé en la última vez que había visto a Pembroke, de pie, enfrente de todos los habitantes de Pella Nonna, tejiendo una mentira monstruosa según la cual era yo, y no él, quien merecía ser colgado por el crimen de traficar con esclavos.

Entonces toda una colección de imágenes se encendió en mi cabeza.

Pembroke sonriendo al otro lado de la mesa en la que desayunaba mientras me condenaba a que uno de sus esbirros me arrojara desde un precipicio...

Pembroke marchando con los soldados de camino hacia mi casa en Bochorno con la intención de apoderarse de la plantación de mi padre y el tesoro que, pensaba, estaba enterrado allí...

Pembroke en una celda oscura, el rostro encendido de furia, las manos alrededor de mi garganta...

Y la peor de todas: Pembroke de pie en la base de Mata Kalun, dando la orden de matar a mi padre.

—No —dije—. Él no. Él es completamente malo.

—¿Qué hay de mí?

—Bueno —dije.

—¿En serio? —Mi respuesta pareció divertirlo tanto que creí que iba a soltar una risotada—. ¿Eres consciente de la forma en la que me gano el pan?

—Gris, entonces —dije.

Él siguió sonriendo.

—Pero no gris de verdad. ¿No es cierto? Quiero decir, en el fondo tengo que ser un buen tipo. El bucanero con el corazón de oro, ¿eh? ¿El viejo tío Quemadura?

No pude evitar sonreír yo también.

Entonces su sonrisa se desvaneció.

—Estás equivocado —dijo. Y se inclinó hacia delante y bajó la voz—. Soy un pirata. Me gano la vida robando a los hombres. Y cuando tengo que hacerlo, los mato. He acabado con más vidas de las que puedo contar. La mayoría de las veces hombres cuya mayor culpa era la estupidez. Y si piensas que soy bueno... eres más tonto que cualquiera de ellos.

No dijo eso con rabia. Lo dijo con tristeza.

—Para que conste —continuó—: tienes toda la razón acerca de Pembroke. Ese hombre podría ser el mismísimo diablo. Pero el hecho es que...

Volvió a reclinarse con otro suspiro.

—Estoy metido hasta el cuello en los negocios del diablo.

Y lo mismo ocurre con todos los que podrían echarte una mano. Por desgracia para tus fantasías de justicia, en este preciso instante el único hombre en el mar Azul que tiene una mínima posibilidad de derribar a Roger Pembroke es Li Homaya. Y, por el momento, él y yo estamos en lados opuestos del tablero.

Pensé en Li Homaya. Él era el gobernante legítimo de Pella Nonna, pero justo antes de la invasión roviana había dejado la ciudad y, en alianza con Destripador Jones, había partido con sus dos buques de guerra para dar caza a mi tío.

—Él no lo sabe, ¿no es así? —pregunté—. No sabe que Roger Pembroke ha tomado Pella Nonna.

—No tiene ni la más remota idea.

—Pero si lo hiciera: ¿no dejaría de perseguirte? ¿No giraría de inmediato para volver y recuperar su ciudad?

—Seguramente.

El suspense y la excitación me hacían hablar cada vez más alto.

—¡Todo lo que has de procurar es hacerle llegar un mensaje! Y entonces él...

Mi tío me interrumpió con una carcajada.

—Hijo, cualquier mensaje que envíe a Li Homaya estará escrito en una bala de cañón. La próxima vez que me cruce con ese asqueroso orejicorto...

Al decir esto tensionó los músculos de la mandíbula y sus ojos se tornaron negros como el carbón, y al mirarlos vi por fin al pirata que había acabado con la vida de más hombres de los que podía contar.

—... Voy a matarlo. Intenta encontrar algo de bueno en eso.

No podía.

—Creo que lo mejor es que vaya a ayudar con la bomba —fue lo único que se me ocurrió decir.

—Creo que es lo mejor.

Me puse de pie y caminé hacia la puerta.

Pero al llegar a ella me volví. Había algo más de lo que quería asegurarme de que él entendía.

—Gracias...

—No tienes que...

—... Por salvarme la vida. Otra vez. Y también la de mis amigos.

La oscuridad de sus ojos se disipó y asintió, aunque solo un poquito.

Di media vuelta para marcharme.

—Espera —dijo.

Se había puesto de pie, tenía las cejas juntas debido al ceño fruncido.

Dos veces empezó a abrir la boca y dos veces se detuvo.

—Egbert...

—Egg, por favor. Detesto llamarme Egbert.

—Yo también lo haría —dijo.

Bajó la mirada y volvió a suspirar. Todos esos suspiros eran inquietantes. Él no era la clase de hombre que va por ahí suspirando.

—Recuerdo cuando te conocí... —empezó por fin—. Pembroke estaba ofreciendo cinco mil monedas de plata por tu vida. Y pensé que era un precio terriblemente elevado por el hijo de un recolector de fruta.

Entonces levantó la cabeza y me miró a los ojos.

—Pero acabo de pagar diez millones de oro por ti.

Por primera vez, mi cerebro fue plenamente consciente de la enormidad de lo que él había hecho.

Las lágrimas brotaron con tanta rapidez que no tuve la más mínima posibilidad de oponerles resistencia.

—¡Oh, por el Salvador! ¡No hagas eso!

—Lo siento...

—No, no. No hay lágrimas en este barco... Nosotros no... En serio, ¡para! —Corría por el camarote buscando frenéticamente algo con que cerrar el grifo.

—Lo siento...

—Deja de decir eso... solo... no... ¡Por favor! —Al final encontró un pañuelo y prácticamente me asfixió con él.

Conseguí controlarme.

—Gracias —volví a decir tan pronto como pude hablar de nuevo.

Healy hizo una mueca.

—Hijo, al Salvador pongo por testigo de que no quiero tu gratitud. Solo mencioné los diez millones... —dijo.

Y entonces me puso una mano en el hombro.

—... Porque quiero que los valgas.

CAPÍTULO 6

UNA BUENA ACCIÓN POR VALOR DE DIEZ MILLONES

Todos a sus puestos!

El grito provenía de lo alto de la escalerilla. En cuestión de segundos, el ruido de pasos invadió la cubierta de cañones e hizo traquetear el barco cuando un centenar de piratas acudieron a sus posiciones de combate. Medio minuto después había un equipo de piratas delante de cada cañón y todos estaban cargados y listos para ser disparados.

Nosotros cuatro nos limitamos a seguir haciendo girar la estúpida manivela de la bomba de cadena, con el sudor deslizándose por las caras como si fuera agua.

Si existe un trabajo peor en el mundo, no quiero tener que enterarme nunca de cuál es. Habíamos estado pegados a esa bomba doce horas al día a lo largo de tres días, en turnos de seis horas que nos dejaban hechos polvo una vez terminábamos y tan doloridos que cuando llegaba el momento de empezar de nuevo apenas podíamos levantar los brazos por encima de la cabeza.

Pero seguimos haciendo el trabajo sin quejarnos porque era una cuestión de vida o muerte. La filtración de la bodega no había hecho más que empeorar. Un carpintero quizás habría conseguido contenerla, pero el *Timo* había perdido al suyo por una bala de mosquete durante la invasión de Pella Nonna, y pese a todas sus habilidades, ningún otro miembro de la tripulación tenía la formación apropiada para reparar el casco agrietado.

Lo único que podíamos contar como buena suerte era el hecho de que Li Homaya y Destripador Jones no habían dado aún con nosotros.

Esta era la tercera vez que se ponía en alerta al personal de artillería del *Timo*. Las primeras dos veces el desencadenante había sido el avistamiento de velas en el horizonte. En ambos casos, los barcos terminaron siendo buques mercantes que huyeron al ver la embarcación de Quemadura Healy (y debieron de quedar asombrados de su suerte al descubrir que conseguían escapar y salvarse del saqueo).

Ahora era el amanecer del nuestro cuarto día en el mar y mis amigos y yo acabábamos de empezar nuestro turno en la bomba, y yo rezaba para que se tratara de otra falsa alarma. Apenas había decidido cómo hacerme digno de los diez millones de oro que Healy había pagado por mi vida y no quería morir en una batalla naval sin siquiera haber podido ponerme manos a la obra.

La conclusión era muy sencilla, en realidad: lo que tenía que hacer era destruir a Roger Pembroke.

Sencilla, pero no fácil.

Había necesitado buena parte de los últimos tres días para encontrarle la lógica. Al principio, cuando empecé a pensar en la cuestión (en la medida en que es posible pensar mientras le das vueltas a una pesada manivela durante seis horas seguidas), consideré que la alianza de Healy con Pembroke hacía que destruir a este último fuera una idea absurda en términos de pagar mi deuda con él.

Y ninguno de mis amigos lo propuso. Cada uno tenía sus propias ideas al respecto.

—Puedes encontrar el Puño de Ka... —Kira hizo una pausa para respirar hondo mientras bajaba la manivela— ... y devolvérselo a mi pueblo.

—Eso sería bueno para los okalu —jadeé en medio de mis propias bocanadas—. ¿Pero valdría diez millones para Healy?

—El resto del tesoro del Rey del Fuego... podría valer los *pudda* diez millones —resolló el Tripas. Uno de los miembros de la tripulación le había ayudado a envolverse el muñón de la mano con tela para que al menos tuviera cierta protección al empujar la manivela, pero incluso así el trabajo seguía siendo mucho más duro para él que para el resto de nosotros—. Si encuentras el tesoro... podrás pagarle con tu parte.

Eso parecía lógico. Pero había algo que no me cuadraba del todo y no fue hasta el comienzo del siguiente turno que logré determinar qué era exactamente.

—No creo que él quiera en realidad que le pague —dije—. A Quemadura Healy no le importa el dinero.

—¡A la *blun* con eso! ¡Él es un maldito pirata!

—Sí. Pero si el dinero fuera lo importante —anoté—, ¿por qué renunciar a semejante riqueza solo por mí? Ya puestos... ¿por qué salvarme? Si la tripulación tuvo que dejar Pella sin recibir su paga, él tampoco debió de cobrar la suya. Pensad en lo mucho que eso tuvo que costarle.

—¿Entonces qué es lo que sí le importa? —preguntó Kira.

Pasé casi un día entero pensando en eso, ya fuera mientras hacía funcionar la bomba o mientras permanecía echado en el suelo, agotado, entre un turno y otro.

—El honor —dije finalmente.

—¿El honor?

—Sí. De eso es de lo que va el código de Healy: el honor, anteponer el bien de la tripulación al tuyo. La vez que se enfadó conmigo, antes de la votación, fue porque pensó que estaba siendo egoísta y cobarde. Así que tengo que ser lo opuesto. Altruista y valiente. Útil para otros. Honorable.

Adonis bufó.

—¿Quieres ser honorable, por favor, gracias? Yo puedo decirte cómo, por favor.

Mi hermano se había tomado muy a pecho el consejo de nuestro tío de no ser un cabeza hueca. Desde entonces había estado portándose bien y había comenzado a salpicar su discurso con palabras extrañas (para él) como *por favor* y *gracias* porque sabía que usarlas formaba parte del ser respetuoso con las personas.

No obstante, no acababa de cogerle el tranquillo a dónde ponerlas en la frase, de modo que cada vez que abría la boca los *por favor* y los *gracias* brotaban en sitios inesperados.

—¿Cómo? —le pregunté.

—Regresa a Bochorno, gracias, y ayúdame a llevar la plantación como me prometiste, por favor.

Antes de que mi padre muriera, yo le había prometido que me ocuparía de recuperar la plantación de la familia, que yo había cedido a los piratas que trabajaban para nosotros a cambio de que me ayudaran a hacer frente a Pembroke.

Pero muy probablemente esa era una labor casi imposible. Y, además, el lugar nunca me había importado demasiado. Volver a vivir allí con Adonis y los piratas de campo era lo último que quería hacer en la vida. Solo de pensar en ello se me formaba un nudo de pavor en la tripa.

Con todo, si sentía ese pavor era porque sabía que Adonis tenía razón. Yo había hecho una promesa. Y lo honorable por mi parte era cumplirla.

Tardé un buen rato en encontrar una forma de sortear eso.

—Tengo que vengar la muerte de papá —le dije a Adonis al día siguiente.

—¿Gracias, cómo?

—Destruyendo a Roger Pembroke.

Eso no solo era honorable por el hecho de que él hubiera matado a mi padre. Si Pembroke se salía con la suya, convertiría las Nuevas Tierras en una versión continental de la isla Amanecer: un paraíso para ricos, podrido hasta la médula y erigido con mano de obra esclava.

Derrotarlo significaba ofrecer una vida mejor para miles de personas en las Nuevas Tierras. Quizá más. Tal vez muchísimas más.

Pese a ser bastante malo para las matemáticas, estaba seguro de que si sumaba todo el bien que le haría a esas personas, me pondría muy cerca de la marca de los diez millones de oro.

Y cuanto más pensaba acerca de ello, más me parecía (aunque no habría sabido decir por qué) que si bien mi tío no estaba dispuesto a destruir a Pembroke él mismo, aprobaría que yo lo hiciera.

Kira ciertamente lo aprobaba. Pembroke no solo era el responsable de la muerte de su propio padre, sino que acabar con él implicaba poner fin al comercio de esclavos que mantenía a su pueblo sometido a los moku (la tribu aliada de Pembroke en el continente) o prisionero en la mina de plata de la isla Amanecer.

El Tripas también estaba de acuerdo con acabar con Pembroke...

—Siempre que, mientras nos ocupamos de eso, encontremos el *pudda* tesoro.

Yo tenía mis dudas acerca del tesoro del Rey del Fuego. Después de ver a Pembroke estallar en un ataque de ira cuando tradujo el mapa que supuestamente llevaba hasta él, dejé de creer que el tesoro y el Puño de Ka existieran, al menos, tal y como los describía la leyenda.

Kira, no obstante, seguía teniendo fe.

—Por supuesto que encontraremos el tesoro —le dijo al Tripas—. Si logramos devolver el Puño de Ka a mi pueblo, pondremos fin al mal de Pembroke.

Supuse que no tenía sentido discutir acerca del tesoro por el momento. Y, en todo caso, lo mejor era dejar de hablar del tema, para no seguir mortificando a Adonis. Mi hermano no consiguió encontrar una buena razón por la que yo no debiera vengar la muerte de nuestro padre, pero la sola idea de que yo no iba a quedarme para ayudarle con la plantación de pomelos hacía que la cara se le pusiera roja y empezara a chisporrotear, con lo que los *por favor* y los *gracias* que no dejaban de brotar de su boca empezaban a parecer maldiciones.

Así que, después de eso, seguimos haciendo funcionar la bomba en silencio, salvo por las oraciones a Ka que Kira susurraba al amanecer y al atardecer. Yo dediqué el resto del tiempo a intentar resolver cómo iba a destruir a Pembroke, y no llegué a ninguna conclusión, pues más allá de hacerle llegar un mensaje a Li Homaya para que dejara de perseguir a mi tío y regresara con sus buques de guerra a Pella para hacer frente a Pembroke, no tenía ni la más remota idea de por dónde empezar.

Ahora, en la mañana de nuestro cuarto día en el mar, la tripulación volvía a estar en alerta, solo que esta vez no era porque hubiera un barco en el horizonte.

—¡Remos fuera!

El personal de artillería de la sección media de la nave giró al mismo tiempo, apartándose del cañón correspondiente. Luego desataron una docena de remos gigantes que había en el techo de la cubierta y empezaron a sacarlos por las portas de artillería de la parte central del barco.

Mientras los veía prepararse para remar, comprendí por qué el aire de la mañana se había tornado tan caluroso y asfixiante y la brisa había dejado de soplar a través de las portas.

Por fin habíamos llegado a la isla Bochorno. Por el momento, estábamos a salvo. Y yo, casi en casa.

Una vez que el barco atracó, cuatro de los hombres de Healy nos relevaron en la bomba. Nos encaminamos entonces a la cubierta de intemperie, donde estiramos los músculos cansados y parpadeamos ante el sol matutino, abrasador incluso a través de la sofocante neblina que cubría la isla.

El refugio pirata de Puerto Rasguño lucía prácticamente igual que el día de nuestra partida: una colección de chabolas sucias y podridas apiñadas alrededor de un puerto rudimentario. El lugar estaba inusualmente tranquilo: además del *Timo* solo había otra nave en el muelle, el *Trasgo de los Mares*, y las calles estaban en su mayor parte vacías salvo por los miembros de la tripulación de Healy, que entraban y salían de la embarcación cumpliendo con distintas misiones.

Healy estaba de pie cerca de la escalerilla dando órdenes. Al ver que mirábamos con inquietud a los piratas que se encontraban en el muelle, sonrió.

—No os preocupéis. No os matarán a menos que les deis una nueva razón para hacerlo. Con vuestro trabajo en la bomba saldasteis la cuenta.

—¿Qué es ese olor tan horrible? —preguntó Kira, arrugando la nariz. Era la única de los cuatro que nunca antes había estado en Bochorno.

—Es por el volcán —dije—. Eso y el desaseo.

Los ojos de Kira se agrandaron cuando levantó la mirada hacia el cielo y vio por primera vez la cumbre humeante que hacía que la isla entera hediera a huevos podridos.

—Por favor, no te preocupes, gracias —le dijo Adonis—. No estallará. Solo sirve para apestar el lugar, gracias.

—¿Entonces? —nos preguntó Healy—. ¿Iréis a la plantación?

Los cuatro nos miramos unos a otros. No habíamos hablado de lo que haríamos una vez que llegáramos a la isla.

—Por favor, sí, gracias.

Miré al Tripas, que se encogió de hombros.

—¿Dónde, si no, vamos a quedarnos?

—Parece que sí, a la plantación —le dije a Healy.

—¿Lleváis todo lo que necesitáis? ¿Tenéis dinero?

—Un poco —dije, encogiéndome de hombros.

—Bien: ¿cuánto tenéis?

Los cuatro volvimos a intercambiar miradas.

—Nada.

Healy suspiró, escarbó en el bolsillo un puñado de monedas y me las entregó.

—Si necesitáis algo, es probable que estemos en el puerto un día más o así. Arreglaremos un poco las cosas, posiblemente busquemos un aliado —dijo, mirando de reojo el *Trasgo de los Mares*— y luego zarparemos rumbo a Villa Edgardo para más de lo mismo. Entretanto, si te topas con un carpintero decente, mándamelo. Me será de utilidad para reparar esa brecha.

Dicho eso, me dio una palmada en la espalda e hizo lo mismo con mis amigos.

Al llegar junto a Adonis, lo tomó por los hombros y lo miró a los ojos con expresión grave, pero amable.

—Sigue así, hijo. Ser un buen hombre exige esfuerzo. Pero lo tienes dentro de ti —alzó la mirada hacia el cielo—. Tu madre te está observando. Haz que se sienta orgullosa.

La mención de nuestra madre hizo que se me formara un pequeño nudo en la garganta.

Y a Adonis debió de pasarle lo mismo.

—Gracias, por favor —le dijo a Healy con voz rasposa.

—De nada, gracias a ti muy por favor —dijo Healy con una sonrisa de satisfacción.

Entonces Spiggs lo llamó desde el otro lado de la cubierta, y nos dejó para que desembarcáramos por nuestra cuenta.

De repente, sin embargo, pensé que no quería irme. La idea de seguir caminos distintos con Quemadura Healy no me sentó bien. Era la primera vez que nos separábamos desde que sabía que era mi tío.

Por otro lado, no tenía elección. Él no me había pedido que me quedara precisamente. Y tarde o temprano iría a darse cañonazos con Destripador Jones y Li Homaya, y yo no quería estar cerca de esa batalla si podía evitarlo.

Con todo...

Había algo de lo que necesitaba asegurarme antes de irme.

Los demás ya estaban listos para bajar por la pasarela.

—¡Un segundo! —grité, y corrí hasta el otro lado de la cubierta donde Healy y Spiggs estaban hablando.

Mi tío me oyó llegar y para cuando lo alcancé había dado media vuelta. Tenía las cejas juntas y un gesto de aflicción en la mirada.

—Lo siento, hijo. Hay trabajo sucio por hacer y este no es lugar para niños. Quiero decir, si yo pudiera...

—No es eso —dije.

—Oh —dijo. Parecía ligeramente confuso—. Entonces: ¿qué?

—He tomado una decisión —le dije—. Voy a destruir a Roger Pembroke. O morir en el intento.

Casi sonrió. Pero no del todo.

—Bueno, en ese caso... —Se tomó unos segundos para escarbar en el bolsillo de nuevo—. Toma otras cinco monedas de oro. Las necesitarás.

Dejó caer las monedas en mi mano. Luego me revolvió el pelo de la cabeza y volvió a su conversación sin decir otra palabra. Tenía trabajo que hacer.

Y yo también.

CAPÍTULO 7

QUEHACERES DOMÉSTICOS

Las cosas habían cambiado mucho en la plantación de pomelos desde que nos habíamos ido, y no para bien.

Los huertos de la parte baja estaban descuidados y cubiertos de maleza, como si llevaran años sin podarse. Las hoces que se usaban para cosechar se encontraban tiradas en el suelo por doquier, cubiertas de manchas de óxido. Y no había un solo pirata de campo a la vista, si bien era posible oír sus voces roncas gritándose unas a otras en los alrededores del barracón.

A medida que nos acercábamos a la casa, lo primero que advertí fue que las mandíbulas de tiburón que papá había puesto encima de la puerta delantera habían desaparecido.

Y entonces me di cuenta de que la puerta delantera tampoco estaba.

En la pared, al lado de donde antes se encontraba la puerta, había dos agujeros del tamaño de balas de cañón. Así que probablemente no deberíamos habernos sorprendido cuando al entrar nos topamos con un cañón en medio del salón.

Estaba rodeado por una gruesa alfombra de trozos de botellas, huesos de pollo, naipes doblados y algunos muebles destrozados de forma increíble. El sofá era lo único que estaba más o menos entero, eso y el pirata sin piernas que solía ayudarnos en casa, que estaba dormido con un ejemplar de *Los principios del cultivo de cítricos* abierto sobre el pecho.

—¿Quintín?

—¡Atrás, sacos de mierda!

De un salto se puso de pie (bueno, de muñón, en realidad, pues sus piernas terminaban en lo que en la mayoría de las personas sería la parte alta del muslo), blandiendo un cuchillo que debía de tener escondido debajo del libro.

Entonces se dio cuenta de quiénes éramos.

—¡Egbert! Y... ¡El Salvador nos proteja! ¿Es ese Adonis? ¡Pensé que habías muerto!

Adonis estaba furioso.

—¿Qué le hiciste a la casa, estúpido?

—Respeto... —le recordé.

—¡Ton...! ¡Muchas gracias! —terminó, escupiendo las palabras de un modo que les otorgaba prácticamente el significado contrario.

Quintín parecía avergonzado.

—De haber sabido que vendríais, hubiera...

—¿... Evitado hacer agujeros en la pared? —sugerí.

Negó con la cabeza con gesto apesadumbrado.

—Eso fue una mala noche. La lección está aprendida, os lo aseguro.

Entonces sus ojos aterrizaron sobre Kira y la cara se le iluminó. Se subió sin ayuda al brazo del sofá y estiró la mano.

—Hola, amor. Creo que no nos conocemos. Quintín Bailey, manitas. No le prestes atención a mis piernas. Los listos nos las apañamos sin ellas.

Kira le estrechó la mano con cautela.

—Kira Zamorazol.

—Eres un regalo para los ojos —dijo. Y se volvió para guiñarme el ojo—. Tú sí que sabes buscártelas, ¿no, Egbert?

Eso no le gustó al Tripas.

—¡Atrás, *billi glulo porsamora*!

Quintín se limitó a sonreírle.

—¡Mirad quién ha estado saliendo con orejicortos! —dijo. Luego señaló con la cabeza el muñón del Tripas—. ¿Adónde fue a parar tu garfio?

—Me lo robaron los nativos —farfulló el Tripas.

—Se lo compraste a Ozzy, ¿no es cierto? Se compró uno nuevo en el Rasguño hace un tiempo. Es probable que también te lo venda: se ha quedado sin blanca.

—¡Qué demonios! —Adonis había entrado en la sala de estar y, a juzgar por la furia de su voz, lo que había encontrado allí no debía de ser muy agradable.

—¡Había planeado limpiar eso! —le gritó Quintín. Y enseguida añadió entre dientes—: Tan pronto como encontrara la carretilla.

—¿Qué diantres ha pasado aquí? —le pregunté.

—Eh —dijo. Parecía incómodo—. ¿Por qué no os preparo algo de comer? Mejor hablar con el estómago lleno.

Como la mayoría de los platos de Quintín, el estofado que nos puso delante era sustancioso, pero no exactamente sabroso, y había que comerlo deprisa antes de que se endureciera. Dado que la mayoría de las sillas del comedor habían desaparecido, comimos de pie, alrededor de la mesa de la cocina, mientras él nos contaba lo que había ocurrido.

Dejar a los cincuenta piratas de campo solos, sin nadie a cargo, con varios cajones de armas a su disposición y dinero suficiente para emborracharse durante semanas había resultado ser, evidentemente, una receta para el desastre. Además de casi destrozar por completo la casa, nadie había trabajado ni una pizca en los campos a lo largo de las seis últimas semanas y lo que en otro caso habría sido un brote manejable de roya del pomelo se había propagado tanto por los huertos de la parte alta que existía el riesgo de perder toda la cosecha.

La única buena noticia era que a los piratas de campo se les había agotado el dinero, así que no podrían comprar más ron a menos que volvieran a trabajar. Y alguien (Quintín no estaba seguro quién) había sido lo bastante sensato para recoger todas las armas en medio de la noche y arrojarlas desde el Risco Podrido.

Por desgracia, no antes de que los cincuenta trabajadores de la plantación hubieran quedado reducidos a treinta y seis, en su mayoría debido a las discusiones derivadas de los juegos de cartas.

—La cuestión es —reconoció Quintín— que ninguno de nosotros tiene lo que llamaríamos madera de capitán. Podemos obedecer órdenes, en especial si las respalda una buena porra. Pero lo de hacer nuestras propias reglas... no se nos da tan bien.

—¿Y qué hay de Otto? —Otto era el capataz y, en el pasado, había sabido gestionar muy bien las labores en la plantación.

—Él, eh... acabó en el lado equivocado del cañón. ¿Os acordáis de esa regla que tenía vuestro padre de que nadie podía poseer armas? Muy inteligente. —Quintín asintió complacido—. Otra regla inteligente era la de prohibir la bebida y el juego. Creo que es el momento de recuperar esas reglas.

—Vamos a recuperar todo eso —dijo Adonis con firmeza—. Yo y Egbert estamos a cargo ahora. Vamos a enderezar las cosas aquí, gracias, por favor.

—No sé cómo los chicos se tomarán eso —dijo Quintín—. A estas alturas ya están acostumbrados a no tener jefe en la plantación.

—Pero si esto sigue así, al final no habrá plantación —dije yo—. Terminará completamente arrasada.

Toda la situación me hacía sentir furioso (e impotente, lo que era peor). Por suerte, justo entonces apareció Mungo con una sonrisa que le llenaba toda la cara y me dio un gran abrazo.

De todos los piratas maltrechos que trabajaban en los huertos para mi padre, Mungo era mi preferido. Le faltaba un buen trozo del cráneo, lo que le impedía hablar, pero a pesar de ello siempre nos habíamos entendido bastante bien.

Después de saludar a Adonis y al Tripas, y de que yo le hubiera presentado a Kira, me hizo una pregunta. Las palabras eran incomprensibles, pero capté a qué se refería. Y me sentía demasiado cansado y hecho polvo para no ser sincero.

—Es un lío, Mungo —dije—. Ni siquiera sé por dónde empezar.

Él respondió dedicándome una sonrisa amable. Después me palmeó en el hombro y me dijo, con su típico gorjeo, que todo iba a salir bien y que lo que debía hacer era dormir.

Miré a mis amigos, demacrados y ojerosos. Aunque ni siquiera había atardecido, el duro trabajo a bordo del *Timo* durante los días previos nos había dejado absolutamente exhaustos.

—Descansemos un poco —dije—. Nos ocuparemos de todo por la mañana.

Mi dormitorio estaba apenas a unos pasos de distancia y me encaminé hacia él, encantado de poder echarme en mi propia cama por primera vez en lo que me parecía una cantidad enorme de años.

—Yo tendría cuidado antes de abrir...

Antes de que Quintín pudiera terminar la frase, yo ya había abierto la puerta y estaba volviéndome a mirarlo por encima del hombro cuando un mono me saltó a la cabeza y empezó a arañarme la cara.

Los siguientes segundos fueron bastante caóticos (y, sobra decir, dolorosos), pero Mungo y el Tripas consiguieron quitarme al pequeño monstruo de la cabeza y volverlo a encerrar en el dormitorio antes de que pudiera lanzarse al contraataque.

—Sí, ese es *Clem* —dijo Quintín a modo de explicación—. Uno de los chicos lo compró en el Rasguño. Pero la gente no le gusta mucho, así que, ejem, lo de vivir en el barracón no funcionó. Tu habitación, en cambio, le encantó: ahí dentro vive tan feliz como un cerdo en estiércol. Bueno, como un mono en estiércol. Hay una buena cantidad de caca ahí adentro. No suele salir mucho de allí, excepto para robar comida.

—Creo que dormiré arriba —dije.

El camino hasta la planta alta se me hizo larguísimo. Me sentía perdido antes incluso de haber empezado.

No podía dejar a mi hermano con un lío semejante. Pero tampoco tenía ni idea de cómo solucionarlo.

¿Cómo demonios iba a derrotar a Roger Pembroke si ni siquiera era capaz de sacar a un mono de sesenta centímetros de mi propia habitación?

Cuando llegué al dormitorio de papá, no me atreví a mirar dentro, mucho menos a dormir allí, por temor a desmoronarme recordándolo, de modo que me dirigí a la que era la habitación de mi hermana Venus.

En medio del colchón había un agujero chamuscado de treinta centímetros de diámetro. Alguien debió de intentar sofocar el fuego con ron, pues todo el recinto hedía como una taberna de Puerto Rasguño.

Me hice un ovillo en el borde de la cama y me pregunté cómo estaría mi hermana.

Se había quedado en la selva, bramando como una loca a sus sirvientes moku. La tribu la trataba como una reina y ella estaba convencida de que lo era. Sin embargo, todo era un error. Por alguna razón, los moku creían que Venus era la Princesa del Alba, una diosa venerada por los okalu, la tribu de Kira, los archienemigos de los moku. Su plan era tener a mi hermana gorda y feliz hasta la estación lluviosa, momento en que la sacrificarían a Ma, el dios del trueno.

Al pensar en ella se me formó un nudo de culpa en el estómago que me hizo sentir náuseas, pues era consciente de que sin importar cuán cruel y estúpida hubiera sido Venus conmigo en el pasado, mi deber como hermano era salvarla.

De igual modo, era consciente de que mi deber con Adonis era quedarme e intentar ayudarle a desenredar el caos en que estaba convertida la plantación de pomelos.

No obstante, la decisión que había tomado implicaba dejar en la estacada tanto a mi hermano como a mi hermana. Porque lo primero que tenía que hacer era detener a Roger Pembroke. Aunque no tuviera idea de cómo hacerlo y aunque no fuera lo bastante recio como para impedir que un mono me llenara de caca la habitación.

Era demasiado. Si me hubiera quedado un ápice de energía, lo habría desperdiciado estallando en lágrimas por lo impotente y abrumado que me sentía.

Me estaba engañando al pensar que alguna vez podría valer diez millones de oro, ya fuera para Healy o para cualquier otro.

Lo que tenía que hacer era huir.

Muy lejos.

Con Millicent.

Con suerte, ella todavía se encontraría en la isla Amanecer, que estaba apenas a unas cuantas horas de Bochorno.

Podía escabullirme hasta Puerto Rasguño..., contratar un barco con el dinero que me había dado mi tío..., entrar clandestinamente en Amanecer..., encontrar a Millicent..., convencerla de que se fugara conmigo...

Solos los dos..., juntos..., dejando atrás todos los problemas...

Millicent y yo...

Millicent...

Me desperté hacia el amanecer y permanecí echado en la cama durante un rato, escuchando el canto de los pájaros y rumiando qué hacer a continuación. Doce horas de sueño habían apuntalado mi sentido del honor y ya no creía que la única alternativa fuera huir.

Al menos no hasta haber ayudado a Adonis a limpiar la casa.

Fui a la planta baja, saqué agua del pozo que había detrás de la casa y fregué los platos por primera vez en mucho tiempo. Dejé dos cubos de agua fresca en la cocina para los demás y luego busqué un cubo de basura y una pala y comencé a limpiar el salón.

Vacié el cubo repleto de basura detrás del establo (fue un alivio ver que los caballos seguían con vida, y no mucho más desnutridos de lo que estaban cuando me fui) y regresaba para llenarlo de nuevo cuando me topé con Kira.

Estaba sentada en los escalones del porche, estudiando el mapa que le había transcrito a bordo del *Timo*.

—Cuenta una historia —dijo.

—Pensaba que no podías leerlo.

—No puedo. Solo conozco algunos símbolos. Pero mira... —Señaló una *X* garrapatosa sobre la que había dos círculos—. Estas hondas cruzadas significan que hubo una batalla. Y estos dos de aquí... —Indicó un par de símbolos, un barco sobre el agua junto a un ojo dentro de una nube—. El primero es un viaje por mar, y el segundo es Ma, el dios del trueno. Ellos viajaron hacia Ma, el dios de nuestros enemigos.

—¿Qué significa?

—No lo sé —dijo—. Pero toda la historia es acerca del Puño. Su símbolo aparece una y otra vez. Cuando consigamos traducirlo, lo encontraremos.

La esperanza con la que hablaba me decía que ella aún creía que el Puño de Ka tenía el poder que las leyendas le atribuían. Y que si lo hallaba, salvaría a su tribu.

—¿Cómo diablos vamos a conseguir traducirlo? —le pregunté.

Me miró como si fuera un idiota.

—De la misma forma que vamos a detener a Roger Pembroke. Encontrando a los okalu.

—¿De qué servirá eso?

—Hay guerreros entre mi pueblo —dijo—. Muchos. Y no tenemos mayor enemigo que Pembroke. Es nuestra tribu a la que utiliza como esclavos en la mina de Amanecer. Y los moku ocupan nuestras tierras gracias a las armas que él les proporciona.

Kira entrecerró los ojos antes de continuar.

—Y ordenó la muerte de mi padre así como la del tuyo. Si encontramos a mi tribu, todo okalu vivo nos ayudará a pelear contra él.

—¿Pero qué pasa si el Puño no es...?

—Puño o no Puño, mi pueblo nos ayudará.

Estuve a punto de brincar y darle un abrazo.

—¡Eso es fantástico! ¡Ni siquiera se me había ocurrido!

Ella se rio.

—¿Qué...? ¿Pensabas que íbamos a detener a Roger Pembroke por nuestra cuenta? ¿Solo los tres?

No me preocupé por contestar a eso. Y cuando el Tripas se sumó a nosotros y se sentó en el porche al lado de Kira, empecé a darle vueltas a cómo podríamos llegar hasta los okalu. Nuestro intento de llegar a su base en las montañas conocidas como los Dientes del Gato había sido desbaratado por los moku y los soldados rovianos a las órdenes de Pembroke.

—¿Cómo vamos a llegar hasta los okalu? —pregunté—. No podemos volver a ir por tierra. Es demasiado peligroso.

Kira ya había pensado en eso también.

—Iremos a Villa Edgardo. El señor Dalrymple, que fue mi tutor cuando viví allí, es amigo de mi pueblo. Él sabrá cómo contactar con la tribu.

—Pues tenemos que ir a la *pudda* Villa Edgardo —dijo el Tripas.

—Está a solo unos pocos días de aquí —dije yo—. ¿Cómo de difícil puede ser?

Muy difícil, según nos enteramos.

—Los únicos barcos que pasan por Bochorno y atracan en Villa Edgardo —nos explicó Quintín mientras sacaba del horno una bandeja de galletas para el desayuno— son los buques mercantes. La mayoría lleva los pomelos de vuestro padre... que el Salvador lo tenga en su gloria. —El pirata se besó la punta del dedo y lo levantó al cielo. La noticia de la muerte de papá lo había afectado más de lo que yo esperaba.

—Un buque mercante está bien —dije—. Tenemos un poco de dinero: podemos pagar nuestro pasaje.

Eso era lo mismo que habíamos hecho el Tripas y yo para ir a Pella Nonna.

—En ese caso... el próximo pasará en tres meses.

—¿Tenemos que esperar tres meses para abordar un barco?

Al decir esto, se abrió la puerta de mi dormitorio y salió Adonis, acompañado de un fuerte hedor a caca de mono.

—Suena perfecto —dijo—. Tres meses es tiempo suficiente para que me ayudes a volver a poner en marcha la plantación, gracias, por favor.

—¿Qué estabas haciendo ahí dentro? —preguntó Kira.

—Alimentando a *Clem* —dijo, y le enseñó un puñado de nueces—. No es tan malo en realidad. Haced las paces con él, es un buen mono, por favor.

Lo último que quería era quedarme varado en Bochorno durante tres meses.

Por suerte, teníamos otra opción.

Miré al Tripas y a Kira.

—Quemadura Healy se dirige a Villa Edgardo —les recordé—. ¿Qué tal si le pedimos que nos lleve?

—¿Y terminar hundidos cuando se tope con Li Homaya y Destripador Jones? ¡A la *blun* con eso!

—Pues por la forma en que Healy lo dijo, me pareció que su plan era ir a Villa Edgardo antes de intentar enfrentarse a ellos. Y debe de estar a punto de irse.

Kira negó con la cabeza.

—La tripulación nunca nos dejará subir a bordo de nuevo. A menos que uno de nosotros sea carpintero.

Quintín dejó de mirar las galletas.

—Yo soy carpintero.

CAPÍTULO 8

EL CARPINTERO SIN PIERNAS

Lamento haberte atizado, gracias.

Me palpé el cardenal que tenía en el pómulo. Se había hinchado bastante en las últimas horas.

—No hay problema. Supongo que yo también me habría enfadado.

Mientras desayunábamos, cuando Adonis cayó en la cuenta de que no solo íbamos a irnos de inmediato, sino que además íbamos a llevarnos con nosotros a la única persona en la casa que sabía cocinar y hacer la colada, estalló. Como en muchos de sus ataques de furia a lo largo de los años, el blanco fui yo, solo que esta vez el nuevo Adonis, con sus esfuerzos por ser amable, me inspiraba un falso sentimiento de seguridad, de modo que cuando el viejo Adonis reapareció de repente, no me dio tiempo a subir los brazos para bloquear el puñetazo.

Después de que Quintín y el Tripas me lo hubieran quitado de encima, había pasado algún tiempo gritándome:

—¡LO SIENTO, LO SIENTO, GRACIAS!

Pero por la forma en que lo decía no parecía en absoluto

que su intención fuera disculparse. Después se había enfurruñado y durante varias horas se negó a hablar con cualquiera de nosotros o hacer algo distinto de sentarse en el porche a darle nueces a *Clem*.

No sé si fueron las nueces o qué, pero mi hermano y el mono habían hecho realmente buenas migas. *Clem* chillaba y le enseñaba los dientes a todo el que se acercaba a poco menos de un metro de él excepto a Adonis, que sentado en los escalones del porche le rascaba la panza repleta de nueces mientras el mono permanecía echado de espaldas, dormitando en el opresivo calor de la tarde.

La última disculpa de Adonis no solo era lo primero que me decía en horas, sino que de verdad sonaba medio sincera, así que consideré que no correría peligro si volvía a ponerme al alcance de sus puños y me senté a su lado en la escalera del porche.

Adonis se mordía el labio mientras veía a Mungo enganchar los caballos al coche. Para entonces mi hermano no parecía furioso y tampoco enfurruñado. En lugar de ello parecía asustado. Una vez que Kira y el Tripas regresaran de la ladera oeste del volcán, adonde habían ido para que Kira pudiera ver la tumba del Rey del Fuego, lo dejaríamos solo con el caos que era ahora la plantación.

Habíamos hecho todo lo que estaba a nuestro alcance para ponérselo más fácil. Después de limpiar toda la casa, yo mismo había ido al barracón para buscar a Janks, el hombre más fiable entre los piratas de campo que seguían con vida, y le di cinco monedas de oro para que sustituyera a Otto como capataz.

Entretanto, Quintín había lavado la ropa sucia de Adonis y ahora estaba en la cocina preparándole un estofado para que tuviera comida hecha por lo menos para un par de días.

—Volveré —le dije a Adonis por décima vez—. Tan pronto como me haya encargado de este asunto.

Me fulminó con la mirada.

—Se supone que el asunto del que tienes que encargarte está aquí, gracias. Se lo juraste a papá antes de que muriera.

—Voy a vengar su muerte. Me parece que es lo que él hubiera querido.

Adonis no dijo una palabra.

—¿Tienes suficiente oro? —Con excepción de lo que le había pagado a Janks, le había dejado prácticamente todo lo que Quemadura Healy nos había regalado—. Todavía me quedan tres monedas si las quieres.

Negó con la cabeza.

—No las necesito, por favor.

Kira salió de la casa vestida con su ropa, que Quintín había lavado y estaba todavía húmeda. Para ir a la montaña se había puesto un viejo vestido de Venus.

—La casa está mucho mejor —dijo.

—Gracias. —Se me ocurrió un comentario sarcástico sobre toda la ayuda con la que había contado para hacer la limpieza, pero supuse que era mejor no decir nada—. No sabía que ya habíais regresado. Encontrasteis la tumba, ¿verdad?

Ella asintió con gesto apesadumbrado, y yo sentí también una punzada de pena al pensar que si los hubiera acompañado, habría podido visitar la tumba de mi madre, que estaba enterrada allí arriba.

Pero en tal caso todavía tendríamos que limpiar la casa, y lo cierto era que necesitábamos volver a Puerto Rasguño lo más pronto posible, antes de que Quemadura Healy zarpara. De hecho, existía la posibilidad de que ya lo hubiera hecho.

—¿Dónde está tu amigo, gracias? —le preguntó Adonis a Kira.

—Fue al barracón. Quiere comprarse un garfio para la mano.

—¿Está listo Quintín? —pregunté.

—Creo que sí —dijo ella, y entró de nuevo a la casa a buscarle.

Me levanté. Salvo por la mano con la que seguía rascándole la panza a *Clem*, Adonis no se movió. Era realmente extraño verlo mimar al animal. Hasta entonces había ignorado que mi hermano tuviera la capacidad de ser así de dulce.

—Quintín cree que Janks será un buen capataz si sabes tratarlo bien —dije—. Solo... recuerda lo que Healy dijo acerca del respeto y todo saldrá bien.

En realidad no creía que fuera a ser así. Conseguir que los piratas aunaran sus esfuerzos y devolvieran la plantación a una situación decente era una labor que requería mucha inteligencia y liderazgo. Y Adonis no era inteligente y estaba muy lejos de ser un líder.

Creo que él era consciente de eso y que por ello estaba tan molesto.

—Sabes que podrías venir con nosotros, ¿verdad? —dije.

Él negó con la cabeza.

—Este es mi lugar, aquí, por favor. Y en cualquier caso, estáis locos.

—¿Por qué?

—Vais a volver a ese barco. El Destripador y el tío ese Lilo-como-se-llame van a hacerlo volar por los aires.

Yo había estado intentando no pensar en el tema.

—Y eso si la tripulación de Healy os deja subir a bordo, lo que probablemente no ocurra.

—Bueno, en ese caso... volveremos para la cena.

Quintín apareció en la entrada, caminando con las manos. Kira llegó detrás de él.

—Todo en orden. El estofado está listo para comer —le dijo a Adonis—. No lo dejes en la olla más de un día; si no, te dará dolor de panza después.

Quintín tenía una gran sonrisa en la cara. Como todos los demás trabajadores de la plantación, había sido pirata antes de quedar demasiado herido para formar parte de una tripulación, y la perspectiva de volver a hacerse al mar con Quemadura Healy lo tenía más emocionado de lo que nunca lo había visto.

Yo seguía sin estar seguro de cómo iba a tomarse Healy la idea de contratar a un carpintero sin piernas, pero nuestro plan (prometerle que los tres seríamos las piernas de Quintín y lo llevaríamos de un lado a otro del barco cuando se lo necesitara) parecía razonable, siempre que la tripulación estuviera de acuerdo.

Mungo nos hizo una señal para indicar que el coche estaba listo. Habíamos decidido llevarlo para que Quintín no tuviera que caminar sobre las manos hasta Puerto Rasguño, y Mungo llevaría las riendas porque el viejo cochero, Chaparrito, no había sobrevivido a su última partida de cartas.

Tuvimos que esperar unos cuantos minutos más a que el Tripas terminara su transacción. Mientras lo hacíamos, el suelo empezó a temblar como una mesa coja. Kira parecía aterrorizada.

—¿Qué está ocurriendo?

—Es un terremoto —dije—. Son frecuentes aquí.

Quintín miró entornando los ojos en dirección al volcán.

—Últimamente son más regulares. Y el mes pasado también lanzó cenizas.

—Espero que os escupa lava por el camino —gruñó Adonis. Pero debió de sentirse culpable por haber dicho eso, pues un segundo después añadió—: Lo siento, gracias.

Justo entonces apareció el Tripas. Llevaba un nuevo garfio atado al muñón de la mano izquierda con una correa que quedaba oculta bajo una capucha de cuero.

—¡El suelo tiembla! —dijo, retorciendo la cara con fuerza.

—Un terremoto. No pasa nada —dije, y moví la cabeza para señalar el garfio—. ¿También le pondrás nombre?

El Tripas le había puesto *Lucy* a su anterior garfio, algo que a mí siempre me pareció absurdo.

Él hizo una mueca.

—No. Eso solo serviría para ponerme más furioso si llego a perderlo.

Después de despedirnos de Adonis (momento en el que *Clem* despertó y chilló en nuestra dirección, lo que más o menos era el equivalente animal del estado de ánimo de mi hermano) nos metimos en el coche y empezamos a descender por el camino lleno de baches que llevaba al puerto.

Saqué el brazo por la ventana para decirle adiós por última

vez a mi hermano, y él replicó haciéndome con la mano un gesto por el que en Puerto Rasguño podían matarte.

—¿Crees que se las arreglará? —le pregunté a Quintín.

Él se encogió de hombros.

—Probablemente, no.

Los piratas de Healy pululaban por el muelle en el que estaba atracado el *Timo*, cargaban el barco con tanta rapidez que parecía que fueran a zarpar en cualquier momento. Yo no quería interrumpirlos por temor a que me decapitaran, de modo que estuvimos esperando con nerviosismo hasta que Spiggs pasó dando grandes zancadas y nos vio.

—¿Buscando al capitán?

Asentí con la cabeza.

—Fue a reunirse con el capitán del *Trasgo de los Mares* —dijo Spiggs, señalando a la calle—. Echad un ojo en la Cabra Ciega.

Dejamos a Mungo con los caballos para que no fueran a robarlos y nos dirigimos a la calle. Estaba tan sucia que Quintín prefirió ir a caballito en mis hombros en lugar de caminar con las manos.

—Qué extraño, Quemadura Healy en la Cabra Ciega —dijo, la cabeza tan cerca de mi oreja que podía sentir su aliento.

—¿Por qué lo dices? —pregunté.

—Es un antro del Destripador —dijo.

La Cabra era un local cuadrado de una sola planta con las paredes de madera tan combadas que parecía que iba a venirse abajo en cualquier momento. Estábamos a menos de diez metros del lugar cuando dos hombres corpulentos salieron por la puerta principal, armados con pistolas, y doblaron corriendo la esquina opuesta de la taberna.

—Espera un momento —dijo Quintín.

Me detuve.

—¿Por qué?

—Solo en caso de que estén huyendo de algo en lugar de corriendo hacia algo. No quisiera obstaculizar el camino.

Sin embargo, nadie salió a perseguirlos, así que después de esperar un buen rato en la suciedad de la calle, continuamos nuestro camino y entramos en la taberna.

La única luz que había en el lugar era la que entraba por la puerta y la docena de grietas de las paredes y el techo, así que nuestros ojos tardaron un momento en acostumbrarse a la penumbra. El local estaba vacío salvo por los tres piratas mugrientos, encorvados sobre la barra riéndose disimuladamente.

El camarero alzó la cabeza al vernos.

—¿Qué queréis? —gruñó.

—Buscamos a Quemadura Healy —dije.

Los hombres se rieron.

—Casi te lo encuentras —dijo uno.

—¿Sabéis adónde ha ido? —pregunté.

—Abajo, espero —dijo otro, y todos volvieron a reírse.

Seguía sin entender qué pasaba.

—¿Hay un sótano?

Más risitas. Y entonces uno dijo:

—Está muerto, chico.

Sentí un vacío en el estómago al oír eso.

—Espera, Zig —gruñó el camarero—. El trabajo no está hecho aún: lo habríamos oído.

Las palabras apenas acababan de salir de su boca cuando en algún lugar a sus espaldas se oyó un estrépito, como si alguien acabara de saltar a través de una ventana. Luego se oyeron varios disparos... y, finalmente, un batacazo que más que oír sentí a través del suelo de madera.

—¡Ahora sí!

—Vino pidiendo ayuda, se fue con un agujero en la cabeza.

Los hombres se carcajeaban con regocijo mientras chocaban las manos para celebrarlo. Horrorizado, miré detrás de ellos hacia la puerta cerrada que había en la pared posterior.

El camarero, desdeñoso, se volvió para mirarnos.

—Al final Healy resultó no ser tan duro. Jones nos pagará una buena recompensa por ese fiambre —dijo. Empezó a caminar hacia nosotros y mientras hablaba se sacó un cuchillo de la pretina del pantalón—. Y en cuanto a vosotros...

Quintín se dejó caer al suelo. El Tripas dio un paso adelante blandiendo el nuevo garfio. Estaba alzando los puños, y maldiciéndome por haber sido lo bastante estúpido como para entrar en semejante lugar desarmado, cuando la puerta de la parte trasera se abrió.

El camarero echó un vistazo por encima del hombro, y quedó lívido.

En el marco de la puerta estaba Quemadura Healy, con una pistola en cada mano. En la pequeña habitación que quedaba a sus espaldas, algo pesado y flojo se deslizó de una silla y cayó al suelo, lo que produjo un nuevo batacazo que hizo vibrar el entarimado.

Los tres piratas de la barra salieron corriendo con tanta prisa que habían desaparecido antes de que el cuchillo del camarero tocara el suelo.

Healy caminó hacia la barra. A través de la puerta por la que acababa de salir, vi una mesa, algunas sillas, un montón de vidrios rotos y varios bultos en el suelo. Dos de esos bultos parecían los hombres que habíamos visto correr hacia la parte posterior del local justo antes de entrar.

Mi tío dejó las pistolas sobre la barra y tomó una botella de licor marrón y un vaso del estante superior.

—Nunca es fácil —dijo, negando con la cabeza al tiempo que limpiaba el borde del vaso con el faldón de la camisa—. Pasas años labrándote una reputación para que, cuando necesites algo, no tengas que disparar a nadie para conseguirlo. —Se sirvió un trago—. Pero tan pronto como pasa algo, todos creen que pueden contigo.

Vació el vaso de un solo trago. Entonces miró en nuestra dirección.

—¿Qué hacéis aquí?

—Encontramos un carpintero —dije.

Ayudándose con las manos, Quintín saltó a un taburete y de allí a la barra. Caminando como un pato sobre los muñones llegó hasta Healy y estiró la mano.

—Quintín Bailey, capitán. Es un honor conocerlo. Tengo entendido que necesita un hombre con mis habilidades.

Healy estrechó la mano de Quintín con una expresión cautelosa en el rostro.

—¿El carpintero?

—Formado por maestros, sazonado por la experiencia. Ese soy yo.

—¿Cuánta experiencia?

—Cinco años como aprendiz en Puerto Seguro. Seis en barcos: el primero, después de ser reclutado a la fuerza, en la armada de Su Majestad; los siguientes cinco como principal de Verrugoso Creech, descanse en paz. —Quintín se besó el dedo y lo alzó al cielo.

Healy frunció el ceño.

—¿Eras el carpintero del *Cuervo*?

Quintín asintió con gravedad.

—Mi último barco.

—¿Por qué no pudiste salvarlo?

—Habría podido... si el proyectil que lo hundió no me hubiera arrancado las piernas. —Negó con la cabeza al recordarlo—. Si yo hubiera estado tres metros más allá, el *Cuervo* aún estaría navegando. Y yo también.

—Igual que Verrugoso.

—Sí... Seguro que sí.

Los ojos de Quintín se arrugaron con pena, pero no se encogió bajo la mirada avasalladora de Healy.

Finalmente, el capitán habló:

—Venga, vamos a mirar el barco.

—Eso es un buen mordisco, sí, señor.

Nos encontrábamos en la lúgubre bodega principal del *Timo*, apretados en el pasillo que se formaba entre el casco de babor y la gigantesca pila de barriles de agua que ocupaba casi todo el espacio. Quintín estaba encima de un barril examinando la desigual mezcla de tablones, sacos de grano, estopa y alquitrán con la que se había taponado el agujero de sesenta centímetros de diámetro que casi nos hundió durante el viaje.

Los piratas habían conseguido estabilizar la brecha, pero no repararla de verdad, y el agua de mar seguía penetrando por varios puntos y filtrándose en el casco.

Quintín lanzó un silbido de admiración.

—¿Qué fue? ¿Un obús?

Healy asintió con la cabeza.

—Desde una batería costera. ¿Cuántas horas te llevará repararlo?

Quintín miró de reojo mientras pensaba.

—Si no podemos escorarlo...

—No tenemos tiempo. Necesitamos zarpar cuando cambie la marea.

—¿No pueden esperar un día?

—Ya ha sido bastante arriesgado permanecer en este puerto tanto tiempo. Lo más probable es que Jones y Li Homaya estén realizando un barrido regular entre Bochorno y el continente. Si no hemos partido para la noche, nos sorprenderán fondeados.

Quintín negó con la cabeza.

—Puedo hacer un apaño. Apuntalarlo un poco. Pero si quiere un arreglo de verdad, habrá que sacar el barco del agua.

—Podemos ponerlo en dique seco en Villa Edgardo. Solo necesito que nos ayudes a llegar hasta allí.

Quintín resopló con incredulidad.

—Con el debido respeto, capitán, ¿cómo piensa tomar puerto en Villa Edgardo sin que lo cuelguen por piratería?

Villa Edgardo era la capital de la colonia, el mayor puerto roviano en las Nuevas Tierras. Yo nunca había estado en la ciudad, pero era de suponer que habría muchos soldados acuartelados en ella. Y la piratería se castigaba con la pena de muerte.

—Deja eso en mis manos —dijo Healy—. Solo necesito un apaño que resista el viaje.

—¿A qué velocidad?

—Catorce nudos, si el viento es bueno.

—No me arriesgaría a ir a más de ocho. Y no puedo prometer nada si entra en combate. En especial contra un barco como la *Garganta Roja*. —Esa era la nave de Destripador Jones—. ¿Qué embarcación tiene Li Homaya?

—Dos buques de guerra cartaginos. En total son cinco naves: el *Frenesí* y el *Lujuria de Sangre* se les han unido.

Esa última parte era una novedad para mí. El *Frenesí* y el *Lujuria de Sangre* eran buques piratas, pero hasta ese momento no sabía que estuvieran aliados con el Destripador. Healy debía de haberse enterado de ello al desembarcar en Bochorno.

Quintín abrió los ojos como platos.

—¿Los cinco? ¿Contra nosotros?

—Así es.

El carpintero quedó boquiabierto.

—¿Cómo por todos los...?

—No tenemos tiempo para contar toda la historia —dijo Healy—. ¿Cuánto tardarás en tenerlo todo listo?

—¿Con el material adecuado? —dijo Quintín, mirando de nuevo el agujero—. Unas cinco horas.

—Necesito que lo hagas en dos.

Quintín parecía mucho menos entusiasmado ante la perspectiva de volver a hacerse al mar que cuando salimos de la plantación.

—Y está la cuestión de las piernas —añadió Healy.

—¿Qué piernas? —preguntó Quintín.

—Esa es la cuestión. ¿Cómo vas a desplazarte por el barco si entramos en combate?

—Tenga en cuenta que estos tres serán mis oficiales —respondió Quintín, señalándonos con la cabeza—. Me llevarán a donde tenga que ir, pondrán los tapabalazos si es necesario.

Healy se volvió a mirarme con cara de preocupación. Yo me encogí de hombros.

—Si tu tripulación nos acepta... nosotros tenemos que ir a Villa Edgardo —dije.

—No hay ninguna garantía de que lleguemos.

—Lo entiendo.

—No estoy seguro de que lo hagas —dijo—. ¿Has estado alguna vez en una batalla naval?

—Estaba en el *Placer Terrenal*.

—Eso te parecerá una merienda campestre en comparación con lo que se nos avecina.

—Yo he participado en batallas —dijo el Tripas—. Como chico de la pólvora.

—¿A las órdenes de quién? —le preguntó Healy.

La cara del Tripas sufrió un espasmo.

—Del Destripador —dijo con la mirada clavada en los pies.

Healy no hizo ningún comentario. En lugar de ello, miró a Kira.

—He luchado en tierra firme —le dijo ella—. No temo a la muerte.

—Preferiría que lo hicieras —le dijo él.

Luego volvió a mirarme.

—¿Dónde está tu hermano?

—En la plantación.

—¿Se queda?

—Sí.

Healy se acarició la mandíbula mientras nos miraba fijamente uno por uno.

—¿Los oficiales del carpintero?

—Sí, señor.

Él hizo una mueca y, a continuación, se inclinó hacia mí.

—No soy tu padre, chico... —dijo en voz baja—, pero si lo fuera, nunca te dejaría subir a este barco.

Al ver el modo en que me miraba se me formó un nudo en la garganta.

—Quiero ir contigo —dije.

Su cara se endureció en una nueva mueca. Durante un momento clavó la mirada en los tablones del techo, como si estuviera pidiéndoles permiso. O quizá perdón.

Finalmente exhaló con fuerza por la nariz.

—De acuerdo —dijo. Y se volvió hacia Quintín—. Pídele al sobrecargo el material que necesites. Y date prisa.

Apenas había subido dos peldaños de la escalerilla cuando el titubeo en la voz de Quintín le hizo volverse.

—Le ruego me excuse, capitán...

—¿Sí?

—No hemos hablado acerca de la paga...

—Haz tu trabajo y recibirás una parte como el resto de la tripulación. Cincuenta mil monedas de oro.

La cara de Quintín era de confusión.

—Quiere decir que nos repartiremos cincuenta mil...

—Esa es tu parte. Os repartiréis diez millones.

A Quintín casi se le salen los ojos.

—Bueno, puedo vivir con ello.

—Esperemos que todos podamos.

OFICIALES

Después de comparar la lista de suministros elaborada por Quintín con las provisiones del *Timo*, el sobrecargo nos dio un puñado de monedas de plata y nos mandó a los tres a comprar más madera y clavos en la única tienda de Puerto Rasguño. De camino, me detuve para despedirme de Mungo, que se había quedado esperando con el coche en caso de que tuviéramos que regresar a la plantación.

—Por favor, cuida de mi hermano —le rogué—. Trata de evitar que se meta en problemas.

Mungo asintió con la cabeza de forma solemne y, a continuación, balbució su propia solicitud, que estuve seguro de entender perfectamente.

—Haré lo mismo con Quintín. Te lo prometo.

Mungo sonrió y entendí que mi suposición había sido correcta. Luego me dio un abrazo que casi me deja sin aliento. Después de eso tuve que darme prisa, no solo porque no quería que la tripulación fuera a pensar que me estaba escaqueando, sino también porque sentía que empezaba a conmoverme. La lista de las cosas que me gustaban de la plantación de pomelos era muy corta, pero Mungo la encabezaba.

Para cuando regresamos al *Timo* con las brazadas de madera y el cubo de clavos que habíamos ido a comprar, Quintín ya tenía a un equipo de piratas trabajando duro en un taller improvisado en la cubierta inferior, cortando madera para el nuevo arreglo. Apenas habíamos tenido tiempo de descargar la madera cuando apareció un pirata larguirucho provisto de una cinta métrica y nos midió la espalda.

—¿Qué estás haciendo? —preguntó el Tripas.

—Arneses.

El pirata se había ido antes de que pudiéramos preguntarle a qué se refería, pero en su lugar apareció un gualo fornido de cabeza cuadrada que satisfizo nuestra inquietud antes incluso de que pudiéramos plantearla.

—Os hará arneses de lona. Para vuestras espaldas. Para que podáis llevar al carpintero. Yo soy Ismail. Voy a adiestraros. Venid.

Ismail nos condujo hasta la bodega y nos ofreció un rápido *tour* del lugar. Estaba dividida en un compartimento principal cavernoso, en el que había cientos de barriles de agua apilados de lado hasta casi tocar el techo, y un puñado de compartimentos más pequeños en la proa y la popa que servían como pañol del pan, pañol de las velas, pañol del carpintero, chillera y polvorín.

La cubierta entera hedía a agua de sentina y, aunque fuera hiciera una tarde soleada, era oscura y lúgubre. A través de las rejillas de las cubiertas superiores se filtraba apenas un hilo de luz y a pesar de que había un par de faroles de aceite colgados en ganchos, ninguno de ellos estaba encendido.

—Los faroles solo en la noche —nos dijo Ismail—. Y nunca cerca del polvorín —añadió, señalando el pequeño compartimento en que se guardaban los barriles de pólvora—. A menos que queráis volar por los aires. Besar el cielo.

En el compartimento principal había un espacio vacío de unos sesenta centímetros entre el casco y las pilas de barriles de agua; en la proa y la popa había un estrecho pasillo del mismo ancho que separaba las paredes de los compartimentos del casco.

Cuando Ismail nos explicó nuestras funciones, la razón para ese espacio vacío alrededor del casco resultó clara.

—El primer trabajo del carpintero y los oficiales —empezó— es tapar cualquier agujero por debajo de la línea de flotación. Con la carga que llevamos ahora, la línea de flotación está más o menos por aquí. —Se puso de puntillas y estiró el brazo para marcar un punto justo por debajo del techo—. Así que no os preocupéis por los agujeros que pueda haber en las otras dos cubiertas. Solo aquí.

»Cuando una bala de cañón pasa a través del casco, vosotros tapáis el agujero. Tardáis veinte segundos, no hay problema. Tardáis cuarenta segundos, tenéis problemas. Tardáis un minuto, el barco entero tiene problemas.

Metió la mano en un saco de lona y extrajo un taco de madera de unos veinticinco centímetros de largo envuelto en estopa.

—Cada uno de vosotros dispondrá de un saco con tapabalazos. Este es el tapabalazo más pequeño. Para una bala de ocho kilos. El barco del Destripador suele disparar esas. Los buques de guerra de los orejicortos... —Extrajo un taco ligeramente más ancho—... disparan balas de diez kilos. Y si tenemos mala suerte —dijo, enseñándonos un taco del tamaño de mi cabeza— quizás de dieciséis. Muchas de estas y tendremos un gran problema.

»Cuando vayáis a tapar un agujero, llevad el saco con vosotros. Encontrad el tapabalazo del tamaño indicado y metedlo en el agujero golpeándolo con esto. —Extrajo un mazo de madera del saco y nos lo enseñó—. Suena fácil, ¿verdad? Pues no lo es. El agua entra rápido.

»Ahora... el segundo trabajo del carpintero: reparar los mástiles y las vergas cuando se rompen. Y también las vigotas. Eso es complicado. Tomará su tiempo enseñaros y la batalla se aproxima, otro se encargará de ese trabajo. Solo tened en cuenta esto: si alguien en la cubierta grita llamando al carpintero, quienquiera que en ese momento lo lleve a la espalda debe ir a la cubierta deprisa. ¿Alguno tiene una pregunta?

Nadie.

—Muy bien. Ahora, entrenaremos.

En cuestión de segundos Ismail nos tenía corriendo a toda velocidad de un lado a otro, llevando mazos y bolsas de tapabalazos, en reacción a los disparos y ubicaciones que iba cantando.

—¡Polvorín de estribor, abajo, diez kilos!

»¡Pañol del pan, arriba, cerca del techo, ocho kilos!

»¡Tres agujeros a babor, sección media, todos de dieciséis!

Era un trabajo duro. Pero resultó sencillo en comparación con lo que vino a continuación.

—¿Creéis que se os da bien? ¿Habéis aprendido el trabajo? ¿Sí?

Todos asentimos, al tiempo que nos limpiábamos el sudor de la cara.

Ismail sonrió y se sacó tres pañuelos del bolsillo.

—Muy bien. Ahora trabajaremos vendados.

El ejercicio tenía sentido en vista de cuán poca luz llegaba a la bodega, pero fue desastroso. A cada paso me golpeaba en las piernas, tuve un choque cabeza contra cabeza con Kira, que nos tumbó a ambos, y nunca había oído al Tripas maldecir tanto, lo que era mucho decir.

Una vez que la grieta estuvo sellada con el nuevo remiendo y el *Timo* se puso en marcha, Quintín se reunió con nosotros. El velero había terminado los arneses, e Ismail nos tuvo corriendo de arriba abajo por las escalerillas llevando a la espalda a Quintín o un saco de balas de cañón de peso equivalente.

Después Ismail hizo practicar a Quintín. Lo tuvo tanto tiempo saltando para subir y bajar de nuestros arneses, que cuando finalmente paramos para comer, el carpintero parecía tan agotado como sus tres oficiales.

Comimos a la luz de la luna, en la cubierta de intemperie, agradecidos por la brisa que nos secaba el sudor de la camisa.

El *Timo* había tomado el camino largo y rodeado la isla Amanecer, e incluso en la oscuridad era posible ver el escarpado contorno del monte Majestad elevándose hacia el este, así como un puñado de luces que titilaban justo por encima del horizonte y que, supuse, serían Villa Dichosa.

Me pregunté si Millicent estaría allí, en algún lugar.

Y, entonces, por primera vez en varios días, ese tío Cyril apareció en mi cabeza.

El chico mayor. El que había crecido con Millicent en Amanecer.

El que, según ella me dijo, era alto y guapo y rico y acababa de hacerse expulsar de un internado elegante de las islas Pez por hacer algo terriblemente impresionante.

El chico con el que Millicent aseguraba que iba a casarse.

«¿Está con él en este momento? ¿Bajo una de esas luces titilantes?»

Una pequeña esquirla de furia me atravesó el cerebro y, por un momento, consideré la posibilidad de saltar por la borda y nadar hasta la orilla.

Pero si estaba demasiado cansado para masticar, mucho más para nadar kilómetros de océano en medio de la oscuridad.

Después de cenar, Ismail nos mandó colgar nuestras hamacas en la cubierta inferior, y en un primer momento la perspectiva de echarnos a descansar nos llenó de entusiasmo. Pero resultó que no nos estaba enviando a dormir. Lo que quería era ver cuán rápido éramos capaces de bajar de las hamacas, descolgarlas y guardarlas.

No debimos de ser tan rápidos como quería, pues una vez que terminamos nos hizo repetir toda la operación.

Veinte veces.

Y luego vendados, veinte veces más.

Para cuando Ismail nos dejó por fin descansar, había empezado a odiarlo. Esa noche dormí como un tronco.

A la mañana siguiente tuvimos más de lo mismo, así como lecciones de reparación de vigotas y cómo trepar por los flechastes para reparar perchas rotas en el cordaje. Cada vez que nos dejaba hacer una pausa para descansar, Ismail nos examinaba sobre las distintas órdenes que podríamos oír si la nave entraba en combate, y eran tantísimas que muy pronto la cabeza me dolía tanto como los brazos y las piernas.

Sin embargo, pese a lo brutal que estaba siendo nuestro adiestramiento, cada vez que miraba a mi alrededor, no importa en qué cubierta estuviéramos, lo que veía era hombres trabajando tan duro como nosotros. Los marineros que se ocupaban del cordaje eran un borrón en movimiento constante, y el personal encargado de los cañones se ejercitaba sin parar. Si había un solo pirata a bordo del barco que se negara hacer su parte, nunca lo vi.

Poco a poco fui comprendiendo por qué los hombres de Healy siempre parecían mucho más capaces que otras tripulaciones: porque trabajaban con ahínco, día y noche, hasta que cada uno de los movimientos que requería su puesto había sido practicado tantísimas veces que el recuerdo se les quedaba grabado en los músculos.

La disciplina de hierro también era consecuencia de ello. Un hombre que trabajaba semejante cantidad de horas no tenía tiempo para andar gruñendo. O amotinarse. O tener miedo.

Si hubiera tenido tiempo para pararme a pensar, habría sentido gratitud. Tenía la cabeza y las manos tan ocupadas practicando lo que debía hacer durante la batalla que no tuve tiempo de preocuparme por la posibilidad de que comenzara una. Ahí fuera había cinco barcos erizados de cañones peinando el mar Azul en busca del *Timo*, y si no hubiera tenido nada que hacer salvo sentarme a preguntarme cuándo vería sus mástiles asomarse por el horizonte, me habría paralizado el miedo.

Pero, en cambio, estaba demasiado ocupado para asustarme. Y cuando tenía tiempo para mí mismo, me sentía demasiado cansado para dedicarlo a cualquier otra cosa distinta de dormir.

Trabajar así de duro, durante tanto tiempo, con otras personas tenía una ventaja adicional: te unía a ellas. Ismail nos enseñó al Tripas, a Kira y a mí a trabajar con Quintín como un equipo: a tapar agujeros, pasar suministros y cubrir los estrechos pasajes del carpintero en parejas; a compartir la carga de llevar a Quintín de un lado a otro; y a mantener en la cabeza un mapa de donde se encontraban los demás de modo que pudiéramos correr a ayudarles, o llamarlos en caso de necesitar ayuda, en cualquier momento.

Es difícil explicar el sentimiento que eso me produjo. El Tripas y yo estábamos muy unidos desde hacía un tiempo, y Kira también; los tres habíamos vivido juntos momentos muy difíciles y nos cubríamos la espalda el uno al otro. Y yo conocía a Quintín desde que tenía memoria. Era, junto a Mungo, quien mejor me trataba en la plantación.

Sin embargo, esos días en el *Timo* nos unieron todavía más, tanto entre nosotros como con el resto de la tripulación. Por primera vez en la vida sentí que formaba parte de algo, que era una pieza pequeña, pero necesaria, de un todo mucho mayor y más importante que yo mismo. Y me gustaba sentir eso. El bienestar que me producía no era el de un instante de felicidad o excitación, ni siquiera el de un trozo caliente de pan de mermelada... sino un bienestar profundo e intenso y duradero.

Eso no fue algo que yo entendiera mientras ocurría. Y no fue hasta mucho después que lo hice, cuando las cosas se habían calmado y tuve la oportunidad de darle sentido a toda la experiencia. Lo único que recuerdo haber sentido en ese momento era una extraña sensación de estabilidad, de tener los pies plantados con firmeza en un lugar, y ello a pesar de que me encontraba en el vientre de un buque que se abría paso estrellándose contra las olas.

Recuerdo haberme preguntado, la noche del tercer día, por qué había dejado de odiar a Ismail por hacernos trabajar tan duro. Pero entonces lo atribuí al hecho de que ese día, después de cenar, nos había dejado libres.

Quintín se fue a dormir, pero el Tripas, Kira y yo estuvimos unos cuantos minutos estirados sobre la cubierta, escudriñando las estrellas a través de las jarcias.

—He estado pensando —dijo el Tripas—: ¿nos darán una parte del botín de la tripulación por esto?

—¿Por qué iba a ser así? —pregunté.

—Quintín recibirá una.

—Quintín arregló el casco —dije—. Y, en cualquier caso, creo que solo tienen derecho los que sobrevivan a la batalla.

—¿Piensas que no lo haremos?

—Estamos a menos de un día de camino de Villa Edgardo. Creo que habremos dejado el barco antes de que haya una batalla.

—¡No digas eso! —me espetó Kira.

—¿Por qué?

—Cuando haces una profecía provocas a Ka. Y él se encarga de demostrar que eres un necio.

—Lo siento —dije. Yo no entendía la religión de Kira, mucho menos creía en ella. Pero, en cualquier caso, tampoco quería contrariar a su dios—. ¿Puedo retirarlo? ¿Decir una oración o algo?

—Es demasiado tarde para eso —dijo. Luego se puso de pie y estiró el cuello—. Me voy a la cama. Así no tendré que oler tu carne quemada cuando Ka te fulmine.

La seguimos escaleras abajo hasta el espacio abierto que había en la parte media de la cubierta inferior, colgamos las hamacas en la oscuridad y nos trepamos en ellas para dormir.

Mientras yacía allí, balanceándome suavemente con el movimiento del barco junto al centenar de piratas que dormían hechos un ovillo, pensé en la superstición de Kira.

Me parecía un poco absurda. Healy suponía que Destripador Jones y Li Homaya estaban patrullando la ruta entre Bochorno y el continente. Si eso era cierto, para entonces se encontraban a días de distancia.

Y al día siguiente, por la noche, estaríamos en Villa Edgardo. La idea de ver la ciudad por primera vez era emocionante. Pero había algo más. Desde Villa Edgardo salían barcos con regularidad rumbo a Villa Dichosa, en ocasiones hasta uno al día. Dependiendo de cómo salieran las cosas con el antiguo tutor de Kira, quizá tuviera tiempo de volver a Amanecer y encontrar a Millicent.

Era posible que ella quisiera acompañarnos a buscar a los okalu.

Y estaríamos juntos de nuevo.

Yo y Millicent...

Millicent...

Me quedé dormido con una sonrisa en los labios.

Fue el último momento de tranquilidad que tuve en dos días.

¡ALERTA!

Todos a sus puestos!

La voz se abrió paso a través de mi sueño como un hacha. El corazón me latía con fuerza incluso antes de que hubiera abierto los ojos.

No había luz. Yo me balanceaba en el aire.

Y el barco se estaba haciendo pedazos.

No. El temblor y el estruendo que percibía eran pies, cientos de ellos, golpeando las cubiertas a la vez, tanto arriba como alrededor de donde estaba.

«Fuera de la hamaca», pensé.

La hamaca se estaba meciendo tanto que no conseguía estabilizarla, pero finalmente logré liberar las piernas y bajar de ella.

El problema fue que una de mis piernas no estaba libre del todo. Tenía un pie enganchado, pero el resto del cuerpo siguió adelante sin darse cuenta. El aterrizaje fue malo y amortigüé la caída con la mano derecha. Pero cuando me apoyé en ella para levantarme, una punzada de dolor me recorrió el brazo entero, desde la mano hasta el hombro.

«Me he hecho daño.»

Me puse de pie. El estruendo causado por los pies había cesado para ser reemplazado por el inquietante *frip-frip* de un centenar de hamacas al ser descolgadas y guardadas.

La oscuridad era tal que no podía verme la mano ni siquiera poniéndomela delante de la cara. Estaba buscando a tientas el lazo delantero de la hamaca, el dolor del hombro haciéndome ver explosiones verdes, cuando un pirata pasó rugiendo a mi lado y casi me tumba.

El estruendo de pies volvió a oírse cuando la tripulación salió a toda prisa hacia la escalerilla para subir a la cubierta de artillería.

«Rápido. Guarda la hamaca.»

Temblando, los dedos encontraron el lazo, y al empezar a desatar el nudo, el dolor se concentró alrededor de la muñeca. Era como si me estuvieran clavando un cuchillo.

El estruendo de los cañones al ser colocados en posición ahogó el ruido de los pasos.

No era capaz de deshacer el nudo.

«Cálmate. Lo has practicado.»

Respiré hondo para intentar apaciguar el latido del corazón.

«Es solo un ejercicio. No te...»

No llegué a oír el impacto de la primera descarga. Lo siguiente de lo que tuve conciencia era que estaba de espaldas volando por la cubierta bajo una lluvia de personas y cosas. Luego vi una luz que llegaba de algún lado y oí gritos y la nariz se me llenó de algo humeante y amargo cuando un trueno estalló en la distancia.

«Eso no es un trueno.»

Una segunda descarga golpeó el barco como la mano de un dios enfurecido.

El impacto me hizo salir despedido contra el casco. Al levantar la cabeza, oí el trueno de nuevo, y lo primero que vi fue la cara de Quintín, parpadeando confundido en la luz azul de la luna que se filtraba a través de una porta abierta a su espalda.

Solo que nadie había abierto una porta.

Ese agujero en el casco no debía estar ahí.

La mirada aturdida de Quintín se tornó enloquecida y urgente.

—¡VAMOS ABAJO! —dijo al tiempo que movía la cabeza de un lado a otro.

«Pero aún no he desatado la hamaca.»

Quintín llegó a saltos hasta mí y yo me puse a media rodilla como habíamos practicado. Yo llevaba el arnés puesto (Ismail nos hacía dormir con ellos) y Quintín se acomodó en él como si yo fuera un caballo, y el arnés, la montura.

Volví a ponerme de pie a trompicones y me dirigí a la escalerilla rumbo a la bodega. Los hombres me esquivaban al pasar en ambas direcciones. En determinado momento, me tropecé con alguien (no supe si vivo o muerto) y casi me caí.

Vi a Kira un par de metros adelante, en medio de la oscuridad y el humo, avanzando en la misma dirección que yo.

—¿El Tripas? —grité.

—¡Detrás de ti!

Otra descarga de disparos azotó el barco y nos tumbó a todos. Quintín aterrizó sobre mi cabeza, con lo que ambos quedamos enredados en el arnés.

La fuerza del impacto nos había lanzado hacia delante, casi hasta la escalerilla que conducía a la bodega. Mientras Quintín se esforzaba por desenredar el arnés, un nuevo sonido llegó hasta mis oídos.

Un torrente de agua.

Quintín también lo oyó.

—¡HOMBRES A LA BOMBA! —gritó hacia el techo.

Encima de nuestras cabezas los cañones del *Timo* abrieron fuego con un rugido ensordecedor que sacudió la nave de un extremo a otro.

—¡HOMBRES A LA BOMBA! —seguía gritando Quintín, pero tenía un zumbido tan potente en los oídos que su voz me llegaba como si estuviera debajo del agua.

Me dio dos golpes en el hombro para indicar que ya estaba

listo. Mientras volvía a ponerme de pie para dar los últimos pasos hacia la escalerilla, recibimos la respuesta procedente de la cubierta de artillería:

—¡BOMBA EN FUNCIONAMIENTO!

Kira estaba agachada al lado de la escalerilla intentando encender un farol de aceite. En la bodega la oscuridad era total. Y a pesar del zumbido en los oídos, podía oír aún el ruido del agua.

Sonaba como si hubiera un río allí abajo.

—¡VAMOS! —gritó Quintín, pero yo ya estaba bajando los escalones.

En la bodega el agua llegaba hasta el tobillo. No veía absolutamente nada, pero el saco de lona con los tapabalazos y los mazos estaba justo al lado de donde debía estar, flotando a la izquierda de las escaleras. Recogí el saco, se lo entregué a Quintín y oí con atención para determinar por dónde estaba entrando el agua.

Por todas partes. Estaba entrando por todas partes.

Me moví hacia delante, con las manos tanteando en la oscuridad, hasta llegar al casco. Sentía una corriente en los tobillos y, con paso vacilante, avancé en contra de ella hasta encontrar la brecha más cercana.

Estaba a nivel de la cintura. El agua entraba con tanta fuerza que alejó mi mano de golpe cuando la detecté. La muñeca herida lanzó un alarido de protesta.

—¿De qué tamaño? —gritó Quintín.

Intenté explorar el agujero con las manos. En la oscuridad era como luchar con una cosa viva y furiosa.

—No lo...

—¡Arrodíllate!

Me arrodillé en el agua presionando el cuerpo contra el casco de modo que Quintín pudiera sacar la mano para palpar el chorro.

—¡Dieciséis!

El tamaño de los proyectiles del cañón cartagino más grande. Recordé las palabras de Ismail:

«Muchas de estas y tendremos un gran problema.»

Me levanté. Quintín abrió el saco y lo sostuvo para que yo metiera la mano en busca del tapabalazo indicado.

«No... tampoco...»

En las piernas sentía cómo subía el nivel del agua.

«Lo tengo.»

Saqué un tapón grande de la bolsa, me lo metí debajo del brazo derecho (para entonces tenía punzadas en la muñeca) y volvía meter la mano para coger el mazo.

—¡Mazo a la izquierda!

Quintín tomó el mazo con la mano libre. Entonces agarré el tapabalazo con ambas manos, di un paso adelante y volví a arrodillarme en el agua al tiempo que empujaba el tapón contra la entrada de agua.

La fuerza del chorro era tal que el tapabalazo me dio un golpe en la cara que casi me tumba.

Volví a intentarlo, apoyándome sobre él con mi peso. El agua me alejó de golpe por segunda vez.

El dolor de la muñeca era insoportable. Mi cuerpo entero temblaba, tenía la ropa empapada y pesada. El rugido del agua llenaba la oscuridad circundante.

La situación no se parecía en nada al adiestramiento.

«Hazlo o nos hundimos.»

Alcé el tapabalazo hasta tenerlo frente a la cara y empujé hacia delante con todas mis fuerzas. La embestida del agua en su lucha por encontrar un camino alrededor del tapón hizo que me temblaran los brazos. Pero no cedí.

«Hecho.»

Casi. Un chorro de agua, afilado como un cuchillo, me taladró la cara. De modo que bajé la cabeza para alejarme de él.

Entonces el chorro debió de darle a Quintín, pues lo oí maldecir.

El agua seguía ejerciendo toda su fuerza. La muñeca chillaba de dolor. Apretando los dientes para aguantarlo, mantuve el tapabalazo sobre el agujero al tiempo que me incliné hacia la izquierda para permitir que Quintín lo remachara con el mazo.

—¡En posición!

Sentí el grueso brazo de Quintín pasar cerca de mi hombro derecho: la primera vez con lentitud, para ubicar el blanco; la segunda con tanta fuerza que mis manos se estremecieron cuando el mazo impactó en el centro del tapabalazo.

La muñeca herida daba alaridos.

Dos golpes más con el mazo. Sentí cómo el tapón iba penetrando en el estrecho agujero. La cuchilla de agua desapareció.

Tres golpes más y el tapón quedó nivelado con el casco.

—¡SIGUIENTE!

Al levantarme, una luz empezó a alumbrar la bodega y por primera vez pude ver el casco delante de mí. Kira había logrado por fin encender el farol y lo había colgado de un gancho cerca de la escalerilla (donde se balanceaba proyectando sobre las paredes sombras nerviosas), y ahora caminaba por el agua para ayudar al Tripas, que estaba intentando restañar un agujero en la parte delantera del pasaje del carpintero.

Me volví para buscar otro impacto. No tuve que mirar lejos. Había uno justo a un par de metros a nuestras espaldas, a la altura de mi cabeza.

Llegué hasta él chapoteando en el agua, que para entonces me llegaba a las rodillas. Era un agujero de bala de ocho kilos («las que disparan los cañones del Destripador») y tuve que subirme a un cajón para taparlo.

Hacerlo nos llevó un tiempo precioso. Cuando por fin terminamos y pasamos al siguiente agujero, el agua me llegaba a la mitad del muslo.

Para cuando Quintín y yo tapamos nuestro tercer agujero, el agua prácticamente me llegaba a la cintura, y para detectar el siguiente tuve que pegar la oreja al casco y prestar atención al *shhhhh* regular de la vía de agua.

Estaba unos treinta centímetros por debajo del nivel del agua, así que tuve que desengancharme de Quintín, sumergirme y meter el tapabalazo en su lugar sin herramientas. Tardé una eternidad en encajarlo usando solo las manos y los pies.

Empapado, escupiendo, con el agua por encima de la cintura, volví a poner la oreja en el casco.

Esta vez no hubo *shhhhh*. Solo el distante rugido de los cañones prometiéndonos que después vendrían más.

EN LA BODEGA

BAJAD LOS CUBOS! —gritó Ismail desde lo alto de la escalera—. Llegan las raciones.

Habíamos formado una cadena humana para subir los cubos de agua a la siguiente cubierta y vaciarlos por una porta abierta, y llevábamos tanto tiempo en ello que era la segunda vez que íbamos a comer. Pese a todos los terrores que conlleva, en el combate no existe el miedo a pasar hambre. Si eres capaz de aguantar la comida en el estómago, puedes comer lo que quieras.

Antes de eso, habíamos tenido que parar en dos ocasiones para reparar dos agujeros de bala nuevos, e incluso con la bomba de cadena funcionando a toda marcha el nivel del agua difícilmente parecía cambiar. Sin embargo, poco después del amanecer, que había sido tan gris y desapacible que en la bodega tuvimos que mantener el farol encendido, mi tío había bajado para valorar la situación.

Echó un vistazo al nivel del agua y liberó dos equipos de artillería completos para que se sumaran a la cadena humana.

Después de eso el ritmo al que achicábamos agua se incrementó de forma espectacular, y ahora el nivel del agua había descendido tanto que el cubo rozaba el suelo cuando lo llenaba.

Me dejé caer en los pasos de la escalerilla junto al Tripas y tomé dos galletas cuando pasó el cubo de las raciones. El silencio era tal que podía oír a los hombres masticando la comida encima de nosotros. Los cañones del *Timo* hacía varias horas que no disparaban, y llevábamos casi igual de tiempo sin oír fuego enemigo.

Lo que en realidad no era consolador, pues había aprendido que las balas de cañón viajaban más rápido que el sonido del disparo. Podía haber un silencio sepulcral y, no obstante, haber una bala volando a toda mecha hacia ti. Para cuando oías el *bum*, era demasiado tarde.

La batalla no había terminado. De hecho, según Quintín, apenas si había empezado. En la bodega no veíamos nada, y nadie se molestó en decirnos qué estaba ocurriendo. Sin embargo, una vez que los disparos de cañón cesaron y empezamos a achicar agua, Quintín nos explicó cuál era, según pensaba, la situación, en medio de gruñidos sin aliento.

—El capitán está haciéndolos correr... Los buques de guerra de los orejas cortas no son tan rápidos como los otros... Si logra que nos persigan un tiempo... los barcos lentos se rezagarán... y podremos enfrentarnos a dos o tres... en lugar de contra todos al mismo tiempo.

»Solo espero que el capitán recuerde... —jadeó Quintín, mirando con el ceño fruncido el parche que había hecho en la sección de babor de la bodega— que el barco no puede ir tan rápido como solía.

—Hasta ahora ha aguantado bastante bien —dije.

—Porque tiene la panza llena de agua..., lo que lo hace ir más lento... Una vez que hayamos achicado todo esto..., la velocidad máxima será visiblemente más rápida... Eso someterá el remiendo a una gran tensión..., en especial al girar a babor.

Con todo, por el momento el apaño parecía sólido.

—¿Cómo tienes la muñeca? —me preguntó el Tripas.

—Bien —dije. Ahora la llevaba entablillada, lo que no evitaba que me doliera, pero al menos me permitía usar la mano hasta cierto punto. La tablilla me la había puesto el oficial médico pocas horas antes, cuando vino para ver cómo estábamos después de haber atendido a los heridos más graves. Para entonces, la muñeca estaba tan rígida e inflamada que casi no podía doblarla, y fue un alivio que me la entablillaran pues así no tenía que preocuparme de que me fallara en un momento complicado.

Aún estaba masticando la última galleta cuando oímos la orden.

—¡TODOS A SUS PUESTOS!

El personal de artillería que había estado trabajando con nosotros en la cadena humana desapareció en cuestión de segundos, de regreso a sus cañones. Estaba preguntándome si los cuatro deberíamos seguir achicando agua cuando oí a Ismail bramar una orden desde arriba.

—¡PREPARADOS EN LA BODEGA!

Kira era la que estaba más cerca de Quintín, así que él se trepó a su arnés; entretanto, el Tripas y yo dejamos la escalerilla a toda prisa y volvimos a la bodega para recoger los sacos de tapabalazos y esperar la llegada de la descarga.

Los minutos pasaron. Nada ocurrió. El agua, que ahora nos llegaba a los tobillos, se movía suavemente alrededor de nuestros pies. La vaga luz del farol dibujaba líneas cambiantes en los rostros de los demás.

Kira parecía tan asustada como yo me sentía. La cara del Tripas era una tormenta de muecas y tics.

Los minutos se alargaron. El cabeceo regular de la nave al abrirse paso entre las olas quizá me habría adormilado si mi corazón no hubiera estado latiendo tan rápido.

No saber qué pasaba era lo peor de todo. ¿Cómo de lejos estaba el enemigo? ¿Seguíamos huyendo de ellos? Me hubiera gustado trepar a la cubierta principal y echar un vistazo para entender qué estaba sucediendo.

Pero saberlo no era mi función. Mi función era estar ahí abajo y esperar.

El primer indicio que tuvimos de que el barco estaba girando fue que el agua comenzó a correr sobre nuestros pies en dirección al casco de estribor. Al cabo de unos cuantos segundos, la cubierta se había inclinado hacia estribor en un ángulo tan pronunciado que tuve que estirar la mano y apoyarme en el montón de barriles de agua.

Si habíamos estado huyendo de nuestros enemigos, ahora estábamos dando media vuelta hacia ellos.

Lentamente el barco empezó a nivelarse de nuevo. Y entonces una fuerte sacudida nos lanzó a babor.

—Cuidado con la velocidad... —suspiró Quintín.

Miré los tablones amartillados de su remiendo. Parecían bastante estables.

Los cañones del *Timo* rugieron sobre nuestras cabezas, lo que hizo que la embarcación entera traqueteara y que el corazón me brincara en el pecho.

Nos preparamos para los disparos de respuesta. Pero solo oímos un estruendo distante. La descarga enemiga había fallado.

A lo largo de los siguientes diez minutos, el *Timo* hizo varios giros muy cerrados, los cañones rugiendo después de cada uno. Los giros se sucedieron uno detrás de otro con tanta rapidez que a nuestros pies el agua chocaba contra sí misma en olas confusas y revueltas.

Empezaba a marearme. Tal vez no había sido tan buena idea comer tanto.

Los cañones enemigos rugían constantemente y el estruendo se incrementaba con cada descarga. Al principio, sin embargo, ninguna nos alcanzó.

Entonces, bien arriba de donde nos encontrábamos, hubo un *crac* y un estremecimiento, y cuando el estruendo de los cañones se apagó, oímos una voz que gritaba:

—¡CARPINTERO A LA CUBIERTA DE INTEMPERIE!

Kira corrió a la escalerilla y desapareció con Quintín a la espalda. El Tripas y yo quedamos solos para encargarnos de la bodega.

Los cañones volvieron a rugir y la nave continuó haciendo giros bruscos e impredecibles, el estruendo del fuego enemigo sonando más alto a cada segundo. Para cuando la siguiente descarga alcanzó las cubiertas superiores, el intervalo entre el impacto y el estruendo había desaparecido. El enemigo ya estaba cerca.

Una nueva descarga golpeó las cubiertas superiores, lo que desencadenó una serie de órdenes urgentes que se impartieron más con alaridos que con gritos.

Para entonces tenía el estómago revuelto y me esforzaba por no vomitar.

Entonces mi mirada se detuvo en uno de los doce o trece tapabalazos que habíamos clavado en la bodega.

Ya no estaba nivelado con el casco.

Miré alrededor. Ninguno de los demás estaba nivelado.

«Los tapabalazos se están soltando.»

—¡TRIPAS! ¡LOS TAPABALAZOS!

Corrí hacia el que estaba más cerca, con el mazo en la mano, y lo golpeé hasta devolverlo a su posición.

Me volví en dirección al siguiente. El Tripas ya estaba allí, aporreándolo.

Pasé al siguiente.

Y al siguiente.

Y al siguiente.

La cubierta se inclinó hasta confluir conmigo cuando el barco realizó un nuevo giro pronunciado a babor, y se puso casi de lado.

La gravedad me aplanó contra el casco de babor. Había un último tapabalazos, hacia el final de la popa, muy lejos de donde me encontraba. Vi cómo iba aflojándose debido a la presión creada por la fuerte inclinación del barco al hacer el giro.

El Tripas lo vio al mismo tiempo que yo. Él estaba mucho más cerca.

—¡ENCÁRGATE!

Comenzaba a avanzar hacia él, rezando para que el barco terminara el giro y cesara la tensión a la que estaba sometiendo el casco, cuando delante de mí brotó un roción de agua, justo en el lugar en el que estaba el remiendo de sesenta centímetros de diámetro de Quintín.

En un primer momento, pensé que una bala de cañón nos había dado. Pero el roción era demasiado fino y ancho, y los barriles de agua que estaban delante de la brecha no habían sufrido ningún impacto.

Entonces me di cuenta de lo que ocurría.

«El remiendo de Quintín está cediendo.» Si se abría, nos hundiríamos en cuestión de minutos.

Avancé a trompicones hasta el lugar y empecé a martillarlo.

Martillar no sirvió de nada. El roción no solo seguía entrando sino que había empeorado.

El remiendo estaba cediendo.

—¡TRIPAS!

Me eché sobre el remiendo con todo el peso de mi cuerpo.

A lado y lado, el agua de mar seguía entrando. A través de la cortina de agua, vi al Tripas en el extremo opuesto del casco. Acababa de llegar al lugar en el que estaba el último tapabalazo flojo. Con el mazo preparado para golpear, giró la cabeza para mirarme por encima del hombro con expresión de sorpresa.

Entonces se oyó un *pum* explosivo. El tapabalazo salió disparado como un cohete, golpeó al Tripas en la cabeza y lo tumbó.

Una gruesa columna de agua penetró por el agujero con un rugido.

Iba a dejar mi posición en el remiendo cuando lo sentí hincharse contra mi espalda, amenazando con abrirse de golpe.

—¿TRIPAS?

Abrí y cerré los ojos intentando ver a través del roción de agua, deseando encontrarlo nuevamente de pie.

Pero no fue así.

—¡TRIIIPAS!

Estaba de espaldas, con el agua cayendo a borbotones sobre él.

No se movía.

De nuevo intenté quitar mi peso del remiendo. La entrada de agua se aceleró en todas direcciones. El parche entero iba a ceder. Volví a apoyarme contra él y lo azoté con el mazo.

Al abrir la boca para gritar, los cañones del *Timo* comenzaron a rugir de nuevo, lo que ahogó mi voz e hizo que todo un costado del casco se estremeciera.

—¡CUATRO EN LA BODEGA! ¡CUATRO EN LA BODEGA! —Esa era la orden de emergencia. Si alguien la oía, acudiría corriendo.

Seguí gritando con tanta fuerza como me lo permitían los pulmones.

El estruendo de los cañones no terminaba. Apenas oía mis propios gritos por encima del ruido.

—¡CUATRO EN LA BODEGA!

El Tripas seguía tendido de espaldas, completamente inmóvil a pesar de la cascada que caía sobre él. El agua ya le cubría las orejas.

—¡CUATRO EN LA BODEGA! —Yo seguía martillando el remiendo mientras gritaba, pero el agua empujaba cada vez con más potencia. Quería entrar. Era más fuerte que yo.

Y el Tripas se iba a ahogar.

—¡CUATRO EN LA BODEGA!

Los cañones rugieron. Grité de nuevo pidiendo ayuda.

No podía dejar que entrara el agua. Tenía que seguir empujando.

El Tripas se estaba ahogando a unos pocos metros de mí y yo no podía acudir en su ayuda.

—¡CUATRO EN LA BODEGA!

De repente oí a los piratas bajar por las escaleras. Dos llegaron corriendo a donde me encontraba. El primero cayó sobre el remiendo con todo el peso de su cuerpo. El segundo pasó apretujándose y se apoyó con el hombro contra el otro lado.

—¡Ocúpate de la abertura! —me gritó el primero.

Me escurrí para pasar al segundo hombre y me encaminé hacia donde estaba el Tripas. Otros dos piratas que se dirigían hacia allí al mismo tiempo llegaron por el otro lado, tras haber rodeado los barriles de agua. El primero de ellos llegó antes que yo, levantó al Tripas y se lo echó encima del hombro. Alcancé a entrever el rostro de mi amigo: los ojos cerrados, la piel de un blanco fantasmagórico, una mancha roja y rosa de sangre mezclada con agua de mar le corría por la cara desde un corte grueso encima de la ceja. El pirata dio media vuelta para llevarlo escaleras arriba y yo me disponía a seguirlo cuando el que había llegado con él me gritó:

—¡La abertura!

Entonces caí en la cuenta de que el agua seguía entrando a chorros por el agujero y de que taparlo era mi trabajo.

Tenía el mazo en la mano. El tapabalazo que había golpeado al Tripas en la cabeza estaba junto a mis pies, flotando en el agua. Le entregué el mazo al pirata, recogí el tapón y ataqué la vía de agua que había herido a mi amigo.

Puse el tapabalazo en la abertura, y el pirata se encargó de clavarlo. Y luego, solo para estar seguros, clavamos un segundo tapabalazo detrás del primero.

Para entonces había cuatro piratas luchando por mantener en su puesto el debilitado remiendo de Quintín y se había formado una nueva cadena humana para achicar la bodega. Kira había regresado con Quintín, que dirigía a gritos a los piratas que estaban sobre el remiendo. Al verme, Quintín señaló al techo:

—¡Busca al capitán! —bramó—. ¡Dile que el remiendo se estropeó! ¡Tiene que bajar la velocidad a seis nudos y no hacer más giros a babor!

Al volverme hacia la escalerilla mi mirada se cruzó con la de Kira por un instante y advertí la preocupación en sus ojos. Entendí que era por el Tripas y quise decirle que él estaba bien.

Pero no sabía si eso era cierto.

Y no había tiempo. Tenía que encontrar al capitán.

<comment>Capítulo 12 heading image</comment>

LOS COLMILLOS

Subí los peldaños de la escalerilla de dos en dos. Cuando llegué a la cubierta de artillería, el suelo estaba cubierto de arena y había tantísimo humo que apenas era posible ver a través de la niebla que formaba. Estaba a mitad del siguiente tramo de escaleras cuando los cañones del *Timo* dispararon de nuevo.

El retroceso casi me hizo caer.

Salí trastabillando a la cubierta de intemperie. Una nube de humo procedente de las baterías se elevaba como una cortina a babor. Antes de que el humo me impidiera ver, divisé una fragata de aspecto familiar a unos ochocientos metros. El trinquete se inclinaba en un ángulo anómalo, una vela enorme se había soltado de la verga y se hinchaba inútilmente a lo largo de la cubierta.

Era la embarcación de Destripador Jones, la *Garganta Roja*. Un instante antes de que desapareciera detrás del velo de humo, vi media docena de bocas lanzar destellos desde las portas de la cubierta de artillería.

Me eché al suelo justo cuando las balas de cañón rasgaban

las velas por encima de mi cabeza. Un momento después, casi cincuenta kilos de aparejos se estrellaban contra la cubierta a mis espaldas.

De inmediato comprendí cuán equivocado estaba. Pese a lo mal que lo había pasado en la bodega sin saber lo que ocurría arriba, eso era sin duda peor.

Me levanté y corrí hacia el alcázar. Quemadura Healy estaba allí, en la rueda del timón, junto a Pike, el piloto. Cuando miré a mi tío, me quedé boquiabierto. Un vendaje manchado de sangre le cubría la mitad superior de la cabeza, incluido un ojo entero, y tenía un rastro de sangre coagulada que le bajaba por la cara y el cuello hasta la camisa, que estaba teñida de rojo cobrizo en el pecho.

A pesar de la herida, Healy sonreía de oreja a oreja. Hasta que me vio, pues entonces la sonrisa se desvaneció.

—¡El remiendo del casco se ha estropeado! —grité—. El carpintero dice: «¡Tiene que bajar la velocidad a seis nudos y no hacer más giros a babor!»

El ojo bueno del capitán se abrió de par en par.

—Que arricen las gavias —dijo, volviéndose a Pike—. Cuando disparemos la siguiente descarga, vira a estribor.

Entonces pasó corriendo rumbo a la escalerilla. Sin saber qué más hacer, decidí seguirlo.

Healy se movía rápido. Para cuando lo alcancé, estaba en los peldaños de la bodega, gritándole a Quintín, que se encontraba al otro lado de la cadena humana formada para achicar el agua. Tres piratas fornidos descargaban todo su peso contra el endeble remiendo, del que aún salían chorros de agua por los bordes. Otros dos miembros de la tripulación estaban sacando madera del pañol del carpintero, en el extremo opuesto de los barriles de agua.

—¿Ni siquiera reforzándolo? —gritaba Healy.

—¡No a esta velocidad! —respondió Quintín, gritando también.

—¿Entonces cómo de rápido?

La cara de Quintín se torció en una mueca de dolor.

—¿Ocho...?

—¡Oh, ***** !

Hasta entonces nunca había oído a mi tío maldecir. Dio media vuelta y me empujó al lanzarse de nuevo escaleras arriba al tiempo que gritaba:

—¡TERCER OFICIAL!

Ismail llegó corriendo. Mientras se acercaba, Healy ladró las órdenes.

—¡Envía un equipo de babor a ayudar al carpintero!

—Entendido —replicó Ismail, que de inmediato se encaminó a la cubierta de cañones.

Healy se volvió entonces hacia mí.

—Dejas el servicio de carpintería. Ahora eres mi mensajero. Busca al artillero. Dile que necesito los cañones en las portas de popa. ¡La popa! ¿Has entendido?

—Cañones en las portas de popa —repetí.

—Después ven a mi camarote. ¡En marcha!

Los cañones del barco dispararon otra descarga justo cuando estaba repitiendo el mensaje de Healy al artillero cubierto de hollín. El ruido era tan ensordecedor que mientras corría de camino al camarote del capitán, los oídos me zumbaban como si alguien estuviera martillando una lámina de metal dentro de mi cabeza.

Healy estaba inclinado sobre la mesa con Pike y Spiggs. Pike señalaba la carta de navegación que tenía desenrollada frente a ellos.

—Más de dos horas desde la marea alta, y encallaremos en el extremo opuesto —le dijo el piloto a mi tío.

Healy miró a Spiggs. El primer oficial negó con la cabeza.

—Es demasiado arriesgado. A menos que sepamos que la marea...

—Lo haremos —dijo Healy, interrumpiéndole—. Traza el rumbo e informa a los marineros.

Pike y Spiggs hicieron una mueca. Lo que fuera que estaba a punto de suceder, era evidente que no les gustaba.

Healy abrió la puerta del camarote y asintió con la cabeza en mi dirección.

—Dile al artillero que ponga a todos los hombres a estribor y la popa. Vamos a los Colmillos.

Cuando regresé de transmitir el mensaje, Healy estaba de nuevo en la rueda del timón de la nave, y el *Timo* hacía un giro tan cerrado que tuve que agarrarme de una baranda con ambas manos para mantenerme en pie a su lado.

Al mirar hacia delante, me di cuenta de que estábamos cerca de la costa. Podía ver las Nuevas Tierras a babor y exactamente enfrente de estribor había una isla que se extendía en dirección este hasta donde alcanzaba la vista. Un canal de algo más de tres kilómetros de ancho separaba la costa de la isla.

La *Garganta Roja* aún se encontraba a unos ochocientos metros de nosotros, a estribor y tan lejos de la popa que tuve que estirar el cuello alrededor del puente de la toldilla para dar con ella. Unos dos o tres kilómetros más atrás, en la niebla, estaban las moles enormes de los dos buques de guerra cartaginos. Las únicas señales del *Frenesí* y el *Lujuria de Sangre* eran dos manchas de humo negro en el horizonte.

Terminamos el giro y el *Timo* se niveló, la popa apuntando directamente al canal entre la costa y la isla. Las bocas de la *Garganta Roja* destellaron de nuevo. Me eché al suelo, pero la descarga pasó lejos de nosotros. Cuando volví a ponerme de pie, mi tío me miraba con una sonrisita divertida.

—Hijo, cuando te haya llegado la hora, agacharte no te librará de la Parca. ¿Qué te ha pasado en la muñeca?

—Yo, oh... —No quería decirle la verdad, pero el cerebro se me atascó y fui incapaz de inventarme algo distinto—. Me caí de la hamaca.

La sonrisita de suficiencia de Healy se amplió y sentí que las mejillas se me ponían coloradas.

—¿Qué te ha pasado en la cabeza? —pregunté para cambiar de tema.

—Lo mismo —dijo haciéndome un guiño con el ojo bueno, y no pude evitar sonreír.

Los cañones rugieron bajo nuestros pies. Healy giró la cabeza con rapidez justo a tiempo para ver el trinquete de la *Garganta Roja* inclinarse todavía más antes de que el humo de nuestros propios disparos nos bloqueara la vista.

—No está mal —murmuró Healy—. Lástima que no podamos rematar la faena aquí.

—¿Por el remiendo estropeado? —pregunté.

Él asintió con la cabeza.

—¿Entiendes lo que está ocurriendo?

—En realidad no —reconocí.

—Nuestros enemigos se han reducido a tres barcos. Y si no hubiera perdido la capacidad de maniobrar a toda velocidad, podríamos haber dejado las cosas así. Pero eso ya no es una opción. Así que hemos trazado una ruta a través de los Colmillos.

Señaló al canal enfrente de nosotros antes de seguir con la explicación.

—Cuando estemos más cerca, verás el porqué del nombre: es un lugar poco profundo, con montones de rocas desnudas que brotan del agua como dientes. Navegar por allí es complicado, y pese a su fanfarronería, el Destripador es un marino bastante asustadizo. Súmale a eso que ha perdido un mástil, y lo más probable es que interrumpa la persecución. Tomará el camino largo, rodeando la isla Dedo, e intentará sorprendernos al otro lado.

Healy se volvió a mirar la *Garganta Roja*, ahora visible de nuevo pues el humo se había despejado.

Las bocas de los cañones destellaron por tercera vez. Healy ni siquiera parpadeó, y yo tuve que aguantarme las ganas de echarme al suelo.

—Pero sospecho que Li Homaya posee la mezcla adecuada de estupidez y arrogancia —continuó mi tío, que no se molestó en hacer una pausa ni siquiera cuando el *bum* de los cañones de la *Garganta Roja* nos alcanzó y la última descarga chisporroteó en el mar a menos de diez metros del barco— para seguirnos a los Colmillos. Si lo hace, se hundirá en las rocas o encallará al final del canal, y entonces podremos acabar con él a placer. Ahora bien, si tiene cerebro suficiente para no seguirnos, entonces tendrá que tomar el camino largo junto con el Destripador. Eso nos dará tiempo para posicionarnos a barlovento en el otro extremo antes de enfrentarnos de nuevo a ellos, lo que debería ayudar a compensar el hecho de que ya no puedo virar a babor sin abrir un agujero en mi barco. ¿Alguna pregunta?

Pensé en las ominosas miradas que había visto en las caras de Spiggs y Pike.

—Pues, eh... ¿qué pasa con la marea?

La boca de Healy se curvó hacia abajo en una esquina.

—Esa es la mosca en la sopa. Si la marea es demasiado baja, existe la posibilidad de que seamos nosotros los que encallemos. En ese caso... el cañón delantero de esos buques de guerra se encargará de nosotros con bastante rapidez.

La voz del vigía nos alcanzó desde la cofa.

—¡La *Garganta Roja* se aleja!

Healy se volvió a mirar la embarcación del Destripador. La proa viraba: había renunciado a seguirnos.

El capitán sonrió.

—Ahí va.

Durante los siguientes diez minutos hubo unas cuantas descargas más de fuego de artillería (las cuales me mantuvieron sudando de miedo mientras que mi tío permanecía imperturbable), pero poco después la *Garganta Roja* nos mostraba la popa, el trinquete torcido asomando a estribor como una rama de árbol rota.

Healy bostezó viendo la fragata moverse renqueante hacia los buques de guerra, que seguían avanzando en nuestra dirección.

—Creo que me echaré una siesta mientras averiguamos si los orejas cortas se atreven. Si quieres, cuelga una hamaca en mi camarote. A menos que pienses que eso puede hacerte más daño —dijo, mirando de reojo mi muñeca.

—Muy amable —dije—. Pero si hay tiempo... mi amigo estaba herido y no sé si...

—Ve.

Me dirigí de inmediato a la habitación del oficial médico en la cubierta inferior, a donde los piratas debían de haber llevado al Tripas cuando lo sacaron de la bodega.

A unos pocos pasos de la entrada, vi algo que me detuvo de improviso y sentí que el estómago se me caía a las rodillas.

Delante de la puerta del oficial médico había una gran bolsa de lona del tamaño y forma de un hombre pequeño. En otro lugar, en otro momento, eso podría haber significado un montón de cosas. Pero en ese preciso lugar, en ese preciso momento, no cabía duda de qué era.

Allí había un cuerpo.

Estaba mirando la bolsa fijamente, los ojos llenándose de lágrimas, cuando la puerta se abrió y salió un pirata con la camisa abierta manchada de sangre y el pecho envuelto con un vendaje nuevo. Se marchaba abotonándose la camisa, cuando apareció el médico.

Señalé el cuerpo en la bolsa.

—¿Es...?

—Fells. Llevaba los mensajes del capitán.

Me sentí tan agradecido al oír que no era el Tripas que apenas advertí la noticia de que el hombre al que había reemplazado como mensajero estaba muerto.

—¿Le trajeron a un chico con un...?

—¿Tu colega? ¿El de la herida en la cabeza? Sí, hace un rato.

—¿Está bien?

El médico frunció el ceño.

—Es difícil saberlo. Ahora está consciente. Pero creo que podría tener algún daño cerebral. Tiene unos tics fortísimos y no deja de decir tacos.

—No. Él es así.

—Oh... Bueno, en ese caso, es posible que solo necesite algún tiempo para despejarse —dijo. Y me señaló con el pulgar a una puerta a pocos pasos de allí siguiendo por el pasillo—. Está en el camarote del sobrecargo.

Le di las gracias y fui al camarote que me indicaba. El Tripas estaba echado en una cama pequeña y estrecha. El espacio era tan reducido que, adentro, yo a duras penas podía permanecer de pie.

Los ojos de mi amigo se abrieron con agitación cuando entré, su mirada parecía desenfocada. Tenía un vendaje en la frente. Del vendaje para abajo, estaba pálido y demacrado.

—¿Terminó la batalla? —graznó.

—Todavía no —dije.

Durante un momento su aspecto me pareció tan espantoso que me pregunté si el doctor tenía razón en lo del daño cerebral. Pero entonces gruñó:

—¡Pues vuelve al frente, *porsamora*!

Y supuse que, pese a todo, se pondría bien.

Le conté lo que había ocurrido y que el plan de Healy era cruzar los Colmillos. El Tripas asintió con la cabeza.

—En un minuto me levanto —dijo—. Hay que echar una mano.

—No hay problema —dije—. Descansa. Todo saldrá bien.

—¡A la porra! Tengo que hacer mi trabajo. Ganarme mi parte como el resto de la tripulación.

Frunció el ceño y se retorció, pero después cerró los ojos. Me retiré discretamente para dejarlo descansar y volví a la bodega.

La actividad alrededor del remiendo era frenética. Kira y Quintín estaban en medio de la acción, pero logré captar la atención de Kira y mostrarle el pulgar levantado: «Se pondrá bien.» Ella asintió con la cabeza y sonrió y supe que había entendido.

Cuando regresé al camarote de mi tío, lo encontré roncando en la cama. Como no estaba seguro de qué hacer, me senté en una silla a esperar a que despertara.

Cada tantos minutos, se oía el estruendo de los cañones enemigos, lo que siempre hacía que el corazón me saltara a la garganta.

Healy no dejó de roncar.

Finalmente, después de lo que me pareció una hora, la cabeza de Spiggs se asomó por la puerta.

—*Tssse* —susurró.

Mi tío se sentó al instante.

—Cinco minutos —dijo Spiggs y salió.

Mi tío bostezó y devolvió la cabeza a la almohada.

—Ve a buscar un puñado de granos de café en la cocina —me dijo—. Dormiré otros cinco minutos.

Para cuando mi tío salió del camarote, el *Timo* ya estaba en los Colmillos. Eran tantísimas las rocas afiladas que salían a la superficie que uno casi podría ir saltando de una a otra, y para guiar la nave a través de ellas era necesario estar haciendo constantemente ajustes a las velas, una labor compleja que yo miraba boquiabierto. Unas cuantas docenas de piratas realizaban este trabajo encargándose de las cuerdas en la cubierta o trepando como monos en las jarcias, siempre siguiendo las órdenes de Pike.

El piloto tenía una mano en la rueda del timón y la otra en una hoja de pergamino en la que habían garabateado una detallada lista de movimientos. Cada pocos segundos, giraba la rueda del timón unos cuantos grados o gritaba una nueva orden a los hombres.

Healy apareció a su lado, miró en silencio durante un momento y luego dio media vuelta y caminó hasta la escalera de la toldilla. Trepé tras él y cuando lo alcancé estaba en la regala de popa, observando los buques de guerra cartaginos con un catalejo.

Los dos enormes barcos de Li Homaya seguían aún en aguas abiertas, a dos o tres kilómetros de nosotros por estribor. Se movían en dirección a la costa en un ángulo recto respecto del *Timo* y, cada pocos minutos, sus tres cubiertas de artillería disparaban unas descargas aterradoras. Sin embargo, eso era un desperdicio de munición: estábamos fuera de su alcance y las balas de cañón se precipitaban al mar sin causar daño.

Razón por la cual nos llevamos una sorpresa tremenda cuando el barco se estremeció de repente como si hubiera sido alcanzado.

En un principio, pensé que habíamos golpeado una roca. Pero cuando Healy dio media vuelta y corrió al frente de la toldilla, no fue a Pike al que miró en busca de una explicación sino a Spiggs, que estaba a estribor, en la sección media del barco, junto a la borda. Al lado de Spiggs se encontraba un pirata con una cuerda que bajaba por el costado de la nave.

Healy, Spiggs y Pike tenían la vista clavada en el pirata de la cuerda como si fuera la persona más importante del barco. Pasé algunos segundos mirándolo embobado antes de darme cuenta de que utilizaba la cuerda para comprobar la profundidad de las aguas.

Estaba subiendo la cuerda cuando el vigía gritó desde su puesto.

—¡Nos siguen!

Seguí la mirada de Healy de regreso a lo que ocurría a nuestras espaldas. El primero de los buques de guerra cartaginos estaba girando la proa en nuestra dirección. Li Homaya había mordido el anzuelo y se encaminaba a los Colmillos detrás de nosotros.

Healy no gastó ni medio segundo en asimilar la situación antes de volverse hacia Spiggs y el pirata de la cuerda, que ahora yacía recogida en sus manos. Spiggs la miraba como si se tratara de un cadáver.

El primer oficial alzó la vista hacia Healy.

—Cuatro metros —gritó.

Mi tío respiró hondo por la boca, el aire silbaba al pasar a través de sus dientes.

—¿Cuatro metros es malo? —pregunté.

—No —dijo—. Es bastante peor que malo.

MAREA BAJA

Mi tío estaba gritando órdenes incluso antes de haber llegado al final de la escalera del alcázar.

—¡Cuatro equipos al puente! ¡Tended una espía! ¡Todo lo que no sea esencial por la borda! ¡EGBERT!

—Aquí.

Se volvió y me cogió por los hombros.

—Encuentra al tercer oficial. Dile que hache los barriles. Luego...

—¿Que parche los barriles?

—¡Que los hache! —dijo, haciendo como si cortara con la palma de la mano—. ¡Con un hacha! ¿Entiendes? Luego dile al carpintero que necesito un agujero en la cubierta de artillería, en estribor, hacia la proa. Lo bastante grande como para que pase un cañón. ¡VE!

Corrí a buscar a Ismail repitiéndome las órdenes a mí mismo mientras corría, procurando no preocuparme por lo que implicaban. Lo encontré en la escalerilla, ayudando a dos piratas a subir una vela de repuesto desde la bodega.

—¡El capitán dice que haches los barriles!

Los ojos de Ismail se abrieron con preocupación. Dejó que los otros se ocuparan de la vela y regresó corriendo a la bodega. Lo seguí.

Quintín seguía en la espalda de Kira. Estaba supervisando a los piratas que clavaban tablas en el casco para apuntalar el remiendo, que todavía dejaba entrar el agua. Cuando le transmití la orden de Healy acerca de hacer un agujero en la cubierta de artillería, los ojos de Quintín se abrieron todavía más que los de Ismail.

El carpintero no acababa de abrir la boca cuando oí un potente chasquido a mis espaldas. Di media vuelta y me encontré a Ismail y otro pirata dando hachazos a los barriles de agua de la parte alta de la pila. Un primer barril ya estaba roto y el segundo acabó de romperse mientras yo miraba. Un torrente de agua se precipitó al suelo de la bodega.

Debía de parecer tan pasmado que Quintín se ofreció a explicarme lo que ocurría:

—Es la forma más rápida de descargar peso. Romper los barriles, sacar el agua con la bomba y los cubos. Ahora cierra la boca y lleva un par de sierras a la cubierta de cañones.

Mientras Kira llevaba a Quintín a toda prisa, corrí a coger las sierras en el pañol del carpintero. Cuando dejé la bodega, Ismail y su ayudante ya habían abierto a hachazos la mitad de los barriles y el nivel del agua había subido treinta centímetros.

Cinco minutos después, Quintín ya había encargado a dos piratas que abrieran un agujero de ciento veinte centímetros de ancho en la parte delantera de la cubierta de cañones y mientras Kira lo llevaba de regreso a la bodega, yo volvía con Healy a por más instrucciones.

Cuando llegué a la cubierta, los piratas estaban bajando un bote salvavidas por un costado del barco. En el bote iban cinco hombres y un ancla enorme de más de ciento ochenta centímetros. Mi tío, apoyado en la regala, gritaba órdenes a los hombres que manejaban la manija del pescante con el que se estaba arriando el bote.

—¡Aguantad... Aguantad... más... Ya!

El bote salvavidas tocó el agua y los hombres que iban a bordo se desengancharon de las cuerdas del pescante y empezaron a remar con furia, avanzando paralelos al *Timo* y esquivando los afilados afloramientos rocosos de los Colmillos.

Una cuerda gruesa conectaba el ancla gigante con la proa del *Timo*. No entendí cuál era el propósito de meter en un bote salvavidas el ancla, pero no era el momento de perder tiempo buscando a quién preguntárselo.

Healy volvió junto a Pike, que seguía en la rueda del timón. Al seguirlo, pasé junto a la fila de piratas que subía tambaleándose por la escalerilla. Iban cargados con cofres y barriles pequeños pero pesados para arrojarlos al mar.

«Todo lo que no sea esencial por la borda...» Se estaban deshaciendo de todo lo que no era estrictamente necesario.

—¡Los orejicortos se han estrellado! ¡El barco se inunda! —bramó un vigía desde la cofa.

Healy subió de un salto la escalera de la toldilla.

Los dos buques de guerra estaban a un kilómetro y medio de nosotros, zigzagueando en fila india a través de los Colmillos. El cielo gris empezaba a encapotarse y a envolverlos en una neblina. Pero incluso sin el catalejo que mi tío sostenía sobre el ojo bueno, saltaba a la vista que la segunda embarcación se inclinaba gravemente.

No iba a mantenerse a flote durante mucho tiempo más. Las accidentadas rocas de los Colmillos habían hecho su trabajo al menos con uno de nuestros enemigos.

Pero el que se encontraba más cerca seguía en pie y moviéndose hacia nosotros. Vi las bocas de dos cañones destellar en las portas delanteras, y me eché al suelo antes de recordar que no debía hacerlo.

Un momento después, oí el *bum* y, a continuación, la voz de mi tío.

—No hay necesidad de que hagas eso... Tienen que avanzar todavía otros cien metros para ponernos a su alcance. ¿Ya está terminado el agujero en la cubierta de artillería?

—Ya debería —dije.

—Dile al artillero que prepare los remos. Y que el tercer oficial mueva seis cañones adelante y esté preparado.

Salí disparado de nuevo y entregué ambos mensajes en la cubierta de cañones. Al instante, la mitad de los hombres que estaban en el lugar tomaron los remos, largos, difíciles de manejar, de su puesto en el techo de la cubierta y los sacaron por las portas de artillería, mientras que la otra mitad, ayudándose con cuerdas, empezaba a llevar los cañones de más de dos toneladas de peso de la sección media del barco hacia el agujero recién abierto en la parte delantera del casco.

Cada una de esas tareas ya era bastante complicada por sí sola. Pero intentar llevar a cabo ambas a la vez era casi una locura. Mientras yo miraba con estupor, un pirata se destrozó la quijada contra un remo y dos más cayeron de bruces cuando la caña de otro giró y los golpeó por la espalda. Al caer, soltaron las cuerdas y el cañón del que tiraban rodó fuera de control por la cubierta y terminó aplastándole la pierna a otro pirata.

Los únicos hombres en toda la cubierta que no estaban tropezando unos con otros eran los cuatro piratas empapados de sudor de la bomba de cadena, dedicados con ahínco a achicar el agua de la bodega.

No obstante, para cuando mi tío bajó por la escalerilla, sus hombres se las habían apañado para llevar a cabo ambos trabajos. Los remos estaban en posición, seis a cada lado, en las portas de la sección media del barco, con cuatro hombres en cada uno. Y media docena de cañones formaban fila frente al agujero de la parte delantera.

—¡Preparados! —anunció el artillero.

—Cuando llegue el momento —le dijo mi tío—, clavad e impulsad.

Justo entonces, el barco entero sufrió una sacudida tremenda que nos lanzó a todos hacia delante. Yo perdí pie y caí al suelo.

El ominoso silencio que siguió me dijo qué había ocurrido exactamente.

Habíamos encallado.

—¡TIRAD LOS CAÑONES! —bramó Healy a los hombres de Ismail y, en el acto, los seis piratas que estaban más cerca del agujero hicieron rodar la primera de las gigantescas armas por el borde, donde desapareció en un instante.

—¡PREPARAD OTROS SEIS! —gritó Healy mientras el segundo cañón seguía el camino del primero.

—¡CLAVAD E IMPULSAD! —gritaba entretanto el artillero a sus hombres, que levantaron los mangos de los remos en un ángulo tan pronunciado que varios de ellos golpearon el techo.

—¡DISPARAD LOS CAÑONES DE POPA! —bramó Healy.

Un momento después, un par de cañones tronaron en la parte posterior del barco.

Y a continuación se oyó el *bum* de respuesta de los cañones cartagineses devolviendo el fuego.

La cubierta vibró al tiempo que un tercer cañón rodaba hacia el agujero, donde en un santiamén se perdió de vista.

Para entonces, los remeros tenían los remos clavados en el fondo del mar y los empujaban con fuerza en un intento de impulsar el barco hacia delante.

La bomba de cadena giraba tan rápido que era un borrón, las caras de los hombres que la mantenían en funcionamiento, coloradas por el esfuerzo y brillantes de sudor.

Un cuarto cañón cayó por el agujero.

Los piratas de los remos gruñían en un desesperado intento de desencallar el barco empujando con toda su fuerza. Hubo un sonoro chasquido cuando uno de los remos se rompió y dejó despatarrados a los remeros.

—¡TODO EL QUE ESTÉ LIBRE A CUBIERTA! —gritó mi tío. Luego me agarró por el brazo—. Ve abajo y corre la voz: ¡todo el que esté libre a cubierta para la espía!

Él corrió escaleras arriba. Yo, escaleras abajo.

No tenía ni idea de qué era una espía, pero mientras hacía correr la voz por las cubiertas inferiores, todo hombre que no estaba intentando achicar el agua salió disparado hacia la cubierta de intemperie.

Cuando yo mismo llegué a la cubierta caía una llovizna gris, pero no necesité más que unos cuantos segundos para entender qué era la espía.

El bote salvavidas lanzado hacía un rato se encontraba a cierta distancia por delante de nosotros, en un punto en el que los Colmillos daban paso a las aguas abiertas de una bahía. Allí los hombres habían echado el ancla que llevaban y, ahora que estaba en el fondo del mar, el cable al que estaba atada se elevaba formando una tensa línea que llegaba hasta el *Timo* por un escobén situado en la proa del barco.

En medio de la cubierta de intemperie se encontraba la parte superior del cabrestante, el carrete gigante (tenía metro y medio de alto por lo menos) en el que se recogía el cable del ancla. En las ranuras se habían introducido una docena de varas gruesas y largas, y todos los hombres que estaban disponibles empujaban ahora de ellas para hacer girar el cabrestante e intentar recoger el cable del ancla y, de esa forma, arrastrar al *Timo* por los bajíos en los que habíamos encallado.

Eso era una espía: un centenar de hombres intentando llevar un barco hacia delante mediante la fuerza bruta.

Mi tío se encontraba en medio del grupo. Una vena gruesa le palpitaba en el cuello mientras descargaba todo su peso contra la vara que tenía delante. Los hombres se movían con gran lentitud y apenas si estaban haciendo algún progreso.

Iba de camino a sumarme a ellos cuando la primera bala de cañón alcanzó la toldilla. El impacto arrojó una lluvia de astillas al atravesar el techo del camarote de mi tío.

El buque de guerra cartagino nos tenía a su alcance. Si hubiera conseguido ponerse de lado para disparar, ya habríamos muerto.

Ocupé un lugar entre dos piratas en una de las varas del cabrestante y empujé con todas mis fuerzas. La muñeca, en la que solo sentía una leve palpitación mientras estuve trabajando como mensajero, se despertó y empezó de nuevo a dar alaridos.

Hubo un estrépito en algún lugar debajo de nosotros. Inicialmente pensé que habían vuelto a darnos, pero luego me di cuenta de que había sido el ruido de otro cañón al caer al mar. Un momento después seis hombres más subieron a saltos por la escalerilla para sumarse a la espía.

El cabrestante estaba girando, pero solo por centímetros. Cada tantos segundos, conseguíamos dar un paso vacilante.

La siguiente descarga no tardó en llegar. Dos balas de cañón atravesaron las velas encima de nuestras cabezas y una tercera se estrelló en el puesto de mando, junto a la rueda del timón.

Todos seguimos empujando, avanzando poco a poco. La lluvia había empeorado y los pies resbalaban sobre la cubierta, así que alguien tuvo que echar un cubo de arena para absorber el agua.

A mi alrededor los hombres gruñían y gemían y rugían con furia, en su esfuerzo por hacer girar el cabrestante.

Otro cañón cayó al mar y seis hombres más subieron para sumarse a nosotros.

Para entonces era como si camináramos lentamente. La lluvia caía con más fuerza. Todo el tiempo me estaba resbalando. El dolor en la muñeca era atroz.

Aunque no tan atroz como la perspectiva de morir allí.

Otra descarga golpeó el barco e hizo volar una sección de la borda tan cerca de donde estábamos que las astillas me dieron en la cara. Una de las velas mayores se soltó de la verga y se dobló hacia la cubierta. Estaba en llamas.

De repente había también fuego en un costado de la cubierta, cerca del cabrestante.

Los cartaginos estaban disparando balas de cañón incendiarias.

Las llamas parpadearon en la cubierta y luego se apagaron con un chisporroteo.

«Gracias, Salvador, por la lluvia.»

Otro cañón se precipitó al mar. Seis hombres más se nos unieron.

El ritmo era ahora el de una caminata rápida.

Una descarga alcanzó el castillo de proa. Había un incendio, pero yo estaba girando para el lado contrario con el cabrestante y no pude ver dónde.

Recé para que la lluvia se encargara de este como había hecho con los otros.

Entonces algo se soltó y el cabrestante dio un bandazo hacia delante tan repentino que casi caí de bruces. Los piratas prorrumpieron en una ovación. Ahora nos movíamos a paso rápido... y un instante después lo hacíamos aún más rápido, un centenar de hombres presas de un frenesí salvaje corriendo en círculos alrededor del cabrestante.

La siguiente descarga de balas incendiarias chisporroteó en el mar a nuestras espaldas.

El barco estaba libre.

Veinte minutos después me encontraba de pie bajo la lluvia, en la toldilla, junto a Healy, viendo los Colmillos alejarse. El buque de guerra cartagino había terminado encallando también y ahora estaba varado, impotente, a dos kilómetros y medio de nosotros, la masiva mole casi invisible en medio del aguacero.

La sonrisa volvió a la cara de mi tío.

—¿Sabes cuál es la diferencia entre nosotros y ellos? —me preguntó.

—¿Cuál?

—Li Homaya es demasiado gordo para espiar.

SIN PIEDAD

El plan de Healy era interceptar a Destripador Jones en la boca de la bahía y acabar con él, luego dar media vuelta y regresar para hundir el buque de guerra encallado.

Sin embargo, las cosas no salieron así. Cuando llegamos al extremo opuesto de la isla Dedo, no había señal de la *Garganta Roja*. Navegamos hacia el sur, en medio de la lluvia, que para entonces se había reducido a una llovizna ocasional, hasta que, justo antes de que se pusiera el sol, oímos gritar al vigía:

—¡*Garganta Roja* al suroeste! ¡Vira para huir!

La fragata debía de estar bastante lejos, pues incluso con el catalejo mi tío no conseguía verla.

—¿Estás seguro de que es ella? —gritó a su vez.

—¡Tiene el trinquete torcido!

Healy me entregó el catalejo.

—Voy a comprobarlo.

Para mi sorpresa, mi tío fue hasta el palo mayor y trepó por el cordaje hasta el puesto del vigía.

Un minuto después gritaba una orden:

—¡Media vuelta!

Para cuando regresó a cubierta, el *Timo* había cambiado de rumbo y se encaminaba de regreso a la bahía.

Spiggs y Pike negaban con la cabeza cuando mi tío se les acercó.

—No se me hubiera ocurrido.

—Pensaba que tenía más espíritu de lucha.

—¿Creéis que se dirige a la bahía Tortuga? —les preguntó Healy.

Los dos asintieron con la cabeza.

—O a algún lugar similar donde pueda lamerse las heridas.

—E intentar reparar ese trinquete.

—Pronto nos ocuparemos de ello —dijo Healy—. Antes tenemos que acabar con los orejas cortas.

No obstante, mientras navegábamos de regreso a la bahía, no solo el sol se ocultó sino que apareció una niebla tan densa que ahogaba por completo la luz de la luna.

Healy comprendió con rapidez que con semejante niebla no solo era imposible apuntar con los cañones que aún le quedaban, sino también seguir navegando, pues aumentaba la probabilidad de desviarnos a los Colmillos y romper el casco en las rocas. Así que decidió fondear el *Timo* y esperar a que amaneciera e hiciera mejor tiempo.

—Seis horas de descanso para todos —le dijo a Spiggs—. El Salvador sabe que se las han ganado.

Luego se volvió hacia mí. El vendaje ensangrentado que tenía sobre la cabeza y el ojo estaba sucio y goteaba.

—Busca al oficial médico. Dile que me gustaría que le echara un vistazo a mi ojo si no está demasiado atareado. Después ve a comer algo y duerme un poco. Tu amigo se recuperará, ¿verdad?

—Creo que sí —dije.

—Me alegra saberlo.

Había estado caminando junto a él en dirección al camarote y justo entonces abrió la puerta.

La mesa que había en medio del recinto estaba hecha añicos, víctima de la bala de cañón que había entrado por el techo y ahora estaba empotrada en un cráter en el suelo.

—Me gustaba esa mesa. Me gustaba mucho —suspiró Healy.

Encontré al doctor y le transmití el mensaje del capitán. Luego fui al camarote del sobrecargo, donde había dejado al Tripas. Abrí la puerta y vi que Kira estaba con él.

Y no solo haciéndole compañía, sino besándolo.

Y no solo dándole un besito en la mejilla, sino un beso completo, apasionado...

—¡Egg!

—¡Llama antes de entrar, *porsamora*!

Ambos me fulminaron con la mirada, las caras rojas de vergüenza.

—¡Lo siento! —balbucí—. ¡Lo siento! Yo solo... Estaré... cenando... ¡Adiós!

Cerré la puerta a toda prisa, sintiendo mi propia cara enrojecida también.

Llevaba un tiempo sospechando que la relación entre los dos estaba cambiando más allá de la mera amistad. Y me alegraba por ambos.

Pero verlos en semejante achuchón también tenía algo de doloroso..., pues me hacía recordar a Millicent.

Encontré a Quintín en la bodega. El remiendo se mantenía estable, ahora que estábamos fondeados, y le encantó la idea de acompañarme a cenar. Recibimos las raciones de Palo y subimos con ellas a la cubierta de intemperie. Había una multitud bastante grande allí, todos comiendo en la tenue luz que ofrecían unos pocos faroles con caperuza. Para cuando encontramos un sitio con suficiente espacio para sentarnos, el Tripas y Kira nos habían alcanzado.

Era demasiado oscuro para saber si seguían sonrojados. Pero podía percibir lo suficiente de los hombres que nos rodeaban para entender que la tripulación estaba tan magullada como el barco. Había montones de sangre seca y vendajes, incluidos algunos que cubrían miembros recién amputados.

Los cuatro comimos en silencio dejando que la tensión se disolviera a medida que llenábamos la panza. Empecé a dar cabezadas mientras masticaba. No veía la hora de acabar mi plato para poder echarme a dormir.

—¿Oíste eso? —murmuró Kira.

—¿Qué? —preguntó el Tripas.

—Voces —dijo ella.

Escuchamos atentamente. Sobre el ruido del agua lamiendo el casco y el murmullo quedo de las conversaciones de los piratas a nuestro alrededor, oí voces en la distancia.

Eran gritos. Y el tono era urgente. Las pocas palabras que logré distinguir no eran rovianas.

—Son los cartaginos —dijo Kira—. Están intentando desencallar el barco.

—Healy dijo que Li Homaya era demasiado gordo para espiar —dije.

—Eso es cierto —gruñó Quintín—. No hay nada que puedan hacer para sacar un barco tan grande de allí. Ni siquiera con la marea alta.

—Si conozco a Li Homaya, no dejará de intentarlo —dijo Kira—. Y nunca abandonará el barco. Es demasiado orgulloso —suspiró—. Y necio. Están cerca de tierra firme. Podría salvar a sus hombres con solo pensar que sus vidas son más importantes que su honor.

Una idea dio una voltereta en mi cabeza y me despertó por completo.

—¿Qué hay de su ciudad?

—¿Qué quieres decir?

—¿Qué es más importante para él: morir con honor o recuperar Pella Nonna?

—No sabe que la ha perdido —dijo Kira—. Zarpó antes de la invasión.

—¿Y si se lo decimos?

—Ahora no tiene forma de regresar —dijo el Tripas—. El barco ha encallado.

—Podría ir por tierra —dije yo—. Debe de haber unos trescientos hombres en ese barco. Y el otro se hundió lentamente. Es probable que la mayoría de la tripulación haya podido ponerse a salvo. Eso hace seiscientos hombres. Con semejante ejército podría recuperar Pella Nonna de manos de Pembroke.

Antes de haber terminado la frase me había puesto de pie y empezado a caminar. Tenía que hablar con mi tío.

Estaba en su camarote, con una copa de vino en la mano y un vendaje nuevo que le cubría desde la parte alta de la cabeza y todo el ojo izquierdo. Spiggs, Pike y Mackie, el artillero, estaban bebiendo con él; Mackie, aún cubierto de hollín de los pies a la cabeza.

—Una escala, hacer reparaciones, darle a los chicos su recompensa —estaba diciendo Healy cuando entré.

—Nos llevará por lo menos cuatro días —dijo Spiggs—. Más si quieren gastársela.

—Jones tardará mucho más en reparar ese trinquete sin astillero al cual recurrir —replicó Healy—. Y en plena forma, podemos encargarnos de él de todos modos.

Dicho lo cual se volvió hacia mí:

—¿No deberías estar durmiendo?

—No estoy cansado —dije. Lo cual era cierto. Un minuto antes estaba a punto de caer rendido, pero ahora estaba absolutamente despierto.

—¿Y has venido porque...?

Sonrió al decirlo, pero capté que en ese momento no era precisamente bienvenido. Habría dado media vuelta y salido de inmediato si lo que necesitaba consultarle no hubiera sido tan urgente.

Por desgracia, tampoco tenía el valor para soltarlo así como así, de modo que terminé tartamudeando como un tonto.

—Yo... so... solo... eh... ah...

—¿Pregunta? ¿Observación? ¿Solicitud? ¿Consejo no pedido?

—Ah... ¿Solicitud?

Healy miró de reojo a Spiggs, que de inmediato se encaminó a la puerta.

—Creo que mejor voy a comprobar... la cosa.

Pike y Mackie se pusieron de pie en el acto.

—¡Sí! La cosa. Yo también.

—Volvemos en cinco minutos, capitán.

La puerta se cerró y me quedé a solas con mi tío, que se hundió en la silla y me lanzó una mirada cansada con su único ojo.

—¿Qué ocurre ahora?

No sabría decir si estaba harto o intrigado. Me senté frente a él en una de las sillas que no estaba rota.

—Solo estaba pensando... si pudieras... de algún modo... hacerle llegar a Li Homaya el mensaje de que Pembroke tomó Pella...

—¿Para qué demonios iba yo a hacer eso?

—Así él podría llevar a sus hombres a tierra. Para recuperarla. Tú seguirías pudiendo destruir su barco...

Él se rio sin ganas.

—Lo siento, chico. Eso no va a ocurrir.

—Pero sin un barco, él ya no es una amenaza para ti. Además, piensa en todas las personas cuya vida sería mejor si Pembroke no gobernara las Nuevas Tierras. Eso tiene que valer...

—¿Realmente crees eso? —Me interrumpió con apenas la suficiente aspereza para revolverme el estómago—. Quiero decir: ¿sinceramente piensas que Pella Nonna está mejor bajo los cartaginos? ¿Que Li Homaya es un gobernante más justo que Roger Pembroke?

—Sé que lo es —dije—. Viví en Pella. He visto cómo era bajo los cartaginos...

—¿En serio? —Healy se puso de pie, imponente—. ¿Pondrías las manos en el fuego por los orejas cortas como gobernantes? —Sin hacer una pausa empezó a desabotonarse la camisa—. Porque yo también he vivido bajo su gobierno —continuó—. Y me hice mi propia opinión.

Se quitó la camisa y dio media vuelta. Su espalda era ancha y musculosa, y justo en el centro del omoplato izquierdo había un verdugón de unos diez centímetros en forma de C, hecho de esa piel rosa y lisa y poco natural que suele dejar una quemadura grave.

—El cartagino que me compró me marcó así, para que el mundo supiera que yo era de su propiedad.

Mi tío se volvió para mirarme a la cara de nuevo.

—Yo tenía diez años. Tu madre, once. A ella también la marcaron. Pasaron cinco años antes de que pudiéramos escapar. Y si supieras lo que fueron esos cinco años, ni te molestarías en pedirme que sea clemente con un orejicorto.

Se puso la camisa y volvió a sentarse.

Durante un rato ninguno de los dos dijo nada. La cabeza me daba vueltas.

«Mi madre...»

Yo no sabía prácticamente nada de ella. Y, por supuesto, no sabía nada de eso.

—Tú... y mi madre... erais...

—Esclavos. De los orejas cortas. Te irá bien recordarlo la próxima vez que vayas a dividir el mundo en malos y buenos.

Él se sirvió otro trago. Yo miraba fijamente el suelo y trataba de entender.

—¿Cómo...?

—Hubo un asalto en la isla en la que crecimos, una de las Ladrador. Bandidos cartaginos. A las mujeres y a los niños nos mandaron a escondernos en el bosque. Después de matar a todos los hombres, los orejas cortas nos encontraron allí y nos capturaron. Nos vendieron en el continente a un hacendado que tenía una gran propiedad en las llanuras meridionales.

»Colgaba a cualquier esclavo que intentara escapar. Por eso tardamos tanto en hacerlo. Sabíamos que tenía que salir bien a la primera.

Intenté imaginármelo. No pude. Mi cerebro era sencillamente incapaz de imaginarse a Quemadura Healy de niño, mucho menos de esclavo. Y ni siquiera sabía qué aspecto tenía mi madre.

Más aún, no lo entendía. Era absurdo. No la historia en sí:

era imposible negar esa horrible C marcada a fuego en la espalda de mi tío (algo que explicaba de manera definitiva por qué odiaba tanto a los cartaginos); sino la relación con lo que estaba ocurriendo ahora, con Pembroke y Li Homaya... No encajaba. Era todo al revés. Los cartaginos de Pella Nonna eran la gente más amistosa y afable que yo había visto en la vida. Personas tan partidarias de tener esclavos como yo.

Y Li Homaya, por lo que sabía de él, era un bravucón jactancioso al que se le habían subido los humos. Gobernaba con mano dura, pero no era un esclavista.

El único esclavista que yo conocía era Roger Pembroke.

Lo que mi tío decía (no las palabras sino el pensamiento que las inspiraba) estaba completamente equivocado. Lo sabía en lo más profundo de mi ser. Solo tenía que encontrar el modo de hacérselo ver.

Para entonces había vuelto a sentarse.

—¿Te han dado suficiente comida? —preguntó con un tono más amable—. Creo que el cocinero tiene chocolate escondido.

—¿Estabais en el sur? —pregunté—. Tú y mi madre.

Asintió con la cabeza.

—Idolu Masa. En las llanuras meridionales.

—¿Cómo de lejos está eso de Pella Nonna?

—Bastante. Más de dos mil cuatrocientos kilómetros.

—¿Y eso fue... hace veinte años?

—Más bien treinta.

—Y los hombres que os esclavizaron, ¿eran bandidos? No soldados, ¿verdad? Y Li Homaya no era uno de ellos. O cualquier otro que...

—Eran cartaginos, hijo.

—Lo sé. Pero... lo que quiero decir es que nosotros somos rovianos. Como lo es Roger Pembroke. Solo porque vivimos bajo el mismo rey o tenemos el mismo tipo de orejas...

—Esa no es la cuestión —dijo cortante.

Podía sentir cómo iba creciendo su rabia. Yo no quería enojarlo.

Pero sabía que estaba equivocado.

Respiré hondo, temblando.

—Pembroke es un esclavista. Li Homaya no...

—Basta.

El tono de su voz me atemorizó tanto que cerré los ojos con fuerza. Luego lo oí respirar hondo a él también. Abrí los ojos. Me miraba con su ojo bueno entrecerrado, sombrío.

—La cuestión es sencilla, chico: cuando la niebla se despeje y salga el sol, voy a matar a Li Homaya y sus hombres. Si quieres hacerle llegar un mensaje, tendrás que nadar hasta él.

Acabó la copa de vino que se había servido y se puso de pie.

—Ahora —dijo—, ¿por qué no vas y descansas un poco? Come chocolate. Alégrate de estar vivo. Porque si hoy se hubiera hecho la voluntad de Li Homaya, en este instante serías un cadáver.

Me levanté, asintiendo con la cabeza.

—Tienes razón —dije—. Lo siento. Gracias. Y... felicidades por haber ganado la batalla.

—Gracias a ti, también —dijo—. Hoy has hecho un buen trabajo. Tu madre estaría orgullosa. Aunque no demasiado contenta conmigo por haberte involucrado en esto. —Caminó hasta la puerta y me dio una palmada en la espalda—. Y deja de preocuparte por Roger Pembroke. La vida es larga... Un día él recibirá su merecido.

Asentí de nuevo.

—Lo sé —dije—. Tienes razón. Dejaré de pensar en eso.

—Muy bien. Duerme. Y dales las gracias a tus amigos de mi parte.

—Lo haré. Buenas noches.

—Dulces sueños —dijo, guiñándome un ojo. Y cerró la puerta apenas salí.

Estuve tropezándome un rato hasta que mis ojos volvieron a acostumbrarse a la oscuridad y encontré a mis amigos. El Tripas estaba echado en la cubierta de proa, dormitando con la cabeza de Kira apoyada en su pecho. Quintín estaba hecho un ovillo junto a ellos.

Me arrodillé y desperté a Quintín dándole un empujoncito.

—Siento molestarte —susurré—, pero necesito un favor.

—¿Qué?

—¿Podrías construirme una balsa?

EL MENSAJE

Al principio Quintín intentó disuadirme. Luego se negó a ayudarme. Sin embargo, nuestra discusión terminó despertando a Kira y el Tripas, y una vez que les dije lo que me proponía hacer, ambos se pusieron de mi parte.

—Solo necesito que me digas las palabras cartaginas para lo que quiero decirle. Con eso, yo podría...

Kira no me dejó continuar.

—No. Yo voy contigo.

—¿Estás segura?

—Por supuesto. Fui la traductora de Li Homaya durante dos años. Él confía en mí. Cuando le hable, me escuchará.

—No os iréis sin mí —dijo el Tripas.

—¡Estáis locos! —chilló Quintín—. Si los orejas cortas no os matan, lo hará Healy.

—¿Por qué?

—¡Por traicionarlo!

—Yo no lo estoy traicionando —dije.

—¿Cómo lo llamas? ¿Transmitir un mensaje al enemigo?

—Es... —Yo tampoco sabía qué otro nombre darle.

Lo mejor era hacerlo y no darle demasiadas vueltas.

—Por favor, Quintín: no tiene que ser nada complicado —dije—. Solo algo que flote. Lo suficientemente grande para los tres.

—Ni lo sueñes —dijo el carpintero. En la casi completa oscuridad, pude verlo cruzar los brazos sobre el pecho grueso y fuerte—. No me vas a meter en esto.

—¿Preferirías que nadáramos? —le preguntó Kira.

—¡Oh, ***** ! —gruñó Quintín, tomando prestada una de las frases favoritas del Tripas—. ¡No seríais capaces...!

—No tenemos alternativa —dije—. A menos que nos ayudes a hacer una balsa.

Quintín se quejó durante uno o dos minutos más, pero finalmente cedió. Bajamos a las cubiertas inferiores y en poco tiempo reunimos suficientes pedazos rotos del casco para construir una balsa decente siguiendo sus indicaciones. Buscamos unos cuantos tablones largos y delgados que nos sirvieran como remos y luego lo llevamos todo hasta el enorme agujero que el mismo Quintín había hecho en la cubierta de artillería para lanzar los cañones al mar.

—Si alguien pregunta, yo no os ayudé —susurró Quintín, mirando por encima del hombro al bosque de hamacas que había a nuestras espaldas, todas ocupadas por piratas roncando.

—No te preocupes —dije—. Gracias.

Me puse de rodillas y lo abracé. Kira hizo lo mismo. Él y el Tripas intercambiaron una especie de gruñidos afectuosos.

—Sois unos necios —nos dijo.

—Lo sé —dije.

Entonces lanzamos la balsa a través del agujero y salté tras ella tan rápido como pude, pues sabía que si me detenía a pensar acerca de lo que estaba haciendo, terminaría acobardándome.

Fuimos tan silenciosos al caer al agua que nadie asomó la cabeza por encima de la borda para ver qué era ese ruido, y la niebla era tan densa que resultaba imposible que el vigía nos viera. Estábamos en camino con bastante rapidez, y pronto el único reto al que nos enfrentamos fue asegurarnos de que de verdad remábamos en dirección a las voces que en la distancia se gritaban en cartagino.

La balsa tenía casi dos metros y medio de largo, pero poco más de un metro de ancho. Nos pusimos en fila, con Kira al frente y yo atrás. Ella remaba alternativamente a ambos lados, de modo que pudiéramos avanzar en línea recta aunque el Tripas y yo nos mantuviéramos remando en el lado que nos resultaba más conveniente a cada uno: el izquierdo para él y el derecho para mí, pues su garfio y mi muñeca herida hacían que fuera muy difícil cambiar de lado.

—Menos mal que el daño me lo hice en la muñeca derecha, de lo contrario estaríamos moviéndonos en círculos —dije.

—¿Cómo te heriste? —preguntó el Tripas.

Fingí que no le había oído.

—¿Cómo te heriste la muñeca? —repitió, volviendo la cabeza para mirarme.

—Aterricé mal.

—¿Cuándo?

—Cuando nos golpeó la primera descarga.

Era incapaz de decirle la verdad. «Cuando me caí de la hamaca» era una respuesta demasiado vergonzosa, y ya había sido bastante malo contárselo a mi tío.

—¿Y tú? —preguntó Kira—. ¿Cómo perdiste la mano?

Entonces fue el turno del Tripas de guardar silencio. Lo que era un indicio de cuán especial era su relación con ella: si cualquier otro le hubiera preguntado acerca de la mano que le faltaba, habría recibido como respuesta unas cuantas bocanadas de insultos e improperios.

—¿O naciste sin ella? —añadió Kira.

Vi los hombros del Tripas retorcerse, pero él siguió sin decir palabra.

—Solo era curiosidad —dijo Kira—. No hay problema si no quieres contármelo.

Él volvió a retorcerse. Nadie habló.

—Fue en un juego de cartas —dijo él finalmente.

Luego se retorció un par de veces más y volvió a guardar silencio. Pensé que ahí terminaba la conversación. Pero un minuto después, tosió y empezó de nuevo.

—Estábamos en el puerto. Jonny Adder, del *Frenesí*, vino a jugar al póquer junto con algunos miembros de su tripulación. Yo tocaba la guitarra para ellos. A Jonny le gustó cómo sonaba. No dejaba de pedirle al Destripador que me vendiera. El Destripador no dejaba de decirle que yo no estaba en venta.

»Pero la suerte no le sonreía y había estado bebiendo mucho. Avanzado el juego, tuvo una mano buenísima y quiso jugárselo todo. Pero no tenía monedas suficientes. Le faltaban veinte de oro.

El Tripas tosió de nuevo para despejarse los pulmones.

—Jonny le ofreció veinticinco por mí. Entonces el Destripador sacó cinco monedas de oro del bote y dijo: "Tu turno. El chico está en el bote por veinticinco." Cuando llegó el momento de enseñar las cartas resultó que tanto Jonny como él tenían escalera con jota, así que había que repartirse el bote.

»Jonny dijo que me quería en lugar de su parte. El Destripador dijo que no. Hubo un tira y afloja. Ambos se fueron calentando. Entonces el Destripador sacó la espada y dijo: "Nos lo repartiremos como el bote. Tú te quedas la cabeza y yo el resto."

»Jonny dijo: "La cabeza no vale un centavo. Yo solo quiero las manos." El Destripador dijo: "Perfecto. Repartámonos las manos entonces." Y eso fue lo que hizo. Le dio mi mano izquierda a Jonny y se quedó con el resto.

Kira y yo habíamos dejado de remar. Durante un buen tiempo, nadie habló.

—Tripas, lo siento mucho —dijo Kira con voz quebrada.

—No es culpa tuya.

—Quemadura Healy lo matará —dije.

—Eso espero —dijo el Tripas. Y entonces se retorció de nuevo—. Eh, seguid remando, vosotros dos.

Después de eso dejamos de hablar, y nos mantuvimos atentos a las voces que, poco a poco, sonaban más alto. Para cuando pasamos las primeras rocas dispersas de los Colmillos, ya podíamos distinguir otros sonidos además de los gritos: gruñidos, gemidos, el chirriar de la madera y las cuerdas, el chapoteo producido por los objetos pesados al caer al agua...

Ahí afuera, en la niebla, los hombres de Li Homaya trabajaban como si sus vidas dependieran de ello. Y por el tono de las voces que llegaban hasta nosotros, era claro que las cosas no marchaban bien.

A pesar de que esperábamos toparnos con ellos de un momento a otro, nos llevamos una sorpresa cuando el primer bote salvavidas cartagino surgió a través de la penumbra. A bordo iba una docena de marineros, todos tirando de la cuerda de un ancla que se elevaba desde la superficie del agua y se perdía entre la niebla.

Healy tenía razón: el buque de guerra era demasiado grande para desencallarlo con una espía. Eso, sin embargo, no había impedido que los hombres de Li Homaya lo intentaran.

Ahora bien, verlos no nos sorprendió tanto como les sorprendió a ellos vernos a nosotros. Todos quedaron boquiabiertos, aunque con bastante rapidez sus caras pasaron de la estupefacción a la furia. Si hubieran estado armados, habríamos acabado mirando los cañones de sus fusiles.

Kira les habló y sus rostros volvieron a cambiar de la furia a la confusión. Entonces uno de ellos gritó algo a la penumbra que tenía a sus espaldas.

Mientras los gritos se repetían a lo largo de la línea y la noticia de nuestra llegada se difundía, uno de los hombres del bote salvavidas se enderezó de repente y se quedó mirando al Tripas con ojos desorbitados.

—¡Se Tripas! ¡Lamana moy!

A medida que el resto de los hombres se fijaban más en él, su expresión cambió de nuevo, esta vez a algo extrañamente parecido a la alegría... y entonces recordé que viajaba en compañía del guitarrista manco más famoso que Pella Nonna había conocido.

—¡Ay, Trips!

—¡Sima lamana, Trips!

—¡Booya lamai, Tripas!

—Buenas noches —replicó el Tripas, incapaz de controlar el movimiento de sus hombros.

Se encontraba de espaldas a mí, pero estoy bastante seguro de que estaba rojo. Nunca se había sentido muy cómodo recibiendo elogios de extraños, incluso en circunstancias normales, y esto era la circunstancia menos normal del mundo.

Pero que le reconocieran fue sin duda una gran ayuda. Entre él y Kira (que habiendo trabajado antes como traductora en la corte de Li Homaya recogió también unos cuantos saludos mientras pasábamos flotando frente a los botes salvavidas desplegados en distintos esfuerzos desesperados por desencallar el barco) empecé a sentirme mucho menos preocupado por la posibilidad de que los cartaginos nos mataran a tiros antes de que pudiéramos transmitir el mensaje que teníamos.

Entonces vimos el buque, una mole inmensa que se alzaba amenazadora por encima de nuestras cabezas. De la cubierta de intemperie a la línea de flotación era con facilidad dos veces más alto que el *Timo*, y cuando advertí la red de carga que bajaba por un costado hasta el agua y entendí que tendríamos que subir por ella si queríamos hablar con Li Homaya, empecé a sentirme mareado.

Una vez que nos acercamos lo suficiente como para agarrar la red, Kira llamó a los marineros del bote más cercano y ellos nos ayudaron a asegurar la balsa y los remos al final de la red, de modo que no fueran a irse flotando. Luego empezamos a trepar.

Remar había sido bastante duro, pero subir por esa red (sumado al esfuerzo que hice para mantener a raya el dolor de la muñeca e impedir que me venciera) agotó toda la energía que pudiera tener aún. Una vez que llegamos arriba y pusimos un pie en la cubierta, pasé un par de minutos doblado, sin aliento, rezando para no desmayarme.

Cuando finalmente logré recuperarme y echar un vistazo alrededor, me di cuenta de que Kira no solo ya había empezado a hablar con su antiguo jefe, Li Homaya, el barrigón virrey de Nueva Cartaga, el hombre en el que tenía puestas mis esperanzas de que Roger Pembroke pagara su deuda con la justicia, sino que prácticamente había terminado.

El líder cartagino, que parecía mucho menos hinchado y bastante más preocupado que la última vez que lo había visto, a saber, bebiendo vino en una cena de gala en su palacio, se encontraba en medio de una tensa reunión con sus tenientes de uniforme púrpura.

El Tripas y Kira estaban a una distancia respetuosa de ellos. Me reuní con mis amigos.

—¿Estás bien? —preguntó Kira.

—Sí —dije, lo que en realidad no era cierto—. ¿Qué piensa hacer?

—Es difícil saberlo. Están discutiendo si intento engañarlos.

Uno de los tenientes pronunciaba un apasionado discurso, que incluía gestos melodramáticos y ampulosos con las manos. El hombre tenía la mano en el aire cuando Li Homaya decidió que había tenido suficiente y se la agarró y le hizo bajarla.

Después de eso escupió una serie de palabras que Kira luego tradujo como: «La chica no miente. Voy a recuperar mi ciudad.»

En cuestión de segundos empezaron a gritarse órdenes a diestra y siniestra, y la situación en cubierta del barco, hasta entonces frenética, pues los hombres no habían cesado en sus esfuerzos por desencallar el barco, se volvió el doble de frenética y el triple de confusa. Todo hombre a bordo había dejado de intentar salvar la nave y se preparaba para abandonarla, pero no sin antes recoger todo lo que pudiera ser de utilidad en el combate y no hubiera sido ya arrojado por la borda.

Los tres, un poco aturdidos, mirábamos trabajar a los hombres hasta que recordamos que el barco en el que nos encontrábamos iba a ser hecho añicos al amanecer y que la red de carga, que era nuestra única ruta de escape, estaba ahora tan atiborrada de gente como la calle principal de Pella Nonna el día del mercado. Así que nos sumamos a la fila que se había formado delante de la red y finalmente conseguimos descender del barco, aunque solo para descubrir que nuestra balsa había sido requisada para llevar un cajón de fusiles a la orilla.

Hubo un minuto de pánico, seguido de unos cuantos minutos de pataleos y ruegos que no nos llevaron a ninguna parte, hasta que tuvimos la suerte de dar con un admirador particularmente rabioso de la guitarra al mando de un bote de remos. Nuestro benefactor hizo que sus hombres nos sacaran del agua y nosotros nos las apañamos para acomodarnos en el bote junto a más marineros, cecina y cajas de munición de los que era razonable llevar en él.

Pasé los siguientes veinte minutos sentado en el regazo de un cartagino y con el codo de algún otro metido en la oreja. El hombre en cuyo regazo había tenido que sentarme, sobra decirlo, estaba aún menos entusiasmado que yo.

Finalmente, alcanzamos la orilla. El caos que había visto en el barco se había trasladado a la playa, y pasamos un buen rato buscando nuestra balsa entre las caóticas pilas de armamento y equipo cartagino que había por todas partes.

Para cuando por fin la encontramos, yo había caído en la cuenta de que no la necesitábamos.

—Tenemos que ir con ellos —dije.

—¿Qué?

—Tenemos que ir. Para ayudar a detener a Pembroke.

El Tripas miró a Kira. Ella hizo una mueca de dolor.

—Egg, nosotros tenemos un plan...

—Este es mejor...

—... Encontrar a mi pueblo —me interrumpió, alzando la voz—. Y recuperar el Puño de Ka.

—¡Nada de eso servirá si Pembroke vence!

En lugar de replicar se quedó mirándome fijamente.

Esa mirada lo decía todo.

Había algo más importante para Kira que destruir a Roger Pembroke: su dios, Ka.

Y el Puño de Ka, el cual, según creía, era lo único que de verdad podía salvar a su pueblo.

Al mirarla a los ojos, supe que no importaba cuánto discutiera con ella. Tenía el mapa, y un plan, para encontrar el Puño. Y no iba a renunciar a él.

Con todo, lo intenté.

—Está bien: podemos buscar el tesoro. Pero primero vayamos a Pella —le rogué—. Tan pronto como Li Homaya recupere la ciudad, tomaremos un barco a Villa Edgardo...

—No hay barcos de Pella a Villa Edgardo —dijo ella—. Cartaga y Rovia son enemigas. No comercian. Si vamos a Pella, nos quedaremos varados allí.

Eché un vistazo a los preparativos que estaban realizándose alrededor de nosotros. Los hombres de Li Homaya estaban casi listos para marchar. Tenía que decidir ya mismo si iba con ellos o no.

—Entonces tendremos que separarnos.

Sentí un vacío tremendo en el estómago al decir esas palabras.

—¡A la porra con eso! —gruñó el Tripas, que no paraba de retorcerse—. ¡Tiene que haber una *pudda* forma de hacer ambas cosas!

Pero no la había. Y no había tiempo para discutir.

—¿Sigues teniendo la copia del mapa que te di? —le pregunté a Kira.

Ella asintió con la cabeza.

—¡No! —chilló el Tripas, prácticamente al borde de las lágrimas— *¡pudda glulo!* ¡Tenemos que seguir juntos!

—No podemos, Tripas —dijo Kira con voz suave—. No hay otro modo de hacerlo.

Sentía las lágrimas acumulándoseme detrás de los ojos: no quería separarme del Tripas más de lo que él quería separarse de mí.

Pero después de lo que había visto entre él y Kira en el

Timo, sabía que si había una elección que hacer, él debía permanecer a su lado.

—Quédate junto a Kira —dije—. Yo estaré bien.

—¡Tú, ***** ! ¡Me ***** en tu ***** !

—¡Tú, ***** ! ¡Me ***** en tu ***** *billi glulo domamora*! —contraataqué.

Nunca había insultado al Tripas, mucho menos así, y la sorpresa lo hizo reír.

Y me hizo reír a mí también. Lo que fue un alivio, porque si no me hubiera reído en ese preciso instante me habría puesto a llorar.

Li Homaya estaba justo en la playa, en medio de un pequeño enjambre de tenientes de uniforme púrpura.

—¿Puedes hablar con Li Homaya en mi nombre? —le pedí a Kira.

—¿Estás seguro de que quieres ir con él?

Asentí con la cabeza:

—Estoy seguro.

Ella caminó hasta el líder cartagino. El Tripas y yo la seguimos.

El virrey dio media vuelta al oír su voz. Ella le preguntó algo en cartagino.

Él miró en mi dirección. Enroscó el labio. Luego preguntó algo.

Kira tradujo:

—Quiere saber de qué le sirves.

Esa era una pregunta complicada.

—Hablo roviano. Y puedo... reconocer el terreno. He estado en la zona. Y soy pequeño, así que paso desapercibido.

Kira tradujo la respuesta. Li Homaya bufó. No necesité la traducción para saber que no estaba convencido.

—Dile que Roger Pembroke mató a mi padre —dije con voz temblorosa por la emoción.

Ella se lo dijo. En la boca de Li Homaya apareció una sonrisa de suficiencia dolorosa. Dijo un par de frases al tiempo que negaba con la cabeza. Luego volvió a darnos la espalda.

La conversación había terminado.

Sentí como la cara se me ponía roja.

—¿Qué ha dicho?

—No tiene importancia —dijo Kira con el tono consolador que normalmente reservaba para calmar al Tripas—. Él no es un hombre amable.

—Solo dime qué ha dicho.

Ella suspiró.

—Ha dicho que todos los padres mueren llegado el momento. Y que él dirige un ejército, no un campamento para niños.

La rabia hervía dentro de mí. Quería gritar. O pegarle a algo. No a algo, a alguien: a Li Homaya.

—¡A la porra con él! —dijo el Tripas.

Durante un momento, nos quedamos quietos ahí, yo echando humo, ellos sin saber qué decir.

—Venga —dijo el Tripas, finalmente—. Tenemos que volver al *Timo* antes de que suba la marea.

Mientras los seguía de regreso a la pequeña balsa, pensé en la posibilidad de ir a Pella en todo caso, seguir a los cartaginos en su marcha, o avanzar por mi cuenta y llegar allí antes que ellos.

«Encontraré el camino sin problemas. Y comeré...»

No sabía qué podría comer. No tenía provisiones ni armas ni nada salvo la camisa que llevaba puesta.

«Podría robarles un fusil. Y pólvora y munición y... y...»

Al final, subí a la balsa. Pero la rabia siguió creciendo, la sentía quemándome la punta de las orejas. Mientras nos alejábamos de la orilla, maldije en silencio a Li Homaya y sus hombres con las palabras más sucias que conocía.

Y me pregunté si, después de todo, mi tío no tendría la razón acerca del líder cartagino.

Pero incluso si no la tenía, había algo en lo que era indudable que estaba en lo cierto: no tenía sentido dividir el mar Azul en buenos y malos.

En mi experiencia, lo único que había allí era hombres malos y peores.

CAPÍTULO 16

ARRIBO

Pasé enfurruñado la mayor parte de la hora siguiente mientras remábamos a través de la niebla de regreso al *Timo*.

La negativa de Li Homaya a llevarme con él probablemente no debería haberme molestado tanto como lo hizo. Pese a mi enfado, una parte de mí reconocía que él tenía razón. Yo no era un soldado, ni tenía destrezas o conocimientos que pudieran serle de utilidad... De hecho, ni siquiera hablaba cartagino.

Pero en todo caso estaba furioso. Y no espabilé hasta que Kira me dio un nuevo motivo de preocupación.

—¿Qué pasa si no logramos encontrar el *Timo* en medio de la niebla?

—Será difícil no verlo una vez que empiece a disparar —anotó el Tripas—. El problema grande es qué pasará si hunde el barco y zarpa antes de que hayamos llegado.

Dediqué un momento a pensar en la situación.

—Ese no sería el mayor problema —dije.

—¿Cuál, entonces?

—¿Qué nos harán los piratas cuando descubran que los hemos traicionado?

Me las había arreglado para ignorar la cuestión cuando Quintín la había planteado porque sabía que Li Homaya y los cartaginos eran los únicos que tenían la capacidad de derrotar a Roger Pembroke. Pero ahora no podía seguirla pasando por alto y la forma en que Kira y el Tripas enmudecieron me hizo entender que ellos estaban tan preocupados como yo.

—No podemos dar media vuelta —dijo Kira, finalmente—. Los cartaginos no nos llevarán con ellos. Y quedaríamos en territorio moku.

Habiendo sido capturados por los moku ya una vez, ninguno de los tres estaba precisamente ansioso por repetir la experiencia.

—Entonces probemos suerte con los piratas —dijo el Tripas, agitando los hombros.

Después de lo que había vivido en los dos últimos días, creía que no me quedaba una gota de miedo. Pero el hecho es que estuve con el estómago revuelto el resto del tiempo que pasé en esa pequeña balsa.

Por fortuna, no estuvimos en ella mucho tiempo más. El alba llegó con rapidez y la niebla apenas empezaba a levantarse cuando los cañones del *Timo* abrieron fuego, iluminando el cielo gris con estallidos de color naranja a apenas unos centenares de metros de donde nos encontrábamos.

Para cuando avanzamos hasta una distancia en la que pudieran oírnos, los cañones habían cesado de disparar y la niebla se había desvanecido lo suficiente como para revelar a lo lejos el casco ardiente del último buque de guerra cartagino, inclinándose maltrecho sobre los Colmillos. Si no hubiera estado tan encallado, se habría volcado y hundido antes de que termináramos de subir por la escalera de cuerda que los piratas habían arrojado por el costado del *Timo* para que volviéramos a bordo.

En la borda nos esperaba Healy, en compañía de Quintín y una docena de piratas más. En la cara de mi tío había una tensa sonrisa.

—En nombre de la tripulación, quiero daros las gracias a los tres —dijo.

Seguramente debimos de mostrarnos tan estupefactos como nos sentíamos porque con rapidez añadió una explicación.

—El carpintero me contó lo que ocurrió —dijo, asintiendo con la cabeza en dirección a Quintín—. Fue muy valiente por vuestra parte ofreceros como voluntarios para bajar por el costado y sellar la grieta con lona de modo que el parche se sostuviera mejor. Y estoy seguro de que habéis debido de pasar mucho miedo cuando quedasteis a la deriva, perdidos en la niebla durante estas horas. Me alegra teneros de vuelta.

Y por si acaso nos sentíamos tentados a pensar que él se creía lo que estaba diciendo, al final del discurso dejó de sonreír y me lanzó una mirada capaz de derretir el acero.

—No volveremos a hablar de esto —dijo.

Y no lo hicimos. Aunque sí que me pregunté si el resto de los piratas sabía qué habíamos hecho, o si alguien había advertido la extraña circunstancia de que el incendio del buque de guerra cartagino no estuvo acompañado de los gritos de angustia de los moribundos.

Pero ni siquiera yo era tan tonto como para preguntar al respecto.

Después de eso, bajamos a la cubierta inferior y dormimos el resto del día. De hecho, solo nos levantamos el tiempo suficiente para comernos casi un cubo de raciones cada uno antes de volver directamente a las hamacas y echarnos de nuevo.

Esa noche estuve despierto un par de horas pensando en lo que haría una vez que llegáramos a Villa Edgardo. Kira buscaría a su antiguo tutor para que le ayudara a buscar a los okalu, traducir el mapa y encontrar el Puño de Ka.

El Tripas iría con ella. Y yo también.

Pero primero tenía que encontrar a Millicent. Era casi seguro que estaría aún en la isla Amanecer, pero si no actuaba deprisa, su madre la enviaría a algún internado roviano en el Continente y pasarían meses o incluso años antes de que pudiera volver a verla.

¿Y si para entonces había conocido a alguien? Alguien como ese tío Cyril: mayor que yo y rico.

¿Y si estaba con el tal Cyril ya, en Amanecer?

Tenía que ir a la isla. Y hacerlo rápido. Allí no sería bienvenido. Amanecer era la isla de Pembroke, y aunque él estuviera en Pella, sus hombres me reconocerían al verme (los carteles de SE BUSCA con mi retrato se habían encargado de eso) y si me atrapaban, podía esperar lo peor.

Quizá mi tío podría ayudarme, pensé. Debía preguntarle la próxima vez que tuviera la oportunidad.

No. No podía. Ya había tentado demasiado la suerte con él. No podía ir ahora a rogarle que me ayudara más de lo que lo había hecho.

A menos que encontrara la forma adecuada de preguntar.

Tenía que pensarlo. Funcionaría, sí. Encontraría a Millicent fuera como fuese.

Tenía que hacerlo. Estaba enamorado de ella.

Para cuando el sol nos despertó a la mañana siguiente, el *Timo* estaba entrando en una amplia bahía en el extremo meridional de una isla verde, exuberante y montañosa, tan grande que en un primer momento pensé que estábamos en el Continente.

Entonces apareció Villa Edgardo. Era la segunda ciudad más grande que yo había visto en la vida después de Pella Nonna: un kilómetro y medio de edificios continentales de techo puntiagudo se apretaban debajo de una ladera coronada por una gigantesca fortaleza de piedra.

Quintín pensaba que era una locura ponernos al alcance de los cañones de la fortaleza.

—¿Y nosotros llevando la bandera roja y negra? ¡Nos harán añicos en segundos! —le chilló a Ismail, que estaba con nosotros en la baranda de proa.

Ismail sonrió.

—Mira, amigo. Hoy llevamos la bandera roviana.

Dimos media vuelta y alzamos el cuello para mirar el palo mayor. En efecto: la bandera pirata de Healy había sido retirada y en su lugar ondeaba la cruz azul de Rovia.

—¡Esa bandera no engañará a nadie! Todo el mundo sabe cómo es el barco de Quemadura Healy.

—No —dijo Ismail—. Funcionará, tío. Llevamos mucho tiempo viniendo a Villa Edgardo. Años.

—¡A otro con ese cuento! —bufó Quintín.

—Es cierto. No todos juntos, eso sí. Por lo general, atracamos en una cala al norte. Vamos a la ciudad en botes. Diez hombres en cada uno. El capitán nos hace cambiarnos de ropa para que nos veamos elegantes. Esta vez es un poco diferente. Nunca antes habíamos atracado en el puerto. Pero no hay problema. Necesitamos ir al astillero para hacer las reparaciones. Y estos rovianos nos deben ahora una grande. Por Pella.

—¿Qué pasó en Pella? —pregunté—. ¿Cómo ayudasteis a Pembroke y sus hombres?

—Prácticamente fuimos los que hicimos todo el trabajo. Los rovianos querían invadir, pero solo tenían cuatro barcos de guerra. Y no muchos cañones. Le pidieron ayuda al capitán y él ideó un plan. En medio de la noche, llegamos a la laguna al norte de la ciudadela y les disparamos desde atrás. Los cañones de los cartaginos apuntaban hacia delante, a la bahía y el océano. No esperaban que alguien fuera a dispararles desde atrás. Así que, *bum*: tomamos la ciudadela. Después de eso los rovianos desembarcaron las tropas sin problemas. Luego también les ayudamos con el combate en las calles.

Ismail asintió en dirección a Villa Edgardo.

—Estos tíos rovianos nos deben una grande. Fijaos: vamos a entrar por la puerta principal y nadie se quejará.

Quintín no estaba convencido.

—Me le creeré cuando lo vea —murmuró.

La historia, sin embargo, parecía bastante verosímil y el hecho es que entramos en el abarrotado puerto sin recibir siquiera un disparo de advertencia desde la orilla.

Además, la bandera no era lo único que había cambiado. La

gravedad habitual de la tripulación se había desvanecido. Todos los hombres reían y bromeaban, en especial los de la cubierta de artillería, que celebraban una especie de concurso que, según lo que pude entender, consistía en prenderse fuego a los dedos de los pies.

Yo hubiera esperado que mi tío los llamara al orden con severidad. Pero lo cierto era que él estaba tan alegre como los demás, lo que no dejaba de resultarme un poco extraño. Cuando empezamos el acercamiento final a uno de los muelles más orientales, se presentó en cubierta, con un vendaje nuevo en la cabeza y en el ojo, y reunió a la tripulación para un discurso tan diferente de los que le había oído pronunciar que por un momento llegué a preguntarme si la herida que se había hecho en la cabeza no era más grave de lo que pensaba.

—Buenos días, hermanos. Espero que estéis ansiosos por empezar vuestra estadía en las islas Pez. Los pasteles de cangrejo son particularmente apetitosos en esta época del año. Pero, por el bien de todos, no cenéis en público hasta que os hayáis dado un baño, a ser posible con jabón, porque hasta el último de vosotros apesta como el culo de un perro.

Unos cuantos piratas se olisquearon a sí mismos. Ninguno pareció estar en desacuerdo con lo que mi tío había dicho. Healy continuó:

—Hay algunas cosas que debéis tener presentes: mientras estemos en Villa Edgardo, yo no soy Quemadura Healy. Soy el señor Pantalonlargo. De hecho, el comodoro Pantalonlargo. Fui ascendido recientemente, pero ninguno de vosotros, ingratos, se tomó la molestia de enviarme flores. En cuanto a vosotros, felicidades: también habéis sido ascendidos, de forajidos asesinos a marinos valientes del 43.º Batallón de Irregulares roviano. Voy a pediros que, una vez que hayamos atracado, os mantengáis cerca del barco durante unas pocas horas por lo menos. Podéis desembarcar si os apetece, pero no os marchéis más allá de las pasarelas. Y tened presentes las reglas de tierra: nada de robos, agresiones, extorsiones, pillaje o bromas pesadas.

»Y eso último no puedo subrayarlo más: por favor, por favor, no le prendáis fuego a los dedos de los pies de nadie que no sea miembro de la tripulación. Y, por el amor del Salvador, no empecéis a beber hasta que yo os diga que podéis hacerlo. ¿Alguna pregunta?

Un pirata levantó la mano.

—¿Cuándo podemos empezar a beber?

—Cuando yo os lo diga.

Otra mano.

—¿Cuándo nos lo dirá?

Healy suspiró.

—Tan pronto como os pague.

—¿Cuándo nos pagará?

Healy miró frunciendo el ceño al pirata que acababa de soltar la pregunta.

—No te he visto alzar la mano, Frank.

Frank levantó la mano.

—¿Cuándo nos pagará?

—Tan pronto como traiga los diez millones. ¿Alguna otra pregunta? ¿No? ¿Nadie quiere que le recomiende un restaurante? Muy bien, entonces. Se levanta la sesión.

Quintín se encontraba en el cabrestante, con la boca tan abierta que una gaviota podría haber anidado en ella.

—¿Qué demonios le ha pasado?

—No tengo ni idea —dije.

Kira y el Tripas parecían igual de asombrados.

Ismail seguía a nuestro lado. Sonreía.

—Estupendo, ¿no? El capitán en tierra no es igual al capitán en alta mar. Se relaja.

—El comodoro —lo corrigió una voz a nuestras espaldas. Era mi tío.

—Y no lo olvides, sucio gualo —le dijo a Ismail con una sonrisa de satisfacción. Luego se volvió hacia Quintín—. Cuando atraquemos, ¿te molestaría buscar al jefe del astillero y enseñarle el daño? Queremos que las reparaciones empiecen tan rápido como sea posible.

—No hay problema, capitán.

—Muchas gracias. Ismail puede acompañarte, si a él no le da mucha pereza.

—Mucha no, pero un poco sí —dijo Ismail con un guiño.

Después Healy se volvió hacia mí.

—¿Tienes planes para esta mañana?

—No, que yo sepa.

—Muy bien. Acompáñame a hacer un recado.

Luego se metió la mano en el bolsillo, sacó un puñado de monedas de oro y se las entregó al Tripas y a Kira.

—Os lo devolveré pronto —les dijo—. Entretanto hay una panadería siguiendo por la pasarela que seguro que os gustará probar. El pan de mermelada es espectacular. Decid que os envía el comodoro Pantalonlargo y os harán un descuento. Además de, me temo, miraros con terror.

La sola mención del pan con mermelada hizo que mi estómago rugiera.

—Guárdame un poco, por favor —le dije a Kira antes de alejarme con mi tío.

Spiggs, Pike, Mackie el artillero, Roy Okemu y varios piratas más se encontraban en el camarote del capitán cuando entramos, todos armándose hasta los dientes con las pistolas y cuchillos que sacaban de un cajón de armamento.

—¡Sírvete tú mismo! —me dijo mi tío—. No necesitas llevar las pistolas cargadas. Es más una cuestión de apariencias que otra cosa.

Tomé una pistola e intenté metérmela en la pretina del pantalón. Debí de parecer bastante ridículo, porque todos los presentes intercambiaron sonrisas divertidas.

—¿El chico sabe adónde vamos? —preguntó Okemu.

—Preguntémosle —dijo Healy—. ¿Sabes adónde vamos, Egg?

—¿A por los diez millones en oro? —dije.

—Un chico listo —dijo Okemu.

—¿Y dónde crees que están esos millones? —preguntó mi tío—. ¿Dónde guarda su tesoro un pirata?

Pensé un momento antes de responder.

—¿Enterrado?

Todos se rieron.

—Hijo, si tuviera enterrados los diez millones, ¿quién me daría un seis por ciento?

—¿Qué es el seis por ciento? —dije.

Más risas.

—El interés —dijo Spiggs.

—¿El qué?

Eso desató risas todavía más fuertes.

—Mejor que sea un pirata, capitán —se burló Mackie—. No tiene madera para los negocios.

—Intentémoslo de nuevo, hijo —dijo Healy—. ¿Dónde guarda su tesoro un pirata?

—¿En un banco?

Los piratas celebraron la respuesta. Healy me frotó el pelo con suavidad.

—¿Lo veis, hermanos? Puede aprender.

LA BOLSA MERCANTIL DE LOS CABALLEROS ROVIANOS

No hay nada como caminar por una calle abarrotada en compañía de ocho piratas aterradores, incluso si el más famoso de ellos insiste en hacerse llamar «comodoro Pantalonlargo».

La calle no siguió estando abarrotada durante mucho tiempo. Cuando dejamos el muelle y giramos en la calle principal, estaba repleta de lugareños, pero para cuando llegamos a nuestro destino —un edificio de columnas blancas con las palabras BOLSA MERCANTIL DE LOS CABALLEROS ROVIANOS cinceladas en piedra encima de las puertas— la mayoría de ellos había desaparecido de forma misteriosa. Y los pocos que quedaban se mantenían a distancia. Era como si hubiera una pared invisible a nuestro alrededor que repeliera a todo aquel que se acercara a menos de cinco metros.

Es posible que fuera el olor. Healy no estaba bromeando cuando lo mencionó: ninguno de los piratas se había bañado en quién sabe cuánto tiempo, y el hedor era tan fétido que casi podías ver cómo emanaba de sus espaldas. Yo tampoco estaba mucho más limpio, pero al menos me había dado un chapuzón en el océano dos noches atrás.

Abarrotada o vacía, era una calle muy agradable. Los edificios de estilo continental eran bonitos y estaban bien conservados, y había bastantes tiendas que parecían muy interesantes, así como un puesto de pinchos que me hizo la boca agua. Sin embargo, a medida que íbamos pasando, las tiendas iban cerrando sus puertas y alguien, con manos temblorosas, ponía un cartel de CERRADO en la ventana.

—Qué curioso. ¿Sabíais que era día festivo? —preguntó Healy o, en ese momento, Pantalonlargo.

—Un festivo muy gracioso —dijo Pike, alzando la cabeza para mirar el reloj que adornaba el campanario al final de la calle—, en el que todas las tiendas cierran exactamente a las nueve y diecisiete.

—Espero que el banco esté abierto —dijo Spiggs.

—Oh, lo estará —dijo mi tío—. De una u otra forma.

Nos condujo por un corto tramo de escaleras hasta las gruesas puertas del banco, las cuales, para mi sorpresa, no estaban cerradas. Mientras mi tío las empujaba para abrirlas, se oyeron gritos frenéticos en el interior, pero una vez que él dio el primer paso dentro, los gritos cesaron y se produjo un silencio en extremo tenso.

Yo nunca antes había estado dentro de un banco, de modo que no puedo decir si era más o menos impresionante que otros bancos. Pero lo cierto es que estaba bastante asombrado: había grandes arañas colgando del techo, alfombras gruesas y montones de acabados dorados que resplandecían como si hubieran sido pulidos para darles el máximo brillo. Aquí y allá, llenaban el espacio escritorios enormes, sobrios, y a lo largo de todo un costado, a unos doce pasos de la pared, había un mostrador de piedra con una especie de barricada de madera encima. Cada tres metros aproximadamente había pequeñas aberturas en la barricada cubiertas con barrotes dorados y apenas lo bastante altas y anchas para que una cabeza pudiera asomarse por ellas.

En el recinto había una docena de personas, más o menos, y todas quedaron petrificadas como estatuas apenas entramos. Al acercarnos al mostrador, algunos de los presentes se esforzaron por actuar con normalidad, como si solo estuvieran ocupándose de sus asuntos y nada les preocupara. Pero eran pésimos actores.

Healy iba a la cabeza. Hacia la mitad del recinto, pasó delante de un hombre de cara rubicunda y traje que, según creo, intentó decir: «¡Buenos días, señor Pantalonlargo!» Pero todo lo que emitió fue una serie de graznidos que sonaron más bien a: «Bue-ños- dídi-as-seño-or-Panta-a-alonlargo...»

—Buenos días a usted, señor —replicó con cordialidad mi tío, que se detuvo al llegar al mostrador.

Detrás de una de las aberturas con barrotes dorados había un hombre calvo, flacucho y tembloroso.

—Hola —dijo Healy.

—Pu-pu-u...

El hombre calvo tenía dificultades para pronunciar las palabras.

—«¿Puedo ayudarle en algo?» —sugirió Healy.

—S-s-sí...

—Sí, muchas gracias —respondió mi tío a la pregunta que él mismo había propuesto—. Mi nombre es Harold Pantalonlargo. Soy el titular de una cuenta. ¿Y usted es...?

—A... a... al...

—¿Por qué no nos quedamos con «Al»? Prosigamos. Al, amigo mío, me gustaría retirar dinero de esta cuenta. —Healy le entregó una hoja de papel a través de la abertura, luego juntó las manos y las dejó sobre el mostrador, sonriendo con cortesía a la cara de Al, que estaba a poco más de cincuenta centímetros de la suya.

Para entonces el resto de nosotros formábamos un semicírculo detrás de mi tío.

Visto de cerca, Al no solo estaba temblando sino que sudaba copiosamente. Eran tantos los ríos de sudor que le corrían por la calva que alcé la mirada para asegurarme de que no hubiera una gotera en el techo.

—Cla... cla... ro. ¿Cu... cu... cu...?

—«¿Cuánto?».

Al asintió con la cabeza.

—Diez millones en oro —dijo Healy—. O su equivalente en plata. ¿Está publicada la tasa de cambio...?

Healy volvió la cabeza para echar un vistazo al recinto. Y yo lo imité, razón por la cual no llegué a ver el momento exacto en que Al se desmayó. Solo oí el golpe sordo de algo largo y delgado al golpearse contra el suelo y cuando volví a mirar, la cabeza de Al había desaparecido del pequeño agujero.

—Vaya por Dios, Al se ha puesto malo. —Healy se inclinó hacia delante y se asomó a través de los barrotes dorados. En un tono mucho más alto, pero no menos amistoso gritó—: ¿Podría alguien más ayudarnos, por favor? ¿Y, en lo posible, buscar atención médica para Al?

Uno por uno, los empleados del banco se volvieron a mirar a un hombre de pelo gris y traje negro, que se encontraba de pie cerca de una puerta interna, la mano sobre el pomo.

Durante un instante pareció que el hombre de pelo gris estaba intentando decidir si debía huir. Finalmente, retiró la mano del pomo y se acercó a mi tío, tragando saliva y forzando una sonrisa.

—¡Sí! Por supuesto. Yo...

Healy sonrió a su vez.

—¡Ah! El señor Smith-Jones, ¿no es así? ¿El presidente del banco?

El señor Smith-Jones asintió, pese a que por su aspecto cualquiera hubiera dicho que en ese momento daría lo que fuera por ser cualquier cosa excepto el presidente del banco.

—¿He... he oído correctamente? Dice que ne-ne-cesita retirar...

—Diez millones en oro. Sí.

El señor Smith-Jones respiró hondo.

—¿Por qué n... no hablamos en mi de... despacho?

El despacho privado del señor Smith-Jones era incluso más elegante que el recinto principal del banco. Estaba repleto de muebles que parecían ser muy caros, pero bastante frágiles: todas las sillas y sofás rechinaron con fuerza cuando los enormes piratas se sentaron en ellos, y el señor Smith-Jones acompañó cada chirrido con una mueca de dolor.

No había suficientes sillas para todos, de modo que terminé apoyado contra una pared, mientras que Mackie y Roy Okemu se sentaron a lado y lado del escritorio. Roy era tan grande que el señor Smith-Jones tenía que alzar el cuello para rodear su trasero y ver a mi tío, que se había acomodado en un lujoso sillón de cuero al otro lado del escritorio.

—¿E... e... es... eh... necesario... todos...? —Las cejas del señor Smith-Jones se contonearon en dirección al trasero de Roy Okemu.

—Por desgracia, sí. Estos son, déjeme ver. —Healy fue señalando pirata por pirata a medida que hablaba—. Mi contable, abogado, médico personal, factótum, taquígrafo, asistente del taquígrafo y... —Terminó conmigo—. Guardaespaldas. ¡Bien! ¿Cómo va el negocio?

El señor Smith-Jones parecía a punto de vomitar. Lo que era lógico por multitud de razones, incluido el olor. La habitación no estaba bien ventilada, y la peste que despedían los piratas después de semanas sin asearse me causaba náuseas incluso a mí.

—Ahhhh... no está mal.

—Me alegra oír eso. Doy entonces por sentado que esta es solo una charla amistosa mientras sus empleados preparan los diez millones, ¿no es así?

—Bueno... acerca de eso... um... ahhhh...

—Por favor, señor Smith-Jones. Hable con total libertad. No estoy aquí para crear problemas. Soy sencillamente un cliente fiel que desea retirar un dinero.

—¡Por supuesto! Pero... bueno... usted entenderá que es una cantidad muy grande de dinero.

—Aunque no tanto como la que tengo en la cuenta.

—¡Claro! ¡Obviamente! Soy consciente de ello.

Me alegró oír que mi tío tenía más de diez millones en la

cuenta, pues eso significaba que salvarme de la horca no lo había dejado en la bancarrota.

—Usted tiene el dinero, ¿no?

—¡Lo tenemos! ¡Por supuesto! Pero, ahhh...

El señor Smith-Jones pasó algún tiempo estirándose el cuello de la camisa.

—¿Podría, por favor terminar la frase? La parte que viene después del pero.

—Señor Pantalonlargo... la forma en que opera un banco, verá, es... nosotros recibimos el dinero en depósito y luego prestamos ese dinero y esos préstamos nos permiten pagar un interés a los depositantes como usted, y...

—Vayamos al grano, ¿le parece?

El señor Smith-Jones suspiró con fuerza. La idea de ir al grano no le apetecía en absoluto.

—Bueno, la mayor parte de nuestro dinero, verá... está prestada. Así que lo que tenemos a mano es solo una pequeña fracción...

—¿Cómo de pequeña es esa fracción?

—En este momento... —El señor Smith-Jones respiró hondo—. Unos dos millones.

—¿Dos millones en oro?

—Mmm.

—Permítame aclarar esto. Yo tengo, ¿qué? ¿Unos trece millones en depósito?

—Tendría que comprobar la cifra exac...

—Confíe en mí. Es mucho más que eso. Casi catorce la última vez que lo comprobé. Y, sin embargo, cuando quiero retirar solo diez de esos millones... ¿usted me dice que todo lo que puede darme son dos?

Menos mal que el señor Smith-Jones estaba sentado, porque a juzgar por el color de la cara, no le quedaba una gota de sangre en la cabeza.

—La... la for... forma en que un ba... banco opera...

Healy levantó un dedo. El presidente del banco cerró la boca en el acto.

—Ya hemos oído la lección. He aquí una para usted. La forma en que un pirata opera... es que yo obtengo lo que pido.

Menos mal también que la puerta se abrió justo entonces pues, de lo contrario, creo que el señor Smith-Jones se hubiera muerto de miedo.

De pie en la entrada del despacho, o todo lo dentro que podía en vista de lo apretados que estábamos al otro lado de la puerta, se encontraba un hombre de pecho fuerte y grueso y bigote en forma de U invertida, ataviado con un uniforme del ejército roviano tan tachonado de medallas que tintineaba a cada paso.

Como todas las demás personas que habíamos visto en Villa Edgardo hasta ese momento, estaba sonrojado y sudoroso.

—¡Señor Pantalonlargo!

—Oh, hola, gobernador —dijo Healy con tono suave—. De hecho, ahora es «comodoro Pantalonlargo». ¿O ha olvidado que me ascendió?

—¡Comodoro! ¡Sí! Por supuesto. ¿Qué... um... uh...? ¿Qué sucede?

—Nada. Me ocupo de algunos asuntos bancarios. ¿Y usted?

El gobernador general (o al menos yo di por hecho que se trataba de él, es decir, el supremo líder roviano en las Nuevas Tierras y las islas circundantes, con una autoridad solo por debajo de la del mismísimo rey Federico) parecía atolondrado.

—Yo... bueno, me preguntaba... por qué usted, ah, eligió atracar en el puerto principal.

—La razón es muy sencilla, en realidad. Mi barco recibió daños importantes durante la conquista de Pella Nonna ordenada por usted y tiene que repararse en dique seco. Así que decidí que durante el tiempo que duren estas lo más apropiado era darles permiso para bajar a tierra a los valientes marinos del 43.º Batallón de Irregulares roviano.

—No estoy del todo seguro de que eso sea apropi...

—Pero, al parecer, hemos topado con un imprevisto bancario —dijo Healy en un tono de voz que, a pesar de seguir siendo amistoso, hizo que la cabeza del gobernador general se retrajera dentro del cuello rígido del uniforme como si fuera una tortuga asustada—. Verá, necesito retirar diez millones en oro. Y su hombre aquí, el señor Smith-Jones, dice que solo tiene dos a mano.

El presidente del banco y el gobernador general intercambiaron miradas de auténtico pánico.

—La cuestión es, comodoro... —empezó a decir el gobernador general—, que la forma en que opera un banco...

—He oído suficiente. —La voz de mi tío, aunque calmada y llana, había dejado de ser amigable. Cambió a un tono que solo él sabía cómo usar, un tono capaz de hacer que cualquiera sintiera un vacío en las entrañas.

»He aquí lo que va a suceder —dijo volviéndose hacia el presidente del banco—. Usted me dará todas y cada una de las monedas que tenga en el banco, hasta el último centavo. Y usted —miró al gobernador general— se asegurará de que todos los establecimientos de Villa Edgardo abran sus puertas a mis hombres y ofrezcan líneas de crédito a las que ellos puedan acceder. Nos alojaremos en el hotel Los Cuatro Vientos. Por favor sea tan amable de adelantarse y pedir que preparen baños calientes para ciento ochenta y siete hombres. Y dígales que esperen tener una importante concurrencia para la hora de la comida.

El gobernador general estaba horrorizado. Healy se volvió una vez más hacia el presidente del banco.

—Pasaré mañana a por los otros ocho millones. Hasta entonces.

Dedicó al banquero un guiño con el ojo que no llevaba vendado y se puso de pie. Al pasar junto al gobernador general, estrechó de forma calurosa la mano floja que le tendía el militar.

—Si no está demasiado ocupado para comer, déjese ver por Los Cuatro Vientos. Nos pondremos al día. Yo invito. *Chao!*

La mayoría de los dos millones no estaban disponibles en oro, sino en plata, lo que los hacía casi diez veces más pesados de cargar. Al final, necesitamos tres mulas de carga para llevarlo todo al barco. Mientras Spiggs y otros tres piratas empezaban a dividirla, Healy reunió a toda la tripulación para otro breve discurso.

—La mala noticia, hermanos, es que por el momento, las monedas que se os repartirán son solo una quinta parte de lo que se os debe. La buena noticia es que tendréis líneas de crédito en todos los establecimientos de la ciudad. Si preferís no pagar algo en efectivo, solo tenéis que decir que lo pongan en la cuenta del comodoro Pantalonlargo. Por favor, intentad ir despacio, dada la cantidad de reparaciones que el *Timo* necesita, estaremos aquí... ¿Tú qué dices, Quintín? ¿Cuatro, cinco días?

Quintín negó con la cabeza.

—Podría ser más, capitán.

—Bueno, esa es la situación. Tendréis habitaciones y baños calientes a la mayor brevedad en Los Cuatro Vientos. Por favor, tratad a los lugareños con respeto. Y, por el amor del Salvador, procurad no emborracharos mucho hasta que no sea de noche.

Media hora después se había repartido el dinero entre la tripulación. Kira, el Tripas y yo estábamos sentados en una baranda al final del muelle comiendo los restos del pan con mermelada que ellos habían comprado en la panadería (era bastante bueno, aunque caliente hubiera estado mejor) y viendo el torrente de piratas que se encaminaba a la ciudad con los bolsillos tan llenos que los pantalones se les caían debido al peso de la plata.

—Piratas con dinero. Se va a poner feo —dijo el Tripas, negando con la cabeza.

Estaba de acuerdo. Había visto lo que había pasado con los piratas de la plantación cuando se quedaron solos en Puerto Rasguño con cincuenta monedas de plata cada uno, y eso había sido con muchísimo menos dinero y en una localidad en la que había mucho menos que romper. Los hombres de Healy eran menos andrajosos y estaban menos desesperados que los piratas de campo, pero seguían siendo piratas. Y después de lo que habían vivido a lo largo de los últimos días, era claro que tenían mucho de qué desahogarse.

Kira se bajó de la barandilla de un salto.

—Tenemos que encontrar al señor Dalrymple antes de que las cosas se desmadren.

El antiguo tutor de Kira vivía a unos quince minutos caminando desde el puerto, en una de las calles estrechas que serpenteaba a través de las colinas que se alzaban más allá del centro de la ciudad. Mientras ella nos guiaba a través de las calles, me pregunté cómo podía saber el camino, pero entonces recordé que había vivido en Villa Edgardo durante más de un año, cuando su padre acudió al gobernador general para que le ayudara a detener el tráfico de esclavos de Pembroke.

Finalmente, nos hizo subir por un camino de ladrillo rojo que conducía a través de un jardín pequeño y cuidado a una casita verde con molduras blancas. Al acercarnos a la puerta, oímos voces a través de la ventana delantera, que estaba abierta.

—¿Y la raíz cuadrada de nueve es...? —decía una voz débil, ligeramente musical, que hizo sonreír a Kira tan pronto como la oyó.

—¿Cinco? —respondió una voz infantil.

—¿Es?

—¿Cuatro?

—No, Trevor, no se trata de adivinar así como así...

Kira llamó a la puerta.

—¡Un momento!

—¿Tres?

—Muy bien. Eso es. Pero no adivinando: memorizando. Siéntate y repasa las raíces. Vuelvo en un segundo.

La puerta delantera se abrió y tras ella apareció un hombre vestido con una camisa almidonada y un jersey desabotonado que tenía exactamente la apariencia que nos había hecho esperar la voz: débil, ligeramente musical, con ojos bondadosos y el pelo plateado y algo desaliñado, peinado sobre una calva que no conseguía esconder.

El señor Dalrymple y Kira se miraron el uno al otro y empezaron a llorar.

—¡Oh, mi vida...!

Hubo montones de abrazos y lágrimas y toda una serie de «¡oh, mi vida!» por parte del tutor. La escena se prolongó lo suficiente como para que el Tripas y yo empezáramos a sentirnos un poco incómodos.

Mientras los veía, me preguntaba cómo sería la situación si fuera yo el que se reencontrara con su antiguo tutor: el cruel, estúpido y perezoso Percy, que me traicionó para ponerse al servicio de Pembroke y al que terminamos echando de la plantación después de que Millicent le disparara en el brazo.

Para empezar, habría muchos menos abrazos. Y en caso de que hubiera uno o dos «¡oh, mi vida!», el tono en el que se pronunciarían sería radicalmente distinto.

Llegado el momento, Kira y el señor Dalrymple consiguieron recomponerse. Ella nos presentó a los demás y luego trató de explicar cómo era que habíamos terminado en su umbral. Pero la historia era demasiado confusa y él no tardó en perder el hilo.

—¡Adelante, adelante! —dijo—. Tenemos tiempo de sobra para todo eso.

En el interior, la vivienda lucía extraordinariamente ordenada y olía a té recién hecho; al ver arrugar la nariz al chico de nueve años cuya lección de matemáticas acabábamos de interrumpir, recordé que seguíamos sin darnos un baño.

—Adelante, adelante —insistió el señor Dalrymple—. Podéis esperar en la cocina y tomar una taza de té. Tan pronto como termine la lección de Trevor os acompañaré, ¿sabíais que Makaro está aquí?

Kira abrió los ojos con emoción.

—¿Aquí en Villa Edgardo?

—¡Sí! En este momento está en la montaña recogiendo bayas. Pero no tardará en volver. Se está quedando aquí, conmigo.

Kira se volvió hacia nosotros. Los ojos le resplandecían de alegría.

—Makaro es un okalu. Un anciano. ¡Él podrá traducirnos el mapa!

—¿Qué mapa? —preguntó el señor Dalrymple.

—Tenemos un mapa que conduce al Puño de Ka —le contó Kira.

Ahora fueron los ojos del señor Dalrymple los que se abrieron.

—¿No me digas? ¡Es un milagro! Los dioses deben de estarle sonriendo a tu pueblo por fin. Porque, justo el otro día...

El maestro se detuvo a mitad de la frase y asomó la cabeza al salón para asegurarse de que su joven estudiante no estaba escuchando. Luego continuó con voz queda.

—Justo el otro día, dos adolescentes de la isla Amanecer llegaron exigiendo una audiencia con el gobernador general. Decían que tenían pruebas de que en la mina de plata había esclavos. Como es obvio, los metieron en la cárcel por haberse tomado la molestia, pero fue...

—¿Qué adolescentes? —solté sin pensar.

—¿Cómo?

—¿Quiénes eran? —pregunté, con el corazón golpeando con fuerza contra mi pecho.

—No lo sé. El rumor era que se trataba de los hijos de unos administradores de la mina...

—¿Los vio usted? ¿Qué aspecto tenían?

—No. Pero oí que eran bastante guapos.

—¿Guapos? Entonces... eran chicos, ¿no?

Mi corazón se detuvo y, luego, empezó a tranquilizarse.

—No. Eran un chico y una chica. Él, mayor que ella, creo.

En un abrir y cerrar de ojos, el corazón se me aceleró de nuevo.

—¿Y ahora dónde están?

—Siguen en la cárcel. Esperando a que sus padres...

—¿Dónde está la cárcel?

—Recto, colina abajo.

LA CÁRCEL

EGG! ¡ESPERA!

Yo bajaba disparado la colina rumbo al centro de la ciudad. Kira y el Tripas estaban en algún lugar detrás de mí.

—¡Detente!

No me habría detenido de no ser porque justo en ese instante caí en la cuenta de que no tenía ni idea de dónde estaba la cárcel. Dejé que me alcanzaran.

—Has sido muy grosero con el señor Dal...

—¿Voy en la dirección correcta?

Kira asintió con la cabeza, estaba jadeando.

—En la base de la colina. La primera calle grande a tu derecha. Pero ¿no crees que deberíamos hablar acerca de cómo vamos a...?

Salí disparado de nuevo.

—¡Egg!

No podía esperar.

«Millicent está aquí.»

«Con Cyril.»

Lo mejor era no pensar en esa parte.

La cárcel era un edificio de piedra ancho y bajo en medio de la ciudad. No había ninguna señal o cartel que dijera CÁRCEL, pero era el único edificio de la calle que tenía barrotes de hierro en las ventanas, así que supuse que era el sitio que buscaba.

Abrí de un empujón la pesada puerta y me encontré en un pequeño vestíbulo con dos soldados rovianos. Uno de ellos estaba sentado a un escritorio grande ocupado en cierto papeleo. El otro, encorvado en un extremo del escritorio, hacía un solitario.

En la pared posterior había una puerta de hierro.

—¿Tienen aquí a una chica de la isla Amanecer?

Ambos alzaron la cabeza para mirarme.

—¿Y a ti qué más te da? —preguntó el que estaba sentado en el escritorio.

—Necesito verla. Por favor.

—¿Con qué autoridad?

—La de Quemadura... Quiero decir, la del señor Pan... Perdón: el comodoro Pantalonlargo.

Los soldados se miraron el uno al otro con inquietud. El que estaba jugando a las cartas se encogió de hombros.

El que estaba en el escritorio se puso de pie, abrió la puerta de hierro y me hizo un gesto para que entrara. Cuando empezaba a hacerlo, me detuvo y me quitó la pistola que llevaba en la mano.

—Lo olvidaba, lo siento —dije avergonzado: había cogido la pistola para que no se me cayera del pantalón mientras corría.

—Mmm...

Cruzaba la puerta cuando oí a Kira y el Tripas entrar de improviso al vestíbulo que acababa de dejar, pero no me detuve a esperarlos.

La cárcel consistía en tres celdas con barrotes de hierro, dispuestas la una junto a la otra a lo largo del recinto. En cada celda había solo una banca ancha y un cubo de madera.

Un hombre macizo y de aspecto mugriento dormía en la banca de la primera celda.

La segunda estaba vacía.

Caminé hasta la tercera celda.

Al acercarme vi a un hombre joven sentado en el extremo del banco más cercano a la puerta. Era alto y esbelto y el pelo ondulado, de color marrón, le caía hasta los hombros de un modo que era casi bonito. Tenía algo en el regazo, que acariciaba con suavidad, como lo harías con un gato.

Había algo mucho más grande echado a lo largo del resto de la banca.

El joven volvió la cabeza y me miró. Pero yo no lo miraba a él. Miraba lo que estaba echado en el banco a su lado.

Era otra persona, que dormía hecha un ovillo. La cosa en su regazo era la cabeza.

—¿Quién eres? —me preguntó el joven con una voz grave, ronca. Enderezó la espalda y la chica se movió. Un mechón de pelo castaño dorado se le soltó y resbaló por las piernas de él.

—Yo soy...

Olvidé terminar la frase porque justo en ese momento ella levantó la cabeza y supe, incluso antes de que se metiera el pelo detrás de la oreja de la forma tan especial que tenía de hacerlo, que era Millicent.

«Tiene la cabeza en su regazo.»

Y de repente sentí el estómago en algún lugar cerca de los tobillos.

—¡EGG! —dijo poniéndose de pie y corriendo hacia mí—. ¡Estás vivo!

Agarró los barrotes con las manos como si fuera a intentar romperlos. Una serie completa de emociones se le dibujaron en el rostro: estupefacción, felicidad, triunfo. Se le llenaron los ojos de lágrimas.

«Tiene la cabeza en su regazo.» Nada distinto de ese pensamiento me entraba en el cráneo.

Oí abrirse la puerta interna de la cárcel. Ella apartó la mirada de mí.

—¡Kira! ¡Tripas!

—¡Millicent! —Kira corrió hasta ella y yo prácticamente me hice a un lado para que ellas pudieran juntar las manos a través de los barrotes.

—¡Estoy tan, tan contenta de veros! —Sin soltar una de las manos de Kira, Millicent tendió la mano libre por entre los barrotes hacia mí.

Su mirada casi me devuelve el estómago a su puesto. Tendí la mano hacia la suya.

«No hay problema. Ella me quiere. Solo ha sido un...»

Nuestras manos se encontraron y sus dedos se entrelazaban con los míos cuando oí de nuevo una voz grave y ronca.

—Qué suerte... —Un brazo fuerte cubrió los hombros de Millicent. Su propietario inclinaba la cabeza y me sonreía: dientes grandes, pómulos definidos, ojos azules y brillantes.

Era guapo. Ridículamente guapo.

Y alto. Era absurdo cuán alto era.

«La rodea con el brazo. Como si le perteneciera.»

Miré de nuevo a Millicent, a esos ojos marrón oscuro que hasta un momento antes no estaba seguro de que volvería a ver alguna vez.

Había culpa en ellos.

Podría haberme apuñalado en el pecho ahí mismo y me habría dolido menos que ver esa culpa ahí.

Retiré mi mano de la suya. Ella hizo una mueca de dolor —«más culpa»— y luego se escabulló, por así decirlo, del brazo peludo del chico alto, y él la soltó.

Pero era demasiado tarde. Yo había visto lo que había visto.

Ahora era él quien tendía la mano hacia mí, sonriendo con esos dientes grandes como una especie de simio guapo.

—Tú debes de ser el tío de Bochorno. Cyril Whitmore. Es un placer conocerte.

No quería tocar la mano de ese estúpido. Pero él la mantuvo ahí tendida y todos tenían la mirada clavada en mí y todo indicaba que no iban a dejar de mirarme hasta que se la estrechara.

Así que lo hice, pero con la suficiente fuerza y decisión, con lo que él terminó cogiéndome los dedos en lugar de la palma y estrujándomelos de una forma que rozó lo doloroso.

Luego me soltó la mano con, habría jurado, una sonrisita de suficiencia.

Por fortuna el carcelero me había quitado la pistola al entrar.

—¿Cómo nos habéis encontrado? —preguntó Millicent, enjugándose las lágrimas.

—Fue una casualidad. No era nuestra intención —dije con nitidez. Ella echó para atrás la cabeza, confundida, y quizás incluso un poco herida.

«Bien.»

—Oímos que unos adolescentes de Amanecer había acudido al gobernador general para hablarle de los esclavos de la mina de plata —intervino Kira.

Millicent resopló con asco.

—¡Es una locura! ¡Están podridos hasta la médula! ¡La esclavitud es ilegal! ¡El mismísimo rey Federico la proscribió! Pero acudimos al gobernador, preparados para demostrarlo, y nos hizo encerrar antes siquiera de haberle dicho algo.

—No es una sorpresa —dijo el simio guapo, revolviéndose el bonito pelo con gesto malhumorado—. No podemos esperar que un régimen como este se reforme a sí mismo. Es necesario derrocar la estructura de poder íntegramente.

—¡Me alegra tanto que estéis aquí! —dijo Millicent, mirándome de reojo, pero hablando sobre todo para Kira y el Tripas—. ¡Podemos acabar con esto! Sé que podemos.

—¿Acabar con qué? —preguntó el Tripas.

—¡La esclavitud! ¡En la mina de plata! —dijo. Luego echó un vistazo al corredor para asegurarse de que los soldados no estaban presentes y bajó la voz—. Ahora son vulnerables porque la mayoría de los soldados se fueron a las Nuevas Tierras con él. —Pronunció esa última palabra como si la escupiera: nadie necesitó que le aclararan que él era Pembroke—. Si actuamos con rapidez...

Cyril se rio entre dientes.

—Primero lo primero, cariño...

«¡¡¿¿Cariño??!!»

Mientras se me revolvía el estómago, él volvió a ponerle la mano en el hombro.

—Antes tenemos que salir de esta ratonera —dijo, y nos miró sonriendo con satisfacción a través de los barrotes—. ¿Alguno de vosotros tiene influencia en el régimen?

El Tripas arrugó la nariz.

—¿Qué es el régimen?

—Los poderes existentes, mi amigo. El déspota local —dijo, y extendió la mano libre hacia el Tripas—. Cyril Whitmore. Un placer conocerte.

El Tripas le estrechó la mano con cierto recelo.

—¿Qué es un déspota?

—Un dictador. O en este caso: el gobernador general —dijo Cyril, añadiendo un guiño a su estúpida sonrisa.

El Tripas entornó los ojos como si no estuviera seguro de si el guiño era amistoso o insultante.

Kira se volvió hacia mí.

—¿Crees que tu tío podrá sacarlos?

Millicent también se volvió en mi dirección. La mano del simio seguía en su hombro.

—¿Quién es tu tío?

—No tiene impor...

—Quemadura Healy —soltó el Tripas.

—¿Qué? —Millicent se me quedó mirando estupefacta.

Esta vez ni siquiera había intentado apartar la mano de Cyril.

Si seguía en ese sitio más tiempo, explotaría.

—Pero cómo... —empezó a decir Millicent.

—Tengo que irme —dije, y me volví hacia la puerta.

—¡Egg! ¿Adónde vas? —Millicent parecía molesta.

«Bien.»

—¿Vas a buscar a tu tío? —preguntó Kira.

Me detuve y me volví a mirarlos.

—No. Mi tío no os ayudará. Y yo tampoco. Podéis pudriros aquí.

Seguían llamándome a gritos cuando cerré la puerta de hierro dando un portazo.

El soldado del vestíbulo se negó a devolverme la pistola.

En el estado en que me encontraba, supongo que no puedo culparlo.

Salí a la calle hecho una furia, el cerebro en llamas con pensamientos de violencia y venganza mientras oía a Kira y el Tripas correr detrás de mí.

Sin embargo, para cuando llegué al final de la calle, ellos ni siquiera habían salido de la cárcel.

Eso solo sirvió para enfurecerme aún más. Pensé en desaparecer, pero tampoco era que tuviera un lugar al que ir. Podía buscar a mi tío, pero no quería que él me preguntara nada porque hervía de rabia.

«Tenía la cabeza en su regazo...»

«La rodeaba con el brazo...»

«La llamó "cariño"...»

Estuve caminando vacilante al final de la calle durante un rato. Algunos lugareños me miraron con extrañeza al pasar, pero no había muchos de ellos por allí. La mayoría de la población de Villa Edgardo parecía estar escondiéndose de los piratas, si bien en ese momento lo más probable era que la tripulación del *Timo* no estuviera haciendo nada más malévolo que darse un baño caliente.

Después de cinco minutos paseando furioso, Kira y el Tripas seguían sin aparecer. Volví a la cárcel y continué dando vueltas delante de la puerta.

Para entonces yo estaba enfadado, además, con ellos dos.

«Millicent me traicionó. Y ahora el Tripas y Kira también están haciéndole la pelota a ese simio de Cyril como dos... algo...»

Estaba tan histérico que ni siquiera se me ocurrían las palabras.

Por fin, Kira y el Tripas salieron de la prisión.

Mientras caminaban hacia mí, Kira parecía furiosa.

«Por lo menos ella también se ha enfadado.»

—¿Puedes creerlo? —dije, esperando que Kira estuviera de acuerdo conmigo.

En lugar de ello, me empujó con tanta fuerza que casi me tumba.

—¿Qué demonios te pasa?

—¿A mí?

—¿Por qué la has tratado así? —Parecía capaz de darme un puñetazo.

El Tripas, por su parte, se mantenía a una prudente distancia de ambos.

—Porque ella... ¿Estás hablando en serio? ¿Es que no los viste? ¡Tenía la cabeza en su regazo! ¡Estaba ahí, acurrucada sobre él!

—¡Estaban en la «cárcel»!

—¿Y eso qué tiene que ver?

—¡Todo! ¿Y qué más da? ¡Ella pensaba que habías muerto!

—¡Pues no perdió el tiempo!

Kira negó con la cabeza en una mezcla de indignación y asombro.

—¿Cómo puedes ser tan terriblemente egoísta en un momento como este? ¡Mi pueblo vive encadenado en esa mina! ¡Y Millicent está tratando de ayudar! ¡Está en prisión por intentar liberarlos! ¿Y tú corres a chuparte el dedo como un bebé porque dos personas estaban sentadas demasiado cerca la una de la otra? «¡En una celda!»

—¡Él le estaba acariciando el pelo!

Eso sonó tan ridículo al salir de mi boca que la cara se me encendió de vergüenza.

Kira entornó los ojos. Yo me abracé la cabeza para no tener que mirarla.

—Mi padre murió por esta causa —dijo—. Y esta es tu causa, también. Es a los esclavos de la mina de plata de Roger Pembroke a los que ella quiere liberar. ¿Y te niegas a ayudarla porque tienes celos del hombre que está encerrado con ella?

—¡No es un hombre! —espeté—. El hecho de que sea alto no implica que sea un hombre.

—Un chico, entonces. ¿Y tú qué vas a ser? ¿Un chico también? ¿Un niño que hace pucheros? ¿O un hombre?

Quería dar alaridos y tirarme el pelo y pisotear cosas. Porque sabía que ella tenía razón.

—Esto es realmente complicado...

—No, no lo es, Egg. Es muy sencillo.

Miré al Tripas en busca de apoyo.

—¿Tú entiendes por qué estoy tan enfadado?

Él asintió.

—Por supuesto. También he sido un idiota.

—¿Qué quieres decir?

—No lo quieres cerca de Millicent, ¿no? ¿Entonces para qué los dejas juntos en esa celda?

Si había todavía una parte de mí que no quería meterse debajo de una piedra para nunca volver a salir, la pregunta del Tripas se encargó de convencerla.

No solo estaba siendo un idiota egoísta: estaba siendo un idiota egoísta autodestructivo.

La actitud de Kira cambió tan pronto como lo hizo la mía. Pasó los siguientes diez minutos hablándome con suavidad, intentando hacerme sentir mejor diciéndome lo buena persona que yo era y de lo mucho que Millicent se preocupaba por mí y de cómo todo lo ocurrido era un enorme malentendido que se resolvería solo tan pronto como consiguiéramos sacarlos de la cárcel. Kira incluso me abrazó una vez para subrayar lo que decía, lo que hizo que la garganta del Tripas rugiera a pesar de que él sabía muy bien que no era esa clase de abrazo.

Al final, yo seguía furioso: furioso conmigo mismo, furioso con Millicent y furioso con ese estúpido, alto y guapo Cyril y su pelo bonito.

Pero sabía que si quería ser la clase de persona que valía los diez millones de oro que mi tío había pagado por salvarme la vida, entonces tenía que encontrar el modo de pasar por alto todo eso y hacer lo que tenía que hacer.

Tenía que sacar a Millicent de la cárcel. Y, peor aún: tenía que sacar a Cyril también. Si podía, claro.

Me sentía fatal. Con todo, finalmente me recompuse lo suficiente como para volver a la cárcel y decirles a los soldados que el comodoro Pantalonlargo había ordenado que se liberara de inmediato a los dos adolescentes de Amanecer.

Medio minuto después, volvía a salir de la prisión.

—¿Qué ha sucedido? —preguntó Kira.

—Dicen que tienen órdenes de liberar a los prisioneros únicamente cuando vengan sus padres. Y que si el comodoro Pantalonlargo tiene otra opinión, ha de venir a la cárcel él mismo.

CAPÍTULO 19

LA REUNIÓN

Fui a ver a Quemadura Healy solo. Kira quería regresar a la casa del señor Dalrymple para ponerse al día con el antiguo tutor y esperar al anciano okalu, que podía traducir el mapa del Rey del Fuego. Y el Tripas decidió que prefería pasar el resto de la mañana con Kira y el amable viejo antes que con casi doscientos piratas camino de emborracharse peligrosamente.

Lo cual me daba igual: para entonces estaba tan acostumbrado a rogarle a mi tío que me ayudara que no necesitaba ninguna clase de apoyo moral.

Encontré a Healy sentado con media docena de sus hombres a una mesa al fondo del abarrotado comedor del hotel Los Cuatro Vientos. Si había alguien que no fuera pirata entre los clientes del hotel, se había quedado en su habitación. Los hombres de Healy tenían el uso exclusivo del local, y dado que no había habido agua caliente para que todos se bañaran a la vez, o eso supuse, habían dividido el comedor de forma oficiosa en secciones limpia y apestosa.

Por suerte, mi tío estaba en la sección limpia. Tenía el pelo húmedo y recién peinado, y se había puesto una camisa blanca tan nueva que prácticamente resplandecía. Se había recogido las mangas, y sus brazos musculosos flotaban sobre un gran plato de conchas de aspecto roñoso, abiertas de par en par para exhibir el contenido: una especie de fruto de mar baboso y gris.

Para ser sincero: de no haber sido por el plato, el comedor y el hecho de que mi tío se llevaba a la boca esa bazofia escurridiza, nunca se me hubiera ocurrido que eso pudiera ser comida.

—Hola, Egg. Justo a tiempo para la comida. Toma asiento.

El pirata que estaba a su lado se movió para hacerme sitio y me senté entre ambos.

—Gracias.

—No puedes seguir mucho tiempo más sin darte un baño. No es por ofender, pero apestas. ¿Tienes ya tu habitación?

—No, aún no.

—Mejor será que te apresures a coger una antes de que se agoten las buenas. Lo más probable es que ya no quede ninguna con vistas al puerto. ¿Te encuentras bien? Pareces un poco descompuesto.

Me sentía mucho peor que un poco descompuesto. Pero no deseaba tener que explicar por qué.

—Solo estoy, uh..., un poco cansado, supongo.

Healy cogió una de las conchas roñosas y me la ofreció.

—Toma. Prueba. Es una ostra. Te reanimará en el acto. Son deliciosas.

—¿Estás seguro?

—Oh, claro. Voy por la segunda docena. Pruébalas con el rábano picante.

—No es por ofender, pero... *puaj*.

Healy se reclinó en su silla y me clavó una mirada de lo que, esperaba, fuera indignación fingida.

—No eres sobrino mío. No puedo tener un sobrino al que no le gusten las ostras. Es ridículo.

Suspiró y me quitó la ostra.

—¿Qué quieres entonces? ¿Un bocadillo de jamón? ¿Una taza de sopa?

—Un favor, en realidad.

—¿Otra vez? Por el amor del Salvador. ¿En esto consiste la paternidad? ¿Tener niños incordiándote todo el tiempo porque no saben aceptar un no por respuesta?

—No lo sé —dije—. Yo no soy padre.

Mi tío recorrió la mesa con la mirada.

—Bueno, ¿quién lo es? —dijo.

—Yo —metió cucharada uno de los piratas.

—¿De verdad, Dobbs? Nunca se me hubiera ocurrido de ti. ¿Cuántos hijos tienes?

—No lo sé. Nunca los he conocido.

—¿Entonces cómo sabes que eres padre?

Dobbs se encogió de hombros.

—Es solo una suposición. Llevo tiempo rondando por ahí. Las probabilidades son altas. Usted ya sabe.

—No creo que eso cuente. ¿Una ostra?

—Muchas gracias.

Healy le pasó el plato a Dobbs y yo me disponía a volver a pedirle el favor cuando apareció el gobernador general. Tenía la cara ligeramente menos colorada que antes, pero varias arrugas de preocupación le surcaban la frente.

—Señor Pantalonlargo...

—Comodoro.

—Lo siento. Comodoro Pantalonlargo...

—Estoy encantado de que haya venido a comer con nosotros. Hermanos, haced espacio al gobernador. ¿Qué le gustaría beber?

—Gracias, pero yo..., en realidad, no tengo hambre. ¿Podría hablar con usted en privado?

—Eso depende. ¿Puede usted sonreír?

El gobernador general intentó hacerlo. No lo consiguió.

Healy se encogió de hombros.

—Voy a darle un punto por el esfuerzo —dijo, poniéndose de pie—. Acompáñanos, Egg.

Nos sentamos en un pequeño comedor reservado. Los tres. Yo no sabía por qué estaba ahí. Y el gobernador general tampoco.

—¿Es necesario que el chico esté presente?

—Oh, claro que sí. Desempeña una función esencial en mi organización.

—¿Cuál?

—Es mi jardinero. ¿Qué puedo hacer por usted?

El gobernador general respiró hondo.

—Si bien reconozco que tiene usted todo el derecho de solicitar tanto dinero como usted posee en el banco, es necesario que entienda...

—¿Cómo opera un banco? Lo sé muy bien, gracias. Y no me siento precisamente comprensivo. Si yo fuera Smith-Jones, dedicaría el día a cobrar los préstamos.

—Capitán Healy...

—Oh, ¿es esa clase de reunión? ¡Muy bien! Tendré que cambiar de actitud.

—La cruda realidad, capitán, es que podríamos reunir todas las monedas de la isla y, no obstante, seguiríamos estando bastante lejos de los diez millones.

—Bueno, eso sería un comienzo. ¿Por qué no hace eso y vemos cuánto logra reunir?

—¡Porque si lo hacemos desencadenaríamos una crisis de liquidez! —La cara del gobernador general estaba poniéndose colorada de nuevo—. ¡La economía entera de la isla quedaría hecha trizas!

—Tal y como lo describe parece una auténtica prueba de liderazgo. Pero no se preocupe, yo creo que la superará. Es usted un hombre muy capaz.

El gobernador general cerró los ojos y se apretó el puente de la nariz con el pulgar y el índice. Healy sonrió comprensivo.

—Alegre esa cara, amigo mío. Un pirata en tierra no repara en gastos. Cada moneda que yo ponga en manos de mi tripulación llegado el momento acabará en manos de sus comerciantes. A mi modo de ver eso sería buenísimo para su economía.

—¡No si la población tiene miedo de caminar por la calle! ¡La presencia de su tripulación ha reducido la ciudad a un estado de terror!

—No puedo imaginar por qué —dijo Healy—. Nosotros, usted y yo, tenemos un acuerdo. Uno del que mis hombres son muy conscientes y no tienen intención de quebrantar. Trátenos de forma equitativa y no tendrá nada que temer.

—Intente explicarle eso a la gente normal y corriente. No es que nuestro acuerdo sea de dominio público.

—Me temo que ese es su problema.

Ambos permanecieron en silencio durante un momento. Yo me preguntaba en qué podía consistir el acuerdo que tenían. Healy, pensativo, se rascaba la mejilla.

—Si de verdad están tan cortos de dinero, ¿por qué no trae los diez millones de Amanecer? No ha habido un solo envío de plata en los últimos cinco meses: la mina debe de haber producido por lo menos diez millones en ese período.

El gobernador general estuvo un buen rato mirando fijamente una mancha que había en la mesa.

—No... Enviamos la plata antes de la invasión.

Healy alzó las cejas.

—¿Sin escolta?

—La enviamos en el buque que llevó a los refugiados del *Placer Terrenal* de regreso al Continente. Tenía una escolta naval. Pensamos que era mejor... vaciar la despensa, si quiere llamarlo así. En caso de que la invasión de Pella Nonna tuviera consecuencias imprevistas.

—Es curioso que no me consultara al respecto.

—No era asunto suyo —espetó el gobernador.

—No tiene por qué enfadarse. Solo intento ayudarle.

—¿Quiere ayudarme? Saque a esos piratas de mi ciudad.

—No sin mis diez millones.

—¡Eso es extorsión! —Los ojos del gobernador ardían.

—Es gracioso que use esa palabra para referirse a un hombre que solo quiere recuperar su dinero. —La sonrisa había desaparecido de la cara de Healy y sus ojos se habían tornado fríos y oscuros.

Solo por estar ahí, escuchándoles, me sentía las palmas de las manos sudorosas.

—¡No tiene derecho a hacer esto! —dijo el gobernador, apretando los dientes—. Nuestro acuerdo no incluye llegar a mi ciudad con una manada de lobos...

—Nuestro acuerdo... —El tono de Healy silenció al gobernador en el acto—... no incluía un montón de cosas que terminaron pasando.

Silencio. El gobernador respiró hondo dos veces para recuperar la compostura.

—El acuerdo, capitán Healy..., se basa en el mutuo interés. Si los intereses divergen, me veré obligado a disolverlo... y buscar una solución militar al problema de la piratería.

—¿Con los cuarenta hombres que quedan en el cuartel? Le deseo buena suerte, amigo. ¿O acaso ha olvidado que le prestó a Roger Pembroke toda su fuerza y él todavía no se la ha devuelto?

El gobernador entrecerró los ojos, de nuevo furioso.

—¡Me ha tendido una trampa! ¿No es así? Usted planeó todo esto desde el principio. Llegar aquí cuando yo...

—¡No!

La repentina furia de la voz de mi tío hizo que el corazón se me acelerara. El gobernador se hundió en su silla al tiempo que Healy se inclinaba sobre la mesa, como si se dispusiera a saltar de la silla para atacar en cualquier instante.

—Yo cumplo mis promesas —le espetó—. Incluso a las personas que no lo merecen. Mis hombres están aquí debido a las circunstancias, no siguiendo un plan. ¿Y sabe por qué? Porque en Pella Nonna, su niño bonito, Pembroke, estaba ahorcando niños en la plaza pública, y el precio que pagué por detenerlo fue que me echara de allí. Desde entonces no he hecho otra cosa que limpiar el estropicio que ustedes causaron debido a su codicia y estupidez.

—¿Qué estropicio?

Healy negó con la cabeza.

—Les advertí que no invadieran.

—¡Pamplinas! —estalló el gobernador—. ¡Usted estuvo en ese consejo y nos dijo que podía hacerlo!

—Dije que podía. No dije que fuera prudente. De hecho, les dije lo contario: que Pella Nonna era más fácil de tomar que de conservar, que era necesario ocuparse primero del Destripador y que nadie sabía dónde iban a estar esos buques de guerra cartaginos cuando el ataque se produjera. Pero ustedes no me escucharon. Porque Pembroke le había susurrado al oído el cuentito de que si tomaban Pella antes de la llegada de las recuas con el oro, para final de año ambos estarían atiborrados de riquezas. Ahora el plan les ha estallado en la cara.

El gobernador bufó. Se enderezó en la silla, cuadrando los hombros y sacando el pecho.

—Nada le ha estallado en la cara a nadie salvo a usted. Pembroke ha hecho el trabajo. Pella está en nuestras manos. Las bajas han sido mínimas. Y las recuas con el oro no tardarán en llegar.

Healy miró fijamente al gobernador durante un momento, escudriñando el entrecejo altivo del hombre.

—Ay, por Dios. —Healy se rio entre dientes con sequedad y negó con la cabeza—. Está completamente a oscuras, ¿verdad?

—¿Acerca de qué?

—La razón por la que no pudimos encontrar a Destripador Jones antes de la invasión fue que estaba en Pella. Cerrando un trato con Li Homaya por mi cabeza. Cuando el ataque se produjo, ellos ya se habían hecho a la mar con dos buques de guerra cartaginos.

El gesto altivo del gobernador se desvaneció.

—¿Dónde están ahora?

—Hundimos los dos buques de guerra en los Colmillos. Pero Li Homaya y seiscientos orejas cortas consiguieron llegar a la orilla. En este momento, marchan por la costa para retomar Pella por tierra. Calculo que llegarán allí mañana. Pembroke no se enterará hasta que los cañones empiecen a disparar... y cuando lo hagan, descubrirá en un santiamén de qué lado está la gente de Pella. Y no será del de ustedes.

Los hombros del gobernador se hundieron. La boca le colgaba abierta con expresión de estupor.

—Y hay más —continuó Healy—. El Destripador sigue ahí afuera. No pude controlarlo y tampoco matarlo. En este momento es un animal herido, pero apostaría a que se jugará el todo por el todo y lanzará el asalto que durante años ha deseado llevar a cabo. Eso significa Villa Edgardo o Amanecer. Y a diferencia de mis hombres, cuando él se presente, no lo hará en busca de un baño caliente y un trago.

Para entonces el gobernador estaba completamente deshinchado, como una vela suelta en el viento.

—Oh, mi Salvador... —susurraba para sí mismo, la mano sobre la boca.

Cuando levantó la cabeza para mirar a Healy a los ojos, su expresión era de angustia y de súplica.

—Tiene que hacer algo. Vuelva con sus hombres al mar. ¡Tiene que detenerle!

—Mi barco apenas flota. Y debo pagar a mis hombres. Nos marchamos de Pella antes de haber visto un centavo por nuestras molestias. Les prometí diez millones para compensarlos. Antes de pedirles que vuelvan a mover un dedo, tengo que pagarles, de lo contrario, me echarán. Lo único que puedo prometer en cuestión de ayuda es que si Destripador Jones viene a golpear la puerta de Villa Edgardo, ellos atenderán la llamada. Pero si ustedes no los tratan con justicia, puede suceder que decidan que él es un aliado más rentable que usted.

El gobernador había quedado reducido a un tartamudeo impotente.

—Y... y... yo... no pu... puedo creer esto.

—Ni yo. Pero así son las cosas.

Healy lo dejó seguir ahí sentado mirándose las manos durante un rato. Luego mi tío señaló con la cabeza en dirección a la puerta.

—Cuando salga, por favor, dígale al camarero que quiero otro trago.

El gobernador necesitó unos instantes para darse cuenta de que debía marcharse. Fuera como fuese, logró ponerse de pie y tambalearse hasta la puerta.

—Qué lástima —dijo Healy después de que el hombre se fuera—. Era buen negocio hasta que él se puso demasiado codicioso. Por desgracia, es lo que suele suceder.

Yo tenía la sensación de que muchísimas cuestiones acababan de quedar explicadas, si yo fuera lo bastante listo para entenderlas. Pero no lo era. La cabeza me daba vueltas solo de intentar comprender lo que había oído.

—¿Cuál era el acuerdo que tenías con el gobernador? —le pregunté a Healy.

—Es un poco complicado —dijo—. Pero en pocas palabras... cuando empecé, hace años, asaltaba todos los barcos que cayeran en mis manos. Rovianos, cartaginos, gualos, ildianos... La bandera bajo la cual navegaran era irrelevante. Si valía la pena, yo los cogía.

»Las demás tripulaciones piratas eran iguales. Había un puñado de ellas, todas con base en Bochorno. La mayoría trabajaba por su cuenta. Ninguno de nosotros era demasiado selectivo acerca de a quién atacaba.

»El problema con eso era que, cuando asaltas los barcos de cuatro países diferentes, al final tienes cuatro armadas diferentes apuntándote a ti. Y cuando la cuestión se reduce a eso, robar a los rovianos nunca me animó tanto como robar a los cartaginos.

»Así que visité al gobernador general roviano, no este, sino su antecesor, y le propuse un trato. En lugar de que yo le robara toda la plata cada vez que tenía la oportunidad, él podía pagarme una fracción, de forma regular, y yo le dejaba conservar el resto. El hombre estaba dispuesto aceptar, pero solo si yo conseguía que todos los demás piratas abrazaran el mismo acuerdo. Así que lo incluí en el acuerdo, y funcionó bastante bien para todos.

»Entonces estalló el conflicto de las Ladrador. Rovia y Cartaga fueron a la guerra, lo que en un principio pareció una noticia nefasta para Rovia, pues los orejas cortas tenían una armada muy superior. Sin embargo, los piratas nos dimos cuenta de que la victoria de Cartaga sería terrible para el negocio, así que cuando los orejas cortas enviaron a su armada a tomar Villa Edgardo y Amanecer, fuimos los piratas los que los hicimos retroceder.

—Creo que vi esa batalla —dije—. Desde los riscos cerca de mi casa.

Healy sonrió.

—Esa fue —dijo—. Justo frente a la costa de Bochorno. Fue un bonito día. Y después de eso, el gobierno roviano y yo fuimos como uña y mugre. En privado, por supuesto. Si hubiera llegado a saberse que las autoridades estaban compinchadas con alguien como yo, todo el arreglo le hubiera estallado en la cara.

»El asunto marchó muy bien hasta que llegaron dos hombres muy diferentes y lo estropearon todo. En primer lugar, Roger Pembroke decidió que la isla Amanecer no era lo bastante grande para su ego y que su verdadero destino era gobernar todo el Continente. Más o menos por la misma época, Destripador Jones empezó a cuestionar el arreglo desde el bando pirata. Era un orejicorto y nunca había soportado la regla de no saquear embarcaciones rovianas. La situación llegó a tal punto que me vi obligado a escoltar personalmente todos los barcos que zarpaban de Amanecer para que él no los asaltara. Hace un par de meses, un buque lleno de nobles rovianos que regresaba de una especie de vacaciones por las islas cambió de curso en la niebla, y para cuando lo alcancé, el Destripador le había echado la mano.

Yo había estado a bordo de ese barco, el *Placer Terrenal*, cuando el Destripador lo atacó. De hecho, la razón por la que había cambiado el curso no fue la niebla sino yo, pues el malvado director del crucero decidió abandonarme en una isla desierta para entretener a los pasajeros, tan ricos como crueles.

Por un breve instante, pensé en mencionarle ese hecho a mi tío. Pero él continuó hablando y seguir el relato me estaba exigiendo estar plenamente concentrado.

—Hice lo mejor que pude para limar asperezas —siguió Healy—, pero Pembroke se agarró del hecho de que el Destripador era cartagino para lanzar su gran plan e invadir Pella Nonna. Convenció al gobernador de que le apoyara con la teoría de que Cartaga era muy débil en las Nuevas Tierras y que bastaba con vencer las naves de la armada para acabar con ellos.

»Sin embargo, cuando llegamos a Pella, los buques de guerra no estaban allí. Pembroke pensó que habían regresado al Continente. Pero se equivocaba. Ahora, gracias a ti, Li Homaya está a punto de darle una desagradable sorpresa. Y los rovianos están en un lío realmente horrible.

Intentar entender la situación seguía haciéndome sentir mareado. Entonces alguien llamó a la puerta. Era el camarero, que le traía a Healy otra bebida. Él le dio una moneda de oro como propina, el hombre se marchó y nos volvimos a quedar solos.

Mi tío bebió un trago largo y se encogió de hombros.

—En el resto de la historia no pienso involucrarme. He tenido suficiente. Basta de intentar salvar a los hombres de su propia estupidez. Y bien: ¿cuál es el favor que querías?

Me había distraído tanto intentando entender los enredos de rovianos, cartaginos, piratas, soldados, gobernadores y empresarios pegándose unos contra otros por todo el mar Azul que prácticamente me había olvidado de para qué había ido a ver a mi tío en primer lugar.

—Un amigo mío está en la cárcel —dije.

—¿Tan pronto? ¿Qué ha hecho el Tripas?

—No es el Tripas.

Sus cejas dieron un salto.

—¿Ni Kira?

—No.

—¿Quién falta?

Tragué saliva.

—Millicent Pembroke.

—¡Por el amor del Salvador! —La expresión de su cara era la de quien acaba de morder un trozo de carne en mal estado—. ¿Qué demonios ha pasado?

—Fue a ver al gobernador general y le dijo que tenía pruebas de que se estaban usando esclavos en la mina de plata...

—¡Oh, ***** ! —Era apenas la segunda vez que oía maldecir a mi tío—. No pensaréis destapar esa olla podrida, ¿verdad?

—¿Cuál olla podrida?

—La mina de plata.

—Tengo que hacerlo —dije—. Está mal.

—Como están mal millones de cosas en este mundo. Y no puedes corregirlas todas. Pensaba que lo que querías hacer era librarte de Pembroke.

—Es su mina de plata: es él quien esclaviza a esa gente.

Healy se hundió en la silla con una expresión exasperada.

—¿No has hecho ya suficiente? Mientras hablamos Li Homaya marcha hacia Pella. ¡Eso es obra tuya! Y si Pembroke pierde esa ciudad, aunque logre salir con vida, estará arruinado. El gobernador y el resto de ellos nunca le escucharán de nuevo. Es posible incluso que consigan quitarle la mina de plata de las manos.

—¿Serviría eso para arreglar las cosas? —pregunté.

—¿Qué cosas?

—Si Pembroke pierde la mina de plata, ¿dejarán de usar esclavos en ella?

Mi tío hizo una mueca, como si yo acabara de contar un mal chiste.

—En absoluto, hijo. Con Pembroke o sin él, hay demasiada gente haciendo mucho dinero gracias a esa mina como para que algo vaya a cambiar.

Pensé en eso. La podredumbre de todo el asunto hacía que se me revolviera el estómago.

—¿No crees que debemos hacer algo al respecto? —pregunté.

—No. Yo no. Y tú ya has hecho suficiente. Déjalo. Ponte cómodo. Come un poco de chocolate.

Intenté imaginarme haciendo eso. No pude.

Al ver mi expresión, mi tío dejó escapar un suspiro.

—Por lo menos te gusta el chocolate, ¿no?

—Está bien. Pero... No podemos dejarlo. Tenemos que hacer algo.

—¿Por qué? Pembroke está ahora en el filo de la navaja. ¿Por qué tienes tú que hacer algo más?

—Porque quiero valer diez millones de oro —dije.

Él hizo una mueca de dolor. Pero mientras me miraba fijamente, una sonrisa fue apareciendo lentamente en su cara.

—Me ha salido el tiro por la culata, ¿no? ¿Qué puedo decir? —Levantó las manos con las palmas hacia arriba, como si estuviera admitiendo una derrota—. Admiro tu nobleza. Y te deseo la mejor de las suertes.

—¿Entonces me ayudarás?

—Oh, por todos los cielos, no.

—¡Por favor! Solo tienes que ir a la cárcel y...

—Hijo, lo último que pienso hacer es pagar la fianza de la tonta de la hija de Roger Pembroke para que salga de prisión. Para eso no cuentes conmigo.

CAPÍTULO 20

EL MAPA

Me hubiera dirigido de inmediato colina arriba hacia la casa del señor Dalrymple, pero mi tío insistió en que antes tenía que darme un baño y comer algo. Me instaló en el hotel, en una habitación grande con tres camas, y mientras estaba en la bañera, sumergido en lo que tuve que reconocer que era un delicioso baño caliente, un hombre con cara de estar exhausto y ataviado con el uniforme de los empleados del hotel entró para dejar dos juegos nuevos de camisa y pantalón de algodón, para mí y para el Tripas, y un bonito vestido rojo para Kira.

El hombre del hotel se llevó mis viejas prendas para lavarlas, me animó a llamar a la recepción para pedir agua limpia para la bañera cuando llegaran «el otro caballero y la dama» y me hizo una reverencia antes de salir. Me sequé con una toalla grande y peluda y me puse la ropa nueva, que era tan cómoda que al ponérmela me dieron ganas de echar una cabezada.

Después bajé al comedor, donde comí un bocadillo de jamón tan grande como mi cabeza.

Todo fue muy agradable, aunque lo habría disfrutado mucho más si no hubiera estado todo el tiempo amargado porque Millicent me había roto el corazón y devanándome mis inútiles sesos en busca de una forma de sacarla a ella y a ese simio, Cyril, de la cárcel.

Sobornar a los guardias fue lo mejor que se me ocurrió. La segunda mejor opción era contratar a unos cuantos piratas para asaltar la prisión, aunque estaba seguro de que mi tío no aprobaría semejante opción. Ninguna de esas ideas parecía ser la solución que necesitábamos, pero eran todo lo que tenía.

Emprendí la fatigosa subida hacia la casa del señor Dalrymple con la esperanza de que mis amigos tuvieran mejores ideas e intentando levantarme el ánimo pensando que, aunque no las tuvieran, sin duda verían con buenos ojos el baño caliente, la ropa nueva y los bocadillos de jamón del tamaño de balas de cañón que los esperaban cuando regresaran al hotel.

Me tomó algún tiempo encontrar la casa, las calles retorcidas y empinadas eran confusas y yo no había tenido la precaución de pedirle a Kira indicaciones decentes de cómo llegar. Para cuando me topé con la casa correcta, estaba tan perdido que iba montaña abajo. Y, de hecho, habría pasado de largo si el Tripas no me hubiera gritado desde el porche.

—¡Eh! ¡Egg!

Estaba sentado en la escalera que había delante de la casa y tenía una expresión abatida en el rostro.

—¿De dónde vienes?

—Del hotel. Me perdí.

—Y te diste un baño también. Ropa nueva.

—Mi tío me la regaló. Hay también para ti y para Kira. ¿Dónde está ella?

Señaló con la cabeza la puerta cerrada a sus espaldas y luego se retorció y frunció el ceño.

—¿Qué sucede?

—Tradujeron el mapa.

—¿De verdad? —Mi estómago se agitó—. ¿Qué dice?

—Nada bueno.

Entré a la casa, la cabeza en plena actividad. Yo prácticamente había dejado de pensar en el mapa del Rey del Fuego desde que Roger Pembroke me dijera que no servía para nada.

Pero el mapa era la razón de todo. De todo.

Si no fuera por él, yo aún estaría viviendo con mi familia en Bochorno. Mi tonta hermana seguiría allí también, no apoltronada en la cima de un templo okalu en las Nuevas Tierras, pavoneándose con un tocado de casi dos metros mientras una banda de nativos moku la atiborraban de chocolate al tiempo que maquinaban utilizarla en un sacrificio humano.

Quemadura Healy no sería para mí más que el nombre de un pirata implacable del que oía contar historias.

Ni siquiera habría oído hablar de Roger Pembroke o puesto los ojos en su hija.

Y mi padre aún estaría vivo.

Ahora iba por fin a saber qué había causado todo eso.

Kira estaba sentada a la mesa de la cocina, con los ojos enrojecidos e hinchados debido al llanto. El señor Dalrymple, con los labios apretados en un gesto triste, estaba volviendo a servirle té caliente de la tetera que alzaba con una agarradera tejida.

Al lado de Kira estaba sentado un hombre que yo nunca había visto antes. Un okalu, con la misma nariz ancha y los mismos labios carnosos de nuestra amiga. Tenía la piel arrugada y manchada debido a la edad y un cuerpo escuálido, en el que la ropa de estilo continental que llevaba puesta se veía ancha y suelta.

Los tres alzaron la cabeza para mirarme cuando entré, y tuve la impresión de estar colándome en un funeral.

El anciano preguntó a Kira algo en okalu. Ella le respondió. Luego Kira se limpió la nariz con un pañuelo y nos presentó mientras el hombre se ponía de pie apoyándose en un bastón de madera.

—Egg Masterson, Makaro Uza.

—Hola —dije.

El hombre me tendió la mano y se la estreché. El saludo no

se pareció en nada al apretón que me había dado Cyril. Makaro me agarró bien la mano y la sostuvo con firmeza, pero sin apretar demasiado.

—Bienvenido —dijo él. Tenía un acento tan fuerte que costaba trabajo entenderlo—. Le agradezco el servicio prestado a mi pueblo.

—De nada —dije. Aunque a juzgar por lo tristes que se veían, no parecía que les hubiera prestado un gran servicio.

Makaro volvió a sentarse al lado de Kira y dejó el bastón apoyado contra la mesa. La copia del mapa que le había hecho en el *Timo* descansaba sobre la mesa, junto a la tetera.

—¿Ya sabéis lo que dice? —pregunté.

Kira empezó a llorar. Makaro, paternal, le puso una mano en la espalda para consolarla, y ella enterró la cabeza en su hombro.

—Lo siento. —Yo no sabía qué más decir.

El Tripas entró detrás de mí. El señor Dalrymple nos invitó a sentarnos con un gesto de la mano.

—Por favor, siéntense —dijo.

En la mesa había solo cuatro sillas, pero el señor Dalrymple insistió en que tomáramos las dos que quedaban y fue a traer un taburete alto de otra habitación.

Kira seguía llorando en el hombro de Makaro. Él le susurró algo al oído. Ella asintió y se enderezó justo en el momento en que el señor Dalrymple regresaba con el taburete y tomaba asiento detrás de Makaro.

—Lamento haber sido tan grosero antes —le dije al señor Dalrymple.

—Oh, no te preocupes —dijo él—. Ha sido un día bastante fuera de lo común, creo. Estamos todos hechos un lío.

Kira se secó los ojos y se sonó.

—¿Quieres saber qué dice? —me preguntó.

Asentí con la cabeza.

Ella intercambió unas pocas palabras en okalu con Makaro y él acercó el mapa. Levantó un dedo tembloroso y señaló la primera línea de jeroglíficos. Entonces empezó a hablar en okalu en voz baja, con el dedo recorriendo el texto a medida que iba leyendo.

Kira respiró hondo y comenzó a traducir las palabras centenarias, las mismas que yo había copiado de la pared de la tumba del Rey del Fuego y llevado conmigo, a lo largo de semanas y kilómetros e interminables aprietos, sin saber hasta ese momento qué significaban.

—Yo soy Cromazol, el escriba —empezó—. Siervo de Hutmatozal, Rey del Fuego, hombre-dios, instrumento de Ka, padre de la Princesa del Alba. Su cuerpo yace muerto aquí, su alma es eterna. Esta es la historia de su final.

»Dos días antes del solsticio, nosotros, los okalu, viajamos en gran número al Lugar del Amanecer para presentar a Ka a su novia, la Princesa del Alba, y los regalos de la dote.

»Los hombres-peste esperaban allí con una trampa. Nos masacraron por centenares. Hutmatozal, Rey del Fuego, levantó su Puño, pero Ka no respondió. Nuestra magia falló, nuestra princesa fue asesinada; nuestra tribu, humillada.

El relato era exactamente como decía la leyenda que Millicent me había contado: los okalu fueron al templo que tenían en la isla Amanecer para celebrar como cada año el Matrimonio del Sol, llevando como ofrenda un tesoro... y los soldados cartaginos les habían tendido una emboscada.

Kira continuó traduciendo.

—Cinco de nosotros sobrevivimos, con el cuerpo y la dote de la Princesa del Alba. Seguimos el Puño a través del mar hasta el Lugar del Sudor, donde habita Ma, dios del trueno, el Amante de la Muerte.

Eso debía de ser Bochorno, que con el volcán y todo lo demás, supongo, era un sitio tan bueno como cualquier otro para la morada del dios del trueno.

—Hutmatozal, Rey del Fuego, ofreció la Princesa del Alba y su dote a Ma, el Amante de la Muerte, en su santuario, en lo alto del Risco Rojo, encima del Valle de las Plantas Atascadas.

Con el dedo, Makaro encerró en un círculo los garabatos, formas y líneas punteadas de la sección media del mapa. Yo siempre había pensado que los trazos de esa parte no eran jeroglíficos sino el mapa real, pero hasta entonces no tenía ni idea de qué lugar podían representar.

—Makaro dice que este es el mapa —dijo Kira—. De qué, él no lo sabe.

—Yo sí —dije—. Sé exactamente qué es eso. En Bochorno hay un valle, debajo de la ladera sur del volcán, en el que la vegetación es muy tupida. Tiene que ser esto. —Apunté al mapa—. Y encima de él, entre el valle y el volcán, hay un montón de roca descubierta que tiene un gracioso color rosa rojizo. Los piratas de Puerto Rasguño lo llaman el Grano del Diablo. —Señalé una marca grande en el mapa—. Parece como si hubieran dejado la dote encima del grano. Si está enterrada allí, la encontraremos. —No pude evitar sonreír. Pero nadie más lo hizo—. Es una buena noticia, ¿no es así? —añadí.

En lugar de responder, Kira hizo un gesto con la cabeza para que Makaro continuara. El anciano retomó la lectura en el punto, debajo del mapa, en el que volvían a empezar los jeroglíficos. Kira siguió traduciendo el relato al roviano.

—Hutmatozal, Rey del Fuego, juró lealtad a Ma a cambio de su ayuda. Dejamos el Risco Rojo y esperamos una señal.

»Treinta días permanecimos a la espera, alimentándonos con la fruta insípida. Dos hombres murieron y nosotros entregamos sus almas como ofrendas a Ma.

»Cuando Ma rugió desde la tierra, regresamos al Risco Rojo.

»Ma había ignorado nuestros obsequios, humillándonos todavía más. Hutmatozal, Rey del Fuego, gritó de rabia. Exigió a Ka y Ma que lo escucharan y prometió la devoción de todos los okalu a cualquier dios que nos ayudara.

»Ka y Ma le ignoraron de nuevo. Él los maldijo como falsos. Arrojó lejos el Puño de Ka y enterró la dote bajo las cenizas. Luego se quitó la vida.

Temblando, Kira hizo una pausa para respirar hondo y recuperar el aliento.

—Trajimos el cuerpo de Hutmatozal, Rey del Fuego, a este lugar para que su alma contemple la puesta de sol por toda la eternidad. Yo muero aquí también, junto a Zamozol, su teniente, para servirle en el más allá.

»Esta, juramos, es la verdad: el hombre que busque el socorro de los dioses morirá en amargura. Ni Ka ni Ma lo salvarán. El único salvador del hombre es el hombre.

Kira estaba llorando de nuevo, esta vez en silencio.

Yo entendía por qué. Hacía un buen tiempo que yo había dejado de tener esperanza en que el Puño de Ka pudiera ayudar a alguien. Descubrir de una vez por todas que el mapa no contenía el secreto de un poder mágico era apenas la tercera cosa más deprimente que me había ocurrido ese día.

Pero hasta entonces Kira había creído, en lo más hondo de su ser, que al encontrar el Puño de Ka salvaría a su pueblo. Para ella la verdad era devastadora.

Permanecimos sentados un largo rato, sin decir ni hacer nada, salvo el señor Dalrymple, que no paró de servirnos té.

Yo me preguntaba si debía hacer o decir algo. Durante un rato intercambié miradas con el Tripas. Él no dejaba de sacudir la cabeza, pero yo no entendía si estaba intentando decirme algo o si no era más que un tic.

Finalmente me decidí a hablar.

—Hay un baño caliente y ropa limpia esperándote en el hotel —le dije a Kira—. Y mucha comida, también. Quizá te ayude a sentirte mejor.

—Parece una buena idea, cariño —dijo el señor Dalrymple, palmeándole la mano.

Ella asintió con la cabeza, pero no se movió. El viejo tutor y Makaro intercambiaron unas pocas palabras en okalu. Kira se sumó a la conversación por un momento. Luego los dos hombres mayores se pusieron de pie y se encaminaron hacia la puerta arrastrando los pies. Makaro tenía una pierna mala y, a cada paso, el bastón producía un sonoro crujido en el suelo.

—Cierra al salir, cariño —dijo el señor Dalrymple—. No es necesario que lo hagas con llave.

—Ven más tarde —añadió Makaro—. Te estaremos esperando.

Los hombres salieron y nos dejaron a solas. Kira suspiró y alejó de la mesa la silla en la que estaba sentada.

—Necesito darme un baño. Y comer.

—¿Adónde han ido ellos? —preguntó el Tripas.

—Makaro quiere beber algo más fuerte que té —dijo Kira—. Y el señor Dalrymple cree conocer un bar que no estará lleno de piratas.

AHOGAR LAS PENAS

Estábamos sentados a una mesa, en un rincón de un pequeño bar en los límites de la ciudad. Era el recinto más triste en el que había estado en la vida. Incluso el puñado de parroquianos que ocupaban las demás mesas parecían deprimidos. Supuse que era porque los piratas estaban en la ciudad y a todos les aterrorizaba la posibilidad de que irrumpieran en cualquier minuto y empezara el pillaje. O quizás era, sencillamente, que Villa Edgardo era un sitio triste.

Con todo, si hubiera un concurso de la gente más triste de villa infelicidad, nosotros nos habríamos llevado la palma. Durante el primer par de horas, después de que Kira y el Tripas se bañaron y comieron y los tres nos reencontramos con los ancianos, el señor Dalrymple había hecho un denodado esfuerzo por levantar el ánimo colectivo.

Por desgracia, esa era una tarea que se le daba fatal.

—Quizás hay un lado positivo —sugirió en determinado momento.

Makaro levantó la mirada de la copa de licor en la que hasta entonces había tenido clavados los ojos, como si el secreto de la salvación de su tribu estuviera flotando en el fondo.

—Dios no existe —dijo.

Dalrymple estaba horrorizado, pero no cejó en su empeño.

—¡Santo cielo! Yo no creo que la conclusión sea esa. Solo que acaso es un... tipo diferente de dios del que vosotros... esperabais... confiabais... para...

Kira y Makaro parecían querer fulminarlo con la mirada, así que Dalrymple dejó la frase a la mitad, cambió el té por cerveza y no volvió a pronunciar palabra durante una hora.

Yo básicamente me dediqué a atormentarme pensando en Millicent. Me sentía fatal por ella, porque estaba en la cárcel; me sentía fatal por mí, porque ella estaba allí con ese Cyril; me sentía realmente mal por el hecho de que ella me hubiera traicionado juntándose con él; me sentía aún peor porque mi tío se negaba a ayudarme a sacarlos a pesar de que podía hacerlo; y encima de todo me sentía doblemente fatal porque pensaba que lo que de verdad debía de hacerme sentir tan mal eran Kira y el resto de los okalu, pero estaba tan ensimismado en mi propia desgracia que, sencillamente, no dejaba nada para los demás.

Era horrible.

Hacia el final de la tarde aparecieron dos soldados rovianos, recogieron todas las monedas de oro y plata que el propietario tenía en la caja y le dieron a cambio un papel.

Al propietario no le gustó el cambio.

—¡Esto es un escándalo! —bramó.

—Dígaselo al gobernador —dijo uno de los soldados.

—Mejor aún, dígaselo a los piratas —intervino el otro.

Eso le valió una mirada asesina del primer soldado, de modo que se corrigió.

—¿Dije piratas? Ay, quería decir «irregulares rovianos». —Pero entornó los ojos al decirlo.

Los soldados se marcharon. El sol se puso, el propietario encendió unas cuantas lámparas y nosotros ordenamos que nos trajeran comida para acompañar nuestras bebidas. Yo le dije al camarero que lo cargara todo en la línea de crédito del comodoro Pantalonlargo. El hombre me miró con escepticismo cuando oyó que nosotros estábamos con los piratas, pero el Tripas lo amenazó con el garfio y eso bastó para que nos creyera.

Una vez que los platos de la cena quedaron vacíos, el señor Dalrymple convenció a Makaro de que jugaran a las cartas. Nos preguntaron si queríamos jugar con ellos. Kira se limitó a negar con la cabeza. A mí tampoco me apetecía.

La cara del Tripas se contrajo con fuerza.

—¡*Pudda* cartas! —rugió.

El señor Dalrymple se quedó lívido.

—¡Lo siento! No quería ofender a nadie.

Kira le dio un codazo al Tripas.

—Yo también lo siento —farfulló para disculparse con el viejo tutor—. Es solo que no me gustan las cartas.

Vimos a Dalrymple repartir dos manos, una para él y otra para Makaro.

Kira suspiró. Nunca la había visto tan triste. De hecho, no estaba seguro de haber visto en la vida a alguien igual de triste.

—¿Te encuentras bien? —le pregunté—. ¿Hay algo que podamos hacer para ayudarte?

Ella pensó durante unos segundos.

—No a mí. A los okalu. Tenemos que ayudarles. Es lo que decía el mapa: el único salvador del hombre es el hombre —dijo. Entonces apretó la mandíbula y la mirada triste se tornó feroz—. Tenemos que liberar a mi pueblo de esa mina de plata.

—Tenemos que empezar por encontrar el tesoro —dijo el Tripas—. Con Puño o sin él, debe de valer un montón de dinero.

—Podemos hacerlo —añadí—. Si la dote de la Princesa del Alba sigue enterrada donde el mapa dice que está, la encontraremos.

Kira parecía escéptica.

—¿De qué nos serviría el tesoro?

—Podríamos comprar armas —dijo el Tripas—. Y hombres.

Kira consideró esa posibilidad, pero finalmente negó con la cabeza.

—Tenemos que sacar a Millicent de la cárcel. Ella tendrá ideas.

Yo asentí. Por enredados que estuvieran mis sentimientos hacia ella, no cabía duda de que Millicent era lista y estaba tan resuelta como Kira a poner fin a la esclavitud en Amanecer.

—¿Pero cómo vamos a sacarla?

Ninguno de nosotros tenía una buena respuesta para eso. Habíamos caído de nuevo en otro silencio lúgubre cuando el dueño del bar se nos acercó. Era un hombre fornido con una barba espesa.

—¿De verdad estáis con los piratas? —nos preguntó.

—Sí, así es —dije.

—¿Por qué vuestra gente ha venido a la ciudad? ¿Qué queréis de nosotros?

Pensé en lo que el gobernador general había dicho, a saber, que nadie en Villa Edgardo sabía del acuerdo entre los piratas y el gobierno. Eso hacía que las cosas fueran un poco más difíciles de explicar.

—¿Sabe cómo opera un banco? —le pregunté.

Antes de que pudiera responder, el Tripas metió cucharada.

—Le diré qué es lo que yo quiero —dijo. Y apuntó con el dedo a la pared del otro extremo. Allí había una guitarra colgada. Lo había visto mirarla desde que entramos al local—. Tocar esa guitarra.

El propietario del bar lo miró con desconcierto.

—¡Pero usted solo tiene una mano!

—Es todo lo que necesita —dije—. Es el mejor guitarrista manco de las Nuevas Tierras.

Kira sonrió por primera vez en todo el día.

—Es el mejor guitarrista, manco o no, en cualquier parte —dijo.

El hombre resopló.

—Venga, hazlo.

La cara del Tripas se iluminó con una extraña sonrisa. Fue hasta la pared y descolgó la guitarra. Luego tomó un taburete de la barra, se sentó con la espalda contra la pared y empezó a afinarla.

Por todo el local las conversaciones se interrumpieron a medida que la gente iba volviéndose para mirar al chico de mirada salvaje, y un garfio en lugar de una mano, doblarse sobre la guitarra como si de verdad se propusiera tocarla.

El Tripas terminó de afinar y miró a Kira.

—¿Qué quieres oír?

Ella sonrió de nuevo.

—«*Samana Bey Na Fila*» —dijo.

Esa era una canción cartagina. Yo no sabía qué decía la letra, pero me habían contado que era sobre el final de una relación amorosa, y eso era exactamente lo que siempre me había parecido: una melodía doliente, triste y llena de pesar.

Dadas las circunstancias, había un centenar de canciones diferentes que yo hubiera preferido oír en ese momento. Cuando el Tripas inclinó la cabeza sobre el instrumento y empezó a tocar, me mordí el labio y me prometí a mí mismo que no iba a llorar.

Si estaba falto de práctica debido a las semanas pasadas sin tocar, no se le notó. El garfio subía y bajaba por el mástil de la guitarra mientras el sonido del desamor llenaba el local, arrancando nota tras nota a las cuerdas.

Era una canción hermosa. Y atroz.

«No pienses en Millicent, no pienses en Millicent...»

No lo conseguí. La garganta se me cerró y necesité todas mis fuerzas para contener las lágrimas ante las oleadas de pura emoción que brotaban de los dedos del Tripas.

A mitad de la canción, me rendí y dejé que las lágrimas fluyeran. Era imposible evitarlo. El Tripas era así de bueno.

Kira también estaba llorando. Lo que no era una sorpresa. Makaro parecía también al borde del llanto.

Al señor Dalrymple, en cambio, se lo veía extrañamente imperturbable. «Qué raro», pensé.

El Tripas terminó la canción. Kira, Makaro y yo aplaudimos tan fuerte que las manos me dolieron. Entonces se me ocurrió mirar alrededor, y me di cuenta de que Dalrymple no era el único al que la canción no había conmovido.

Más de la mitad de las mesas estaban ocupadas, pero salvo los dos okalu todos los clientes eran rovianos. Unos cuantos aplaudían por cortesía, sin mucho entusiasmo. El resto, sin embargo, parecían sencillamente aburridos.

—No está mal —dijo el barbado dueño del bar—. Un poco sosa. ¿Te sabes alguna con más marcha?

El Tripas enroscó el labio.

—¿Cómo cuál?

—¿«La ranita saltarina»?

—¡Oh, esa es genial! —replicó un hombre que estaba en la barra—. O mejor todavía: ¡«Capricho merengue»!

—¡Toca esa!

Por todo el local la gente empezó a hacer peticiones.

—¡«Crac, crac, en el pajar»!

—¡«Bua-bua Dolores»!

—¡«Alegría en la ciudad»!

Había olvidado el terrible gusto que en materia de música tenía la mayoría de los rovianos.

El Tripas se estaba poniendo colorado. Me preparé para la explosión.

—¿Te sabes alguna de los Gemelos Cerdo? —preguntó una joven con cola de caballo que parecía ligeramente lela—. ¡Son estupendos!

Esa fue la gota que colmó el vaso.

—¡ ***** estúpidos ***** Cerdos en el ***** ! —chilló el Tripas—. ¡Prefiero un ***** en la oreja que ***** tocar esa *****, sois unos ***** *billi glulo porsamoras*! Podéis ***** vuestra *pudda hula saca domamora* hasta el ***** y el ***** *blun*, ***** ! ¡Pedid eso de nuevo y os ***** vuestra *pudda* ***** !

Siguieron cinco minutos completos de absoluto silencio. Alguien en la parte trasera del local tosió incómodo.

—Oh, cielo santo —dijo en voz baja el señor Dalrymple—. Qué vocabulario tiene.

—Creo que tal vez es hora de marcharnos —dije.

Menos de un minuto después los cinco nos encontrábamos fuera de la taberna, en la calle vacía. No era todavía lo bastante tarde como para que quisiéramos irnos ya a dormir, así que estuvimos un rato recorriendo las calles laterales de Villa Edgardo, oyendo las carcajadas distantes de los hombres de Healy y el ocasional tintineo de vidrios rotos.

El Tripas y Kira iban detrás, cogidos de la mano, hablando en susurros. El señor Dalrymple y Makaro intentaron conversar conmigo, y yo hice un gran esfuerzo para corresponderles. Sin embargo, ambos habían bebido bastante y buena parte de lo que decían no tenía sentido más que para ellos.

Llegado el momento, el señor Dalrymple nos condujo hasta la puerta de otro bar. No obstante, las ventanas estaban completamente oscuras y el local parecía estar cerrado.

—Qué extraño —dijo—. Normalmente los martes suele haber buena marcha aquí.

Golpeó la puerta. Para nuestra sorpresa, le abrieron. Una vez que cruzamos las capas de mantas que habían colgado sobre la puerta para impedir que desde la calle se viera la más mínima luz, o se oyera sonido alguno, nos topamos con un salón lleno de mesas largas, repleto hasta los topes de lugareños que intentaban disfrutar de una noche fuera de casa sin llamar la atención de los piratas.

Cuando entramos, la conversación disminuyó y medio local se volvió a la vez para asegurarse de que no éramos hombres de Healy. Luego, con igual rapidez, la charla arrancó de nuevo.

—Asegúrate de que el camarero ve el garfio —le advertí al Tripas—. O tendremos que pagar en efectivo.

Apretujándonos nos abrimos paso hasta unos sitios libres en medio de una de las mesas largas. Los mayores ordenaron cerveza y los demás, limonada con azúcar. Mientras esperaba que llegaran las bebidas, con Dalrymple y Makaro en un lado, farfullando el uno con el otro, y el Tripas y Kira en el otro, mirándose embobados por encima de la mesa, empecé a pensar que quizás era hora de dejarlo e irme a dormir.

Sin embargo, no quería parecer grosero, así que resolví quedarme al menos hasta que las bebidas hubieran llegado y pudiera asegurarme de que las cargaban en la cuenta del comodoro Pantalonlargo. Entretanto, tamborileé con los dedos sobre la mesa e intenté entretenerme prestando atención a las conversaciones que oía a mi alrededor. La mayoría trataba de los hombres de Healy y el revuelo que habían causado.

—Envié a mi esposa y mi hija al golfo Destello. Y es posible que me reúna con ellas si esta locura no termina pronto.

—No entiendo por qué el gobernador no pide más soldados.

—¡Un escándalo! ¡Esa es la palabra! ¡Yo pago mis impuestos! ¿Dónde están los que deberían protegernos?

Luego, de forma gradual, advertí por debajo de las voces más ruidosas una conversación que estaba teniendo lugar en la mesa que se encontraba exactamente detrás de mí. Eran dos hombres que hablaban en voz baja, esperando no ser escuchados.

—Tiene que entender, esto posee mucho valor...

—No sé qué haría con algo así...

—¿Es que no tiene usted imaginación? ¡Es su sello personal! Piense en las puertas que le abriría.

Una de las voces me resultaba familiar. Lo cual, en este caso, no tenía nada de agradable.

—En Amanecer, tal vez.

—No solo en Amanecer: ¡gobierna ahora en Pella Nonna!

Sentí cómo se me erizaba el vello. No solo porque todo indicaba que estaban hablando de Roger Pembroke sino porque yo conocía a uno de ellos.

—Si es tan valioso, ¿por qué quiere venderlo?

—Porque me voy. Dejo las islas. Y el nombre de Pembroke no tiene influencia en el Continente. Pero aquí... las posibilidades son infinitas.

—¿Qué quiere decir?

—Redacta una carta de crédito. Le pone el sello. Se la lleva a un comerciante y sale usted con media tienda.

Miré por encima del hombro. En el banco que había justo detrás de mí, a menos de treinta centímetros de distancia, veía la parte posterior de la cabeza de un hombre grande. Llevaba el pelo recién cortado y tenía tal exceso de grasa que la piel se plegaba sobre el cuello de la camisa formando una especie de pila de salchichas.

No cabía duda, era Percy: mi perezoso, cruel y estúpido tutor.

—Yo no soy escritor —dijo el hombre con cara de rata con el que intentaba negociar.

Me volví de nuevo y continué escuchando.

—Si me paga unas cuantas monedas de plata más, puedo escribirle algunas —graznó Percy—. Eso le permitirá empezar.

—Usted tampoco es escritor.

—¡Tonterías! Sepa usted que en una ocasión trabajé como tutor... ¡en la casa del mismísimo Roger Pembroke!

Las manos me temblaban. Tenía que intervenir. El único inconveniente era que no estaba seguro de cómo hacerlo.

Oí reírse a Cara de rata.

—¿Usted? ¿Tutor?

—Uno excelente en su labor.

El Tripas se volvió hacia mí.

—¿Qué te pasa? Te has puesto pálido.

—¡Chis! —dije.

—... el sello. ¿Lo robó? —preguntaba Cara de rata.

—¡Por supuesto que no! Se me confió. Como fiel servidor...

Me levanté de la banca, di media vuelta y me incliné sobre el hombro de Percy para dirigirme a Cara de rata.

—¡Es un mentiroso! ¡Y lo que sea que intenta venderle, es un timo!

Percy hizo un gracioso ruido al ahogar un grito en la garganta. Cara de rata me miró a los ojos, confundido.

—¿Quién eres?

—Una de las víctimas de Percy —dije.

—¡Nunca había visto a este chico en la vida! —protestó Percy.

—¿Quién es Percy? —preguntó Cara de rata.

—Él —dije.

Cara de rata miró con furia a Percy:

—Me dijo que se llamaba George.

—¡Y así es!

—No eres más que un mentiroso, Percy —dije. Luego me volví de nuevo hacia Cara de rata—: Si no quiere que le estafen, lo mejor es que se marche.

—¿De dónde ha salido este saco de mierda? —Ese era el Tripas, que se había levantado de la mesa y estaba ahora de pie, a mi lado, blandiendo el garfio sobre la cabeza de Percy.

—¡Oh, no, tú no! —Percy se arrepintió de inmediato de haber dicho eso, pues era todo lo que Cara de rata necesitaba para convencerse de que era hora de irse. Se levantó de la silla.

—¡No, no, no! Puedo explicárselo... si usted... —gimoteó Percy.

Demasiado tarde. Cara de rata iba ya camino de la puerta.

Los hombros de Percy se desplomaron aceptando la derrota. Entonces ladeó la cabeza y me miró fijamente con un gesto de desagrado.

—Es increíble que sigas vivo.

—Pues así es —dije—. Y no gracias a ti.

—Debería rajarte la *pudda* panza —gruñó el Tripas.

—¡Atrás, chaval! —Percy se apresuró a recuperar su jactancia—. Ese garfio no puede hacer nada contra la pistola que llevo en la bota.

—No creo que te convenga usarla —le advertí—. Quemadura Healy es mi tío.

Percy quedó boquiabierto.

—¡Tonterías! A mí no puedes engañarme, chico —dijo, intentando recuperarse del espanto.

Me volví hacia los demás.

—Kira, señor Dalrymple: ¿quién es mi tío?

—Quemadura Healy —replicaron ambos a la vez.

Percy vaciló. Al parecer no sabía si creerme o no.

—Mira... ¿No podemos sencillamente fingir que nunca nos hemos visto?

—Tú me traicionaste —dije.

—¡Tú me disparaste! —chilló él agitando el brazo derecho—. Todavía no puedo levantarlo por encima de la cabeza.

—Yo no te disparé.

—Tu novia, entonces. En cualquier caso, estamos en paz. No quiero tener nada que ver contigo.

—¿Qué era lo que le estabas tratando de vender a ese hombre?

—Una colección de enciclopedias.

—Parecía otra cosa. Algo relacionado con Pembroke. Un sello oficial o algo así.

—¿Y a ti qué te importa?

—Tal vez tenga un negocio que proponerte.

CAPÍTULO 22

LIBERTAD BAJO PALABRA

A pesar de que no podía ver a Percy ni en pintura (como tutor había sido perezoso, cruel y escandalosamente incompetente) era tan buen mentiroso como el que más. Y, lo que era más importante aún, de algún modo se las había ingeniado para robar un cuño metálico de Roger Pembroke que, al ser estampado sobre una carta o un sello de lacre, identificaba cualquier escrito como documento oficial de Roger Pembroke.

Y Percy necesitaba dinero con tanta desesperación que por cincuenta y siete piezas de oro (la cifra que alcanzamos tras media hora de regateo) aceptó presentarse en la cárcel y enseñar a los guardias una carta con el sello oficial en la que se ordenaba que Millicent y el tal Cyril fueran puestos bajo su custodia en representación de Pembroke y el anciano señor Simio.

Percy incluso propuso algunas mejoras al plan de su propia cosecha, como usar el uniforme que conservaba de sus días como sirviente en la Mansión de las Nubes, y presentarse en la cárcel justo después de que hubiera atracado el barco procedente de Amanecer, a la mañana siguiente, de modo que pareciera que acababa de desembarcar.

Acordamos encontrarnos en el hotel a las once de la mañana, la hora prevista para la llegada del barco. Todo lo que nosotros teníamos que hacer antes de eso era reunir las cincuenta y siete piezas de oro, lo que, pensamos, no debía de ser demasiado difícil. Entre nosotros teníamos ya dieciocho, y como señaló el Tripas, dado que habíamos formado parte de la tripulación del *Timo* durante la batalla, era de suponer que teníamos derecho a parte de los diez millones de Healy, aunque quizá no a las cincuenta mil monedas que le correspondían a cada uno de los piratas.

Abordamos a mi tío a la mañana siguiente, mientras desayunaba en el comedor del hotel. Como el puñado de piratas que había en el salón, todos los cuales parecían igual de pálidos e indispuestos ante sus platos de huevos con beicon, estaba terriblemente resacoso. Nosotros mismos teníamos también cara de sueño, pero solo porque los aullidos de los piratas no nos habían dejado dormir una vez que regresamos al hotel.

Le pedimos el dinero y le expusimos nuestras razones. Healy asintió al tiempo que se rascaba la mejilla. Llevaba varios días sin afeitarse.

—Me parece justo —dijo con un bostezo—. En este momento estoy un poco corto de metálico, pero no os preocupéis. Acumulad todas las facturas que queráis en los comercios locales y ya veremos qué puedo hacer al respecto en unos días. ¿De acuerdo?

Los tres nos miramos unos a otros. Eso no iba a funcionar. Teníamos apenas dieciocho monedas de oro y necesitábamos cincuenta y siete.

—La cuestión es —dije— que necesitamos, ah... con bastante urgencia, eh, treinta y nueve monedas de oro.

—¿Treinta y nueve?

—Aproximadamente.

—¿Aproximadamente? ¿Entonces os van bien treinta?

—Bueno, no... no aproximadamente.

—¿Exactamente, entonces?

—Que sean cuarenta —dijo Kira—. Si es más fácil un número redondo.

Healy cerró los ojos durante un instante y se frotó las sienes. Más por la resaca que por nosotros, probablemente, pero yo no estaba seguro.

—¿Esto tiene que ver con la hija de Pembroke? ¿Vais a sobornar a alguien?

Volvimos a mirarnos unos a otros. Era absurdo mentir. No se nos daba nada bien.

—Más o menos.

Mi tío suspiró.

—Muy bien. Dejadme terminar mi batalla con estos huevos y les daré un toque a los hermanos para ver si reunimos las monedas. Pero, una cosa...

—¿Sí?

—No vayáis a pagar todo el soborno por adelantado. Dejad que lo prueben, pero guardaos tanto como podáis hasta que el trabajo esté hecho.

—Un buen consejo, gracias.

—De nada. —Se tragó a la fuerza un poco de huevo. Luego arrugó la nariz y enarcó una ceja—. ¿Me traerías un cubo? No estoy seguro de que estos huevos vayan a quedarse en su sitio.

Al final se quedaron, pero por poco.

Faltaban todavía dos horas para nuestra cita con Percy y las pasé sentado en una mecedora en el porche del hotel, mirando al vacío mientras intentaba decidir cómo actuar frente a Millicent si el plan funcionaba y lográbamos sacarla de la cárcel. Dormir una noche no me había dejado menos herido o confuso. Yo la amaba, de eso no tenía duda, pero en aquel momento también la odiaba, lo que lo hacía más complicado.

Además, en Mata Kalun, cuando estábamos en ese foso al que nos arrojaron los moku, ella también me había dicho que me quería. ¿Estaba mintiendo entonces? ¿Había cambiado de idea? ¿Debía tener en cuenta el hecho de que ella pensaba que yo estaba muerto?

Yo sabía que a ella le atraía el tal Cyril desde hacía tiempo. Años, de hecho. Lo conocía desde mucho antes de conocerme a mí. En una ocasión me había dicho que se iba a casar con él. ¿Era eso cierto? ¿Estaban comprometidos o algo así ahora?

Si nuestro plan funcionaba, él también saldría en libertad bajo fianza. Tenía que resolver igualmente cómo iba a comportarme con él. Eso no se me había ocurrido.

Quizá lo mejor era no prestarle atención a ella. Evitarla. Hacerle el vacío como los lugareños hacen con Geraldine, la mujer caída en desgracia de *Tormenta en el páramo*. Pero esa novela acababa mal para todos: Geraldine se envenena, y Miles, el hombre que la ama, termina saltando de un barranco.

Nunca me gustó ese libro.

¿Debía darle un ultimátum y exigirle que dejara a Cyril y volviera conmigo? Eso era lo que ocurría en varios libros distintos, no solo en *Tormenta en el páramo* (al principio, antes de que todos empiecen a suicidarse), sino también en *Mirad al extraño* y *En silencio llegó la guerra*.

Sin embargo, los ultimátums no habían funcionado en ninguna de esas historias. Esa clase de exigencias al parecer solo servían para hacer infeliz a todo el mundo, en especial a la persona que daba el ultimátum.

Entonces recordé a Lotario *el Solitario*, en *El trono de los antiguos*. Los Skorgardos de Grumm habían capturado a su amor verdadero, Boresia, y la habían echado a los lobos. Después de eso Lotario había resuelto ir por el mundo solo (de allí su apodo), un guerrero implacable en busca de justicia, que derrota a los malhechores y deshace los agravios allí donde los encuentra, a la vez que rechaza toda alegría terrenal, incluido el toque civilizador de la mujer.

No era precisamente un tío divertido sobre el que leer (al punto de que terminé saltándome los capítulos de Lotario a medida que iban apareciendo para seguir con Billicks *el Valiente*, que tenía una actitud mucho más positiva), pero no cabía duda de que era noble y se ganaba el aprecio de las diferentes doncellas a las que constantemente estaba salvando del peligro.

Decidí que eso era lo que tenía que hacer. Sería complicado, pues Millicent no había sido devorada por los lobos, así que tendría que hablar con ella. Además de tener que aguantar al tal Cyril.

Pero los trataría a ambos con la misma formalidad fría y severa con la que Lotario se relacionaba con la gente. Y cuando Millicent viera cuán noble era en realidad yo, que había renunciado a toda felicidad terrenal para dedicar cada momento de vigilia a la realización de buenas obras heroicas como la liberación de los esclavos de la mina de plata, se daría cuenta de que había cometido un terrible error.

Sin embargo, sería muy tarde para ella. Porque para entonces yo sería Egg el...

No se me ocurría ninguna buena rima con Egg. Pero tampoco la necesitaba. Solo tenía que ser frío y distante y luchar por la justicia. Si lo hacía bien, tarde o temprano a alguien se le ocurriría un buen apodo que ponerme.

Mi tío apareció entonces con un saco de monedas de plata, me las entregó y subió a echarse una siesta. Percy se presentó justo antes de las once con una carta lacrada en la mano. Debía de haber vivido momentos difíciles en los últimos meses, pues el viejo uniforme de sirviente le quedaba tan suelto que supuse que debía de haber perdido por lo menos diez kilos.

Se quejó cuando solo le dimos una cuarta parte del dinero por adelantado, pero el Tripas le mostró el resto y le juramos que no lo engañaríamos. Después de eso tuvimos que esperar en el muelle hasta casi las once y treinta y siete, cuando por fin llegó el barco procedente de Amanecer. Una vez que los pasajeros empezaron a desembarcar (fue hasta entretenido ver la expresión de pavor en las caras de los acaudalados visitantes cuando el capitán del puerto los detuvo para advertirles de que Villa Edgardo estaba infestada de piratas) seguimos a Percy colina arriba hasta la cárcel.

Mientras estuvo en el interior, nosotros lo esperamos en la esquina.

Estuvo dentro justo lo suficiente para preocuparnos.

Finalmente, reapareció con Cyril y Millicent a remolque.

Ambos caminaban con rigidez, como si llevaran un buen tiempo sin estirar las piernas. Pero cuando Millicent nos vio, salió disparada hacia nosotros.

Intenté no mirarla mientras se acercaba, pero no pude evitarlo.

Fue insoportable descubrir que ella, en cambio, no me miraba a mí. Tenía una gran sonrisa en la cara, pero esta estaba dirigida a Kira y el Tripas.

Una vez que nos alcanzó los abrazó a ambos con fuerza.

—¡Muchas gracias!

Esperé a que ella tratara de abrazarme, pero ni siquiera miró hacia donde estaba.

—Fue en gran medida obra de Egg —dijo Kira.

—Oh —dijo ella. Y por fin me miró. Su mirada era gélida—. ¿Así que decidiste no dejarnos pudrir?

Intenté decir: «Busco hacer solo lo que es justo», que era la respuesta estándar de Lotario *el Solitario* en situaciones de ese tipo. Pero estaba tan desconcertado por el hecho de que Millicent tuviera el descaro de sentirse molesta —«¿Ella? ¿Enfadada conmigo?»— que las palabras se me enredaron en la boca y lo que terminé diciendo fue:

—Busco lo que justo solo... hacer es.

Todos me dedicaron miradas burlonas y yo sentí que la cara me ardía.

Justo entonces Percy y el simio Cyril nos alcanzaron.

—Gracias por el subterfugio —dijo él con un guiño—. El alojamiento se estaba poniendo un poco pesado.

—¿El subterqué? —preguntó el Tripas.

—Dame el saco —lo interrumpió Percy, extendiendo una mano regordeta.

El Tripas le entregó la bolsa. Percy enterró el brazo entero dentro y sacó un puñado de monedas para mirarlas. Tomó una y devolvió las demás al saco haciendo tanto ruido que los transeúntes que pasaban por allí se volvieron a mirarnos.

Mordió la moneda que tenía en la mano.

—Es auténtica —le aseguré—. Nosotros no somos tramposos como tú.

—Ya veremos —dijo Percy, que se llevó la moneda al ojo para poder examinarla de cerca.

—Perdón...

Al girar hacia la voz vimos un par de soldados rovianos que se acercaban a nosotros. De inmediato el corazón se me aceleró. Si volvían a detener a Millicent, difícilmente íbamos a tener una mejor idea para sacarla de prisión otra vez.

Sin embargo, los soldados no estaban interesados en ella sino en Percy.

—¿Está ese saco lleno de monedas?

La cara de Percy parecía la de una comadreja que acaba de ser sorprendida robando huevos del nido de un halcón.

—Solo un poco —dijo con voz nerviosa.

—¿Cuántas? —preguntó el soldado mientras su compañero se apresuraba a sacar una hoja de pergamino y un carboncillo.

Las mandíbulas de Percy se cerraron.

—El equivalente a cincuenta y siete monedas de oro —metió cucharada el Tripas.

—Vamos a necesitarlas —dijo el primer soldado al tiempo que su compañero empezaba a hacer un recibo—. Órdenes del gobernador. Se le reembolsarán cuando...

—¡Tengo esposa e hijos que alimentar! —chilló Percy—. ¡El pequeño está enfermo! Nació sin intestino, verá, y...

—Tenemos que irnos —dije yo. Y volviéndome hacia los soldados agregué—: Os daríamos nuestras monedas también, pero él se ha quedado con todo.

—Sigan su camino, entonces. Y tengan cuidado: hay piratas por todas partes —dijo el primer soldado.

Con disimulo, el segundo soldado le dio una patada en el pie.

—Lo siento. No son piratas. Son irregulares rovianos.

—Seremos muy cuidadosos —dijo Kira.

—¡Gracias, Percy! —dije yo.

Percy seguía rogándoles a los soldados cuando doblamos la esquina. Una parte de mí sentía pena por él. Pero dadas todas las cosas despreciables que me había hecho a lo largo de los años, no er

a una parte muy grande.

Nos encaminamos hacia el hotel para que Millicent y Cyril pudieran darse un baño. Por el camino, Kira le contó a Millicent todo lo que había ocurrido desde que nos vimos por última vez. Yo estuve todo el tiempo esperando que Millicent se volviera hacia mí y me dijera algo como «¡Buen trabajo!» o «Has sido muy valiente» o incluso «No puedo creer que mi padre intentara ahorcarte frente a toda una ciudad».

Pero ella ni siquiera miró de reojo en mi dirección.

Entretanto, Cyril iba intercalando chistes utilizando palabras que nadie más que él entendía. El Tripas no dejaba de preguntarle qué significaban, pero la mitad del tiempo tampoco entendía las palabras que Cyril usaba para definirlas, de modo que la conversación tendía a ser circular.

Yo seguía decidido a hablar en tono grave y formal como Lotario *el Solitario*, pero la decisión no estaba surtiendo efecto pues nadie se molestaba en hablar conmigo. De modo que tuve que contentarme con caminar de forma estirada, lo que me hacía sentir idiota.

Para cuando regresamos al hotel yo estaba tan enfadado con todos que pensé en buscar una habitación aparte y encerrarme en ella. Por desgracia, no se me ocurrió nada que pudiera hacer encerrado en una habitación, así que en lugar de ello lo que hicimos fue pedir una segunda habitación para que las chicas tuvieran algo de privacidad.

Kira les preguntó a Millicent y a Cyril si necesitaban ropa limpia, pero resultó que ellos habían traído bastantes mudas. Cyril sacó unas monedas de plata y se las dio a uno de los empleados del hotel:

—Sé buen chico y ve a buscar nuestro equipaje en mi balandra.

Había olvidado que Cyril tenía su propio barco. Pensar que él y Millicent habían pasado tres días enteros solos navegando desde Amanecer me amargó todavía más.

Y la forma en que Cyril se acercó al hombre del hotel para darle órdenes como si fuera la cosa más natural del mundo me recordó cuán rico era y me hizo desear darle un puñetazo.

Bueno, lo cierto era que todo lo que tenía que ver con él me hacía desear darle un puñetazo.

En especial la forma en que trataba todo el tiempo de ser amable con nosotros.

Las chicas fueron a su habitación y el Tripas y yo llevamos a Cyril a la nuestra. Él le pidió a otro de los empleados del hotel que le preparara un baño caliente. Luego se quitó las botas (eran botas muy finas, hechas de algún tipo de cuero suave) y se echó cuan largo era en una de las camas.

—Ah, justo lo que necesitaba —dijo con voz entrecortada—. Son las pequeñas comodidades lo que extrañas cuando estás encarcelado.

—¿Enquecelado? —preguntó el Tripas.

—Prisionero, mi viejo —respondió él.

—Yo no soy viejo —gruñó el Tripas.

—Es una expresión, mi viejo —dijo, y le dedicó al Tripas otro de sus estúpidos guiños—. Pero ya que ha salido el tema: ¿qué edad tienes?

—No es *pudda* asunto tuyo —dijo el Tripas.

—¡Ah! Hablas cartagino. Un hombre de mundo. Me gusta.

—¿Qué edad tienes tú?

—Cumpliré diecisiete en tres meses —dijo con una risita entre dientes—. Aunque si sigo dejando que Millicent me arrastre a estas mortíferas cruzadas, es posible que no viva para ver la fiesta.

Se sentó en la cama y nos miró entrecerrando los ojos burlones.

—Decidme, tíos: ¿sois tan suicidamente idealistas como ella?

—¿Qué quieres decir? —preguntó el Tripas.

—Quiero decir: ¿estáis tan decididos como ella a lavar los pecados de vuestros padres?

La forma en que lo dijo, con esa estúpida sonrisa aún en el rostro, hizo que me picara la nuca.

—Mi padre no era un esclavista —dije con un bufido.

—No te ofendas, viejo —replicó, de nuevo con una risita, y me miró a los ojos al tiempo que yo lo miraba a él—. Pero, venga: eres de Bochorno, ¿no es así? ¿Y Quemadura Healy es tu tío? Habrá más que unos pocos pecadillos en la contabilidad familiar, estoy segu...

No llegó a terminar la frase porque para entonces me tenía prácticamente encima, lanzándole un puñetazo directo a la boca. Era el puño derecho y, por tanto, el que estaba unido a la muñeca herida, que seguía entablillada, pero estaba tan furioso que no me detuve a pensar en ello.

Si hubiera alcanzado mi objetivo, probablemente me habría roto la muñeca. Y hubiera sido la primera vez en la vida que habría atizado a alguien sin que me atizaran primero a mí.

Pero algo salió terriblemente mal y nunca llegué a hacer contacto. En lugar de ello me encontré cayendo de cabeza cuando algo me barrió las piernas.

Me estrellé contra el suelo de madera con tanta fuerza que quedé sin aire. Luego hubo una escaramuza encima de mí, y justo cuando empezaba a levantar la cabeza, algo grande y pesado me devolvió al suelo.

Era el Tripas, y Cyril estaba sobre él. Mi amigo se revolvía frenéticamente para intentar liberarse, pero Cyril lo tenía bien agarrado, con lo que sus esfuerzos para quitárselo de encima solo sirvieron para hacer las cosas mucho más desagradables para mí, que estaba debajo de los dos.

Después de eso, hubo un montón de gruñidos y tacos, la mayoría de ellos del Tripas y míos.

Entonces oí un repiqueteo contra la madera, y a pesar de que tenía la cabeza aplastada contra el suelo con tanta fuerza que no podía moverla, conseguí ver el garfio del Tripas justo en el momento en el que Cyril, de una patada, lo enviaba debajo de una cama.

—Vosotros dos, oídme... —Ese era Cyril, en algún lugar

encima de la pila de cuerpos. Por la voz parecía más aburrido que enfadado—: en el instituto pasé cuatro años estudiando artes marciales ildianas. Justo en este momento, se me ocurren unas diez formas diferentes de mataros a ambos con mis propias manos.

Lo oí reírse entre dientes.

—Ahora bien —continuó—, yo preferiría que coexistiéramos de forma pacífica. Pero si ambos insistís en portaros mal, me veré obligado a haceros cosas bastante dolorosas. ¿Entendéis lo que os digo?

—¡ ***** tu *****, tú ***** *pudda hula saca*!

Oí suspirar a Cyril. Y si hubiera sido posible, yo hubiera suspirado también. Pero tenía los pulmones aplastados bajo el peso de ellos dos.

—Tripas —grazné—, haz lo que dice.

CAPÍTULO 23

UN VACÍO EN EL CORAZÓN

ontadme algo, chicos...

Cyril se había puesto en remojo en la bañera caliente. El Tripas y yo, entre tanto, fruncíamos el ceño en los dos cómodos sillones que había en la habitación, procurando no mirarlo.

Tenía pelo en el pecho. Mucho pelo. Yo no sabía que se pudiera tener tanto pelo en el pecho a los dieciséis. O faltándote tres meses para cumplir diecisiete o lo que fuera.

—¿Por qué me despreciáis? —nos preguntó.

Yo ni siquiera sabía por dónde empezar. Y responderle no parecía una buena idea. Todavía estaba un poco desencajado por la facilidad con que había logrado vencernos al Tripas y a mí al mismo tiempo.

—¿Qué es despreciar? —preguntó el Tripas.

—Odiar, amigo mío. —Cyril echó la cabeza hacia atrás para quitarse el jabón del pelo, largo y bonito como el de una niña—. Quiero decir: me resulta desconcertante. Acabamos de conocernos. Estamos jugando en el mismo equipo. ¿Qué he hecho para caeros tan mal?

—Ligarte a su chica —dijo el Tripas.

—¡Tripas...! —Eso era lo último que quería que Cyril oyera. Demasiado tarde. Las cejas del apuesto simio se alzaron al tiempo que él me lanzaba la clase de mirada que me hacía desear atizarlo.

—Ahhhh... De repente todo encaja. ¿Habéis tenido Millicent y tú algún tipo de aventura?

Yo clavé la mirada en el suelo, intentando encontrar el modo de convencer a mi cara de que no fuera a sonrojarse.

—No... yo... solo... no... nada. —Todo el rollo grave y formal de Lotario *el Solitario* no estaba funcionando en absoluto.

—Amigo mío, lo siento muchísimo. No tenía ni idea de que estaba comprometida.

Él no parecía para nada sentirlo.

Cyril salió de la bañera y agarró una toalla peluda para secarse el cuerpo, ridículamente alto y musculoso. Luego se puso la toalla alrededor de la cintura y utilizó otra para secarse el pelo al tiempo que me preguntaba:

—¿Cuántos años tienes?

—Tengo... Me falta poco para cumplir catorce —dije. Aunque en realidad me faltaba algo más que un poco. Nueve meses por lo menos. Intenté enderezarme en la silla para parecer más alto.

—¡Ah! Un hombre más joven.

—¿Qué quieres decir?

—Quiero decir que Millicent tiene catorce años y pico, ¿no?

Cyril se estaba poniendo un par de pantalones que había sacado del equipaje que acababan de traerle a la habitación. Eran, como podría haber adivinado sin siquiera echarles un ojo, unos pantalones muy finos.

—Bueno, amigo mío —continuó—, si es de eso que va todo esto, pues bien, no está en nuestras manos, ¿no te parece?

—¿Cómo? —dije.

—Quiero decir: no puedes decidir qué hay en el corazón de una mujer. O en el de un hombre, lo mismo da... Hasta que regresé de la escuela esta última vez, nunca había pensado en Millicent más que como en una especie de hermana pequeña. Fue una sorpresa grande descubrir que se había convertido en una damisela tan encantadora...

Hizo una pausa, todavía le quedaban tres botones por abrochar en la camisa de seda, y miró al vacío con la clase de sonrisita petulante que multiplicaba mis ganas de saltar de nuevo a darle un puñetazo.

No obstante, las secuelas del anterior intento todavía me dolían en cuatro sitios distintos, de modo que me contuve.

—¡Y esa valentía! —prosiguió Cyril—. Por supuesto, es posible que algunos hombres se sientan rechazados por su franqueza. La verán como una amenaza, supongo. Personalmente yo la encuentro fascinante...

Siguió sonriendo a la nada durante unos cuantos segundos más. Luego negó con la cabeza, como espabilándose, y se rio entre dientes.

—Mi argumento es: si tú eres el hombre para Millicent, no hay nada que yo pueda hacer para que cambie de opinión. Y viceversa.

—¿Qué significa eso? —quiso saber el Tripas.

—¿Viceversa? Significa «al contrario». —Cyril terminó de abotonarse la camisa y caminó hacia mí con esa estúpida sonrisa todavía en la cara—. Mira, es absurdo que nos enfademos el uno con el otro. Todo está en manos de Millicent. ¿Qué te parece si le dejamos la decisión a ella y acordamos ser amigos independientemente de cuál sea el resultado?

Me tendió la mano. Estuve a punto de no estrechársela, pero entonces me di cuenta de que era mi oportunidad de cobrarme el anterior apretón.

Le cogí los dedos por la mitad, de la misma forma en que él me había agarrado los míos en la cárcel, y se los apreté con tanta fuerza que la sonrisita desapareció de su cara por un instante.

Al menos podía sentirme bien por eso.

Cyril acababa de ponerse las botas y estaba chillando por «un poco de comida» cuando llamaron a la puerta.

El Tripas abrió. Era Millicent. Cuando la vi entrar en la habitación, mi corazón empezó a latir con fuerza.

—Hola, cariño —dijo Cyril con voz cantarina.

—Hola —dijo ella.

Sin embargo, no lo miraba a él. Me miraba a mí.

—¿Puedo hablar contigo? ¿A solas?

La seguí al pasillo, que salvo por nosotros dos estaba vacío.

Tenía el pelo recién lavado y cuando se volvió hacia mí para hablar, se metió un mechón detrás de la oreja de esa forma tan mona que siempre hacía que mi estómago se agitara. Tenía unas ojeras bien marcadas debajo de sus grandes ojos marrones, y unas cuantas manchas rojas se mezclaban con las pecas que le salpicaban la nariz y los pómulos, pero nada de eso la hacía verse menos hermosa.

—Lamento haber estado enfadada contigo antes —empezó—. Kira me contó lo mucho que has hecho. —Me miraba fijamente a los ojos, lo que hacía que me resultara difícil concentrarme en lo que estaba diciendo—. Y por todo lo que has pasado. Y sé cuánto te preocupas por mí. —Respiró hondo—. Y yo también me preocupo por ti.

«¿Entonces por qué pareces tan triste?»

—Cuando pensaba que estabas muerto... que él te había matado... —Su mirada se desvió con rapidez y dejó escapar un suspiro breve y estremecedor—. Fue espantoso —susurró con los ojos mirando al vacío. Parecía desconsolada.

—No estoy muerto —dije—. Estoy aquí.

—Lo sé. —Volvió a mirarme a los ojos e intentó sonreír.

Pero por alguna razón no lo consiguió del todo.

Algo iba mal.

—Millicent... Cualquier cosa que haya pasado entre tú y...

—No —me interrumpió—. No. Por favor.

—¿No qué? —No pude evitar que la rabia se me colara en la voz.

—¿Sabes cuánto tiempo...? —Se detuvo y luego empezó de nuevo—. Pero no... no es solo... la cuestión es...

La cara entera se le arrugó en una mueca de frustración. No lograba sacar una sola frase.

Nunca antes la había visto así.

—Es complicado —dijo finalmente.

Las palabras de Kira el día anterior salieron de mi boca casi tan rápido como brotaron en mi cabeza.

—No, no lo es —dije—. Es muy sencillo.

Ella empezó a negar con la cabeza de nuevo.

—No...

—¡Sí! —Sabía que no debía enojarme, pero no pude evitarlo.

—Egg, por favor, no...

—Solo dímelo: ¿él o yo?

—No es...

—¿Él o yo?

—¡Nadie!

En un instante toda la rabia que sentía se desvaneció para arder en el horno que se encendió detrás de sus ojos.

—¡Por el amor del Salvador! —estalló con furia—. ¿Es que no te das cuenta de que tenemos cosas más importantes de qué ocuparnos? Es irrelevante qué o quién...

—¡Tengo que saberlo! —dije—. ¡Lo necesito!

—¿Saber el qué? —me exigió—. ¿Qué hay en mi corazón?

Pronunció la palabra «corazón» con un pequeño gruñido, como si se estuviera burlando de mí.

—¡Sí!

Durante un largo momento me dedicó una mirada asesina. Cuando finalmente habló, las palabras brotaron al mismo tiempo temblorosas y tensas.

—Lo que hay en mi corazón... es un agujero negro y podrido. Porque mi vida entera... todo lo que había en ella... estaba construido sobre una mentira. Una mentira malvada. Y nadie, ¡nadie!, piensa levantar un dedo para reparar eso. Ni el gobernador ni los soldados ni uno solo de los estúpidos habitantes de Amanecer... ¡Ni siquiera mi madre! Mi madre, a la que, cuando por fin fue capaz de admitir ante sí misma, después de todos estos años, la verdad de lo que él había estado haciendo allá arriba en esa mina, lo único que se le ocurrió que podíamos hacer era huir. Zarpar a Rovia y enterrar nuestras cabezas en una caja y fingir que al no ser ya partícipes de ese crimen, lo que ocurre allí no es culpa nuestra.

Los ojos de Millicent se llenaron de lágrimas de rabia. Pero tras esas lágrimas, el horno seguía ardiendo.

—Pero *es* culpa nuestra. Si nos vamos con la ropa fina y los platos de porcelana que compramos con *su* dinero, el dinero que ganó esclavizando a esa gente... Si hacemos eso en lugar de hacer alguna maldita cosa para detenerlo, entonces somos tan malas como él.

Se limpió las lágrimas con el borde de la mano.

—No me importa si tengo que hacerlo yo misma. Voy a sacar a esos esclavos de la mina. Y hasta que no lo haya hecho, nada más importa. ¿Entiendes eso?

Asentí con la cabeza.

—¿Me ayudarás? —preguntó.

—Por supuesto que lo haré.

Y lo dije sinceramente. No fue hasta horas después, cuando estaba echado en la cama, incapaz de dormir con todos los pensamientos que me pasaban por la cabeza acerca de cuán difícil y peligroso iba a ser tratar de liberar a esos esclavos, que una parte pequeña de mí, una parte cínica y fea que no me gustaba para nada, decidió que había sido víctima de una jugarreta muy buena por parte de Millicent. En menos de un minuto, había conseguido sofocar mi ira, silenciar toda pregunta acerca de si me prefería a mí o a Cyril, hacerme sentir egoísta solo por pensar en ello y garantizar que no habría ninguna posibilidad de que yo vacilara en mi decisión de ayudarla.

Pero eso no ocurrió hasta horas más tarde. En ese momento todo lo que pude hacer fue coincidir con ella sin dudarlo ni un segundo.

Millicent me abrazó. No fue un abrazo de «te quiero», sino

un abrazo de «gracias por estar a mi lado aunque sea posible que nos maten». Y cuando ella dio por terminado el abrazo, yo solo tenía una pregunta:

—¿Cómo vamos a hacerlo?

—Eso es algo sobre lo que tenemos que hablar —dijo, lo que, viniendo de ella, era lo más cercano a reconocer que no tenía ni la más remota idea.

CAPÍTULO 24

URDIR UN PLAN

Son piratas —estaba diciendo Millicent—. No cabe duda de que si les pagamos lo suficiente harán el trabajo por nosotros.

—Pues, justo ahora, no andan precisamente escasos de dinero —dije—. Y, además, ¿de dónde vas a sacar semejante cantidad de monedas?

Eso pareció dejarla muda. La única fuente de fondos de Millicent era su padre, quien no solo había renegado de ella, sino que era el último interesado en abrir la billetera para que ella pudiera contratar a los hombres que se encargarían de liberar a los esclavos de su mina de plata.

—Desenterremos el tesoro ese de Bochorno —propuso el Tripas.

—¿Hay un tesoro en Bochorno? —Cyril levantó la cabeza de la almohada en la que la había descansado y alzó una ceja. Era la primera vez que abría la boca desde que dimos comienzo a la lluvia de ideas. Hasta entonces había permanecido estirado en una de las camas de la habitación, mirando al techo con una insoportable sonrisita de superioridad en la cara.

—¡Mantén tus *pudda* manos lejos de él, Plumas! —gruñó el Tripas.

—¿Cómo me has llamado? —le preguntó Cyril.

—Plumas.

—¿Y eso por...?

—Por tu pelo. Te cuelga como si fueran plumas.

Cyril se encogió de hombros y volvió a hundir la cabeza en la almohada.

—Supongo que me han dicho cosas peores.

Millicent, concentrada en sus pensamientos, se comía las uñas.

—Depende de qué haya en ese tesoro...

—Olvídate del tesoro —dije—. No importa cuánto dinero reunamos para pagarles. Mi tío nunca dejará que sus hombres nos ayuden.

—¿Por qué? —preguntó Millicent.

—Por la misma razón que se negó a sacarte de la cárcel. No quiere verse involucrado.

—Mi pueblo nos ayudará —dijo Kira—. Si vamos a las Nuevas Tierras y contactamos con ellos en las montañas, los guerreros se unirán a nuestra causa.

—¿Cuánto tardaríamos en llegar allí? —preguntó Millicent.

Kira se encogió de hombros

—¿Tres días navegando? Y luego unos cuantos días en tierra, hasta llegar a las montañas...

Cyril soltó una risita.

—Y luego seis meses para construir un barco en el que puedan viajar todos. ¿O acaso pensáis que en mi pequeña balandra caben suficientes guerreros okalu para asaltar la mina de plata?

Millicent negó con la cabeza.

—Con barco o sin él, no tenemos tanto tiempo. Debemos ir ahora, mientras la mayoría de los soldados de Amanecer siguen en Pella Nonna. Una vez que hayan regresado, será demasiado difícil.

—¿Cuántos soldados hay ahora? —preguntó el Tripas.

—¿En Amanecer? No lo sé —reconoció Millicent—. Pero no muchos.

—¿Cuántos son «no muchos»? —pregunté yo.

—¿Treinta? ¿Cuarenta?

—Está chupado —dijo Cyril—. ¿Eso es, qué? ¿Siete u ocho fusileros bien adiestrados para cada uno de nosotros? ¿A qué estamos esperando? Hagámoslo esta noche.

—No seas sarcástico. —Millicent lo miró echando chispas. No pude evitar sentirme un poco complacido por ello.

Cyril suspiró y se sentó recto.

—Pese a lo mucho que admiro vuestro idealismo, ¿sois conscientes de cuán inútil es toda esta conversación?

—¡Tenemos que detenerlo! —dijo Millicent.

—No puedes. Al menos mediante la fuerza. Descártalo, cariño. Nosotros cinco, totalmente desarmados...

—Podemos conseguir armas —apunté—. Eso es bastante fácil.

—Bien. Digamos que tenemos armas. Y que de algún modo os las apañáis para no pegaros un tiro en el pie...

—Yo sé utilizar un arma —gruñó el Tripas.

Cyril suspiró.

—Como sea. Incluso demos por hecho que lo lográis. Asaltáis la mina, liberáis a los esclavos, por un milagro lográis sacarlos de la isla. Y entonces: ¿qué? Os diré qué: conseguirán más esclavos. Será un revés. Pero a largo plazo, nada cambiará.

—El corto plazo es bastante bueno para mí —dijo Kira—. Siempre que consigamos liberar a los okalu que están ahora en esa mina.

Sin embargo, eso no era lo bastante bueno para Millicent.

—¿Qué estás diciendo, Cyril? ¿Que la isla en la que crecimos es sencillamente malvada y no podemos hacer nada al respecto? ¿Que tenemos que hacernos a la idea?

—No —repuso Cyril—. Pero el hecho es que, si de verdad

quieres cambiar lo que los hombres hacen, tienes que cambiar la forma en la piensan. ¿Quién ha leído *Libertad y sangre*?

Paseó la mirada por los cuatro. Ninguno sabía de qué estaba hablando.

—¿Alguien ha oído hablar de él por lo menos?

Nadie.

—Bueno, es una pena. ¿A qué escuela vais?

—Nunca he ido a la escuela —dijo el Tripas.

—Yo tampoco —dijo Kira.

—Yo tuve un tutor —murmuré, sintiendo que la cara se me ponía roja al recordar cuán poco había aprendido de Percy.

—¿Estás intentando que todo el mundo se sienta mal? —le espetó Millicent.

La sonrisita de Cyril desapareció, y yo casi sonreí al darme cuenta. Verlos pelearse me daba esperanzas.

—¡No! Es un libro muy famoso. Y peligroso. Ese fue el motivo por el que me expulsaron de Thistlewick: porque mis colegas y yo imprimimos copias en secreto y las hicimos circular.

—¿Cómo puede ser un libro peligroso? —le preguntó Kira.

—Por las ideas que contiene. Acerca de los derechos y la justicia y el gobierno... Antes de leerlo, yo era un súbdito del rey Federico tan leal como cualquier otro. Y si hubiera sabido que había esclavos en la mina de plata... bueno, no voy a decir que me hubiera sentido destrozado por eso.

»Pero después de leer *Libertad y sangre* fue como si me quitaran un velo de los ojos. Comprendí que todo nuestro sistema de gobierno está podrido hasta la médula, y que para que haya justicia en el mundo es necesario reemplazarlo.

—¿Qué tiene que ver eso con la mina de plata? —pregunté.

—Todo —respondió Cyril—. El cambio de verdad, el cambio significativo empieza aquí... —Se dio un golpecito en la cabeza—. Y ese cambio no proviene de las armas. Proviene de las ideas. Lo que necesitamos es poner ese libro en manos...

—¿Un libro? —resopló el Tripas—. *¡Pudda blun!* ¿Qué vas a hacer? ¿Tirárselo a la gente?

—¡Déjame terminar! Lo que necesitamos es ponerlo en manos de los hombres que realmente tienen el poder. Y hacerles ver la locura de su forma de proceder.

—Ningún libro va a cambiar la manera de pensar de mi padre —dijo Millicent con voz cargada de desprecio.

—Y no hay ningún plan que nosotros cinco podamos tramar capaz de liberar a los esclavos de la mina —dijo Cyril con enojo—. Treinta soldados siguen siendo treinta soldados.

Entonces empezaron de verdad a discutir. Yo dejé de prestar atención a lo que decían porque necesitaba pensar: con que solo pudiera concebir un plan lo bastante bueno, no solo para liberar a los esclavos sino también para demostrarle a Millicent que yo valía más que ese esnob y todo su parloteo...

El problema era que el esnob tenía razón. Necesitábamos hombres.

—¡Si quieres el cambio, este tiene que venir de dentro! —le estaba diciendo Cyril a Millicent.

«Venir de dentro...»

—Lo harán ellos mismos —dije.

Todos se volvieron para mirarme.

—Los esclavos. Probablemente son centenares. ¿No? Pues lo que tenemos que hacer es armarlos, y abrir las puertas o lo que sea, y ellos harán el resto. Se liberarán a sí mismos.

Los ojos de todos se abrieron como platos... salvo los de Cyril, que entrecerró los suyos.

—¿Vas a llevar doscientos fusiles montaña arriba? ¿Para dárselos a hombres que quizá ni siquiera sepan utilizarlos?

—Fusiles, no. Hondas —dije. Y miré a Kira—. ¿Tú sabes cómo hacer hondas?

—Por supuesto.

—¿Podemos hacer muchas? ¿Centenares?

Ella asintió con la cabeza con entusiasmo.

—Y en una mina no hay escasez de piedras...

—¡Egg, es una idea brillante! —Millicent me dedicó una gran sonrisa.

La boca de Cyril, en cambio, se había quedado ligeramente

abierta. Estaba desconcertado. No me aguanté las ganas de restregárselo.

—Probablemente no aprendiste eso en tu escuela —dije—, pero los okalu combaten con hondas. Si sabes cómo usar una, son tan eficaces como un fusil. Y muchísimo más fácil de llevar montaña arriba.

—Necesitaremos dinero para los materiales —dijo Kira.

—Estoy seguro de que puedo pedírselo a mi tío —dije—. Fue bastante generoso con el dinero que usamos para pagarle a Percy. Y si no necesitamos más que cuerda, tela e hilo, tampoco será necesario mucho.

El ánimo de la habitación había pasado del pesimismo a la alegría.

—Realmente brillante —repitió Millicent.

—Buena idea —me dijo el Tripas.

—¡Desde luego! —dijo Cyril. La sonrisita de suficiencia había vuelto a su cara—. Felicidades. Acabas de concebir el plan perfecto para masacrar a un millar de personas inocentes.

Todos clavamos la mirada en él.

—Una vez más: descartadlo —dijo—. ¿Vais a poner armas letales en manos de un par de centenares de esclavos y luego los dejaréis sueltos en una isla repleta de la gente que los esclavizó? Si no pensáis que se vengarán con sangre en cada hombre, mujer y niño...

—Mi pueblo no haría algo así —dijo Kira, apretando los dientes.

—Todos los pueblos lo harían —replicó él—. Es la naturaleza humana. Y por otra parte —agregó, dirigiéndose a mí—: ¿cómo piensas sacar de la isla a todos esos esclavos recién liberados? Porque sin un plan de escape, una vez que hayan acabado de masacrar a todos los rovianos de Amanecer, quedarán varados allí. Y serán presa fácil de los soldados que sin duda llegarán luego a vengar la matanza.

El ánimo volvió con rapidez al pesimismo. Ahora era el turno de Cyril de restregármelo.

—Por lo demás, el plan es perfecto. Solo tienes que ocuparte de la parte en la que todos mueren.

—¡Oh, cállate! —le espetó Millicent—. ¡Es como si no te importara!

Cyril pareció sentirse ofendido.

—¡Por supuesto que me importa! No hay nada más importante para mí que la justicia...

—O al menos hablar de ella —se burló Millicent.

Cyril retrocedió como si acabara de recibir una bofetada. Tuve que morderme el labio para no sonreír. Unos cuantos minutos más así y no cabría duda de a quién favorecía Millicent.

—¡Absurdo! ¡Yo quiero detener la esclavitud en esa mina tanto como tú! ¡Pero tenemos que encontrar un plan que funcione!

—¡Entonces ayúdanos a encontrar uno! ¡Deja de andar criticándolo todo con esa estúpida sonrisita en la cara!

Por un instante, pensé que Cyril iba a salir de la habitación hecho una furia. Miré fijamente al suelo y recé para que eso ocurriera.

«Por favor, vete. Por favor, vete. Por favor, vete bien furioso.»

Pero, al final, se desplomó de nuevo en la cama y se puso a mirar al techo de nuevo, solo que esta vez sin ninguna sonrisita.

—Necesitamos una distracción —dijo—. Algo que aleje a los soldados...

Era casi la hora de la comida cuando por fin se me ocurrió una distracción que todos encontraron convincente.

—Destripador Jones.

—¿Qué pasa con él?

Les conté lo que había oído decir a mi tío acerca del Destripador, a saber, que llevaba años deseando atacar Villa Edgardo y Amanecer y que era posible que estuviera planeando lanzar un asalto.

—Así que les diremos a los soldados que vigilan la mina

que el Destripador acaba de invadir Villa Dichosa y que necesitamos que vengan con rapidez y salven la ciudad.

A partir de allí, bastaron un par de minutos de toma y daca para ponernos de acuerdo en los detalles: Millicent y Cyril llegarían a la mina corriendo y dando alaridos, locos de terror porque los hombres del Destripador acababan de desembarcar e iban a pasar a cuchillo a Amanecer entera si todos los rovianos disponibles en la montaña no bajaban de inmediato al puerto y evitaban una catástrofe.

—¿Y cómo vamos a liberar a los okalu? —preguntó Kira—. Si los tienen encerrados bajo llave, ¿cómo los sacamos?

Encontrar una solución para eso nos llevó horas. Finalmente dimos con un pirata del *Timo* que había trabajado como cerrajero y nos enseñó que había siete u ocho tipos de llaves maestras con las cuales seríamos capaces de abrir cualquier cerradura que pudiéramos encontrar. Luego localizamos un herrero en Villa Edgardo que aceptó hacernos un juego completo de llaves maestras por treinta monedas de oro.

Después de eso, pasamos a la siguiente pregunta.

—Listo. Ahora estamos fuera de la mina con un par de centenares de okalu —dijo Cyril—. ¿Cómo los sacamos de la isla sin empezar una guerra?

—De la misma forma en que llegaron —dijo Millicent—. A través del puerto secreto en la cala que hay al sur de la isla. Si lo hacemos en medio de la noche, es improbable que nos encontremos con rovianos en el camino.

—¿De dónde sacaremos un barco? —preguntó el Tripas.

—El barco de esclavos de Birch —dijo Millicent, y miró a Cyril—. Cuando zarpamos, estaba amarrado en la cala. Y estaba vacío.

—¿Qué pasa si llegamos a Amanecer y el barco no sigue allí? —preguntó Cyril.

—Entonces esperaremos hasta que vuelva.

—¿Cómo vamos a navegar? No somos marineros.

Eso nos dejó mudos a todos.

Al día siguiente, a la hora del desayuno, lo mejor que se nos había ocurrido era o bien encontrar a alguien que nos enseñara a gobernar una nave así de grande (para lo que probablemente necesitaríamos todo el tiempo que no teníamos) o contratar una tripulación, lo que no solo prometía ser bastante caro sino también complicado.

—Si fuerais marineros —dijo Millicent—, ¿qué pensaríais si os abordan cinco adolescentes que quieren contratar vuestros servicios para una misión secreta que no están dispuestos a revelaros de antemano?

Nadie dijo nada. Todos sabíamos la respuesta y era deprimente.

Pero entonces Cyril, que si bien había dejado de sonar desdeñoso cuando señalaba algún inconveniente del plan, no se desvivía precisamente por encontrar soluciones, nos sorprendió a todos.

—Remos —dijo.

Los demás intercambiamos miradas.

—¿Se puede?

—Sí. Siempre que tengamos bastantes. Cuarenta deberían ser suficientes. Los compraremos en el astillero. Los pondremos en la cubierta de mi balandra. Luego, o bien... —Pensó por un momento antes de continuar—. O bien navegamos directamente a la cala, o atracamos en el Punto Norte y los llevamos por tierra en mitad de la noche. Podríamos esconderlos cerca de las escaleras del acantilado, encima de la cala.

—Tardaríamos una eternidad llevándolos por tierra —dijo Millicent—. Si queremos hacerlo todo en una noche...

—Lo mejor es dividir el plan —dijo Cyril—. La primera noche desembarcamos y dejamos todo preparado. Dedicamos el día siguiente a descansar en el bosque y reconocer la distribución de la mina. Luego, en la noche, tú y yo nos encargamos de distraer a los soldados y los demás llevan a los esclavos hasta la cala. —Sonrió con satisfacción—. ¡Cielo santo, creo que lo tenemos! —añadió—. Todo lo que necesitamos son esos cuarenta remos y una media docena de llaves maestras.

Su sonrisa me irritaba. Me alegraba que por fin tuviéramos un plan factible, pero hasta ese momento yo aún abrigaba la esperanza de que Cyril terminara echándose atrás y arruinara definitivamente sus posibilidades con Millicent.

—Y doscientas hondas —añadió Kira.

—¿De verdad son necesarias? —preguntó Cyril—. Quiero decir: nos ha costado mucho trabajo idear algo que evite una carnicería. ¿Realmente es necesario que armemos a los nativos?

—Tal vez nosotros no... —empezó Millicent.

—No —la interrumpió Kira con brusquedad—. Necesitamos las hondas. Darán confianza a los hombres que las lleven. Y ellos nos ayudarán a resolver cualquier problema que pueda surgir.

—Por supuesto —dijo Cyril, de nuevo con una de sus sonrisas de superioridad—. ¿Y con «resolver cualquier problema que pueda surgir» quieres decir «matar a cualquiera que se interponga en el camino»?

Kira entrecerró los ojos. Cyril le tenía sin cuidado tanto como a mí.

—Sí —respondió—. Eso es lo que quiero decir.

—Pero eso no ocurrirá —dijo Millicent—. Es un buen plan. Va a funcionar. Y nadie saldrá herido.

Cyril le guiñó un ojo.

—El Salvador te oiga —dijo.

Ella le respondió con una sonrisa. Yo, en cambio, estuve un rato deseando darle una patada a algo.

Una vez que averiguamos dónde íbamos comprar todo lo que necesitábamos y cuánto iba a costarnos, la tarea de darle el sablazo a mi tío y conseguir el dinero recayó en mí. Lo encontré al final de esa misma mañana en una taberna en la calle principal, donde cuarenta de sus hombres estaban celebrando la iniciación de Quintín como miembro hecho y derecho de la tripulación del *Timo*.

Evidentemente, la ceremonia incluía beber por montones. Cuando llegué allí, Quintín estaba inconsciente encima de la barra, la piel enrojecida alrededor de los bordes del nuevo tatuaje en forma de llama que le habían hecho a un lado de la garganta. A su alrededor se encontraban varios miembros de la tripulación. Los efectos del alcohol eran visibles en la forma como se mecían sobre sus pies. Uno sostenía en alto una aguja de tatuar de aspecto amenazador.

—¿Qué? ¿Le hacemos otro? ¿En un sitio chistoso? —preguntó con voz enredada.

Todos volvieron la mirada hacia Healy en busca de su aprobación.

Él negó con la cabeza.

—Uno es suficiente, chicos. Bajad la aguja. Ya está.

Los hombres estaban visiblemente decepcionados, pero se animaron de nuevo cuando uno de ellos tuvo la brillante idea de hacerle a Quintín otra marca de Healy afeitándole el pelo de la espalda, que tenía un espesor casi selvático.

—Por aquí, Egg. A menos que quieras un corte de pelo. —Healy me condujo a una mesa lejana, donde ordenó una cerveza para él y una limonada con azúcar para mí. El vendaje del ojo había sido reemplazado por un sencillo parche negro.

—Ahora llevas un parche —dije.

—Mmm. Espero que el ojo sane y no se vuelva permanente. Me molesta bastante ser tan cliché —dijo, encogiéndose de hombros—. Y bien: ¿te ha gustado Villa Edgardo?

—No está mal.

—Vi que conseguiste liberar a tu novia. Felicidades.

Mis mejillas se enrojecieron.

—No es mi novia.

—Si tú lo dices, tendré que creerte.

—¿Cómo va tu problema con el banco? —dije para cambiar de tema: no quería hablar de Millicent.

Mi tío levantó la mano con la palma hacia abajo y la movió horizontalmente.

—Al parecer toparon con un muro al llegar a los seis millones. Han contactado con otras ciudades de las islas Pez para los cuatro restantes. Pero es posible que eso tarde más de lo previsto. Aunque... —Se volvió a mirar a la barra, donde el afeitado de la espalda de Quintín ya estaba en marcha—... si los chicos siguen bebiendo así, terminarán gastándose los cuatro millones en crédito y habremos acabado.

Asentí con la cabeza sin estar seguro de si debía actuar como si eso fuera bueno o malo. O si eso significaba que iba a tener problemas para conseguir el dinero que necesitaba.

—Pues, humm... yo me preguntaba...

Él sonrió.

—¿Esta es la parte en la que me toca sacar la cartera? ¿Cuánto necesitas esta vez?

—¿Ochenta y seis de oro y tres de plata?

—¿Para pagar qué?

Saqué la lista y se la leí.

—Raciones para seis días para cinco, cuarenta remos largos, un juego de llaves maestras, trescientos setenta metros de cuerda de un centímetro de diámetro, ocho metros cuadrados de tela fuerte, quince carretes de hilo tamaño veinte y cinco agujas de zurcir.

Cuando terminé, Healy tenía los ojos fijos en mí. Pero no en una de sus típicas miradas aterradoras. Más bien parecía confuso.

—Agujas de zurcir. Por supuesto. Debí haberlo imaginado.

—¿Tú... necesitas saber por qué...?

—¡No, no! Es mucho más entretenido tratar de descifrar qué demonios vas a cocinar con todos esos ingredientes.

Se metió la mano en el bolsillo, sacó un puñado de monedas y las dejó caer en la mesa delante de mí.

—Aquí habrá unas veinte. Te permitirá empezar. Búscame mañana después de la comida: con suerte tendré el resto para entonces.

—Gracias —dije, levantándome de la mesa.

—Aguarda, ¿podrías hacerme un pequeño favor?

—Sí. Lo que sea —dije.

—Ven a verme un rato cuando no necesites dinero. Solo para sentarte y conversar. Es una buena política. Así me haces creer que te caigo bien.

—¡Pero es que así es! ¡Me caes bien! De verdad. Muchísimo.

La idea de que él pudiera pensar que lo único que me importaba era su dinero y que el simple hecho de tenerlo como tío no me emocionaba me revolvió el estómago.

—Si el dinero es un problema, no tienes que... —empecé a decir.

Entonces él sonrió de un modo que me hizo saber que me entendía.

—Adelante, ve. Teje tu red. Yo seguiré aquí cuando hayas acabado.

Salí de la taberna a la luz del sol y empecé a caminar por la calle, agarrando con fuerza las monedas en el bolsillo para que no fueran a tintinear y llamar la atención de los soldados que seguían recorriendo el pueblo y confiscando dinero para dárselo a los piratas.

Estaba a mitad de la calle cuando vi a Millicent aparecer en la esquina, corriendo. El Tripas, Kira y Cyril venían detrás de ella.

—¡Egg! —Estaba pálida y parecía angustiada.

Mientras se acercaba no dejaba de mirar hacia atrás por encima del hombro.

—¿Qué sucede?

—Mi madre está aquí.

LA SEÑORA PEMBROKE

P or favor, Egg! ¡Eres el único que puede hacerlo!

Millicent me tenía contra la pared. Literalmente. Estábamos en un callejón estrecho, a unos treinta metros calle arriba desde la cárcel.

La súplica, sin embargo, estaba desprovista de coquetería. Ella estaba demasiado desesperada para eso. Y yo lo agradecía: si hubiera intentado ser coqueta, yo habría advertido que quería utilizarme y me habría enojado.

La desesperación era más eficaz, en cualquier caso. No podía soportar verla así de angustiada.

Pero no estaba seguro de ser capaz de hacer lo que me estaba pidiendo.

—¡Por favor!

—¿No podemos sencillamente evitarla?

—¡No! ¡Si llegamos a topar con ella, echará a perder todo el plan! Además, no puedo dejarla con semejante preocupación: ¿viste el aspecto que tenía cuando salió de la cárcel? ¡Me parte el corazón!

Millicent tenía razón. La fugaz imagen que tuve, desde nuestro escondite en el callejón, de Edith Pembroke llorando al salir de la cárcel después de enterarse de que la hija a la que había venido a buscar había desaparecido... era, sí, desgarradora.

Pero eso solo hacía que mentirle a la cara fuera todavía más complicado.

—¿No puede hacerlo Cyril?

Cyril negó con la cabeza.

—Lo siento, mi viejo amigo. Me temo que ella no se creería que Millicent regresó a casa sin mí.

—Entonces el Tripas o Kira...

—Ella no los conoce —dijo Millicent—. No les daría ninguna credibilidad.

—¿Puedo al menos decirle la verdad? Que estás a salvo, pero que no puedes verla en este preciso momento y que debería irse...

—¡No! ¡Eso sería desastroso! Si piensa que sabes dónde estoy, no te quitará los ojos de encima. Y si sabe que estoy en Villa Edgardo, no se marchará sin mí. Necesitamos que vuelva a casa, en Amanecer. De esa forma, si el plan sale mal, podríamos pedirle ayuda.

Era la primera vez que oía a Millicent admitir que nuestro plan podía salir mal... y que ya había pensado en lo que nos ocurriría si eso pasaba.

—Pensaba que odiabas a tu madre —dije.

Millicent suspiró.

—Yo también lo pensaba. Pero eso se debía a que yo era una mocosa malcriada. Cuando regresé de las Nuevas Tierras, estuvimos hablando durante horas. Días enteros... Y ahora la entiendo. La forma en que él la mantuvo en la ignorancia acerca de todo. Ni siquiera puedo enfadarme porque haya sido tan ciega, pues ella ya está bastante furiosa consigo misma. Además, se terminó: va a dejarlo. Tan pronto como pueda tomará un barco de regreso a Rovia. Aunque eso signifique perder todo lo que tiene.

Los ojos de Millicent brillaban.

—Soy todo lo que le queda... y no dejo de huir de ella. No quiero hacerle más daño del que ya le he hecho. No si puedo evitarlo. Pero tenemos que meterla en el barco que regresa a Amanecer en la tarde.

El Tripas y Kira volvieron justo entonces, venían sin aliento. Les habíamos pedido que siguieran a la señora Pembroke apenas salió de la cárcel.

—¿Dónde está? —les preguntó Millicent.

—En el hotel —dijo Kira—. Está intentando conseguir habitación.

Millicent se volvió hacia mí.

—Tienes que ir, rápido. Si se aloja...

—¿Qué quieres que le diga?

—Que le pagaste a Percy para que me sacara de la cárcel. Pero que luego tú y yo nos peleamos y regresé a Amanecer.

—Conmigo —añadió Cyril.

—Con Cyril. —Millicent tomó mi mano entre las suyas y las apretó con tanta fuerza que me dolió—. ¿Puedes hacerlo, Egg? ¿Por favor?

En ese momento hubiera preferido intentar salvarla de unos tiburones.

—No soy bueno mintiendo —le advertí.

Me guiñó un ojo al oír eso, lo que no contribuyó precisamente a darme confianza.

—Puedes serlo. Lo tienes dentro. ¡Sé que lo harás!

No había forma de que me librara de ello, así que empecé a caminar hacia la boca del callejón.

—¡No olvides fingir sorpresa! Como si tropezaras con ella por accidente.

Eso me frenó en seco. Eran demasiadas instrucciones. Estaba mirándome los zapatos, tratando de recordarlas todas, cuando sentí una mano en la espalda.

Era Cyril. Me susurró al oído:

—Viejo, el truco para mentir es convencerte de que lo que estás diciendo es cierto.

—¿Y cómo hago eso?

—Como sea, siempre que funcione. Si tú te crees que Millicent y yo estamos de camino a Amanecer, Edith también lo creerá. Buena suerte.

Volvió a darme una palmada en la espalda y me envió a la calle.

—¡Te esperaremos en la casa del señor Dalrymple! —gritó Kira cuando me encaminaba al hotel.

«Millicent y Cyril van camino de Amanecer...»

«No, no es así. Están justo detrás de mí.»

Iba a ser duro.

La señora Pembroke estaba de pie en la recepción del hotel dándome la espalda, acompañada a cada lado por un sirviente con uniforme. Llevaba la larga cabellera rubia peinada en una complicada espiral de trenzas que le caía justo por debajo del cuello del vestido de seda de color esmeralda. Desde lejos, parecía una reina.

Sin embargo, a medida que me acercaba, pude ver todos los pelos desarreglados que habían escapado de las trenzas y la oí discutir con el recepcionista del hotel con voz áspera e irregular.

—Mi familia ha sido cliente de este hotel durante más de una década... —estaba diciendo.

—Lo lamento muchísimo, señora, pero las circunstancias son extraordinarias...

—Es solo una habitación...

—Si puedo hablar con total libertad... —Los ojos del pobre hombre revolotearon por el vestíbulo para asegurarse de que ninguno de los hombres de Healy podría oírlo—... estamos sitiados. Por una multitud que, para ser franco, creo que lo mejor es que evite usted a toda costa.

Una carcajada escandalosa brotó del comedor cercano. A juzgar por los sonidos que llegaban del interior, unos cuantos piratas habían conseguido llevar a cabo su plan de aprovechar el espacio para organizar un torneo de peleas de gallos entre las comidas.

Las trenzas de la señora Pembroke silbaron cuando la cabeza giró en dirección al comedor. Pero lo que ocurría allí dentro estaba lejos de ser suficiente para espantarla.

—Soy perfectamente capaz de cuidar de mí misma...

Para entonces yo prácticamente estaba encima de ellos, y temblaba tanto debido a los nervios que sabía que, si no desembuchaba el mensaje y acababa de una vez, terminaría acobardándome.

—¿Señora Pembroke? —dije, intentando sonar sorprendido.

Azorada, se volvió hacia mí en el acto. En los dos meses que habían pasado desde que la viera por última vez, parecía haber envejecido veinte años. La cara, que siempre había rebosado salud, estaba demacrada y lívida.

Al mirarme fijamente, los ojos abiertos como platos, el color empezó a volver a las mejillas.

La mirada me petrificó en el acto y fue ella la que avanzó hacia mí moviéndose con rapidez. Empezaba a alzar las manos para protegerme del golpe cuando me arrastró hacia su pecho para abrazarme con fuerza.

Me quedé rígido. Un abrazo era lo último que yo hubiera previsto. Traté de esperar a que terminara, pero ella no me soltaba. Seguía ahí, apretándome.

Entonces sentí que su cuerpo empezaba a temblar y comprendí que estaba llorando, de modo que intenté devolverle el abrazo como mejor pude con la esperanza de que ello pusiera fin al llanto.

—Estoy tan contenta... —Su voz temblaba tanto como el cuerpo—. Pensé que él...

Dio un paso atrás, me tomó la cara entre las manos y me miró a los ojos.

—¡Pero estás bien! Estoy tan contenta... —Sonrió a través de las lágrimas.

Hice cuanto pude para corresponder a su sonrisa.

—¿Dónde está mi hija?

Cerré los ojos y me obligué a recordar la imagen de Millicent el día que volví a verla en la celda. Hecha un ovillo junto a Cyril.

—Se ha ido.

Esa era la forma en la que, había decidido, podía sentir como cierta la mentira. Porque ese día Millicent de verdad se había ido. Al menos para mí. Por un tiempo y acaso para siempre.

La sonrisa de la señora Pembroke se desvaneció.

—¿Qué quieres decir?

—Se fue. Con ese Cyril. —Las palabras brotaron con un bufido.

—¿Y adónde fueron? —Los ojos de la señora Pembroke se encendieron con el mismo ardor que había visto en los de su hija. Sentí sus uñas clavándose en mis brazos.

—Regresaron a Amanecer.

Ella me miró a los ojos.

—¿Estás seguro?

Asentí con la cabeza.

—Le pagué a alguien. Para que los sacaran de la cárcel. Pensé que ella se quedaría conmigo. Pero no fue así. Volvió a casa con él.

La rabia en los ojos de la señora Pembroke estaba dando paso a la preocupación.

—No iban a hacer algo estúpido, ¿verdad?

—No —respondí. Pero entonces me lo pensé mejor y añadí—: No lo sé.

—¿Algo relacionado con la mina de plata? ¿Y con los nativos que tienen allí?

Ella conocía a su hija bastante bien. Tenía que desviar su atención en otra dirección. Pero no demasiado.

—Nada, humm, peligroso... Hablaron de un libro.

—¿Un libro?

—Sí. El tal Cyril dijo que tenía un libro. Y que si conseguía que los hombres de Amanecer lo leyeran, cambiarían el modo de pensar.

Eso pareció satisfacerla.

—¿Y cuándo se fueron?

—Ayer.

—¿Partieron ayer? ¿Hacia Amanecer? ¿Millicent y Cyril?

Era como si sus ojos estuvieran perforando agujeros en los míos. No parecía muy convencida y me inspeccionaba en busca de algo que inclinara la balanza en un sentido u otro.

Volví a cerrar los ojos y vi la cara de Millicent mirándome a través de los barrotes de la celda con esa espantosa expresión de culpa.

Respiré hondo, temblando.

—Yo quería que se quedara conmigo —dije—. Pero ella no. Se fue con él.

Las comisuras de la boca de la señora Pembroke se curvaron hacia abajo, pero no porque sospechara o porque estuviera triste o, incluso, enfadada.

Era por lástima.

—Lo siento... —dijo, abrazándome de nuevo, y me di cuenta de que era mejor mentiroso de lo que pensaba. Se lo había creído todo.

Aunque en mi fuero interno deseaba que solo se hubiera creído la mayor parte.

Permanecí a su lado la hora o algo así que tardó en abordar el barco de regreso a Amanecer. Me pareció que era lo que tenía que hacer. Pero fue una hora muy ardua, pues todo el tiempo estuve pensando que bastaba con que cometiera un solo error, una sola palabra equivocada, para arruinarlo todo.

Y el hecho de que ella intentara ser amable hacía la situación todavía más incómoda. Muy pronto, cuando íbamos de camino al muelle, empezó a pedirme que volviera a Amanecer con ella.

Sin embargo, antes de que hubiera terminado la frase, recordó que su marido había intentado matarme en tres ocasiones diferentes.

Entonces la cara se le puso colorada. Parecía nerviosa y molesta al mismo tiempo.

—Lo siento...

—No hay problema —dije.

—Sí hay problema.

—Por favor, no llore. Yo sé que no es culpa suya.

—Pero lo que él... Vamos a irnos, lo sabes —dijo—. Millicent y yo. Nunca volverá a vernos.

Yo asentí con la cabeza.

—Bien.

—Cruzaremos el mar. Volveremos a Rovia —dijo. Y empezó a caminar más despacio, pensativa. Luego me puso una mano en el hombro—. ¿Quizá te gustaría venir con nosotras?

—No lo sé —dije, lo que era cierto. En ese preciso momento no estaba seguro de si viajar a Rovia con Millicent sería lo mejor que me pudiera pasar en la vida o una especie de pesadilla atroz.

De hecho, ni siquiera sabía si Millicent terminaría de verdad yendo allí. Hasta donde sabía, su plan era escapar de nuevo.

Quizás escapar con Cyril.

Lo mejor era no pensar en eso.

Ya casi estábamos en el muelle.

—¿Quién cuida de ti aquí?

—Tengo un tío.

—¿Sí...? Me gustaría hablar con él.

Lo primero que pensé fue que nada bueno podía salir de ese encuentro.

—No creo que deba —dije—. Es Quemadura Healy.

Ella contuvo la respiración, sorprendida.

—¿De verdad?

Asentí con la cabeza.

—No te creo.

Palo, el cocinero del *Timo*, caminaba cojeando con su pata de madera a menos de diez metros de donde estábamos.

—¡Palo! —le grité—. ¿Quién es mi tío?

—¡El capitán Healy! —respondió—. ¿Por qué?

—¡Por nada! ¡Gracias!

—Santo cielo —musitó la señora Pembroke, que después de eso permaneció en silencio durante un rato.

Cuando llegamos al muelle en que el barco de Amanecer estaba atracado, los sirvientes pusieron en el suelo el baúl en el que llevaba el equipaje para que nos sentáramos sobre él. Luego ella les dio dinero para que fueran a comprarnos algo de comer en la panadería. Insistió en pagar a pesar de que le dije que podía cargarlo a la cuenta de mi tío y haciendo caso omiso de mi advertencia de que si exhibían las monedas en público era posible que se las confiscaran.

No obstante, los sirvientes se las arreglaron para conseguirnos un poco de queso y pan de mermelada sin que los soldados les quitaran el dinero, y comimos en silencio, sentados en el baúl.

Ella estuvo todo el tiempo mirándome por el rabillo del ojo, lo que me hacía sentir incómodo. Me hubiera gustado decirle que dejara de hacerlo, pero no quería ser irrespetuoso.

Una vez que terminamos de comer, el silencio resultó todavía más incómodo. Ella no paraba de juguetear con sus dedos (en los que no había ningún anillo, lo que era extraño, pues mientras viví en la Mansión en las Nubes, sus manos siempre estaban llenas de ellos) y yo comprendí que se estaba preparando para echarme algún tipo de discurso.

—Quiero que sepas —empezó por fin— que Millicent se preocupa mucho por ti, muchísimo.

«Pero.»

Fue así como lo dijo. Con un enorme e impronunciable pero al final.

Y después del pero venía Cyril.

—Cuando tienes la edad que tienes, los sentimientos entre los chicos y las chicas pueden ser muy...

—No tenemos que hablar de eso —dije.

«O terminaré muy enojado.»

—Yo solo quiero que sepas...

—No, de verdad. Por favor.

Silencio.

—¿Qué planeas hacer ahora?

«Liberar a los esclavos de esa mina.»

Me encogí de hombros.

—¿Volverás a Bochorno? ¿Te quedarás aquí?

No tenía ni idea. De hecho, no había pensado nada al respecto.

—¿O te enviará tu tío a la escuela?

Asentí con la cabeza porque sabía que eso era lo que quería oír.

—Sí. Iré a la escuela. Tan pronto como sea posible.

—Solo prométeme una cosa: que no te convertirás en un pirata.

—No lo haré —dije.

—¿Me lo prometes?

—Sí.

—Muy bien. —Me puso una mano detrás y me frotó la espalda con suavidad—. Y si alguna vez te sientes tentado, solo tienes que recordar que a tu madre no le hubiera gustado.

Pensé en ello.

—¿Conoció usted a mi madre? —le pregunté.

—No... —dijo.

Y me atrajo hacia ella rodeándome con el brazo. Pretendía consolarme, pero el abrazo aumentó mi incomodidad. Quería liberarme.

—Pero —continuó— conozco suficientes madres para estar segura de ello. Ella habría... —Hizo una pausa, respiró hondo y dejó escapar un suspiro—. Ella habría querido que tú fueras feliz. Y que tuvieras la oportunidad de ser sencillamente un chico. No que te vieras obligado a crecer antes de estar preparado. Todas esas cosas que ocurrieron...

Por su voz me pareció que empezaba a llorar, pero yo apenas la escuchaba.

Me había distraído pensando en mi madre. ¿Cómo podía saber lo que ella quería para mí? Yo ni siquiera sabía cómo era.

—Nada de eso debería haberte pasado —dijo la señora Pembroke—. Tú solo eres un niño. ¡Eso no estuvo bien! No fue justo...

Para entonces ya estaba llorando a mares y me agarraba como si se estuviera ahogando. No sin esfuerzo liberé el brazo para poder palmearle la espalda.

—Está bien —dije—. Hay muchas cosas que no son justas. No debe dejarse agobiar por todo eso.

Siguió llorando hasta que subió al barco y se marchó. Y no dejó de disculparse conmigo, incluso a pesar de decirle una y otra vez que ella no había hecho nada malo. Hice lo mejor que pude para hacerla sentir bien y decirle lo que ella quería oír, pero eso no pareció servir de nada.

Y me distraía. Yo solo quería quedarme a solas para poder pensar. Sin embargo, cuando por fin abordó el barco, yo ya no tenía energía para pensar en nada.

Una vez que el barco zarpó, caminé colina arriba hasta la casa del señor Dalrymple para reunirme con los demás. Millicent estaba más que agradecida e intentó abrazarme, por desgracia yo ya había tenido suficientes abrazos para el resto del día. Y no quería hablar acerca de lo ocurrido.

Estaba hecho polvo. Vacío. Sentía como si me hubieran retorcido y exprimido, como si fuera un trapo usado para limpiar un desastre que alguien hubiera luego estrujado con demasiada fuerza.

El señor Dalrymple se encontraba en medio de una lección, lo que fue un alivio, pues pudimos retirarnos discretamente sin tener que responder a ninguna pregunta acerca de nuestros planes. Volvimos a la ciudad y pasamos el resto de la tarde reuniendo los suministros y, después, haciendo hondas en la habitación del hotel.

Con una sola mano, el Tripas no podía coser, así que salió, consiguió una guitarra y regresó. Estuvo tocando para nosotros mientras trabajábamos. Normalmente escucharlo tocar la guitarra me habría hecho sentir feliz.

Y la forma en que Millicent se portó conmigo (esforzándose por hacerme reír, ofreciéndome su sonrisa perfecta al tiempo que, por lo general, ignoraba a Cyril) también debería haberme puesto de buen ánimo.

Pero no fue así. A medida que el día avanzaba, el vacío que sentía fue en aumento y los intentos de mis amigos por levantarme el ánimo solo hicieron que me sintiera todavía peor, hasta que finalmente, hacia la hora de la cena, me decidí a dejarlos y salir a caminar solo.

Estuve un rato caminando por las calles, preguntándome de dónde había salido ese agujero que sentía dentro de mí y qué tenía que hacer para llenarlo.

Intenté comer, pero en realidad no tenía apetito, así que continué caminando hasta que los pies terminaron llevándome a una taberna y a la mesa en la que mi tío era el centro de atención.

Sonrió con suficiencia cuando me vio llegar.

—¿Vienes a por el resto del dinero?

—No —dije—. Solo estoy aquí para sentarme.

La sonrisa de suficiencia se transformó en una sonrisa a secas. Se puso de pie.

—En ese caso —dijo—, ven conmigo. Conozco un lugar mejor.

EL CHICO DE JENNY

Healy me condujo a través de una serie de calles serpenteantes hasta las colinas que había encima de la fortaleza, donde las casas estaban retiradas de la carretera y tan apartadas unas de otras que el lugar era más bosque que ciudad. De no haber sido por la luz de la luna, habríamos necesitado una antorcha para iluminar el camino.

—Y, bien: ¿cómo va el plan? —me preguntó mientras caminábamos, y sentí un revuelo nervioso en el estómago.

—¿Qué plan? —dije.

—El de liberar a los esclavos en Amanecer —respondió—. Es por eso que querías todas esas cosas, ¿no es así? La cuerda y las agujas de zurcir: ¿estáis haciendo hondas? Y los remos son para escapar, supongo.

—¿Quién te lo ha dicho?

—Lo adiviné. Soy listo para esas cosas —dijo. Y también debió de adivinar lo que yo estaba pensando justo entonces porque se apresuró a añadir—: No te preocupes. No voy a intentar detenerte.

Eso me dejó pensando un momento.

—¿Por qué no?

—Porque no soy tu padre. Y tampoco soy tu salvador. Mi función no es protegerte de tu propia insensatez.

—¿Crees que es un plan insensato?

—¿Sinceramente? Creo que va a ser una carnicería.

Eso me causó tal preocupación que decidí exponerle todo el plan de forma tan detallada como lo habíamos concebido. Luego le pregunté si seguía pareciéndole que iba a ser una carnicería.

—Es difícil saberlo —dijo—. Es obvio que os habéis esforzado bastante por pensar el modo de evitarlo. Pero si hay algo que la experiencia me haya enseñado es que ningún plan termina saliendo como esperas: siempre surge alguna complicación. Y me pregunto si te has detenido a pensar si la gente a la que quieres salvar de verdad se lo merece.

—¿Qué quieres decir?

—Quiero decir que los okalu no son precisamente puros como el lino mandaro.

—Nadie merece ser esclavo.

—No. Pero todo el mundo los tiene.

—No, no todo el mundo.

—Sí, por desgracia: todo el mundo.

Pensé replicarle que los cartaginos no, pero entonces recordé la historia que él me había contado y la letra C marcada a fuego en su espalda, y me contuve.

—La esclavitud es ilegal en Rovia... —dije finalmente.

—Sí. Mira lo bien que funciona esa prohibición.

—Pero eso es precisamente... Bueno, los okalu sí que no tienen esclavos.

—¿No? Cuando estuviste en las Nuevas Tierras, ¿no viste por casualidad los templos okalu?

—Sí.

—Son realmente impresionantes, ¿verdad? Auténticas montañas. Hechas por el hombre. ¿Crees que las construyeron con trabajo voluntario?

Nunca antes había pensado en ello. Y eso hizo que me enfadara.

—¡Tú no sabes si emplearon esclavos! ¡Tú no estabas ahí!

—No. Pero los demás nativos sí. ¿Le preguntaste alguna vez a un moku por qué su tribu odia tanto a los okalu? ¿O a un fingu o a un flut? ¿Te preguntaste alguna vez por qué hace un siglo, cuando los cartaginos llegaron por primera vez a las Nuevas Tierras, las demás tribus se desvivieron por ayudar a un montón de extranjeros de orejas chistosas y cara pálida a destruir el Imperio okalu? ¿Te preguntaste cómo fue que se convirtieron en un imperio, para empezar?

Tenía ganas de gritar. Mi tío sonaba como Cyril.

—Y entonces, ¿qué? ¿Los okalu sí que merecen ser esclavos?

—Cálmate, ya te he dicho que no. Solo estoy señalando... —suspiró—, como al parecer hago cada vez que hablamos, sin que por lo visto te entre en la cabeza... que el mundo es muchísimo más complicado que el rollo del bien y el mal. Y vale la pena que lo sepas antes de que corras y arriesgues tu vida para salvar a una gente que ni siquiera conoces... ¡Maldición!

Habíamos llegado a un cruce. Healy se detuvo en medio, la cabeza rotando de un lado a otro de la carretera.

—Creerás que me acuerdo... Realmente debería venir aquí arriba más a menudo.

—¿Qué estamos buscando?

—Ya lo verás.

Finalmente, eligió un camino. Lo seguí.

—No lo hago solo por salvar a los okalu —dije—. Lo hago porque es la mina de plata de Pembroke.

—Ahhh... He ahí un motivo que entiendo.

—Hoy estuve acompañando a su esposa.

—¿En serio? ¿Qué pasó?

—Vino a la ciudad buscando a la hija. Tuve que convencerla de que regresara a Amanecer.

—Eso debió de ser bastante incómodo.

—Sí, realmente lo fue.

Seguimos caminando.

—Ella dice que va a dejarlo. Que ella y Millicent nunca volverán a verlo.

—No puedo decir que las culpe.

—¿Crees que eso le duele? A Pembroke, quiero decir.

Él pareció pensarlo.

—Sí. Creo que sí. Pero probablemente no tanto como a otros hombres. Tiene los ojos puestos en un premio más grande. Es lo que siempre hace Reggie.

—¿Por qué lo llamas Reggie?

En lugar de responder, lo que hizo fue plantearme otra pregunta.

—A estas alturas Li Homaya ha tenido tiempo de sobra para recuperar Pella. ¿Crees que lo hizo?

—No lo sé —dije—. ¿Qué piensas?

—Todo depende de la calidad de los hombres que tenga a su mando. La mayoría de los cartaginos con los que tuvimos que vérnoslas en Pella eran gordos y flojos. Tal vez fuera porque él se había llevado a sus mejores hombres... Si fue así, es posible que lo haya conseguido.

Eso hizo que se me ocurriera algo en lo que no había pensado antes.

—Si lo logró, ¿crees que Pembroke puede estar muerto? ¿Que esté muerto ya?

—Creo... que un hombre como Roger Pembroke tiene un auténtico talento para la supervivencia.

Hacía un rato había aparecido a nuestra derecha un muro alto de ladrillo que corría paralelo a la carretera. Justo delante de nosotros, en medio del muro, vi una amplia verja de hierro.

—¡Ah! Por fin hemos llegado. —Mi tío hurgó en el bolsillo hasta encontrar una llave, que usó para abrir la verja.

Más allá de ella, un camino de entrada flanqueado de árboles conducía a una casa de ladrillo rojo casi lo bastante grande como para clasificarla como mansión. Healy sacó una segunda llave y abrió la puerta principal.

Dentro era imposible ver nada.

—Aguarda... Debe de haber un candelabro en alguna parte...

Estuvo un rato tropezando y golpeándose en la oscuridad hasta que por fin oí rascar una cerilla. La cara de mi tío reapareció iluminada por la llama. Llevaba en la mano un candelabro de cinco brazos, y una vez que encendió todas las velas, me ofreció un breve recorrido por el lugar.

Era una casa magnífica, repleta de espacios grandiosos, todos los cuales estaban extrañamente vacíos. Aparte de la pequeña mesa del recibidor en la que estaba el candelabro y de una única silla junto a la chimenea en la sala de estar, no había ningún mueble en toda la casa.

—Supongo que debería comprar algunas cosas uno de estos días —dijo Healy—. Ven, vamos a ver el jardín. Es lo que me convenció de comprar la propiedad.

En la parte posterior de la casa, unas puertas de vidrio se abrían a un patio trasero tan ancho como el edificio. Debajo de él, se extendían varias hectáreas de un prado salpicado de setos bajos y parterres de flores cortados por senderos para caminar.

Nos sentamos en la parte alta de la escalera y miramos los jardines iluminados por la luna.

—Es hermoso —dije.

—Y es todavía más bonito cuando hay sol y puedes verlo de verdad —dijo—. Le pago a un hombre para que cuide de los parterres. Para el par de tardes al año que se me ocurre pasar por aquí, un gasto innecesario, supongo. No obstante, después de todo este lío con el banco, tengo la impresión creciente de que ha sido una sabia inversión.

—De verdad deberías tener algunos muebles —dije.

—Lo sé... Lo que pasa es que detesto ir de compras, creo. Bueno, eso y que... no sé cómo se me metió en la cabeza que un día conocería a la mujer indicada y sentaría cabeza. Y que cuando lo hiciera, sería inevitable que ella quisiera redecorar la casa, de modo que lo más inteligente era esperar y dejar que ella se encargara de comprar los muebles.

»El problema fue que nunca encontré a esa mujer. Es tremendamente difícil conocer mujeres en mi trabajo. Tienden a salir corriendo y dando alaridos cuando me acerco. No sé por qué. Tal vez tengo mal aliento.

En mi cabeza brotó una imagen que me hizo sonreír. Pero no sabía si debía o no hablar de ello en voz alta.

—No... —dije finalmente—. Creo que es tu cara.

Healy se rio.

—Tienes buen ojo, hijo. ¿Qué tal se te da comprar muebles?

—No lo sé. Nunca lo he hecho.

—Tienes suerte. Es lo peor.

Decidí que era un buen momento para la pregunta que había ido a hacerle.

—¿Cómo era mi madre?

—Me preguntaba cuándo aparecerías preguntando eso... —Se echó hacia atrás, apoyándose en los codos mientras seguía mirando las sombras del jardín—. Mi hermana, Jenny... era cálida como el fuego... divertida como un bufón... y dura como un clavo. ¿Qué te dijo tu padre acerca de ella?

—No mucho —contesté—. No le gustaba hablar sobre ella.

—Sabes por qué, ¿verdad?

—Sí. Se ponía triste, creo.

—Lo suyo era más que tristeza. Tenía el corazón roto. Él amaba a tu madre hasta la locura. Y cuando murió, nunca logró recuperarse... Formaban una pareja extraña, en cierto sentido. No estoy seguro de que él entendiera uno solo de los chistes que ella hacía. Pero no la quería menos por eso. Y en cuanto a ella... creo que el resto de cualidades de tu padre compensaban con creces el hecho de que no fuera precisamente el ingenio más afilado.

—¿Cualidades como cuáles?

Pensó un momento antes de responder.

—La confianza. Eso era algo muy importante para ella. Ella sabía que tu padre era un hombre de buen corazón y que estaría a su lado pasara lo que pasase. Y él lo hizo. Incluso después de que ella muriera, se mantuvo a su lado... fiel a su locura de la plantación.

—¿Qué quieres decir? Siempre pensé que la plantación era de mi padre...

—No. Todo fue idea de ella. —Sofocó una risa—. Intentar cultivar pomelo a la sombra de un volcán... Al principio pensé que era otro de sus chistes. Pero no, hablaba completamente en serio. Estaba de verdad convencida de que con suficiente trabajo duro y fuerza de voluntad podía levantar un negocio legítimo en una isla repleta de piratas. Y supongo que funcionó, en cierto modo.

—No sé cómo de bien estará funcionando ahora —dije, pensando en Adonis y el lío que le había dejado en Bochorno.

Entonces supe que tenía que cambiar de tema con rapidez, antes de que el sentimiento de culpa clavara sus garras en mí.

—¿Era divertida?

—Muy divertida.

—¿En qué sentido?

Le tomó un tiempo responder.

—En el sentido de que... era capaz de hacer que un chico que había sido separado de sus padres... encadenado... y obligado a trabajar hasta estar medio muerto... siguiera sintiendo que, pese a todo, valía la pena vivir. Y que si no nos rendíamos, podíamos esperar un futuro mejor. —Se detuvo para limpiarse los ojos—. Oh, ahora me he puesto sentimental.

—¿Qué aspecto tenía? He tratado de imaginármela, pero no lo consigo.

—Pelo castaño. Ojos marrones. La boca... un poco torcida, tal vez. Más bien plana, para ser franco. Por supuesto, era su hermano, así que quizá poseía alguna belleza física que yo sencillamente era incapaz de apreciar. Y sin duda tuvo una buena cantidad de hombres rendidos a sus pies. Pero no por su aspecto. Los extraños pasaban a su lado sin mirarla dos veces. Era solo si se detenían a hablar con ella que estaban en problemas. Ahí era donde residía su magia.

»Hubo un chico en particular. Un poco mayor que los dos, y galante como el que más. La clase de chico que los demás chicos quieren ser y con el que las chicas quieren estar. Podía haber elegido a cualquiera, pero eligió a tu madre. Iban a casarse. Pero entonces él se metió en un negocio feo y ella lo dejó.

Se rio. Fue una risa corta, sorprendida.

—¡Es de ahí de donde lo sacaste! De ella.

—¿Saqué qué?

—Ese sentido del bien y el mal tan terco como una mula. Tu madre lo tenía dentro. Quizá demasiado... Pasó los últimos cinco años de su vida intentando convencerme de que dejara la piratería y odiándome cuando no lo hice. —Hizo una mueca—. Así era ella. Todo o nada. Era mi persona preferida en el mundo... y terminó negándose a hablarme. Y luego fue y se murió sin siquiera decir adiós. —Healy alzó la mirada al cielo—. Bueno, Jenny, finalmente vas a ver hecho realidad tu deseo.

Tardé un momento en darme cuenta de lo que eso significaba.

—¿Vas a dejar la piratería?

—Tengo que hacerlo. He perdido mi toque. Quiero decir, mírame: paso por encima de mi tripulación, dejo escapar al Destripador... Ni siquiera consigo encarrilarte —dijo negando con la cabeza—. Es hora de dejarlo. Eso sí: tendrás que guardarme el secreto, ¿no? No se lo he dicho a nadie aún. Tengo que sacar el dinero de ese banco infernal antes de hacerlo oficial, o de lo contrario me darán largas hasta el fin de mis días.

—¿Qué harás? Quiero decir, una vez que te retires.

—No lo sé. —Se volvió a mirar por encima del hombro la gran casa que estaba a nuestras espaldas—. Comprar muebles, supongo. O no. Es una idea un poco deprimente: sentarme aquí todo el día a ver crecer las flores.

Ambos estuvimos en silencio durante un rato.

—Siempre podrías ayudarme a liberar a unos cuantos esclavos —propuse, intentando que pareciera que lo decía en broma. Aunque no era así.

Healy se rio entre dientes.

—Lo siento, chico. Pirata o no, no soy el héroe de nadie. No voy por ahí salvando gente por tener un exagerado sentido del bien y el mal.

Pensé en ello.

—¿Entonces por qué me salvaste a mí?

—Era mi obligación —dijo—. Eras el chico de Jenny.

Me miró sonriendo y durante un instante pensé que quizá podría hacerle cambiar de parecer.

—Y se lo debía a ella —añadió—: darte la oportunidad de cometer los mismos estúpidos errores que ella habría cometido.

Entendí que no había forma de hacerle cambiar.

Él solo me iba a salvar una vez. El resto dependía de mí.

HUMO

Pasamos los dos días siguientes preparándonos (comprando suministros, cosiendo hondas, amarrando lotes de remos largos a la cubierta de la balandra de Cyril) e incluso considerando el temor y la incertidumbre acerca de lo que nos proponíamos hacer, podrían haber sido dos días muy agradables. El trabajo no era arduo, estaba con mis amigos, la comida era abundante, las camas del hotel eran de primera... y la inflamación de la muñeca herida por fin se redujo al punto de que dejó de dolerme y pude quitarme la tablilla.

No obstante, me sentía abatido. Y todo por el lío entre Millicent, Cyril y yo. Cada vez que la veía hablar con él no podía evitar aguzar el oído y sufrir un bajón tremendo si lo que oía me daba la impresión de que ambos lo pasaban bien en compañía del otro.

Y cada vez que Millicent y yo hablábamos, Cyril hinchaba el pecho y cacareaba como un gallo para recuperar la atención de ella.

Pronto, ella debió de decidir que le iba mejor evitándonos

a ambos y empezó a pasar todo el tiempo con Kira. Hablaban entre sí en susurros y entonces veía que una de ellas entornaba los ojos y yo llegaba a la conclusión de que se reían de mí. O quizá de Cyril. Pero probablemente de mí.

Y lo que hacía la situación todavía más exasperante era que además de que era imposible hablar con Millicent a solas, tampoco era posible hacerlo con Kira, algo que necesitaba con urgencia, para poder interrogarla acerca de las intenciones de Millicent.

El Tripas pensaba que nos estábamos comportando como idiotas y no tenía inconveniente en decirlo un par de veces cada hora. Lo que solo servía para que el resto nos enfadáramos y nos pusiéramos a la defensiva.

Y entonces zarpamos hacia Amanecer y todo fue aún peor, porque ahora estábamos apretujados en la balandra sin escapatoria posible, y Cyril empezó a dar órdenes a todos como si él fuera el capitán. Es verdad que, en cierto sentido, eso era lo que tenía que hacer, pues salvo Millicent, los demás éramos prácticamente inútiles en cuestiones de navegación a menos que hubiera cañonazos que tapar; pero, por desgracia, eso no hacía menos molesto estar recibiendo sus órdenes.

—Lo odio —le susurré al Tripas la primera noche, mientras intentábamos dormir echados entre dos pilas de remos cerca de la proa—. Si vuelve a darme clases una vez más sobre cómo arrizar una vela...

—¿Quieres pegarle un tiro? Tengo una pistola.

—¿Has traído una pistola?

—He traído cuatro —respondió—. No tengo ni idea de cómo usar una honda.

—Tampoco podrás usar cuatro pistolas. No a la vez.

—He traído de más por si alguien quería una.

—No, gracias —dije. Independientemente de lo que ocurriera, no podía imaginarme disparándole a otra persona.

Ni siquiera a Cyril.

La segunda noche llovió con suficiente intensidad como para obligarnos a todos a dormir bajo cubierta, apretujados en el camarote; y poco antes del amanecer, cuando me desperté con el pie de alguien en la cara y sin el golpeteo de las gotas de lluvia encima de la cabeza, decidí trasladarme a la cubierta.

Estaba a punto de ir a echarme en mi lugar habitual entre las pilas de remos cuando oí una voz susurrar a mis espaldas.

—Buenos días.

Era Millicent. Estaba hecha un ovillo como un gato en la cabina de mando.

—Hola —dije.

Ella estiró las piernas y se sentó, dejando espacio suficiente para que yo me sentara a su lado.

Yo no esperé a que me invitara. De hecho, me moví tan rápido que tropecé y casi caí en su regazo.

—Cuidado...

—Lo siento...

—No pasa nada.

Ella bostezó, estiró los brazos y luego los cruzó sobre el pecho, abrazándose con fuerza para darse calor.

—¿Tienes frío?

Ella asintió con la cabeza, de modo que le pasé un brazo por la espalda. Sinceramente esperaba que me rechazara, pero en lugar de ello se acurrucó tan cerca de mí que unos cuantos mechones de su pelo me hacían cosquillas en la cara.

Estar tan cerca de ella bastaba para hacerme sentir satisfecho y en paz desde la cabeza hasta la punta de los pies, como si alguien me hubiera tapado con una manta caliente.

Eso era todo lo que quería en la vida, en realidad. Estar así, tan cerca de ella.

Y solo esperaba que los demás no fueran a despertarse demasiado temprano y arruinaran el momento.

—No falta mucho —dijo ella—. Estaremos allí por la noche.

Ella ladeó la cabeza y me miró.

—¿Tienes miedo? —preguntó.

—En realidad, no —dije, lo que era cierto: había vivido tantas experiencias terroríficas durante los últimos dos meses que lo que teníamos por delante no me parecía particularmente peligroso.

—¿Y tú? —le pregunté.

—Estoy aterrorizada —contestó. Eso me sorprendió: ya antes había tenido ocasión de ver a Millicent sentirse insegura, pero lo cierto es que nunca hasta entonces la había oído reconocerlo.

—No tienes de qué preocuparte. Si las cosas salen mal, abandonamos el plan. —Si eso ocurría, yo iba a necesitar escapar de Amanecer a toda prisa, pero eso era algo que no me preocupaba demasiado gracias en gran parte a mi tío. El día antes de nuestra partida me había buscado en el muelle y me había puesto un pequeño saco de monedas de oro en la mano.

—Si te ves en apuros, cómprate un pasaje de regreso aquí —me dijo—. Si alguien te da problemas, hazle saber que terminará con Quemadura Healy rajándole la garganta.

—¿Crees que eso funcionará? —pregunté—. En Amanecer, quiero decir.

Él asintió con la cabeza.

—Confía en mí. Al lacayo estándar de Pembroke no le sobra valor, en especial si su amo anda haciendo el tonto en las Nuevas Tierras.

Millicent, en cambio, no había recibido ninguna promesa similar, y la preocupación le hacía arrugar las cejas mientras consideraba mis palabras.

—No sé. Incluso si las cosas no salen mal... una vez que liberemos a los esclavos, la situación no va a ser muy agradable para mí en Amanecer.

Eso era algo en lo que yo no había pensado. Para el Tripas, Kira y yo, eso era irrelevante: permanecer en Amanecer más allá del tiempo necesario no entraba dentro de nuestros planes. Pero la isla era el hogar de Millicent. O lo había sido.

—¿No viajarás a Rovia con tu madre? —le pregunté.

Ella suspiró.

—Imagino que sí. ¿Y tú? ¿Qué harás cuando todo esto haya terminado?

Pensé en ello.

—El Tripas quiere buscar el tesoro del Rey del Fuego en Bochorno. Y le prometí a mi hermano que volvería y le ayudaría a llevar la plantación.

—¿Es eso lo que quieres? ¿Volver a la plantación?

—No.

—Entonces no lo hagas. Deberías hacer lo que quieres hacer.

—No siempre funciona así —le dije.

—¿Por qué no?

—A veces lo que quieres no es posible.

—Tonterías —dijo ella—. Tú solo tienes...

—Tu madre me propuso que fuera Rovia —dije sin pensar. Ella volvió la cabeza hacia mí con rapidez y luego, casi con igual rapidez, apartó la mirada.

—¿Te gustaría que lo hiciera? —le pregunté.

—Vaya: ¡qué madrugadores!

Era Cyril, que prácticamente salvó de un salto los escalones del camarote para aterrizar delante de nosotros.

Millicent se apresuró a retirarse discretamente de mi abrazo.

—¿Te gustaría? —volví a preguntarle.

Ella se puso de pie.

—Deberíamos empezar a hacer el desayuno...

—Millicent.

—¡No lo sé! —Sin volverse a mirar, esquivó a Cyril y bajó al camarote.

Él me ofreció una mueca de disculpas tan fingida como casi todas sus sonrisas.

—Lo siento. ¿He interrumpido algo?

Me habría pasado el resto del día pensando melancólico en Millicent si esa misma mañana no hubiera aparecido en el horizonte algo mucho más inquietante. La neblina que había dejado tras de sí la lluvia de la noche anterior se despejó para revelar enfrente de nosotros el pico gris azulado del monte

Majestad. Unas cuantas horas más y llegaríamos a la costa de Amanecer.

—Mirad esa extraña nube —dijo Kira, mirando con los ojos entrecerrados el cielo meridional más allá de la montaña.

La nube se alzaba en la distancia como un árbol doblado por el viento, con un tronco largo e hinchado que se hacía más ancho a medida que ascendía hasta extenderse por el cielo a lo largo de kilómetros. El color era tan inusual como la forma: la nube era en su mayoría blanca, pero estaba salpicada de manchas de color gris oscuro.

Sentí un vacío repentino en el estómago al comprender qué era lo que estaba mirando.

—No es una nube —dije—. Es el volcán.

El volcán de Bochorno estaba entrando en erupción.

O acababa de entrar en erupción.

O estaba a punto de entrar en erupción.

No sabía qué. Había crecido en el lomo de ese volcán, viéndolo eructar y bufar y echar humo cada tanto durante trece años. Pero nunca había visto nada como ese penacho. Eso era algo completamente diferente.

El resto del día lo pasé preocupado por mi hermano y los piratas de campo, viviendo todos los escenarios posibles en la cabeza.

«Tienen tiempo para marcharse. No tienen tiempo. Tienen tiempo, pero no barco. No necesitan marcharse en absoluto.

»La situación solo es mala en apariencia. Es tan mala como parece. Es peor de lo que parece. Todos murieron al instante. Ninguno ha muerto. Sufrieron dolores inimaginables. No han sufrido en ningún momento. No es más que un incordio pasajero.

»La casa ha quedado destruida. La casa ha quedado enterrada. La casa se ha derretido en un mar de lava. La casa está bien.

»Todos están bien.

»Todos están muertos.

»Adonis nunca me perdonará. A Adonis le encantará volver a verme.

»La casa está hecha un desastre y tengo que ayudar a limpiarla.»

A medida que nos acercábamos, el penacho se fue haciendo cada vez más grande. Hacia el final de la tarde, justo cuando por fin veíamos los acantilados de la costa de Amanecer, empezaron a aparecer inquietantes hilos marrones en la columna de humo blanca y gris.

—Hasta aquí llegó el plan de encontrar ese tesoro —murmuró el Tripas.

—Cállate, Tripas —le dijo Millicent con aspereza.

Ella y Kira se habían pasado toda la tarde diciéndome que no debía preocuparme, que todo iba a salir bien, que tal vez los volcanes lanzaban océanos de humo de cuando en cuando sin entrar en erupción y que no debía sacar conclusiones precipitadas.

En otras circunstancias les habría dicho que no se preocuparan por mí. Pero toda la atención que me dedicaba Millicent estaba volviendo loco a Cyril y, a pesar de la situación, no pude evitar aprovecharme un poco de eso para hacerlo sufrir. Al final, se limitó a adoptar la que en su opinión debía de ser una postura de aspecto heroico y se sentó en la caña del timón, la espalda rígida y la mirada fija en el horizonte, mientras el resto lo ignorábamos.

Estaba haciendo una personificación tan buena de Lotario *el Solitario* que empecé a preguntarme si era posible que también él hubiera leído *El trono de los antiguos*.

Había vuelto a concentrarme en el penacho que se elevaba hacia el cielo desde Bochorno cuando oí su voz.

—Hay más humo —dijo, en lo que, estoy seguro, debió de pensar que era un tono de voz muy grave y serio—. Viene de Amanecer.

Yo entorné los ojos. «Buen intento», pensé.

—Tiene razón —dijo el Tripas—. Mirad allá.

Dirigí la mirada del distante volcán a la isla que emergía ante nosotros. El monte Majestad estaba despejado, pero hacia el extremo oriental de la isla, flotando a baja altura en el cielo, había una mancha borrosa y negra.

Algo estaba ardiendo en Villa Dichosa.

Media hora más tarde, nos acercábamos a la costa frente al Punto Norte. Para entonces incluso yo me había olvidado del volcán de Bochorno.

El humo negro que salía de Amanecer se había difuminado en un primer momento, pero luego volvió a brotar en un lugar diferente, más denso y oscuro que antes. En ambas ocasiones, provenía de algún sitio de Villa Dichosa, pero los acantilados de la isla seguían impidiéndonos ver el puerto y era imposible saber con exactitud dónde era el incendio.

Según conjeturamos, había solo tres explicaciones posibles para lo que estábamos viendo. Un accidente. Los cartaginos. O Destripador Jones.

El hecho de que hubiera al menos dos incendios diferentes, en dos lugares distintos, parecía descartar el accidente.

Y por más que nos esforzábamos no se nos ocurría de dónde podría haber venido una invasión cartagina. La única base militar desde la que se hubiera podido navegar con facilidad hasta Amanecer era Pella Nonna. Pero incluso aunque Pembroke hubiera perdido la ciudad para entonces, mi tío había hundido todos los buques de guerra de Li Homaya.

Eso nos dejaba solo con el Destripador. Sin embargo, nadie quería debatir lo que eso podría significar, pues, pienso, todos estábamos deseando que no fuera cierto. Pese a todo el tiempo que habíamos dedicado a inventar un cuento sobre la invasión de la isla por parte de Destripador Jones, en ningún momento nos detuvimos a considerar qué podíamos hacer si el cuento terminaba haciéndose realidad.

Acabábamos de rodear el Punto Norte cuando se produjo la explosión, más sonora que un trueno. Casi al instante, una nube de humo negro se formó en el risco que dominaba el lado opuesto de la ciudad.

Había sido en la fortaleza meridional... o lo que quedaba de ella.

—Tuvo que ser el polvorín —dijo el Tripas—. Alguien quemó la pólvora.

La fortaleza septentrional empezaba a ser visible en el risco que se encontraba cerca de nosotros. También de ella salía humo, y aunque este era ralo e irregular ahora, el agujero que había en una de las murallas de la fortaleza indicaba que también allí le habían prendido fuego al polvorín.

—Vámonos de aquí —dijo Cyril, encaminándose a la cabina de mando.

—¡Dame el catalejo! —gritó el Tripas.

—¿Para qué?

—Dámelo.

Cyril le lanzó el catalejo antes de seguir hacia la caña del timón. El Tripas se puso el extremo delgado del catalejo entre los dientes para desplegarlo con la mano buena y luego inspeccionó el puerto.

—Es el Destripador —dijo—. La *Garganta Roja* está amarrada en el muelle del medio.

La balandra comenzaba a dar una curva cerrada para alejarnos de Villa Dichosa. Kira y yo nos encontrábamos a babor y ambos tuvimos que agacharnos cuando la botavara pasó rozando por encima de nuestras cabezas.

—¿Qué estás haciendo, Cyril? —le gritó Millicent.

—¡Regresando a Villa Edgardo!

—¡Espera: pensemos un momento!

—¡No hay nada en qué pensar! —le ladró él—. ¡Están prendiéndole fuego a la isla!

—¡Mi madre está en esa isla!

—¡Igual que toda mi familia! —le replicó Cyril, la voz subiendo hasta convertirse en un chillido—. Pero no podemos hacer nada.

—¡Bueno, hablémoslo!

Cyril no respondió. En lugar de ello, enderezó el rumbo de la embarcación y el Punto Norte se desplazó a babor cuando empezamos a apartarnos de Amanecer.

Millicent se volvió hacia el Tripas.

—¿Qué le hará Jones a la gente de la ciudad? Si cooperan, ¿los dejará en paz?

El Tripas negó con la cabeza.

—El Destripador no dejará a nadie en paz. Los matará a todos.

—¡Cyril, para! —gritó Millicent.

—¡No sabes si será así! —bramó Cyril en respuesta al Tripas.

—Sí que lo sé —dijo él—. He visto las incursiones del Destripador. No deja a nadie con vida.

—¿Ni siquiera a los okalu que están en la mina? —preguntó Kira.

—Ni siquiera a ellos.

—¡CYRIL! —Millicent estaba prácticamente encima de él—. ¡Tenemos que hacer algo!

Cyril apretó los dientes y respiró hondo por la nariz.

—Ya estamos haciendo algo. Volveremos a Villa Edgardo para pedir ayuda.

El Tripas negó con la cabeza.

—No tenemos tiempo. Tardaremos seis días yendo y viniendo. Un asalto como este no dura seis días.

Cyril miró fijamente al Tripas. Luego a Millicent.

Pero no hizo nada para cambiar el rumbo.

El Tripas me empujó para abrirse paso y desapareció en el camarote.

—Tenemos que hacer algo —chilló Millicent, dirigiéndose a Cyril—. Mi madre...

—¡Lo sé, lo sé! ¡Sé quiénes están en esa isla! —replicó él. Tenía la cara enrojecida. Parecía a punto de llorar. Pero seguía sin cambiar el rumbo.

—Tal vez... —empecé a decir.

Todos me miraron.

—Bochorno está a apenas tres horas —dije.

—¿Quién puede ayudarnos en Bochorno? —preguntó Kira.

Pensé en ello. La respuesta era nadie. Incluso si todavía quedaba alguien en la isla para entonces, no serían más que piratas de campo maltrechos. Y desarmados.

O piratas de verdad... los que probablemente preferirían ayudar al Destripador que luchar contra él.

Negué con la cabeza.

—Nadie.

—No hay nada que podamos hacer —dijo Cyril—. Tenemos que salvarnos nosotros.

Millicent se sentó junto a él.

—Cyril... —dijo con voz trémula—. No podemos limitarnos a escapar. Nuestras familias, nuestros amigos, todos...

—¡Millicent! —le espetó él—. ¡Esto te supera! ¡Estos hombres son asesinos! No eres invencible...

—Da la vuelta, Cyril —dijo ella, alzando la voz.

—No podemos hacer nada por ellos...

—¡Tenemos que hacerlo! —respiró hondo, intentando recuperar la calma—. Este es un momento... único en la vida. Y si no haces ahora lo que...

—¡Esto no es una especie de melodrama! —le ladró él—. ¡Esto es real!

—¡DA LA VUELTA! —gritó ella.

—¡NO SEAS TONTA!

—Mejor ser tonta que cobarde —le espetó ella.

Los ojos de Cyril ardían de furia. Millicent había cruzado el límite. No había marcha atrás con un insulto como ese.

Cyril se volvió a mirarnos a Kira y a mí, pero nuestras caras debieron de decirle que estábamos de parte de Millicent. Así que intentó tomárselo con humor, pero la risa le salió hueca y forzada.

—¿Piensas que puedes retarme para que haga lo que quieras? Eso solo funciona con los niños, cariño. Me temo que tendrás que intentar otra táctica.

—¿Qué tal esta?

Todos nos volvimos hacia la voz del Tripas. Estaba de pie, en la parte alta de la escalera del camarote, con una pistola amartillada en la mano apuntando a la cabeza de Cyril.

—Da la vuelta, Plumas.

CAPÍTULO 28

ANOCHECER

Es demasiado oscuro para maniobrar: nos estrellaremos contra las rocas. Tenemos que parar.

Estábamos acercándonos a la entrada de la cala secreta en la que los hombres de Pembroke amarraban el barco de esclavos. Era la primera vez que Cyril abría la boca en casi una hora.

—Encenderé el farol —dijo Millicent—. Lo pondremos en la proa.

—¿Y qué pasa si alguien lo ve? —La voz de Cyril temblaba. Estaba al borde del pánico.

—Si hubiera alguien por ahí —respondió ella—, también tendría un farol. Y entonces ya lo habríamos visto.

Se puso el farol en el regazo y estaba sacando una cerilla cuando Cyril estiró la mano para detenerla.

—No lo hagas —dijo. Parecía derrotado—. No aún. Nos las apañaremos con la luz de la luna hasta que estemos dentro.

En otras circunstancias, yo hubiera disfrutado mucho con su desdicha. En lugar de ello, sin embargo, lo que hacía era pensar en el mejor modo de levantarle el ánimo. Necesitábamos su ayuda.

Necesitábamos toda la ayuda que pudiéramos conseguir.

Y prácticamente desde que el Tripas le había apuntado con la pistola, había perdido toda su vitalidad. Hizo lo que se le dijo y condujo el barco alrededor de los acantilados que rodeaban Amanecer hasta que llegamos a la cala. Pero apenas si pronunció palabras, y eso a pesar de que el resto no habíamos hecho otra cosa que hablar durante las últimas dos horas, preguntándonos cómo se debió de producir la incursión pirata y qué podíamos hacer para ayudar a salvar a las víctimas.

Lo bueno era que nos habíamos librado de la fastidiosa sonrisita de superioridad.

Cuando el sol finalmente se puso, y el cielo se tiñó de esas sobrecogedoras tonalidades naranja quemado y rojo sangre que habrían sido hermosas si no parecieran anunciar el fin del mundo, yo lo agradecí, pues significaba que ya no tendría que seguir viendo la palidez del miedo en la cara de Cyril.

Ahora me preguntaba si no deberíamos haber dedicado algún tiempo a intentar alegrarle la cara en lugar de simplemente ignorarlo. Si no teníamos cuidado, ese miedo podía terminar haciendo que nos mataran.

—¿Hay algo que podamos hacer? —le pregunté—. Para que veas mejor, quiero decir. Podría ir adelante o...

—No. Solo rema despacio.

La vela estaba arriada. Kira y yo nos encontrábamos a cada lado del barco, los remos en el agua, mientras Cyril pilotaba desde la cabina de mando.

Vi la boca negra de la cala hacerse más y más grande a medida que flotábamos hacia ella, rezando para que Millicent tuviera razón y de verdad no hubiera ningún pirata esperándonos dentro.

Se suponía que nadie sabía de la existencia de la cala salvo Pembroke y los esclavistas que trabajaban a sus órdenes, pero habíamos concluido que los piratas debieron de seguir esta ruta antes que nosotros. Era la única explicación que tenía algún sentido. La isla Amanecer estaba rodeada por acantilados prácticamente en su totalidad: fuera del puerto de Villa Dichosa, no había otro lugar en el cual desembarcar salvo la cala.

Y si Destripador Jones hubiera intentado entrar con la *Garganta Roja* directamente al puerto, los cañones de las dos fortalezas lo hubieran pulverizado. El hecho de que ambas defensas hubieran sido asaltadas y volado por los aires implicaba que los piratas debían de haber contado con la ventaja de la sorpresa.

El Tripas creía que Jones había desembarcado en secreto a la mayoría de sus hombres en la cala y lanzado desde allí un ataque sorpresivo. A bordo de la *Garganta Roja* solo habría dejado a un puñado de marineros, apenas suficientes para llevar el barco hasta el puerto y poder cargar el botín en el muelle.

Y el Tripas suponía que el hecho de que los piratas hubieran volado los polvorines de las fortalezas justo cuando estábamos llegando significaba que el asalto apenas estaba empezando, lo que era bueno, porque implicaba que, con excepción de los soldados que hubieran tratado de resistirse, nadie habría muerto aún.

—Su forma de actuar —explicó el Tripas— es aplastar a cualquiera dispuesto a pelear. Luego reúne a toda la gente en un mismo lugar: la iglesia, el salón de reuniones o así. Los encierra y les mete miedo hasta volverlos *blun* para que si tienen algún botín escondido, le digan dónde. Después recoge el botín, lo carga en el barco... y los quema vivos antes de dejar la ciudad.

—¿Siempre lo hace así? —preguntó Millicent en un susurro.

—Casi *pudda* siempre, sí.

—¿Nunca tiene clemencia? ¿No le respeta la vida a la gente si coopera?

—No. Les dice que lo hará. Pero nunca lo hace —respondió el Tripas retorciéndose con fuerza—. Le gusta verlos arder.

Fue más o menos después de eso que Cyril dejó de hablar. No puedo culparlo. Tras el relato del Tripas, yo mismo estuve un tiempo discutiendo en silencio en mi cabeza acerca de la conveniencia de decirles a los demás que estaba de acuerdo con Cyril: que pensaba que debíamos dar media vuelta y regresar a Villa Edgardo, porque estábamos locos si de verdad creíamos que íbamos a lograr algo distinto de hacernos matar.

Pero los otros no pensaban de la misma forma.

—Una vez que averigüemos dónde tienen encerrada a la gente —dijo Millicent— quizá consigamos ayudarles a escapar.

—Mejor salvar a los que podamos por los bordes —dijo el Tripas—. Es una isla bastante grande, es probable que al principio se les hayan escapado unos cuantos lugareños. Lo que hay que hacer es asegurarnos de que se escondan. Al otro lado de la montaña, por ejemplo.

—Ahí es donde está la mina. Los piratas irán allí a buscar la plata.

—En otro lugar, entonces. La idea es que se queden escondidos hasta que el Destripador leve anclas. No tardará más de un día.

Millicent seguía empeñada en la idea de salvar a toda la población.

—Si encerraron a la gente en el salón de reuniones, no hay sino... dos puertas. En cambio, si lo hicieron en el gran salón comedor de la hostería El Pavo Real, quizá tengamos una oportunidad. Ese sitio tiene montones de salidas.

Mientras el Tripas y Millicent seguían hablando sin ponerse de acuerdo, miré a Kira. Guardaba silencio, concentrada en lo que estaba pensando, y yo en parte abrigaba la esperanza de que estuviera pensando lo mismo que yo.

Pero no era así. En absoluto.

—Tenemos que atenernos al plan... y liberar a los okalu —anunció en voz alta y con tal firmeza que el Tripas y Millicent se callaron en el acto y se volvieron para mirarla—. Tenemos que hacerlo —repitió Kira.

La aflicción era visible en el rostro de Millicent.

—Kira, mi madre...

—¡Los okalu son los únicos que pueden ayudar a tu madre! Si aún sigue con vida y los liberamos y los armamos con las hondas... ellos pueden detener a los piratas.

De inmediato supe que no tenía sentido proponer que diéramos media vuelta. Ninguna de las chicas, cada una por sus propias razones, apoyaría semejante idea.

—La pregunta es —le dijo Millicent a Kira—: ¿matarán los okalu a los piratas? ¿O, por el contrario, les ayudarán a matar a la población de Villa Dichosa?

Los ojos de Kira centellearon y abrió la boca para replicar. Pero la respuesta no llegó a brotar de sus labios, porque en ese instante asimiló la lógica de lo que Millicent estaba diciendo.

El Tripas se retorció y bufó.

—El Destripador no aceptará la ayuda de los nativos. En su opinión ni siquiera son personas.

—Entonces los okalu pelearán —dijo Kira—. De una u otra forma. Yo puedo hablar con ellos. Ellos me escucharán.

Por desgracia, ella misma no sonaba demasiado segura al respecto.

—¿Qué pasa si los liberamos y eso solo sirve para empeorar las cosas? —pregunté.

—Imposible —dijo el Tripas, negando con la cabeza—. Esto ya no puede empeorar más.

Oí a Cyril suspirar con fuerza. Y una vez más no podía culparlo.

Teníamos mil cosas de que preocuparnos, pero cuando la balandra llegó a la boca de la cala, todas se desvanecieron por el momento salvo una: ¿qué había dentro en la cala?

Lo mejor que podíamos esperar era que dentro estuviera el barco de esclavos de Pembroke (pues así los okalu tendrían un medio para salir de la isla si lográbamos liberarlos y ellos, de algún modo, se encargaban de los piratas y evitaban la masacre) y que no hubiera nadie, porque los piratas del Destripador nos matarían sin pensárselo dos veces, y porque aunque los esclavistas de Pembroke eran solo nuestro segundo peor enemigo en ese momento, no obstante, seguían siendo nuestros enemigos.

Tuvimos suerte. El barco de esclavos estaba atracado en la cala, bien amarrado y ocupando tanto espacio que a duras penas conseguimos maniobrar para atracar nosotros también.

Y no había nadie, o al menos no nadie vivo. Con rapidez trasladamos las pilas de remos de la balandra de Cyril a la cubierta del barco. Luego sacamos las abultadas mochilas con las hondas, tomamos las pistolas y la munición que el Tripas repartió y seguimos a Millicent por el arco bajo que conducía a la escalera labrada en la pared del acantilado.

En la base de la escalera ella se detuvo en seco por un momento. El pasaje era tan estrecho que no podía ladearme para ver qué era lo que la había hecho detenerse, de modo que no lo vi hasta que fue mi turno de pasar por el mismo sitio.

Era el cuerpo de un hombre, hecho un ovillo, como si estuviera durmiendo.

Solo que no estaba durmiendo.

Trepé por los escalones estrechos y húmedos tan rápido como pude, intentando no pensar en lo que acababa de ver. Ya la perspectiva del descenso mortal hacia el agua que tenía apenas unos centímetros a mi derecha me hacía sentir suficientemente mareado.

Acababa de llegar a la cima y estaba doblado, recuperando el aliento, cuando sentí una palmada en el hombro.

Era el Tripas.

—¿Le viste la cara? —preguntó.

—¿A quién?

—Al cadáver.

Negué con la cabeza.

—No, no miré.

—Era ese *porsamora* del barco de esclavos. Al que pateé en la cabeza.

Birch. El peor de los hombres de Pembroke. El que me torturó para sacarme el mapa en Pella Nonna.

Yo hubiera esperado sentirme contento, o al menos aliviado, al conocer que un hombre así de malo estaba muerto. Pero no fue así. Solo me sentí vacío.

Y no tuve tiempo de preguntarme por qué, pues entre los árboles se oían voces y avanzaban en nuestra dirección.

LA MINA

Todos nos quedamos petrificados en el acto. Las voces cesaron. Hubo un crujir de ramas y luego nada.

Oí el *clic* de una pistola amartillada. El Tripas.

Luego se oyó un lloriqueo sordo que no sonaba precisamente humano, seguido de un breve forcejeo que terminó en el aullido agudo de un perrito faldero.

Relajé los hombros con alivio. Los hombres del Destripador no tenían perritos falderos.

—¿Quién está ahí? —dijo Millicent en un susurro, dando un paso a través de la penumbra en dirección al sonido—. Salga. No le haremos daño.

—¿Eres tú, Millicent? —dijo una voz de mujer, estirada y sonora—. ¡Oh, querida!

—¿Señora Wallis?

Yo había conocido un poco a los Wallis las semanas que pasé en Amanecer. Vivían en una mansión que quedaba bajando de la montaña desde la casa de Millicent y tenían tres niños pequeños, todos tan chillones como su perro.

Los niños iban con ella, aterrorizados y en silencio, cada uno de la mano de tres criadas tan aterrorizadas como ellos.

—¿De dónde vienes, niña? —cacareó la señora Wallis.

—De Villa Edgardo —dijo Millicent—. Acabamos de desembarcar.

—¿Está el... desembarque cerca de aquí? —La mujer dijo «desembarque» en voz baja, con cierta vergüenza, como si la cala secreta de Pembroke no fuera algo que debiera mencionarse en compañía de personas educadas. Eso me hizo preguntarme si toda la operación esclavista era de verdad un secreto para la gente de Amanecer o si, por el contrario, era solo algo de lo que no se hablaba.

—Está allí abajo —dijo Cyril.

—¿Qué...? ¡Cyril Whitmore! ¡Mírate! ¿Estáis desembarcando justo ahora? ¿Juntos? ¿Y estos otros...? —La mujer miró al Tripas, a Kira y a mí como si no supiera si alegrarse o asustarse por nuestra presencia.

—No se preocupe por nosotros —dijo el Tripas—. ¿Dónde están los hombres del Destripador?

Las pestañas de la señora Wallis revolotearon al oír el nombre.

—¡Por todas partes! Fueron casa por casa... Si los niños y yo no hubiéramos estado merendando en la montaña, nos habrían capturado también. El resto de mis sirvientes no pudieron escapar, pobrecitos.

—¿Qué les hicieron?

—Se los llevaron a Villa Dichosa con los demás. Una vez que saquearon Campo de Madera... —Por razones que nunca entendí a la gente de Amanecer le gustaba ponerle nombre a sus casas—, y las demás casas de la ladera, se llevaron a todo el mundo a la ciudad. Los niños y yo nos escondimos en el bosque hasta que oscureció. Luego partimos para intentar encontrar el... la otra salida.

—¿Vio a mi madre? —le preguntó Millicent.

—No, querida. Pero...

—Pero ¿qué?

La señora Wallis apretó los labios y se abanicó la cara con la mano, aunque no estaba haciendo precisamente calor.

—¿Qué ocurrió? —volvió a preguntar Millicent.

Una de las criadas habló.

—La Mansión de las Nubes también fue saqueada, señorita. Nosotros lo vimos.

—¿Mi mamá... está viva?

La criada asintió con la cabeza.

—Debería estarlo. Metieron a toda la gente de la Mansión de las Nubes en una carreta y la enviaron a la ciudad.

La señora Wallis tomó el brazo de Millicent con su regordeta mano.

—No te preocupes, querida. Si coopera, no le harán nada.

—Eso era lo que decían los piratas —añadió una segunda criada—. Lo iban gritando por donde pasaban. Decían que si nos escondíamos, nos perseguirían como perros. Pero que si los acompañábamos de buena gana, no nos pasaría nada.

—Pensamos en salir del bosque e ir con ellos. ¿Creéis que cometimos un error? —preguntó la señora Wallis.

—No —dijo Millicent, negando con la cabeza—. Hizo lo correcto.

—Y nosotros vamos a sacaros de esta isla —anunció Cyril.

Todos nos volvimos a mirarlo fijamente. Él asintió con gesto grave.

—Es mi deber como caballero —dijo—. Las mujeres y los niños han de ser protegidos. Y hay suficiente espacio para todos nosotros en la balandra.

De repente había recuperado el valor. Gracioso que hubiera sido para lanzarse en una misión que implicaba dar media vuelta y marcharse.

—Vámonos. —Se volvió hacia las escaleras.

—Ellos pueden llegar al barco solos —dijo Millicent.

Él se volvió hacia ella.

—¿Qué?

—Nosotros vamos hacia la mina de plata.

Cyril la miró fijamente, con incredulidad.

—¡Millicent, tenemos que llevarlos a Villa Edgardo! ¡Tenemos que proteger a estas personas!

—Estarán a salvo mientras sigan escondidos. Son todos los demás los que necesitan protección.

Ella y Cyril se miraron a los ojos durante algunos segundos.

—Voy a cumplir con mi deber —anunció él.

—Nosotros también —dijo ella—. Dame esas hondas.

Él le entregó la mochila que llevaba. Luego le dio la espalda e hizo señas a la señora Wallis y los demás de que lo siguieran.

—Por aquí, por favor. Yo os mantendré a salvo.

La señora Wallis, desconcertada, clavó los ojos en Millicent.

—¿No vienes con nosotros, querida? —preguntó.

—No se preocupe, señora Wallis —contestó Millicent—. No correrá peligro mientras esté con Cyril.

Por la forma en que habló fue evidente, incluso para la atontada señora Wallis, que la frase no era un intento de tranquilizarla sino un insulto.

Millicent empezó a subir la montaña. El Tripas, Kira y yo la seguimos.

—¿Adónde van ellos? —Oí que preguntaba la señora Wallis.

—No tiene importancia —repuso Cyril mientras su voz se alejaba—. Aquí, permítame llevarle a su perro...

La luz de la luna no era suficiente para caminar de forma apropiada en el bosque, así que tomamos la carretera. Supusimos que si alguien más fuera por ella, llevarían faroles o antorchas, de modo que los veríamos mucho antes de que ellos nos vieran a nosotros.

Después de unos cuatrocientos metros, la carretera se alejaba de la costa y, abruptamente, empezaba a subir la montaña en zigzag. Millicent, que era la que marcaba el ritmo, avanzaba tan deprisa que pronto todos estábamos sudando pese a la brisa fresca de la noche.

De cuando en cuando, pasábamos miradores desde los que podíamos ver Villa Dichosa. Había unas pocas luces titilando en la ciudad, y las ruinas de una de las fortalezas todavía seguían ardiendo. Un par de veces oímos lo que nos pareció el eco de disparos lejanos.

Aparte de eso, el silencio era incluso excesivo.

Ninguno de los cuatro hablaba. No tanto porque tuviéramos miedo de hacer ruido sino porque ya no nos quedaba nada por hablar. Habíamos planeado lo que nos disponíamos a hacer tan bien como pudimos, pero ninguno, ni siquiera Millicent, tenía la más mínima idea de qué esperar cuando llegáramos a la mina.

Sin embargo, por debajo del silencio, mi cerebro no paraba de revolverse. Estaba bastante seguro de que lo ocurrido hacía solo un instante entre Cyril y Millicent echaba por tierra cualquier posibilidad de que llegaran a casarse o, incluso, de que siguieran siendo amigos. No obstante, no me entretuve demasiado dándole vueltas a eso. Había muchísimas otras cosas de las cuales preocuparme: la mina y la ciudad y los piratas y los nativos y las pistolas y las llaves —«¿Dónde están las llaves maestras? ¿Siguen en la mochila? Compruébalo para estar seguro»— y el barco y los remos y el cuerpo de Birch en los escalones y la señora Wallis con el perro y los niños y las criadas y la señora Pembroke con los piratas y mi hermano con el volcán y —«¿Qué hay de mi hermana? No he pensado en ella desde... ¿Y si los moku la han sacrificado? ¿Y si están a punto de hacerlo? ¿Quién la salvará? Soy un hermano terrible. Ni siquiera he movido un dedo para intentar... ¿POR QUÉ ESTOY PENSANDO EN ESTO AHORA? Vuelve a comprobar las llaves. ¿Y si se han caído de la mochila? No, ahí están»— y las explosiones en las fortalezas y los lugareños, todos condenados a morir si no hacíamos algo, y los piratas y el botín y la plata...

La plata.

—Los piratas se pondrán furiosos —le dije a los demás.

—¿Por qué?

—Prácticamente no queda plata en la isla.

—¿Cómo lo sabes?

—Oí al gobernador general decírselo a Healy. Cuando estábamos en Villa Edgardo. Les preocupaba que los cartaginos atacaran Amanecer si la invasión de Pella Nonna fracasaba, de modo que embarcaron toda la plata con antelación. Hace un par de semanas.

—No importa —dijo el Tripas—. Con plata o sin ella, el asalto terminará igual.

—¡Chist! —dijo Millicent, alzando una mano en señal de advertencia. Algo había aparecido delante de nosotros.

Era una caseta de vigilancia, puesta enfrente de una reja alta y abierta. Clavado en la caseta de vigilancia había un cartel grande:

COMPAÑÍA MINERA DE AMANECER
SOLO PERSONAL AUTORIZADO
LOS INTRUSOS SERÁN ENCARCELADOS

No había guardias que nos detuvieran, así que continuamos subiendo por la empinada carretera. Estábamos cerca del límite forestal: a lado y lado de la carretera el bosque era cada vez menos espeso y el viento se había levantado.

Después la carretera se allanaba al llegar a una amplia meseta y, de repente, apareció ante nosotros lo que parecía un pueblo entero. Había edificaciones de todos los tamaños, desde chozas pequeñas y achaparradas hasta estructuras largas tipo barracón y unos pocos galpones gigantes en los que hubiera sido posible meter un buque de guerra cartagino con mástiles y todo. Por todo el lugar eran visibles moles oscuras y pesadas de maquinaria, enganchadas a los vagones, encima de andamios o sencillamente en el suelo.

Y alzándose amenazadoras por encima de todo estaban las enormes pilas de grave y trozos de piedras que empequeñecían incluso a los edificios más altos.

Unos cuatrocientos metros más adelante, la meseta terminaba en una pared de roca que subía disparada hacia la cima del monte Majestad. En la base de la pared había un agujero de casi diez metros de alto y el doble de ancho: la entrada de la mina.

Lo único que no se veía por ningún lado eran personas. Más allá de los restos del fuego que ardía debajo de una tina de hierro del tamaño de una casa, no veíamos señales de vida en ninguna parte.

Caminamos a todo lo largo del lugar, casi hasta la entrada de la mina, antes de que alguno de los cuatro reuniera el valor para llamar.

—¿Hola? —La voz de Millicent sonó vacilante al principio, de modo que volvió a intentarlo, lo bastante alto como para producir eco—. ¿Hola?

—¿HOLA?

Los ecos se desvanecieron en la noche.

Entonces probó Kira.

—¿*Se ka?*

No hubo respuesta.

—¿*SE KA? ¿MASULA SE TE KA?*

Gritó dos veces más. El eco del último grito agonizaba cuando oímos una voz, débil y distante.

—¿*Ka te?*

—¡MATA KANO! —contestó Kira mientras mirábamos a nuestro alrededor en busca del origen de la voz.

—¡*Ka te!*

La fuente estaba en algún lugar a nuestras espaldas, por donde habíamos llegado. Kira comenzó a correr hacia ella sin dejar de gritar en okalu.

La voz seguía respondiéndole y haciéndose más y más intensa a medida que nos acercábamos.

Finalmente, encontramos de dónde venía: uno de los galpones gigantes como buques de guerra cerca de la parte delantera del complejo, donde la carretera emergía del bosque.

Para cuando la alcanzamos, Kira estaba conversando a gritos con el okalu encerrado adentro.

—Están ahí —dijo—. Solo tenemos que abrir la puerta.

Eso era más fácil de decir que de hacer. La única forma de entrar era por una puerta doble de seis metros de alto que estaba cerrada con un travesaño de madera tan grande como un árbol. Se necesitaría una docena de hombres para mover eso.

Los cuatro intentamos levantar el travesaño y sacarlo de la guía, pero fue inútil. Incluso con todos empujando a la vez, no conseguimos moverlo ni un centímetro.

No había llave maestra para semejante cierre.

Millicent recorrió a toda velocidad el perímetro entero del edificio en busca de otro acceso. Regresó, jadeando, para decirnos que no había ninguno.

Y las únicas ventanas se encontraban demasiado altas, cerca del techo.

Kira seguía conversando a gritos con uno de los okalu. Desde afuera se oía el débil murmullo de docenas de voces.

—¿Se les ocurre algo a ellos? —pregunté.

—Dicen que hay explosivos. En uno de los edificios cerca de la entrada de la mina.

—¿Volar la puerta? —El Tripas sonaba escéptico. Yo también lo estaba.

—No, la puerta no. La pared. Las paredes son más delgadas. —Para demostrarlo, Kira golpeó en una de las puertas y luego en la pared que estaba al lado. El sonido del golpe en la pared era menos grave y más hueco.

La idea de meternos a jugar con explosivos que ninguno de los cuatro sabía manejar no me gustaba en absoluto. Pero no parecía haber alternativa. Una vez que Kira recibió indicaciones más específicas del okalu, corrimos hacia la entrada de la mina y empezamos a registrar los edificios que había allí.

Ninguno estaba cerrado (lo que hizo que empezara a preguntarme por qué nos habíamos molestado en conseguir las llaves maestras), pero eso no facilitó las labores de búsqueda, pues la mayoría carecía de ventanas que dejaran entrar la luz de la luna. E incluso en los que sí las tenían, apenas si podíamos ver algo. Millicent y Kira nos dejaron al Tripas y a mí para que hiciéramos lo mejor que pudiéramos mientras ellas intentaban improvisar unas antorchas usando las ascuas que habíamos visto bajo la tina de hierro gigante.

Eso me pareció particularmente peligroso.

—¿No crees... —le grité al Tripas, que había desaparecido en uno de los edificios más pequeños y se movía con dificultad en el interior—... que es un poco estúpido buscar explosivos con una antorcha encendida en la mano?

Se oyó un golpe fuerte.

—¡AY!

—¿Qué haces ahí dentro?

Salió del edificio cojeando y frotándose la rodilla.

—Porras. Intentaré en otro.

Yo probé en un par de edificios por mi cuenta, pero lo único que conseguí fue tropezarme en la oscuridad y sentirme inútil. Estábamos buscando barriles de pólvora negra, pero no tenía claro de qué tamaño podían ser, mucho menos cómo identificarlos mediante el tacto. Salía del segundo edificio cuando oí al Tripas gritar.

—¡LO TENGO!

Lo encontré en la puerta de un cobertizo pequeño. Tenía un hacha en la mano buena.

—¡Ve a por las chicas! ¡Hay montones de estas!

—Eso no es pólvora...

—¡No vamos a usar pólvora! ¡Vamos a abrir un hueco en la pared!

Eso tenía sentido. Mucho más sentido que los explosivos.

—Ve tú a por las chicas —le dije—. Yo empezaré a dar hachazos.

Tomé el hacha que tenía en la mano y me dirigí al galpón gigante mientras que él corría hacia la tina llamando a gritos a Millicent y Kira.

La pared era más gruesa de lo que parecía. Para cuando el Tripas y las chicas aparecieron, cada uno con un hacha, le había asestado una media docena de buenos golpes, pero lo único que tenía para enseñarles era un montón de astillas.

—¡Golpea siguiendo la veta! —me dijo Millicent.

—¿Qué crees que estoy haciendo?

—Déjame intentarlo.

Me hice a un lado para dejar que Millicent le diera un hachazo al tajo astillado en el que había estado trabajando. De repente oímos gritar a Kira, que estaba recorriendo el edificio en busca de un sitio en el que fuera más fácil abrir un hueco a hachazos.

—¡Tripas! ¡Ven aquí!

—¡Oh! ¡Maldición! —El hacha de Millicent se había quedado clavada en la pared.

—Déjame...

—¡No, yo... oh! Está bien. —Retrocedió para dejarme espacio y me dispuse a tirar del hacha para sacarla.

—¡Corre a ver esto! —oí que Kira le decía al Tripas, pero no pensé nada al respecto. Estaba demasiado ocupado tratando de liberar el hacha de Millicent de la pared.

Un momento después oí al Tripas gritarle algo a Kira, pero no capté qué le decía. Justo acababa de sacar el hacha y estaba devolviéndosela a Millicent cuando Kira reapareció a mi lado. Había tensión y urgencia en su voz.

—¡Hay antorchas en la carretera! ¡Están subiendo la montaña!

CAPÍTULO 30

DESENCADENADOS

Cuántas viste? —le grité al Tripas cuando lo vi doblar la esquina del edificio.

—*¡Mado laki! ¡Exto padela!* —le gritaba Kira al okalu a través de la pared.

—¿Cuántas qué? —replicó el Tripas.

—¡Antorchas!

—¡Atrás! ¿Quieres que te corte la cabeza? —Millicent tenía el hacha lista para descargar otro golpe contra la pared.

—*¡Kamenaso!*

—*¡Casu pata aliza!* —contestó el okalu a gritos.

¡Pum! El hacha de Millicent hizo contacto con la madera.

—¿Veinte? —dijo el Tripas, que se retorcía con fuerza.

—¡Veinte antorchas! ¿Cuántos hombres?

—¡No lo sé! Podrían ser más. Muchos más.

—*¡Bataka lamai!*

El corazón se me aceleró. Veinte antorchas en la carretera, subiendo hacia nosotros.

Los hombres del Destripador. Tenían que ser ellos.

¡Pum! Millicent dio otro golpe. La pared por fin empezaba a rasgarse siguiendo la veta de la madera.

—¡Deja de mirar boquiabierto y coge el hacha! —me gritó al tiempo que, no sin esfuerzo, sacaba la suya de la pared.

Cuando Millicent retrocedió, enterré el hacha en la parte alta de la grieta que ella había empezado y en la pared se abrió una fractura de unos ciento veinte centímetros con un sonoro y satisfactorio *crac*.

De inmediato oímos al otro lado las voces excitadas de los okalu al darse cuenta de que estábamos rompiendo la pared.

Kira continuaba su afanado intercambio con uno de ellos. Pero yo no entendía una palabra de lo que decían.

—Ahora cortemos de lado —me dijo Millicent—. Arriba y abajo. Así podemos... —Batió la mano de un lado para otro y capté la idea. Si cortábamos transversalmente la pared a ambos extremos de la grieta, podríamos abrir un paso lo bastante ancho como para que los okalu pudieran salir.

Me puse a un lado y lancé el hacha en un movimiento lateral contra la parte alta del corte. Las astillas volaron.

Mientras yo tiraba del hacha para desprenderla de la pared, Millicent lanzó la suya contra la parte baja. Poco faltó para que le diera a mi pierna.

—¡Cuidado! —le grité.

Kira vació dos de las mochilas en las que habíamos traído las hondas.

—¡Ve a por piedras! —le dijo al Tripas, entregándole las mochilas vacías. Él salió disparado hacia una de las gigantescas pilas de trozos de roca para recoger munición.

¡Pum!

—¡Maldición! —El hacha de Millicent había vuelto a atascarse en la pared.

—¡Cuidado con la cabeza! —Descargué el hachazo en la parte alta, unas cuantas decenas de centímetros por encima del lugar en el que Millicent estaba acurrucada intentando liberar su hacha.

—¡Egg! ¿Quieres matarme?

No le presté atención.

—¿Cómo de cerca estaban las antorchas? —le pregunté a Kira.

—No lo sé.

—Bueno, pero... ¿tenemos segundos? ¿Minutos? —dije al tiempo que recogía el hacha y volvía a lanzarla contra la pared.

—Segundos o minutos, no será tiempo suficiente —dijo ella antes de volver a la conversación con el invisible okalu, con las manos ocupadas en desatar la pila de hondas.

Millicent y yo continuamos dando hachazos tan rápido como podíamos, arreglándonoslas de algún modo para no partirnos en dos el uno al otro. La pared temblaba con cada golpe.

El Tripas justo acababa de volver con dos sacos de piedras cuando uno de los golpes de Millicent produjo otro sonoro *crac* y, por un instante, la grieta se abrió lo suficiente como para permitirme vislumbrar el movimiento que había al otro lado.

—¡Empujemos hacia dentro! —dijo Millicent.

Soltamos las hachas y empujamos contra la apertura.

Un enjambre de manos y brazos apareció sobre la madera para tirar de ella hacia el interior y percibí un hedor similar al que adquieren las cubiertas inferiores de un barco después de estar muchos días en el mar.

Los brazos que tiraban de la madera eran muy delgados, muy delgados, pese a lo cual estaban haciendo un esfuerzo realmente feroz. De repente, sentí que me tambaleaba hacia delante. La madera había cedido y Millicent y yo casi nos caímos de bruces dentro del galpón. Cuando me enderezaba, vi el primer rostro okalu.

Era un fantasma: puros huesos, piel cubierta de mugre, ojos y mejillas hundidos. Había perdido todo el pelo salvo unos pocos mechones ralos y el taparrabos que llevaba puesto estaba tan negro por el hollín como su cuerpo.

No había luz en el galpón y apenas si podía distinguir a los demás hombres que se apiñaban detrás de él, todos tan raquíticos como él. Al fondo, en la oscuridad, se oía a muchos más, una masa de hombres impacientes que producía un extraño ruido metálico: *clac, clac, clac*.

¿Por qué hacen ruido?

—¡*Muto*! ¡*Muto*! —Kira llamó por señas al primer okalu para que saliera por el agujero que habíamos abierto a poco más de cincuenta centímetros del suelo y tenía un ancho más que suficiente para su cuerpo esquelético.

El nativo vaciló, y los hombres invisibles que estaban tras él estiraron el cuello, probablemente preguntándose al igual que nosotros por qué no salía.

El hombre apretó los dientes e intentó saltar sobre la madera astillada, pero tropezó y cayó despatarrado al suelo con un sonoro *clac*... y entonces entendí de dónde venía todo ese ruido metálico y por qué él había tenido tantos problemas para salvar la sección de pared sobre la que se abría el agujero.

Tenía las piernas encadenadas a la altura de los tobillos.

—¿Dónde están las llaves? —me preguntó Kira.

Miré alrededor buscando la mochila que había dejado en el suelo cuando empecé a utilizar el hacha. Después de un momento de pánico, la localicé a un par de metros de distancia y me apresuré a sacar el juego de llaves maestras.

Para cuando lo hice, Kira ya había ayudado al primer okalu a ponerse de pie, cinco más estaban detrás de él y el Tripas y Millicent se encontraban a lado y lado del agujero ayudando al siguiente a sostenerse para que lograra pasar las piernas encadenadas sobre la madera.

Me arrodillé a los pies del primer okalu y revisé los grilletes. Cada uno tenía una pequeño ojo de cerradura cerca de la parte posterior, justo encima de la anilla donde se sujetaba la cadena de hierro.

—¡Date prisa, Egg!

Probé una llave. Era demasiado grande para el agujero.

El ruido de las cadenas se multiplicaba por todas partes. Ayudados por Millicent y el Tripas, los okalu habían ido saliendo del galpón en un flujo constante y ahora me rodeaban, bloqueando la luz de la luna.

—¡Kira, diles que retrocedan! ¡No puedo ver nada!

Ella hizo lo que le pedí y volví a ver, aunque apenas lo justo. Tomé de nuevo el llavero y busqué entre las distintas llaves hasta dar con una pequeña.

Seguía siendo demasiado grande para la cerradura.

—¡Deprisa! —dijo de nuevo Kira—. ¡Los piratas están a punto de llegar!

La oía entregándole piedras y hondas a los hombres mientras, sobre el *clac-clac* de las cadenas, intercambiaba con ellos palabras en okalu cargadas de apremio. Por desgracia, con esas cadenas en las piernas, las hondas eran prácticamente inútiles, pues no podían dar el paso adelante necesario para imprimir fuerza al lanzamiento.

Revolví a tientas el llavero, buscando una llave (esperaba que hubiera una) lo bastante pequeña para los grilletes.

—¡Deprisa! —El miedo en la voz de Kira era cada vez mayor.

Se me cayó el llavero.

Cuando lo recogí, mis manos hallaron la llave pequeña casi en el acto. La probé.

Demasiado grande también.

«Esa fue la última.» Sentía el pánico apretándome la garganta.

—¡Deprisa!

«Prueba con la otra de nuevo.»

Busqué la otra llave pequeña, la que había probado antes.

No. Esta era diferente. Tenía el borde cuadrado, no redondeado.

Debí de haber probado la misma llave dos veces por error.

Intenté con la pequeña de borde cuadrado. Entraba en el ojo de la cerradura.

Pero no giraba.

La moví hacia la izquierda y hacia la derecha, hacia dentro y hacia fuera...

Clic.

El primer grillete giró abierto sobre la bisagra y cayó al suelo.

Unos pocos segundos después abrí el segundo. *Clic.*
Clac. El grillete cayó y el primer hombre estaba libre.

—*Gadda.* —No necesitaba saber okalu para entender que me estaba dando las gracias. Antes de que pudiera levantar la mirada, las piernas esqueléticas se habían alejado y otro par de piernas habían ocupado su puesto delante de mí con un *clac.*

—¡Apresúrate, Egg! —Era Millicent. No necesitaba decírmelo. Yo era consciente de la situación.

Clic...

Clic...

Clac.

El segundo par de grilletes cayó. Dos nuevas piernas flacuchas se acercaron haciendo sonar las cadenas.

«Qué delgadez... Las piernas son tan delgadas...»

Clic... Clic... Clac. Mientras apartaba los grilletes descartados, llegó otro okalu.

Kira estaba tratando de organizar a los hombres. Las voces de ellos se mezclaban con la suya, hablaban cada vez más alto y con más urgencia.

Clic... Clic... Clac.

Clic... Clic... Clac.

—¡Necesitamos más piedras! —Esa era lo voz de Millicent.

Los hombres salían disparados tan pronto como los desencadenaba. Intenté echar un vistazo para ver cómo iban las cosas, pero lo único que pude ver fue más piernas.

Clic... Clic... Clac.

Clic... Clic... Clac.

De nuevo me habían rodeado. No podía ver nada.

—¡Atrás, por favor!

No retrocedieron.

—¡Kira!

Se había ido. Ni idea adónde.

—¡Tripas! ¡Millicent!

Ellos también se habían ido. «¿Adónde se han ido?» A tientas localicé el siguiente par de piernas. Estaban del lado contrario al que yo necesitaba para poder encontrar el ojo de la cerradura.

—¡Atrás! ¡No me dejáis ver!

Durante un instante atroz, nada ocurrió.

Entonces una voz okalu gritó:

—*¡Kotay balu na!*

Otras voces repitieron la instrucción:

—*¡Kotay balu na!*

El círculo se amplió. De nuevo podía ver, de nuevo apenas lo suficiente.

Clic... Clic... Clac.

Clic... Clic... Clac.

—¿Kira? ¿Tripas? ¿MILLICENT?

«¿Adónde se han ido?»

Clic... Clic... Clac.

Clic... Clic... Clac.

Clic... Clic... Clac. Las cadenas sueltas formaban ya una pila y tuve que retroceder a gatas para tener más espacio donde poner las descartadas.

El mar de piernas y su *clac-clac* se movió conmigo.

Clic... Clic... Clac.

Clic... Clic...

Sonó un disparo.

Luego docenas de ellos, uno tras otro, como petardos.

Había voces que gritaban (voces rovianas teñidas de rabia y sorpresa) y estaban cerca. Demasiado cerca.

Y ahora eran los okalu los que gritaban. El *clac-clac* de las cadenas a mi alrededor se hizo tan fuerte que casi acallaba el ruido de los disparos que aún sentía crepitar en mis oídos. Los hombres que me rodeaban estaban desesperados por librarse de las cadenas antes de que los piratas cayeran sobre ellos.

«Nada de pánico. Sigue trabajando.»

Clic... Clic... Clac.

Ya no había un momento de descanso entre disparo y disparo, ya simplemente estallaban uno detrás de otro, uno detrás de otro.

Se necesita tiempo para recargar un arma. Tenían que ser muchísimos para producir semejante descarga.

«Sigue trabajando.»

Clic... Clic... Clac.

Clic... Clic... Clac.

Había alaridos y gruñidos y maldiciones y más disparos y el espantoso ruido de los hombres luchando a muerte con las manos.

El combate sonaba como si se produjera encima de mí. No podía alzar la vista. Había demasiadas cadenas que abrir.

Clic... Clic... Clac.

Las manos me temblaban.

Clic... Clic... Clac.

De nuevo no podía ver nada.

—¡ATRÁS!

—*¡Kotay balu na! ¡Kotay balu na!*

Clic... Clic... Clac.

Clic... Clic... Clac.

Más disparos. Más gritos.

—¿Millicent? ¿Tripas? ¿Kira?

Ninguna respuesta. Me arriesgué a echar un vistazo rápido en dirección a la carretera. Lo único que podía ver eran piernas esqueléticas y taparrabos mugrientos.

—¿Alguien habla roviano? ¿Nadie? ¿Roviano? —grité sin dejar de trabajar.

Ninguna respuesta.

«Limítate a hacer tu trabajo.»

Clic... Clic... Clac.

Clic... Clic... Clac.

Clic... Clic... Clac.

Más disparos. Un grito de agonía. Hombres corriendo, gritándose unos a otros en okalu.

—¿Qué ocurre?

Ninguna respuesta.

Clic... Clic... Clac.

—¿Alguien habla roviano?

Clic... Clic... Clac.

—¿Alguno que hable roviano?

Clic... Clic... Clac.

—Yo.

Levanté la cabeza. No pude determinar cuál de todos los hombres que me rodeaban era el que hablaba roviano. Había decenas.

—¿Qué está ocurriendo? —pregunté.

—¡Rápido! ¡Tienes que darte prisa!

Bajé la cabeza y continué trabajando.

Clic... Clic... Clac.

Clic... Clic... Clac.

Finalmente «¿Cuánto tiempo ha pasado? ¿Minutos? ¿Horas?» desencadené a un hombre y cuando echó a correr, nadie dio un paso adelante para ocupar su lugar.

Alcé la cabeza y miré alrededor. Había empezado a quitar cadenas a un metro y medio del agujero del galpón. Ahora estaba a quince metros de allí, con nada entre mi posición y el galpón salvo un campo oscuro y deprimente de grilletes descartados.

Estaba contemplando ese paisaje de cadenas, mudo de asombro, demasiado atontado para preguntarme por qué el ruido de la batalla se había extinguido, cuando oí una voz.

—¿Egg?

En la penumbra que precede al alba, distinguí una multitud que avanzaba hacia mí. Esqueletos, fantasmas andantes.

Salvo por las tres personas que iban en el medio. Mis amigos.

No había afán en la forma en que se movían. Solo agotamiento.

—¿Qué ha ocurrido? —pregunté.

—Hemos ganado —dijo Kira.

CAPÍTULO 31

EL ÚLTIMO PLAN

Dónde están las escaleras para ir al barco? —El nombre del líder okalu era Iko. Se estaba impacientando.

—Eso no es lo importante en este momento —dijo Millicent. Era por lo menos la tercera vez que lo decía—. El resto de los piratas están...

—Primero vamos al barco.

—¡Los piratas están en la ciudad! —Perdía los estribos.

Iko dejó de caminar y levantó la mano. Los dos centenares de nativos okalu de ojos hundidos que caminaban detrás de él por la carretera (muchos de ellos cargados con las jarras de agua y los sacos de comida medio estropeada que habían encontrado en los almacenes de la mina) se detuvieron también. Y lo mismo hicimos el resto de nosotros.

Iko se puso las manos en las caderas y bajó la cabeza para mirar fijamente a Millicent. Incluso con el cuerpo medio consumido por el hambre, tenía una figura imponente.

—Primero cargamos el barco —dijo—. Comida y agua. Luego vamos a la ciudad.

—¡Podéis dejar las provisiones en la carretera y recogerlas más tarde! Tenemos que darnos prisa...

—No. Primero vamos al barco.

Millicent apretó los dientes.

—Kira...

Kira intercambió algunas palabras en okalu con Iko. Presté atención al tono de la conversación, pero ninguna de las dos voces revelaba mucho.

Finalmente, Kira se volvió hacia Millicent.

—Quieren ver el barco. Asegurarse de que está allí, con los remos, como les dijimos.

—¿Y entonces nos ayudarán? ¿Como prometieron?

Kira suspiró.

—¡Quedan cincuenta piratas! —La voz de Millicent tembló. Ya rompía el alba y ninguno había comido ni dormido desde el día anterior.

—Quizá no sean cincuenta —murmuró el Tripas. Millicent y Kira lo miraron.

—Quizá solo sean cuarenta —dijo.

—¡Kira, tienen que prometernos que nos ayudarán! —dijo Millicent, y luego, volviéndose hacia Iko, agregó—: ¡Tienes que hacerlo!

Él la miró fijamente, sin parpadear.

—Vamos al barco —dijo—. O no ayudaremos.

Iko hizo un gesto con la mano hacia el costado de la carretera. Estábamos tan cerca del acantilado que podíamos oír el ruido del océano a través de los árboles.

—Es cerca. Enséñanos.

Kira volvió a hablar con Iko en okalu.

—¡No los llevaré al barco si no piensan ayudarnos! —insistió Millicent.

Iko le dijo algo a Kira. Ella asintió.

—Nos ayudarán —le dijo a Millicent.

—¡Necesito una promesa!

La boca de Iko se abrió en una sonrisa.

—De acuerdo, chica. Promesa. Ahora llévanos al barco.

Para cuando llegamos a las escaleras, el amanecer había teñido el cielo con la misma tonalidad naranja rojiza que habíamos visto al atardecer. Las escaleras estaban tan bien escondidas que sin Millicent para enseñarnos el camino, yo podría haber pasado por el mismo sitio una docena de veces sin darme cuenta, y eso que antes yo ya había estado allí en dos ocasiones.

Una vez que ella le mostró la entrada, Iko hizo una señal a sus hombres. Los que estaban más cerca de él, no solo los que llevaban el agua y la comida, sino todos ellos, empezaron a bajar en fila por las escaleras.

—¡Esperad: solo vais a dejar la comida!

—Ellos ven el barco —dijo Iko.

—¡No necesitan verlo todos! ¡PARAD! —gritó, y se interpuso entre ellos bloqueando el camino hacia las escaleras.

—Millicent... —empezó a decir Kira.

—Nos han mentido, ¿no es así? —Los ojos de Millicent ardían con furia, la mirada clavada en Iko—. ¡Me mentiste!

El líder okalu soltó un gruñido.

—¿Qué son las mentiras para los hijos de los esclavistas?

—Lucharon con valor... —dijo Kira.

—¡La lucha no ha acabado! ¡Nosotros los hemos salvado!

Millicent llevaba en la mano una de las pistolas del Tripas. Empezó a levantarla.

Todos nos movimos a la vez. Se produjo una refriega, breve, fea, durante la cual tanto Millicent como un par de nativos estuvieron a punto de caer por el borde del precipicio. Pero cuando hubo terminado, Kira y yo sosteníamos a Millicent, mientras que los okalu continuaban bajando en fila por las escaleras.

Ella estaba bañada en lágrimas y las maldiciones brotaban de su boca con tanta virulencia que incluso el Tripas parecía un poco escandalizado.

Iko permanecía de pie, entre nosotros y el resto de los okalu, mirando fijamente a Millicent mientras, impotente, descargaba su furia contra él.

Llegado el momento, ella misma se rindió y cayó al suelo

derrotada. Me senté junto a ella y le froté la espalda, pues no sabía qué otra cosa hacer.

El último de los okalu pasó por detrás de Iko y desapareció escaleras abajo. Antes de dar media vuelta para seguir a sus hombres, el líder le preguntó algo a Kira.

Ella frunció el ceño, dubitativa. Nos miró a Millicent y a mí. Luego al Tripas.

Él entendió qué era lo que en ese momento pensaba ella.

—¿Quieres irte con ellos?

Millicent alzó la mirada. Sus ojos enrojecidos se encontraron con los de Kira.

Kira se volvió hacia Iko y negó con la cabeza.

—*Ka folay* —dijo.

Él asintió:

—*Ka folay* —dijo. Y se marchó, dejándonos a los cuatro solos en lo alto del acantilado.

Los okalu no eran lo que llamaríamos marineros experimentados. Estábamos sentados en una piedra, en el borde del acantilado, comiéndonos los restos de las galletas que habíamos traído de Villa Edgardo y viendo el barco de esclavos tropezar con todo afloramiento rocoso a la vista mientras cuarenta hombres que probablemente nunca en su vida habían tenido un remo en las manos intentaban salir de la cala y llegar a mar abierto.

No me preocupaban en exceso. No tardarían en cogerle el tranquillo. Y mientras mantuvieran el barco apuntando al oeste, las Nuevas Tierras eran un continente demasiado grande para que no lo vieran.

La tarea que teníamos por delante, en cambio, era muy difícil.

¿Cómo íbamos a evitar los cuatro que los cincuenta piratas del Destripador mataran a toda la población de la isla?

Hice un gran esfuerzo por pensar en algo, pero mi cerebro no estaba por la labor. Llevaba demasiado tiempo sin dormir.

—No se suponía que tuviera que ocurrir así —murmuró

Millicent—. La idea no es que les salves la vida a doscientas personas y luego ellas salgan corriendo y te dejen sola. ¡No es justo! Si esto fuera un libro, lo tiraría en el acto.

Un libro.

¿Qué harían en un libro?

—¡*Basingstroke!*

Millicent me miró.

—¿A qué te refieres?

—¿Recuerdas cuando a James lo persigue un pelotón de caballería? —le pregunté—. ¿Y él los engaña para que se lancen por un acantilado? Pues bien, tenemos un acantilado.

—Los piratas no son una caballería —dijo ella. Parecía irritada—. Y son demasiados. Quizá consigas engañar a un par de personas y hacerlas caer por un acantilado. ¿Pero a cincuenta?

—Podrían ser solo cuarenta —dijo el Tripas.

—Cincuenta o cuarenta, mi punto se mantiene —dijo Millicent, entornando los ojos.

—¿Qué punto? —inquirió el Tripas.

—Olvídate del acantilado —dije—. Lo que quiero decir es que tenemos que engañarlos de algún modo.

—¿Engañarlos, para qué?

—No lo sé. Para que se encierren o algo.

—¿Dónde?

—En la mina de plata —dijo Millicent.

—Ninguno de esos edificios retendrá a cuarenta piratas por mucho tiempo.

—¿Qué hay de la mina en sí?

—¿Cómo la cierras? —pregunté—. No es como si tuviera una puerta principal que puedas cerrar con llave.

Todos permanecimos en silencio un rato, pensando.

De repente, el torso del Tripas cobró vida con una sacudida tremenda.

—¡Volémosla!

—¿Qué?

—¡Tenemos pólvora negra! ¡Arriba, en la mina! Ahora que

hay sol podremos encontrarla. ¡Metemos a todos los piratas dentro y volamos la entrada! ¡Los sepultamos!

Millicent recuperó el ánimo.

—¿Cómo conseguiremos llevarlos allí? —dijo.

El Tripas resopló:

—¡Ahí es donde está toda la *pudda* plata!

Millicent corrió a ponerse de pie:

—¡Venga, vamos! ¡Deprisa!

La pólvora negra estaba exactamente donde los okalu nos dijeron que estaría, en un almacén cerca de la boca de la mina. Había una media docena de barriles pequeños así como varios carretes de mecha. Sin embargo, solo con ver la entrada de la mina, supimos que el plan nunca funcionaría. Era sencillamente enorme. No importaba cuánta pólvora detonáramos, nunca conseguiríamos sellar la boca entera.

Entonces a Millicent se le ocurrió otra idea.

—Las ruinas del templo —dijo.

—¿Qué?

—El Templo de Amanecer. Donde los okalu solían celebrar el Matrimonio del Sol.

—Mata Kala —dijo Kira.

Millicent asintió.

—Así es. Lo que queda de él está justo al otro lado de la montaña.

—Pero es una ruina —dije.

—Hay una cámara. Subterránea. A la que se llega por un túnel largo. Es perfecta. Dentro hay espacio para cincuenta personas por lo menos. Y el túnel es estrecho: si ponemos una carga en la entrada, podremos derrumbarlo sin problemas.

—¿Y cómo metemos dentro a los piratas?

—Igual que pensábamos meterlos en la mina: diciéndoles que es allí donde está la plata.

—¿Por qué iban a estar las reservas de plata dentro del templo?

Millicent me miró alzando una ceja:

—¿En una cámara subterránea secreta? ¿Bajo una ruina abandonada en la ladera de una montaña? Si te enteras de que los piratas han invadido tu isla, ¿dónde más ibas a poner la plata?

Subir la pólvora hasta las ruinas del templo fue todo un reto. Necesitamos tres horas y la ayuda de la mula más dispuesta que pudimos encontrar en el establo de la mina, la cual, por lo demás, no estaba dispuesta para nada, solo en comparación con las demás mulas, que ni siquiera conseguimos sacar de sus corrales.

La mula dejó que la cargáramos sin quejarse mucho, pero una vez que salimos hacia el templo descubrimos que tenía la desesperante costumbre de pararse en mitad del camino como, a juzgar por la expresión de su cara, si de repente hubiera olvidado por qué razón estaba cruzando la ladera de la montaña con varios kilos de explosivos atados a la espalda.

Cuando se detenía de esa manera, lo único que lograba ponerla de nuevo en marcha era una buena palmada en las ancas, algo que nos ponía nerviosos a todos debido a los explosivos, pero que tuvimos que hacer tantísimas veces que Millicent decidió bautizarla *Tortazo*.

Para cuando terminamos de cruzar la ladera rocosa de la parte baja del monte Majestad y vimos aparecer Mata Kala, el Templo del Amanecer, sobre una cresta, a unos cuatrocientos metros por debajo de donde nos encontrábamos, ya era mediodía. Del templo en sí no quedaba mucho, salvo una amplia base salpicada de trozos de lo que en otro tiempo fueron enormes columnas.

Visto desde arriba, no producía una gran impresión, pero una vez que descendimos, llegamos por el costado y entonces tuvimos ocasión de verlo desde abajo, de la forma en la que la mayoría de los okalu lo habrían visto de camino a la cresta, y yo pude hacerme una idea de cuán imponente debió de haber sido en su momento.

Millicent nos condujo hacia el otro lado, por la ladera salpicada de piedras, a un lugar ubicado a cien metros del templo. Justo al pasar una de las rocas más grandes había una abertura en el suelo, alineada con el terreno de modo que era imposible verla hasta que prácticamente estabas encima de ella. Dentro, unos escalones desgastados y cubiertos de escombros descendían hasta un túnel subterráneo lo bastante alto como para que un hombre pudiera caminar por él sin tener que agacharse.

Seguimos a Millicent hasta el túnel. Este era oscuro como la boca de un lobo, pero habíamos llevado con nosotros media docena de antorchas y una caja de cerillas de los almacenes de la mina, de modo que los utilizamos para alumbrar el camino.

Después de más o menos cien metros (la distancia suficiente para ponernos directamente debajo de las ruinas del templo) el túnel se ampliaba en una cámara profunda y vacía. En medio del techo, que alcanzaba una altura de más de seis metros, una especie de respiradero dejaba entrar la luz del sol apenas lo justo para ver algo.

Millicent estaba en lo cierto: siempre que pudiéramos meter a los piratas dentro de la cámara y sellar la boca del túnel con los explosivos, era perfecto.

Kira alzó la cabeza para mirar por el respiradero y el rayo de luz que bajaba por él le iluminó la cara.

—¿Para qué podría ser esto? —preguntó.

—Para engañar a la gente, supongo —repuso Millicent.

—¿Qué quieres decir?

—Ese agujero está exactamente detrás del altar del templo, que probablemente era el lugar que usaban para el Matrimonio del Sol, cuando Ka venía para llevarse consigo a la Princesa del Alba y su dote, ¿correcto?

—Correcto.

—Bueno, si tienes una princesa y un tesoro y quieres que se eleven al cielo y desaparezcan..., pero no puedes conseguir que lo hagan en realidad, porque es imposible...

—No es imposible —dijo Kira, frunciendo el ceño—. Ka existe...

—Yo no digo que no exista. Pero supongamos, solo como hipótesis, que en realidad no se llevaba a la princesa y el tesoro con él. Sin embargo, tú quieres que el pueblo piense que sí lo hace. ¿No resultaría muy útil contar con un agujero detrás del altar en el que puedas sencillamente dejarlos caer?

Kira lanzó una mirada asesina a Millicent y concluí que debía poner fin a la discusión antes de que empezara.

—Venga —dije—. Tenemos que resolver cómo vamos a volar la boca del túnel.

Colocar los barriles fue sencillo: si los apilábamos en los recovecos que había a lado y lado justo al comienzo del túnel, nadie los notaría al entrar a menos que estuviera muy atento.

El problema surgió cuando intentamos pensar cómo prenderles fuego. Para ello necesitábamos estar bien lejos del túnel, no solo para no volar por los aires nosotros mismos, sino para que los piratas no fueran a vernos, algo que sin duda los haría sospechar. Pero la mecha que encontramos junto a la pólvora ardía tan despacio que si intentábamos encenderla desde una distancia que nos ofreciera cobertura, para cuando la carga por fin estallara, los piratas estarían ya fuera de la cámara, a mitad de camino de Villa Dichosa.

—Hagamos un camino de pólvora —dijo el Tripas— que suba por la escalera y cruce la ladera hasta esas grandes rocas. Allí nos esconderemos.

Sacó una espada corta de una funda que llevaba atada al cinturón. Se la había quitado a uno de los piratas en la mina de plata, y aunque todos le habían reprochado el hecho de robar a un muerto, él había declarado que no se trataba de un robo en absoluto.

—Ese era Lank —bufó—. El *porsamora* me robó esto hace un año. Lo estoy recuperando, eso es todo.

El Tripas utilizó su recién recuperada espada como palanca para quitar el tapón de uno de los barriles.

Millicent lo detuvo.

—Aguarda: la pólvora no funcionará. No conseguirás que suba y baje las escaleras.

Al instante todos nos dimos cuenta de lo que quería decir. Cada escalón suponía una interrupción del camino de pólvora: el fuego llegaría hasta el primero y allí se extinguiría.

—Tendremos que encenderlo desde abajo —dijo Kira.

—¿Cómo vamos a hacer eso? Cualquiera que esté allí abajo volará en pedazos.

Nadie habló durante un rato. Una vez más yo sentía que se me revolvía el estómago.

«Esto nunca va a funcionar.»

—Arrojaremos una antorcha —dijo Millicent—. Al hueco de la escalera.

—¿Crees que funcionará?

—¡Sí! Tiene que funcionar.

Miró alrededor. A unos cincuenta metros de la entrada del túnel estaba el grupo de piedras que el Tripas había mencionado: eran una media docena de rocas, lo bastante grandes para poder ocultarnos detrás.

Millicent apuntó hacia allí.

—Esperaremos detrás de esas piedras. Dejamos una buena cantidad de pólvora en el suelo alrededor de la entrada del túnel. Una vez que los piratas estén dentro de la cámara, encendemos una de las antorchas y la arrojamos escaleras abajo desde la distancia.

El estómago se me había retorcido tanto que ahora tenía un nudo.

«No funcionará.»

—Muy bien —dijo el Tripas, devolviendo la espada a la funda—. Vosotras dos os encargáis de poner la pólvora. Egg y yo iremos a buscar a los piratas.

Su voz se apagó ligeramente en la última frase. Y cuando lo miré a la cara me topé con una preocupación que nunca antes había visto en él.

En todo el tiempo que llevaba conociéndole, nunca había visto al Tripas asustado por nada. Hasta entonces.

«No funcionará.»

Mi amigo estaba ya en lo alto de las escaleras, listo para bajar de la montaña rumbo a Villa Dichosa.

—¿Vienes?

Le seguí sintiendo que mis piernas eran de plomo.

—¡Espera! —Kira pasó corriendo a mi lado y envolvió al Tripas con sus brazos.

Yo di media vuelta (era un momento íntimo y no quería arruinarlo mirándolos embobado) y cuando terminé de volverme me topé cara a cara con Millicent, sus ojos marrón oscuro clavados en los míos.

No dijo una palabra.

No dijo que lamentaba lo de Cyril, que se arrepentía de todo el asunto, que era a mí a quien realmente amaba y que ahora lo sabía y que si de algún modo conseguíamos sobrevivir a esto, nunca más volvería a ponerlo en duda.

Era innecesario que lo hiciera. Su mirada decía todo eso.

Entonces yo la besé (o quizá fue ella la que me besó a mí, no estoy seguro de quién hizo qué) y cuando el beso terminó, me tomó la cara entre las manos y me miró una vez más con esos ojos que yo podría haberme quedado contemplando para siempre.

—Solo mantente vivo.

—Tú también.

Después de eso di media vuelta y seguí al Tripas montaña abajo.

CAPÍTULO 32

LA CIUDAD DEL DESTRIPADOR

No va a funcionar.

»Funcionará. Tiene que funcionar.

»No. No lo hará. Nunca conseguiremos meter a todos los piratas dentro de esa cámara.

»No pienses así. Sé positivo.

»Esto es una locura.»

—El asno nos está siguiendo.

—¿Qué? —miré por encima del hombro. Tortazo bajaba trotando por la cuesta en dirección a nosotros. Fue algo fastidioso descubrir que era capaz de moverse con semejante rapidez cuando quería.

—No es un asno —dije—. Es una mula.

—¿Cuál es la diferencia?

Pensé en eso.

—Pues no lo sé. Son más grandes, creo.

—No me parece grande.

—Más grande que un asno.

—¡ ***** tu ***** ! Es un asno.

—¡****** lo serás tú! Es una mula.

El toma y daca prosiguió durante un rato. Era una estupidez, pero no me importaba. Mientras estuviéramos discutiendo, era incapaz de concentrarme en la tremenda locura que era el plan en su totalidad.

«Nunca va a...»

—¡Es un *pudda* asno!

—¡Es una mula! ¡Mírale las orejas!

—¿Qué tienen que ver las orejas?

—¡HIAAA, HIAAA! —*Tortazo* se había sumado a la discusión.

—¿Lo ves? —dijo el Tripas con una de sus muecas—. Voz de asno, eso es.

—Sea como sea, ¿por qué nos sigue?

—Piensa que tenemos comida.

—Cómo me gustaría que tuviéramos comida.

—¿Alguna vez has comido asno?

—¡Es una mula!

—¡TU *PUDDA* MULA! Yo comí caballo una vez.

—¡Qué asqueroso!

—¡Para nada! Igual que la ternera.

—No, no es así.

—¡Claro que sí!

El Tripas debía de estar tan ansioso de tener una distracción como yo, pues la pelea por la diferencia o no entre la carne de caballo y la de ternera se prolongó incluso más que la del asno o mula. Y cuando terminamos con ella, nos las arreglamos para iniciar una discusión acerca de si las vacas tenían pies o pezuñas. Eso nos condujo directamente a una sobre si era correcto o no comer animales que tenían pies. E inmediatamente después de esa, tuvimos una acalorada disputa sobre por qué razón las serpientes no tienen pies.

Luego hubo un par de discusiones aún más estúpidas, cuyo tema casi había olvidado antes de que terminaran.

Estábamos a menos de un kilómetro y medio encima del puerto, escupiéndonos tacos el uno al otro a propósito de si los delfines eran peces u otra cosa, cuando vimos una nube de humo negro y denso sobre Villa Dichosa.

«Demasiado tarde. Ya han prendido fuego a los rehenes.»

—¡Corre!

Bajamos a tal velocidad por el sendero que para cuando llegamos a las afueras de la ciudad, lo único que me dolía más que las rodillas eran los pulmones. Una neblina espesa flotaba en el aire y la primera media docena de casas que vimos estaban en llamas.

Para entonces *Tortazo* había dejado de seguirnos. Asno o no, era mucho más sensato que nosotros.

Caminamos a través de la sucia neblina hacia el centro del pueblo. El humo nos causaba ataques de tos y el calor que desprendían las edificaciones incendiadas hacía que me picaran las mejillas, pero solo nos detuvimos al toparnos con dos hombres agachados encima de algo en medio de la calle.

Eran piratas del Destripador. Uno de ellos estaba usando un hacha manual para romper el candado de un cofre pequeño con bandas de acero. A un costado de la calle, en el suelo, a poco más de un par de metros de ellos, había lo que parecía un montón de ropa arrugada al que no quise prestarle demasiada atención, porque, estaba convencido, no se trataba solo de ropa.

Tosíamos tanto que los piratas nos oyeron incluso antes de poder vernos a través de la neblina. Uno de ellos se puso de pie cuando nos acercamos, llevaba una pistola en la mano y los labios fruncidos en una mueca de borracho.

—Largo... ¿Tripitas? —Bajó la pistola y miró boquiabierto al Tripas.

—¡Caramba! —El segundo hombre había levantado la cabeza del cofre y lo miraba incrédulo—. ¿Dónde andabas, colega?

—Estos *pudda* tíos ricos me tenían encadenado en esa mina —masculló el Tripas—. Necesito hablar con el Destripador.

Durante la caminata desde la mina hasta las ruinas del templo, habíamos acordado qué era exactamente lo que el Tripas les diría a los piratas y cuándo lo haría. Pero, solo por precaución, llevaba su nueva espada corta en la mano buena.

—Pues sí que tienes suerte —dijo el que tenía la pistola, con una sonrisa—. ¿Dónde están todos los chicos que fueron a la mina?

—Muertos —dijo el Tripas.

Los dos hombres dejaron de sonreír.

—¿Cómo que muertos?

—Venid conmigo. Os enteraréis cuando lo haga el Destripador.

—¿Y si nos lo cuentas a nosotros primero?

El Tripas se retorció.

—¿Por qué? ¿El Destripador te nombró capitán?

—Mucho ojo, lisi... —El que tenía la pistola empezó a levantarla.

—Lemmy. —Lo detuvo el otro con un tono de advertencia en la voz.

Lemmy bajó la cabeza para mirar a su compañero. Luego frunció el ceño y volvió a bajar el arma.

El que aún estaba acurrucado junto al cobre se metió el hacha en el cinturón, se puso de pie y se echó el cofre al hombro.

Las únicas casas a las que se había prendido fuego eran las de las afueras del pueblo. El resto aún seguía en pie, aunque las calles por las que pasamos estaban hechas un desastre y había ropa y muebles tirados por doquier.

Los lugareños que no habían opuesto resistencia, que eran la mayoría, parecían haber sido encerrados en el gran salón de reuniones al final del Paseo Celestial. Al lado del salón de reuniones estaba la hostería El Pavo Real, donde los piratas habían instalado su cuartel general.

La calle enfrente de la hostería estaba atiborrada con los restos del saqueo que había tenido lugar a lo largo y ancho de la isla: docenas de cofres, armarios, baúles y gavetas abiertos a golpes yacían tirados en el suelo junto con los cientos de objetos, antes valiosos, que los piratas habían descartado, vajillas, relojes rotos, alfombras enrolladas, cortinas de terciopelo echadas a perder y unos cuantos centenares de botellas de vino rotas.

Los carruajes y las carretas utilizados para traer hasta allí el botín yacían abandonados a todo lo largo del Paseo Celestial, atascando la calle a mitad de camino hacia el muelle. Los caballos, la mayoría de los cuales todavía llevaban puestas las correas, tenían la cabeza gacha y permanecían quietos, como si presintieran que tendrían problemas si se quejaban.

Unas pocas decenas de hombres ganduleaban en el amplio porche de El Pavo Real, picoteando las pilas de comida que habían llevado hasta allí y bebiendo el vino directamente de la botella. Debían de llevar en ello un buen tiempo, pues la mayoría parecía estar a punto de estallar, ya fuera por un extremo o el otro. A medida que nos acercamos, unos cuantos distinguieron al Tripas y empezaron a carcajearse.

—¡Mirad allí!

—¡Es el Tripitas!

—¿Resucitaste, eh, Tripitas? ¡Tócanos una canción!

—Si me das un poco de ese jamón, tal vez —gruñó el Tripas.

El hombre con el que estaba hablando se puso de pie tambaleándose y le arrojó por encima de la barandilla del porche una pierna de cerdo gigante y carnosa. Sin embargo, el Tripas no tenía la menor posibilidad de cogerla, pues aún llevaba la espada en la mano buena. Por suerte, yo estaba a su lado, desarmado y lo bastante hambriento como para animarme a lanzarme de lado enfrente de él y atrapar el jamón contra el pecho aunque me tumbara al suelo, que fue lo que ocurrió.

Los piratas se rieron a carcajadas. Pero el Tripas y yo no habíamos comido mucho a lo largo del último día y le hincamos el diente al jamón sin preocuparnos por cuán penosa pudiera parecer la escena. Lo que hizo que los piratas se rieran todavía más.

—¡Te vi en Pella! —le gritó un pirata cartagino al Tripas—. ¿Por qué te marchaste?

—Un *pudda* ricachón me esclavizó —gruñó él con la boca llena de jamón.

Estaba tragándome un cuarto bocado cuando oí el agudo chirrido de la puerta principal de El Pavo Real, seguido del súbito rugido de una voz ronca y enfadada.

—¡UY!

Todas las risas y las conversaciones cesaron en el acto. Se necesitaba un poder terrible para silenciar de golpe a treinta piratas borrachos, y no tuve que levantar la cabeza para saber que los pesados pasos que cruzaban el porche en dirección a nosotros eran los de Destripador Jones.

El hombre era una auténtica bestia, todo en él era descomunal con excepción de las diminutas orejas cartaginas. Tenía un machete en la mano y una mirada avinagrada en los ojos.

—¿Qué es eso de que mis hombres están muertos? —Su acento cartagino era tan marcado que sus palabras sonaron más como: «*¿Ques'eso dequ' misombres 'stán muertus?*»

—Los nativos acabaron con ellos.

—¿Qué nativos?

—Los que estaban esclavos en esa mina.

—¿Cómo lo sabes?

—Yo estaba allí. Los ricachones nos pescaron a mí y a él. —El Tripas sacudió la cabeza en mi dirección—. Cuando asaltaron Pella. Nos trajeron aquí y nos metieron en la mina con los esclavos. Ayer nos encerraron a todos y bajaron de la montaña para pelear con los tuyos. Pero hicieron una chapuza. Algunos de los nativos consiguieron soltarse y liberaron al resto. Estaban preparándose para irse a la cala y largarse cuando tus hombres llegaron por la carretera.

—¿Un puñado de salvajes? ¿Vencieron a mis hombres? *¡Pudda blun!*

La mirada asesina que el Destripador le lanzó al Tripas estuvo acompañada de una mueca feroz, un gruñido que dejaba ver los dientes, afilados a propósito para hacerlos puntiagudos. Si me hubiera mirado así a mí, creo que quizá me habría desmayado.

—Pero tengo buenas noticias para ti —dijo el Tripas.

—¿Cuáles?

—Sé dónde esconden los ricachones la plata.

Una oleada de murmullos se propagó alrededor de nosotros.

—¿Lo sabes? ¿Arriba en la mina?

—No. —El Tripas se retorció al tiempo que negaba con la cabeza—. Los ricachones se la llevaron a un lugar secreto.

—*Pudda blun* —se burló el Destripador.

—Es cierto —insistió el Tripas—. Puedo llevarte allí.

—¿A cambio de qué? ¿Quieres negociar conmigo?

—No pido mucho. Un puesto en tu tripulación. Eso es todo. Para mí y para él. —Me señaló con la cabeza de nuevo—. Te falta gente, podemos ser útiles.

—Tú tenías tu lugar. Y te escapaste.

—No lo haré dos veces.

—¿Por qué?

El Tripas bajó la cabeza.

—Pensé que vería mejores días. Terminé en *pudda* cadenas.

El Destripador se rascó el mentón a través de la barba y miró fijamente al Tripas.

—¿Dónde está la plata?

—Arriba, en la montaña. En lo alto. Te llevaré.

El Destripador miró a sus hombres.

—Mink... Barney... cinco más. Buscad una carreta. No tardéis. Quiero zarpar esta noche.

Los hombres a los que había llamado se dirigieron de inmediato a las escaleras del porche mientras que él daba media vuelta y se encaminaba al interior de la hostería. El corazón me golpeaba en el pecho.

«No va a funcionar.»

—Espera —dijo el Tripas.

El Destripador se volvió a mirarlo con el ceño fruncido.

—¿Qué?

—Una carreta no servirá. Es una subida complicada. Solo hay un sendero. Y la plata que hay que cargar es mucha.

—¿Cuánta?

—Suficiente, pero será mejor que la veas primero. —Los ojos del Tripas se desplazaron con rapidez del Destripador a los hombres desperdigados por el porche—. Así te aseguras de que llegue toda.

El Destripador echó la cabeza hacia atrás, sorprendido, y la tensión en el porche se disparó de repente. Unos cuantos piratas maldijeron con rabia al Tripas al tiempo que el Destripador avanzaba hacia él, bajando las escaleras del porche con la boca abierta en una sonrisa espantosa.

—¿Me estás diciendo que mis chicos me engañan?

El Tripas respiró hondo. Las siguientes palabras que pronunció fueron trémulas.

—Creo que... si vienes... nadie engañará a nadie.

El Destripador se había detenido delante del Tripas, que parecía todavía más pequeño a su lado. Por un momento, pareció que cualquier cosa podía suceder, lo que incluía que el Destripador partiera en dos al Tripas con el machete.

Entonces levantó la enorme mano y le dio una palmada al Tripas en un lado de la cabeza, apenas con la fuerza necesaria para recordarle quién era el jefe.

—De acuerdo, Tripitas. Vamos a ver la plata.

El rumor se propagó con rapidez. Al cabo de un par de minutos, las dimensiones de la multitud alrededor del Tripas y el Destripador se habían duplicado prácticamente. Los piratas eran ahora casi cincuenta, todos ellos excitados tanto por el efecto de la codicia como de la bebida.

Unos cuantos intentaron desenganchar a los caballos de las carretas para subir con ellos la montaña. Pero eran marineros, no jinetes, y además estaban borrachos, de modo que todos salvo uno se dieron por rendidos antes incluso de haberle quitado las correas a los caballos. Y el último lo dejó tan pronto como se dio cuenta de que no tenía silla de montar y de que el lomo de un caballo era más resbaladizo de lo que parecía. Los demás soltaron unas buenas carcajadas a su costa.

El Destripador inspeccionó a sus hombres. Y señaló a unos cuantos.

—Mono. Don. Lew. Kurt. Gran Jim. Quedaos aquí y cuidad de las ovejas —dijo, inclinando la cabeza hacia las puertas del salón de reuniones.

Los hombres a los que había mencionado (yo recordaba al Gran Jim de las pocas horas que pasé con la tripulación del Destripador, en gran medida porque teniendo ciento veinte centímetros de alto, era un personaje difícil de olvidar) hicieron muecas y fruncieron el ceño, pero no replicaron.

El Tripas y yo intercambiamos una mirada de inquietud. Cinco hombres eran muchos menos que cincuenta, pero, no obstante, seguían siendo un problema.

Al vernos mirándonos, el Destripador entrecerró los ojos. Y entonces me señaló.

—Tú también te quedas —dijo. Luego se volvió hacia el que llamaban Mono—. Si las ovejas te dan problemas... préndeles fuego.

—¿Qué hay de este? —preguntó Mono, señalándome con el pulgar.

El Destripador me miró.

—¿Quieres unirte a mi tripulación?

Asentí con la cabeza.

—Para eso hay que ser duro —me dijo. Luego se dirigió de nuevo a Mono—. Asegúrate de que es duro.

Estaba apenas empezando a preguntarme qué quería decir con eso cuando un puño que nunca vi llegar me golpeó en un lado de la cabeza.

CAPÍTULO 33

MEDIDAS DESESPERADAS

No está mal. Aguantas una zurra.

Escupí sangre en el barro. Hasta respirar era doloroso. Los cinco piratas me habían dado una buena paliza.

—Echa un trago. Te aliviará el dolor.

Al levantar la cabeza me topé con el Gran Jim, que me ofrecía una botella de vino. El enano se tambaleaba debido a todo lo que había bebido. Los demás estaban igual.

Conseguí levantarme hasta quedar de rodillas.

—¿Tienes un poco de agua? —pregunté.

Hablar me dolía todavía más que respirar. Y por alguna razón, la solicitud ofendió al Gran Jim.

—¡Tú *****! —dijo, blandiendo la botella con el propósito de rompérmela en la cabeza. Por suerte, logré quitarme del camino, lo que le hizo perder el equilibrio y caer al suelo.

Los otros se rieron. Estaban echados en los escalones de la hostería, aparentemente agotados tras el esfuerzo que habían realizado pegándome. Dos de ellos estaban liándose cigarrillos.

El Gran Jim se levantó de nuevo y, rencoroso, me pateó en el costado cuando volvía tambaleándose a sentarse con los demás.

—El problema con este —creo que fue Don el que habló— es que es capaz de aguantar, pero no de repartir.

—¿Qué quieres decir?

—¿No te acuerdas? Es el que pusimos en el ring para que peleara con el Tripas en ese barco de ricachones.

Las miradas de todos se clavaron en mí. Entonces un par de ellos comenzaron a asentir con la cabeza.

—¡Oh, sí! ¡No pudo acabar con él!

Lew se rio recordando la pelea.

—¡Se le había subido a la panza! ¡Tenía una bala de cañón! ¡Solo debía aplastarle los sesos! *¡Pum!* ¡Un golpe! ¡Y lo dejó ir!

Mono bufó con indignación.

—Perdí diez monedas de plata por tu culpa —me espetó.

—Sé dónde puedes recuperarlas —dije.

—¿En serio?

—Eso y mucho más. Arriba, en la montaña. —Miré en la dirección en que el Tripas se había llevado al Destripador y los demás. Ya no había rastro de ellos.

Mono no me hizo caso.

Pero yo tenía que conseguir de algún modo llevar a esos hombres a la montaña. Si no lo hacía, aunque el Tripas y las chicas lograran deshacerse de los otros, ellos oirían la explosión y entenderían que les habíamos tendido una trampa.

Entonces prenderían fuego al salón de reuniones y, después, me matarían.

A menos que me mataran antes.

«Tengo que llevarlos a la montaña... ¿Cómo?»

Dejaron de interesarse por mí y se concentraron en registrar una pila de enseres domésticos descartados. Estuve un rato viendo a Mono y Lew enfrascarse en un tira y afloja por una camisa de seda salpicada de barro. La discusión duró hasta que accidentalmente rasgaron la camisa por la mitad.

«Están borrachos. Y son estúpidos. Y codiciosos.»

Una idea empezó a formarse en mi cabeza.

Iba a ser difícil llevarla a cabo. Y si salía mal, terminaría recibiendo otra paliza. O algo peor.

Pero tenía que intentarlo. El pulso se me aceleró mientras planeaba lo que tenía que decir.

«Hazlo rápido. O estarás demasiado nervioso para que te crean.»

—¿Todos vosotros sois rovianos? —pregunté.

Mono resopló.

—Yo no soy roviano. No sirvo a otro rey más que mí.

—Quiero decir, de sangre. ¿Tu gente venía de Rovia? La mía también.

—¿Qué te importa?

—Cierra el pico, chico —gruñó Don.

—Solo quería saber, si me uno a la tripulación... ¿siempre nos toca la peor parte?

—¿Qué estás diciendo? —dijo Don, levantando el puño para pegarme.

Tenía que decirlo rápido.

—Porque yo sé cómo es con los cartaginos. He trabajado con ellos antes —dije, procurando sonar lo más pirata posible—. Hacen piña. Cuidan de los suyos. ¡Y son astutos! ¡Siempre enredando en sus redes a los honestos rovianos! Lo he visto una y otra vez. Poned a dos rovianos en una sala llena de rovianos y, escuchadme, esos demonios encontrarán la manera de engañarnos mil veces.

Don parecía recelar aún. Pero había bajado el brazo.

Lew asentía moviendo la cabeza despacio.

—Ellos sí que hablan entre sí —dijo—. Con esas voces escurridizas. Lo he visto.

—Siendo rovianos en un barco de orejas cortas nunca tenéis lo que os corresponde —dije.

—Eh, para ya —dijo Don—. El Destripador nos trata igual a todos.

—No lo creo —dije en tono burlón.

—¿Por qué?

—Solo tienes que mirar —le dije—. ¿Cuántos orejas cortas hay en la tripulación?

—Diez.

—¿A cuántos dejó el Destripador aquí con las ovejas?

—A ninguno.

—¿Lo ves? Los únicos que terminaremos timados somos nosotros, los rovianos.

—¿Cómo nos van a timar?

—Dándonos menos plata que a los demás —dije.

—¡ ***** ! —masculló Mono.

Don seguía siendo escéptico.

—¿Cómo sabes eso?

—¿Cómo lo sabrás tú? ¿Lo verás contarla? Porque a menos que estés allí cuando la encuentre, nunca te enterarás.

Para entonces los cinco estaban ya frunciendo el ceño. Mono parecía bastante convencido. Don, no tanto. Los demás estaban en algún punto intermedio.

Suspiré.

—Así son las cosas, supongo. Voy a unirme a la tripulación, lo mejor es que me vaya acostumbrando a recibir la peor parte.

Negué con la cabeza con tristeza fingida, subí los escalones del porche y empecé a picar los restos de comida como si tuviera todo el tiempo del mundo para esperar a que el Destripador volviera.

—Espera un momento, chico —dijo Don—. Resolvamos esto.

Resolverlo requirió un rato más de charla: no tanto porque dudaran de que iban a timarlos, como por el miedo a lo que el Destripador podía hacerles si abandonaban su puesto. Al final, sin embargo, la codicia triunfó sobre el miedo. Diez minutos después, marchaba a toda prisa guiándolos montaña arriba hacia el templo.

Empezamos a tan buen ritmo que en un momento me preocupó la posibilidad de que alcanzáramos a los demás demasiado pronto y el Destripador ordenara que volviéramos a bajar de la montaña. Sin embargo, era la tercera vez que subía la montaña sin haber comido ni dormido lo suficiente, y cuando llevábamos un kilómetro y medio las piernas me temblaban, los pulmones me ardían, la cabeza me daba vueltas y, a cada paso, debido a la paliza que acababa de recibir, sentía punzadas de dolor por todas partes... Entonces supe que tenía el problema contrario.

—¡Daos prisa, ***** ! —Don iba unos buenos veinte metros delante de mí y estaba enfadándose. Lew estaba justo detrás de mí y el Gran Jim de algún modo se las estaba apañando para mantener el ritmo a pesar de que sus piernas eran prácticamente una tercera parte de las de todos los demás.

—¡ *****, tú ***** ! —Mono y Kurt estaban quedándose rezagados, jadeando como un par de fuelles atascados. Imaginé que por haber fumado en exceso.

Cuando debíamos de llevar unos tres kilómetros, todos me pasaron.

—¡Venga, ***** ! ¡Enséñanos el camino!

Para entonces, ni siquiera podía gastar energía levantando la cabeza para ver cuán adelante iban. Me sentía tan mareado que lo único que podía hacer era mantenerme de pie.

«Sigue caminando.»

—¡Mueve el ***** !

«Sigue caminando.»

Oí la voz de Millicent en mi cabeza.

«Solo mantente vivo.»

De algún modo, logré mantenerme en el camino.

—¡Ahí está!

Estaba casi llegando al límite forestal. Desde donde me encontraba veía la cresta pelada delante de mí.

Un momento después dejé atrás los árboles y la cuesta era tan empinada que prácticamente tuve que subir gateando por la ladera.

Mono también se había rezagado. Lo alcancé de nuevo. El Gran Jim estaba justo enfrente de nosotros.

Levanté la cabeza y vi a lo lejos los escalones del templo. A la derecha había un grupo de hombres amontonados en la entrada del túnel, los piratas que habían subido la montaña con el Tripas.

Ya no podía respirar más. Iba a desmayarme.

«Solo mantente vivo.»

Estaba a cuatro patas, subiendo a rastras por el terreno irregular, los brazos y las piernas trémulos debido al agotamiento. El grupo de hombres fue reduciéndose a medida que los últimos piratas entraban al túnel. Don y Lew casi los habían alcanzado.

Vi al Tripas. Estaba saliendo por el hueco de la escalera, esquivando a los hombres que iban en dirección contraria.

Hubo un intercambio de palabras, pero no pude oír qué fue lo que dijeron. Él les hacía gestos con el garfio, la espada enfundada golpeando contra la pierna.

Más allá de la entrada del túnel, un débil bucle de humo ascendía desde la piedra en la que las chicas estaban escondidas.

Ya habían encendido la antorcha.

Don y Lew llegaron a la escalera y desaparecieron por ella.

Luego llegó el turno del Gran Jim.

Yo mismo casi había llegado y el Tripas miraba detrás de mí, haciendo gestos con el garfio.

—¡Vamos!

«¿Dónde está Mono?»

En algún momento lo había pasado. Llegaba rezagado detrás de mí.

Me hice a un lado para dejarlo pasar.

—¡Deprisa! ¡La contarán contigo!

Mono hizo una pausa al comienzo de la escalera para tomar aire.

—¡ADENTRO! —gritó el Tripas—. ¡TE LO PIERDES!

Mono frunció el ceño y, por un instante, pensé que iba a detenerse y pelear con el Tripas. Pero, a continuación, bajó a trompicones con el resto de la tripulación.

El último pirata estaba dentro.

Kira había estado vigilando desde detrás de las piedras y tan pronto como Mono desapareció de la vista, salió a toda pastilla con la antorcha en la mano.

Estaba a unos veinte metros de nosotros cuando oí el rugido de una voz conocida reverberando en el túnel.

—¡UY!

Era el Destripador.

Al tiempo que reducía la distancia que la separaba de nosotros, Kira echó el brazo hacia atrás y lanzó la antorcha.

Yo me agaché, perdí el equilibrio y me caí.

Alguien dejó escapar un grito de angustia. Miré desde el suelo.

Era Millicent. Había salido de detrás de la piedra y miraba consternada algo que estaba más allá de mí.

Me volví para ver qué era lo que estaba mirando. Kira y el Tripas se encontraban justo delante de mí, todavía de pie. Él estaba sacando la espada corta de la funda y ambos miraban con atención la entrada del túnel.

La antorcha encendida había caído en la parte alta de la escalera. Destripador Jones, que iba ya por la mitad de ella, giró la cabeza de la antorcha a la boca del túnel.

Debió de haber adivinado qué era lo que intentábamos hacer porque salvó los últimos escalones con una veloz zancada, llegó hasta la antorcha y la recogió del suelo.

Entonces enderezó la espalda y se volvió hacia nosotros.

Despacio levantó la antorcha por encima de la cabeza, haciendo ostentación de ella como un rey con su cetro.

Se reía de nosotros.

«No ha funcionado.»

Habíamos fracasado.

Haciendo un gran esfuerzo me levanté, listo para echar a correr e intentar salvar la vida, cuando el Tripas dio dos pasos en dirección al Destripador y agitó el brazo bueno como si intentara hacer chasquear un látigo.

Un destello de acero brilló en el aire.

Y, a continuación, la antorcha que estaba en la mano del

Destripador cayó en línea recta y desapareció por el hueco de la escalera.

El Destripador levantó la cabeza, los ojos como platos, fijos en la mano en la que llevaba la antorcha.

El brazo seguía en alto, por encima de su cabeza.

Pero la mano se había desvanecido, cortada a la altura de la muñeca por la espada del Tripas.

Y entonces el Destripador se desvaneció también, tragado por la columna de fuego que brotó del túnel al tiempo que la explosión sacudía la montaña.

CAPÍTULO 34

EL CAMINO A VILLA DICHOSA

Llegamos a Villa Dichosa justo antes de la puesta de sol. Tambaleándonos los cuatro debido al hambre y al agotamiento. Una vez más el cielo adquirió esos tonos rojo y naranja de apariencia sobrenatural, una imagen que el humo que flotaba sobre las casas incendiadas en los límites de la ciudad contribuía a hacer más inquietante.

Romper la cadena que impedía abrir la puerta del salón de reuniones requirió de cierto esfuerzo con el hacha. Cuando finalmente logramos abrir el recinto, la cantidad de personas que salieron en tromba a la calle fue de verdad asombrosa: había fácilmente un millar, quizás incluso dos. Tenían que haber estado hacinados ahí dentro.

Entonces empezaron los llantos y los abrazos. A mí nunca antes me había abrazado un extraño, mucho menos docenas de ellos. Fue conmovedor, supongo; por desgracia, tras la paliza que me habían dado los piratas tenía los brazos y las costillas muy maltratados, de modo que en realidad los abrazos me causaban dolor.

Y lo que de verdad quería en ese momento no eran abrazos, sino comida.

Estaba intentando abrirme paso hacia las pilas de comida que los piratas habían dejado en el porche de El Pavo Real (pilas que estaban reduciéndose con rapidez, pues los lugareños tampoco habían comido desde el día anterior) cuando Millicent trepó encima de la barandilla para dirigirse a la multitud.

—¡Tengo algo importante que decir! —gritó.

—¡GRACIAS! —bramó alguien.

—¡TE QUEREMOS! —gritó algún otro.

Y de repente todos estaban coreando «¡GRACIAS!» y «OS QUEREMOS» y, por todas partes, la gente estiraba los brazos para palmearme en la espalda y los hombros (lo que, una vez más, era bonito y todo lo demás, pero dolía) y, a unos pocos metros de donde estaba, vi a una mujer intentando plantarle un beso en la mejilla al Tripas, que casi la premia clavándole el garfio en el cuello, pues su agradecimiento le tenía absolutamente sin cuidado y ella le estaba obstruyendo el acceso a la comida.

Millicent levantó la mano, hizo un gesto pidiendo silencio y dijo algo que no pude oír porque el gobernador Burns, el viejo mofletudo que en teoría gobernaba Amanecer, pero que la mayor parte del tiempo solo hacía lo que Roger Pembroke le mandaba, me abrazó por el cuello —«ay»— y gritó junto a mi oreja:

—¡Este chico es un héroe!

Nadie, en realidad, le prestaba a Millicent la atención que reclamaba. Así que...

—¡SILENCIO! —bramó a voz en cuello.

Eso surtió el efecto deseado.

—Nos alegra que todos estéis con vida —gritó Millicent—. ¡Pero es importante que oigáis esto!

Un millar de personas guardaban silencio ahora, los ojos fijos en ella.

—Hemos estado en la mina de plata —les dijo—. Los hombres que trabajaban en ella eran esclavos.

Un murmullo recorrió la multitud.

—¡Eso es ilegal! —gritó alguien.

—¡No aquí! —chilló una mujer.

—Una acusación muy grave —bramó otra persona.

—¡No es una acusación! —replicó Millicent a voz en cuello—. Es un hecho. Estaban encadenados. Todos y cada uno de ellos.

Le eché un vistazo al gobernador. Parecía mucho menos alegre de lo que estaba hacía apenas unos segundos.

—Estoy segura —continuó Millicent— de que la mayoría de vosotros no sabía nada de eso. Pero ahora lo sabéis. Y es nuestro deber, el deber de todos nosotros, asegurarnos de que eso nunca vuelva a ocurrir.

—¡Nunca!

—¡Por supuesto que no!

—¡Es escandaloso!

Un puñado de los presentes respondieron con gritos como esos. Pero solo un puñado.

La cara de Millicent se endureció.

—¡Decid conmigo: nunca más!

—¡Nunca más! —gritaron unas cincuenta personas. Quizás incluso menos.

Millicent se repitió, más alto esta vez:

—¡Nunca más!

—¡Nunca más! —coreó la mitad de la multitud.

—¡Juradlo! ¡NUNCA MÁS!

—¡NUNCA MÁS! —Esta vez, por fin, consiguió que lo hicieran todos.

La cabeza de Millicent giró de lado a lado, mirando fijamente a los presentes. Creo que estaba intentando decidir si debía o no creerles.

—Somos buenas personas —dijo finalmente—. Asegurémonos de que actuamos como tales.

Entonces miró por encima del hombro a los lugareños que, a sus espaldas, se apiñaban en el porche alrededor de la comida.

—¡Y por el amor del Salvador, dejadnos un poco de comida! ¡Os salvamos la vida y estamos hambrientos!

La multitud que abarrotaba la calle se apartó abriendo un

camino hacia las escaleras de la hostería para el Tripas, Kira y para mí. Cuando llegamos al porche, encontré a Millicent fundida en un abrazo con su madre. Ambas estaban llorando.

Cuando la señora Pembroke me vio, prácticamente derribó a dos paisanos en su afán por abrazarme. El abrazo me dolió como todos los demás, pero, esta vez, no me importó.

Una vez que terminamos de comer, había oscurecido por completo. Burns envió a la montaña a un equipo de hombres en buena condición física para que mantuvieran vigilados a los piratas que habíamos dejado en las ruinas del templo, encerrados y rugiendo de furia e impotencia. Llegado el momento, los enviarían a Villa Edgardo para que rindieran cuentas ante la justicia, y era muy improbable que tuvieran suerte en el juicio.

El resto de la multitud se dirigía a sus casas. Una calma pesada se había instalado en Villa Dichosa. Era posible que el discurso de Millicent tuviera algo que ver con ello, pero pienso que en gran parte lo que sucedía era que la población había empezado a ser consciente de que si bien los piratas no eran ya una amenaza, habían dejado tras de sí un caos espantoso. Se necesitaría un buen tiempo y mucho trabajo duro para conseguir que Amanecer recuperara su esplendor.

Pero nada de eso era problema mío. Por primera vez en lo que me parecían siglos, yo no tenía problemas de ningún tipo: nadie de quien huir o hacia quien correr, nadie contra quien pelear o por quien pelear, nadie a quien detener o a quien salvar.

Y cada vez que mis ojos se encontraban con Millicent, ella me sonreía con esa sonrisa maravillosa y cálida que era todo lo que yo quería en el mundo.

No sabía si lo que mis amigos y yo habíamos hecho valía diez millones en oro. Pero eso ya no me importaba. La sonrisa de Millicent valía diez millones para mí. Y por el momento, todo lo demás era irrelevante.

Mientras comíamos, el pequeño ejército de sirvientes de la señora Pembroke había trabajado duro para liberar su carruaje del atasco de carretas y caballos que había a lo largo del Paseo Celestial. De modo que al terminar, lo único que tuvimos que hacer fue subir a él para que nos llevaran montaña arriba a la Mansión de las Nubes.

El lugar había sido saqueado, pero el desastre era menor de lo que hubiera podido ser. Y una carreta llena de sirvientes había partido de Villa Dichosa con bastante antelación, así que para cuando subimos arrastrándonos por la amplia escalera central, nuestras habitaciones ya nos estaban esperando con camas blandas y sábanas limpias. Alguien me preguntó si deseaba darme un baño caliente, pero estaba demasiado cansado incluso para responder. Hundí la cabeza en la almohada de plumas y, dichoso, caí dormido en el acto.

Me desperté en una habitación bañado por la luz rojiza de la mañana que entraba a raudales por las ventanas sin cortinas.

Era tal el silencio y la paz de toda la casa, que al empezar a bajar las escaleras hice una mueca de dolor cuando el chirrido de mis pasos sobre los escalones de madera hizo eco en el vestíbulo. Estaba al final de la escalera cuando me llegó el olor del pan de mermelada recién hecho y aceleré el paso.

La luz que inundaba la cocina era tan roja como en la habitación. La señora Pembroke estaba sentada en un rincón, tomando una taza de té. El pan con mermelada estaba enfriándose en un molde junto a una pila de platos y tenedores.

Ella sonrió al verme.

—Buenos días —dijo casi susurrando. Supongo que ella tampoco quería romper el silencio que reinaba en la casa.

—Hola —dije yo.

Tomó un cuchillo para cortarme una rebanada de pan con mermelada.

—¿Quieres una taza de té?

—Sí, gracias.

Se levantó de la mesita, me indicó por señas que tomara asiento y fue a buscar otra taza.

Me senté enfrente del pan con mermelada. Era celestial. No sé cuál era el secreto que hacía que el pan con mermelada de la Mansión en las Nubes fuera diferente del que podías comprar en las panaderías de Villa Edgardo y Villa Dichosa, pero lo cierto era que el de los Pembroke los superaba a todos.

La señora Pembroke puso una taza de té caliente delante de mí.

—¿Siguen durmiendo los demás? —preguntó.

Asentí con la cabeza.

—Tú también deberías hacerlo. Tienes que estar agotado.

—Quizá vuelva luego a la cama. Si le parece bien.

—Me parece que... —dijo con una sonrisa—... cualquier cosa que quieras hacer estará bien. Durante mucho tiempo.

Sentí un nudo en la garganta y supe que tenía que cambiar de tema rápido, antes de que su amabilidad hiciera que me echara a llorar.

—¿Por qué está la mañana tan roja? —pregunté—. Es muy extraño.

—Sí que lo es —dijo, asintiendo con la cabeza, y se asomó por la ventana—. Empezó hace unos días. Creo que tiene que ver con el volcán.

El volcán. Me había olvidado por completo de él. De inmediato sentí la preocupación empezando a reptar por mi estómago.

—¿De verdad fue una erupción? ¿O solo humo?

—No lo sé —dijo—. ¿Hay alguna diferencia?

—En ocasiones lanza humo y chisporrotea, pero eso es todo —le conté.

—Pues yo nunca lo había visto humear así —dijo ella—. No en todo el tiempo que llevo viviendo en Amanecer.

—Mi hermano está en Bochorno —dije.

—¡Oh, cariño! —dijo, llevándose una mano a la boca. Luego estiró el brazo y puso la otra mano sobre la mía—. Lo siento mucho. ¿Hay algo que podamos hacer?

—No lo sé —dije. Pensaba que tenía que hacer algo, pero no se me ocurría nada.

—Aguarda... —dijo ella, poniéndose de pie con rapidez—. Tomás llegó hace apenas un momento. Mencionó un barco... ¡TOMÁS!

El eco de su voz recorrió la casa. Luego se oyeron pasos y un instante después apareció el criado.

—¿Sí, señora?

—Dijiste que un barco entró en el puerto esta mañana, ¿verdad? ¿Venía del sur?

—Sí, señora. Atracó justo después del amanecer. Lo vi desde la carreta cuando iba por la costa y...

—¿Es posible que viniera de Bochorno?

El hombre consideró la cuestión.

—Podría ser. Ciertamente estaba bastante desaliñado.

La señora Pembroke se volvió hacia mí.

—La mayoría del tráfico marítimo proviene del norte y del este. Si ese barco llegó desde el sur, quizá venga de Bochorno.

Asentí con la cabeza.

—Podría ser. Esa es la ruta que siempre usábamos para venir. Rodeando el Punto Sur —dije, y me lancé a devorar el pan de mermelada tan rápido como pude.

—Puedo llevarlo a la ciudad para que lo compruebe —se ofreció Tomás—. Tan pronto como los caballos hayan comido.

—¿Cuánto pueden tardar? —pregunté.

—Una hora, aproximadamente.

—No hay problema —dije—. Puedo caminar.

A pie, podría estar en el puerto en veinte minutos.

Bajé el último trozo de pan con mermelada con un sorbo de té y me levanté de la mesa.

—¿Estás seguro? ¿No prefieres que te lleven? —preguntó la señora Pembroke—. Tomás puede...

—No, así está bien —dije.

—Espera: toma algo de dinero. Solo por si tienes alguna necesidad.

Tomé un atajo a través de las propiedades vecinas y el bosque, con las monedas de plata de la señora Pembroke tintineando en el bolsillo mientras corría montaña abajo.

«Si Adonis no está en ese barco...

»Puede que alguien en la ciudad sepa qué ocurrió...

»Podría contratar un barco e ir a Puerto Rasguño...»

Llegué a la carretera de la costa y giré hacia abajo, rumbo al puerto.

«¿Y qué pasa si Adonis sí que está en el barco?»

Tendría que invitarlo a la Mansión de las Nubes. Y él era un huésped terrible.

En un santiamén, pasé de rezar para que Adonis apareciera sano y salvo a esperar que estuviera a salvo, pero en algún lugar lejano, donde mis amigos y yo no tuviéramos que aguantarlo.

«Tal vez mi tío pueda encontrarle un empleo. O tal vez no haya pasado nada grave en Bochorno y él no tenga que dejar la plantación. Tal vez...

»Alguien sube por la carretera.

»¡Tal vez es Adonis!

»No, es solo un viejo.»

El hombre cojeaba al caminar, llevaba el brazo izquierdo colgando inútil de un cabestrillo sucio y tenía la espalda tan doblada que el bolso, lleno a reventar, que colgaba del hombro bueno, corría el riesgo de terminar resbalando y cayendo al suelo. Vestía ropas de caballero, pero estaban tan mugrientas que daba la impresión de que las hubiera desenterrado de un agujero en el suelo antes de ponérselas. O de que alguien lo hubiera desenterrado a él de un agujero en el suelo.

«Pobre tío. Los piratas del Destripador debieron de darle duro.»

A medida que la distancia entre los dos se reducía, advertí que alzaba con sorpresa el mentón al verme. El hombre enderezó la espalda y niveló los hombros y me di cuenta de que era mucho más alto de lo que parecía.

Entonces la barba entrecana y desigual se abrió para revelar una línea de dientes blancos.

Y yo le puse una sonrisa en la cara.

«Otro lugareño agradecido. Apuesto a que querrá abrazarme.»

El hombre estaba escarbando el bolso.

«¡Oh, Dios, me va a dar un regalo!

»Eh, el papel de héroe es algo a lo que podría acostumbrarme.»

Ya casi estaba encima de él, que tenía la cabeza agachada, todavía buscando algo en el bolso. Me detuve para esperarlo.

—Buenos días —lo saludé con alegría.

Él por fin había encontrado lo que estaba buscando.

Levantó la cabeza y vi los ojos azul hielo por primera vez mientras sacaba la pistola y me apuntaba al pecho.

La sonrisa en su sucia cara lentamente se amplió de oreja a oreja.

—Y yo que pensaba que mi suerte se había acabado —dijo Roger Pembroke.

EL BOTE DE REMOS

Baja las escaleras.

Nos encontrábamos en el acantilado encima de la cala donde el barco esclavista solía atracar. Pembroke estaba detrás de mí. Era la primera vez que hablaba desde que me había ordenado dar media vuelta, salir de la carretera y empezar a caminar montaña arriba, a través de los árboles, advirtiéndome de que, si abría la boca o hacía cualquier clase de ruido, me pegaría un tiro en la cabeza.

Lo que no podía entender era por qué no me había disparado ya.

Comencé a bajar los escalones procurando no mirar al mareante abismo que tenía a la izquierda, ni al distante bulto al final de la escalera, el cuerpo de Birch.

Cuando llegué abajo, me apresuré a dejar atrás el cadáver sin siquiera echarle una ojeada.

Oí a Pembroke detenerse detrás de mí.

—Bueno, esto debería hacerte feliz —dijo—. Sigue caminando.

Me agaché para pasar por el arco que conducía al interior de la oscura cala.

—Hasta el fondo.

El barco de esclavos y la balandra de Cyril no estaban allí, e inicialmente pensé que la cala estaba vacía. Luego, cuando mis ojos se acostumbraron a la débil luz, me di cuenta de que se extendía mucho más lejos de lo que había advertido antes. Caminé a lo largo de la plataforma excavada en la roca, más allá de las abrazaderas de hierro en las que habían estado amarrados los barcos. Después de ellas, había varios contendores grandes alineados contra el costado de la plataforma.

Justo enfrente de la pared negra, había un pequeño bote de remos que colgaba del techo sobre el agua mediante pescantes.

—Pon el bote en el agua.

Hice lo que me ordenaba. Mientras lidiaba con el bote, lo oía escarbar entre los contendores.

Al distinguir un *clac* metálico a mis espaldas, me arriesgué a mirar por encima del hombro.

—¿Te he dicho que te volvieras? ¡Bájalo!

Conseguí bajar el bote.

—Amárralo.

Enrollé la cuerda de proa en una de las abrazaderas del borde de la plataforma.

—Ahora, quieto.

Oí de nuevo el *clac* metálico, esta vez más cerca.

Algo frío y duro me golpeó en el tobillo.

Entonces oí un sonoro *clic* y sentí la presión de un objeto pesado sobre el pie. Al mirar hacia abajo, sentí el peso frío alrededor del otro tobillo. Y hubo un segundo *clic*.

Me había encadenado las piernas con la misma clase de grilletes que yo les había quitado a los esclavos okalu.

—Sube al bote. Y ten cuidado de no caerte al agua. Las cadenas te arrastrarían al fondo.

No sé muy bien cómo, pero me las apañé para saltar al bote.

—Siéntate atrás. Vuélvete. Dándome la espalda. Así es.

El bote se meció, al principio ligeramente, luego de forma brusca.

—Ahora da media vuelta. De cara a mí.

Lo hice. Se había sentado en la proa y me miraba sin dejar de apuntarme con la pistola. A sus pies había un saco de arpillera lleno de quién sabe qué.

—Empieza a remar.

Metí los remos en las horquillas y comencé a remar. Con todos los cardenales que tenía alrededor de las costillas, remar me causaba un dolor de mil demonios, pero logré maniobrar y sacar el bote de la cala y llevarlo a mar abierto. La embarcación se sacudió contra las olas.

El humo del volcán manchaba todo el cielo delante de mí formando una nube densa y furiosa.

—¿Te he dicho que pararas?

—No —dije—. Pero tampoco me ha dicho en qué dirección ir.

—A Bochorno. Y rápido —dijo, mirando por encima del hombro—. Me gustaría llegar mientras todavía existe.

Volví a remar.

Pero era absurdo.

—Me llevará días remar hasta allí.

—Días no. No si te das prisa.

—¿Pero por qué?

—Porque tú vas a guiarme a través del Valle de las Plantas Atascadas hasta el Risco Rojo: ¿te suenan esos nombres?

—Sí. Son del mapa.

—¿Y sabes dónde están? ¿Puedes encontrarlos?

—Sí.

—Excelente. Una vez que estemos allí, podrás desenterrar el tesoro para mí. Quizá te ayude, si estoy en condiciones. —Levantó el brazo herido unos cuantos centímetros por encima del cabestrillo.

Seguía siendo absurdo.

—El Puño no es mágico —le dije—. Usted mismo lo dijo. Es...

—Yo no necesito magia. Necesito dinero. Y la dote de la Princesa del Alba me vendrá perfectamente.

—¿Y si no la encontramos?

—Entonces no será por no haberlo intentado. Venga, estoy seguro de que puedes remar con mucho más brío.

Yo hacía lo mejor que podía. Pero el mar picado nos empujaba en dirección contraria.

Y además Pembroke estaba completamente equivocado. Tardaríamos días en remar hasta Bochorno.

El volcán seguía echando humo.

«Esto es una locura.»

—Pero el volcán...

—... Hace nuestro destino inconfundible, ¿no es así? Por tanto, no tienes que preocuparte de que vayamos a perdernos.

—Nos matará.

Él se encogió de hombros.

—No puedo decir que eso me inquiete. La verdad es que últimamente he tenido una racha de mala suerte fenomenal. Hice una apuesta bastante grande, lancé los dados y la pifié. Tanto que, cuando cargué esta pistola, el blanco que tenía en mente... —Levantó el arma hasta su cabeza—. Era yo.

Frunció el ceño y le dio un leve tirón a la pistola para fingir que disparaba.

—Pero entonces apareciste tú. —Sus ojos se encendieron, y el ceño fruncido se transformó en una sonrisa—. Y comprendí que el Salvador mismo había recogido los dados y me los había puesto de nuevo en la mano para una última tirada.

La pistola volvió a apuntarme.

—Ahora bien: ¿de verdad hay un tesoro allí? ¿Va a estallar el volcán? ¿Nos encaminamos a una muerte segura? Entiendo que esas preguntas puedan ser importantes para ti. Pero a mí, para ser franco, me importan un pimiento. En términos prácticos, chico: yo ya estoy muerto.

Entonces se acomodó en su puesto con un suspiro de placer.

—Y esta es mi jugada de resurrección —dijo.

Remé durante un tiempo en silencio, intentando encontrarle el sentido a lo que había dicho Pembroke.

—¿Necesita dinero? —le pregunté.

—Y de forma desesperada, sí.

—Pero usted es el hombre más rico que conozco.

—Lo era. Mmm. Tenía una bonita fortuna, sí. —Su rostro adquirió una expresión nostálgica—. Un hombre inferior se había sentido más que satisfecho con ello. Yo no. Yo abrigaba sueños más grandes. Y... casi los hago realidad. Si lo hubiera conseguido, habrían escrito sobre mí en los libros de historia. Toda esta parte del mundo habría sido mía.

Se enderezó, repentinamente animado, y se inclinó hacia mí al tiempo que señalaba con la pistola hacia el oeste, en dirección a las Nuevas Tierras.

—¿Tienes alguna idea del potencial desaprovechado de esas tierras? ¡Es un continente lleno de riquezas! ¡Con mano de obra gratuita hasta donde alcanza la vista! Y nadie ha tenido la visión necesaria para desarrollar ese potencial más allá de un par de insignificantes minas de oro. Nadie, excepto yo.

Suspiró y negó con la cabeza. Estaba a punto de señalarle que lo que él llamaba «mano de obra gratuita» era lo que la mayoría de las personas llama «esclavitud», pero de repente estaba hablando de nuevo, demasiado rápido para interrumpirle.

—Pero cuando estás rodeado de hombrecillos estrechos de miras y miedosos, sin otra ambición que aferrarse a lo que ya tienen y sin gusto por el riesgo, no importa cuán grande sea la recompensa... Bueno, en ese caso tienes que hacerlo todo tú mismo, ¿no es así? Pagar a los soldados, pagar los buques, pagar las armas, pagar la comida, pero incluso entonces, ¡incluso entonces!, todos quieren sobornos por debajo de la mesa y garantías incuestionables de que recibirán una buena tajada si logras tu cometido, y que el Salvador te ampare si las cosas se ponen complicadas, porque entonces ellos saldrán corriendo como ratas y te dejarán en la estacada.

Al decir esto entrecerró los ojos, abrasados por el rencor, y pensé que había terminado. Al instante, sin embargo, volvió a explotar.

—¡Y estuve tan cerca! ¡Tan... cerca! Si solo hubiera podido conservar Pella unas pocas semanas más, hasta que llegaran las recuas con el oro... habría estado hecho. Habría ganado. Si ese cerdo fanfarrón de Li Homaya no hubiera aparecido de la nada... ¡Y todo por tu culpa! ¡Maldita sea! ¡Todo fue culpa tuya!

Estaba hirviendo de furia y agitaba la pistola en mi cara, lo que me hizo encogerme hacia atrás al tiempo que me preguntaba cómo podía haberse enterado de que fui yo el que puso sobre aviso a Li Homaya.

—Si el necio de tu tío no me hubiera abandonado llevándose a sus hombres con él, habría conseguido derrotar a esos orejas cortas sin inmutarme.

El arrebato de furia cesó. Se hundió de nuevo en su puesto y dejó escapar un largo suspiro mientras bajaba la mirada al brazo herido.

—Con todo, sigo sin entender cómo demonios Li Homaya terminó atacándome desde el norte.

Me había equivocado. Él no lo sabía.

«Fui yo. Fui yo el que envió a Li Homaya a detenerte. Y funcionó.»

—¿De qué te ríes?

—De nada.

Me miró frunciendo el ceño durante un momento y después volvió a sus elucubraciones.

—Cien hombres más y habría podido mantener la ciudad. Cincuenta, si hubieran tenido espíritu de lucha... Cincuenta hombres buenos y seguiría allí. Ese tonto de Burns y el resto de los lacayos del rey estarían desviviéndose por besarme el anillo. En lugar de andar por ahí cubriéndose el culo y echándome la culpa a mí... Quiero decir: ¡es una locura! ¡La forma en que me hablaron esta mañana! No acababa de poner un pie en el muelle...

Estaba a punto de volver a estallar de ira.

—¡Mi muelle! ¡Yo construí ese muelle! ¡Yo construí toda

esa ciudad de la nada! ¡Todo lo que tienen se lo deben a mi esfuerzo! Y todos ellos...

»No es solo la ingratitud. ¡Es la incompetencia! Semejante panda de idiotas ineptos. Me ausento un mes y ellos dejan que los piratas saqueen y arrasen toda la isla. ¡Un solo barco! ¿Destripador Jones? ¡Pero si es un zoquete! ¡El tío no puede ni abrocharse el cinturón sin manual de instrucciones! ¿Y ellos le dejan entrar tan fresco y quemar media ciudad? ¡ ***** ! ¡Por el ***** del Salvador!

Ese era todo un taco. Al Tripas le hubiera gustado.

—¿Y tienen el descaro de insinuar que de algún modo fue por mi culpa? Y que renegaban y descartaban el acuerdo comercial que teníamos, y del que durante tanto tiempo todos ellos se habían beneficiado tan espléndidamente, solo porque esa pequeña... Oh, aquí es donde la cuestión de verdad me resulta irritante...

De nuevo se inclinó hacia mí, los ojos azules brillando con ferocidad.

—Dime: en nombre del Salvador, ¿qué fue lo que mi hija le dijo a esa gente?

Hubiera vuelto a sonreír si la mirada en sus ojos no hubiera sido tan perturbadora.

—Que había esclavos trabajando en la mina. Y que eso estaba mal. Y que nunca debía volver a ocurrir.

—¡Oh, ***** ! ¡La hipocresía! ¿Cuánta gente la oyó decir eso?

—Todos.

—¿Todos?

—Todos los que no estaban muertos.

Hizo una mueca.

—¡ ***** ! Debería haber tenido un hijo.

Se cambió la pistola a la mano herida, gruñendo un poco de dolor al sacar medio brazo del cabestrillo para seguir apuntándome. Luego se frotó la cara con la mano buena.

—Bueno, con eso termina todo, ¿no es así? Hasta aquí llegó mi gran experimento con la respetabilidad... Estoy harto de ese juego. Pero no he acabado con ellos. Ni por asomo. ¿Quieren convertirme en el malo? La próxima vez, pienso darle una razón para hacerlo. Cuando esos tontos vuelvan a verme, no seré el Roger Pembroke de dedos delicados con su camisa de seda. Reggie Pingry volverá a sus raíces.

«¿Reggie Pingry?»

—Vas a encontrar ese tesoro para mí... y con él me compraré un barco rápido... y una tripulación hambrienta... y todos y cada uno de esos cobardes de sonrisa afectada que me traicionaron sabrán lo que es el miedo.

Al ver el desconcierto en mi cara, sonrió con satisfacción.

—¿No te contó nada tu tío? ¿No te habló de su viejo colega Reggie? ¿El que le enseñó todo lo que sabe? Solía tenerlo a mis pies, rogando por las sobras. El pequeño Billy Healy, que lo único que quería era ser como yo.

—¡Eso no es cierto! —Su mirada era tan salvaje y demente que no quería provocarle con alguna réplica, pero fui incapaz de aguantarme.

—Oh, sí que lo es —dijo, asintiendo con la cabeza—. Y hay más. Pero, por supuesto, él no iba a contarte nada de eso, ¿no? Porque él quiere que pienses que, de algún modo, él es mejor que yo. Y que existe de verdad algo semejante a un pirata honorable.

Pembroke —«¿o era Pingry?»— se rio para sí mismo. Luego me miró fijamente durante un buen rato con una sonrisita juguetona en los labios.

—Y si no te habló de mí y de él... ¿Supongo que debo dar por hecho que tampoco te habló de mí y de tu madre?

Solté los remos. El bote se sacudía en las olas.

—Así es, chico... Yo podría haber sido tu padre. Estuve muy cerca de serlo.

La sonrisa en su cara era casi tierna.

Y yo tenía ganas de vomitar.

—No...

—Oh, sí. Jenny iba a ser mi esposa. Nada la habría hecho más feliz.

Las olas golpeaban contra el bote. Las manos me temblaban.

—Mientes.

—Ya no necesito mentiras, chico. Y entiendo muy bien la conmoción que estás sintiendo: me pasó lo mismo cuando hice la conexión. Allí en las escaleras del palacio en Pella, mirándote con la soga al cuello. Imaginando lo que Jenny hubiera pensado si yo hubiera colgado a su hijo...

Su voz se apagó por un momento, pero luego reaccionó.

—Hay que agradecer al cielo que la cosa no haya sido peor, ¿no? Sigue remando.

No me moví.

—Hijo, este bote no va a remarse solo.

Tenía la mirada clavada en los pies. Y las cadenas que los ataban.

Oí a Pembroke suspirar. Luego oí un chirrido y un crujido de arpillera. Estaba buscando algo en el saco.

—Escúchame —dijo—. Rema... y no tendré que usar esto.

Alcé la cabeza. La pistola seguía en la mano herida, la izquierda.

En la derecha tenía un látigo de cuero.

—Y si eres un buen chico y te portas bien, te contaré algunas historias por el camino.

Tenía que tener mucha práctica con el látigo. Al final, solo tuvo que hacerlo chasquear una vez para convencerme de que volviera a remar.

Remé durante todo el día, más allá del agotamiento. Finalmente, me dejó descansar. En el saco tenía un jarro de agua hedionda y me dio un poco, así como un par de tiras de carne pasada.

—Tienes su cara, ¿sabes? Por suerte. No tienes esa nariz de caballo que tus hermanos sacaron de tu padre. Nunca me hubiera imaginado que se casaría con un tío tan feo. Debía de estar pasando por un momento difícil después de nuestra ruptura... —Suspiró—. Muy bien. Se acabó la diversión. Vuelve al trabajo.

Era el atardecer, y recortado con el cielo enrojecido el penacho del volcán se tornaba negro y adquiría un aspecto todavía más siniestro. Tenía las manos ampolladas y la boca tan seca que no podía tragar o hablar.

Y deseaba que él no pudiera hablar. Todo lo que decía me ponía enfermo.

—Yo diría que lo pasamos bien. Tu madre sin duda sabía cómo divertirse. Y ella era tan entregada conmigo. No quería otra cosa que cocinar para mí, arreglar mi casa, tener hijos conmigo...

»Pero tenía que terminar. ¿Sabes por qué? Porque ellos eran pequeños. Personas pequeñas. Gentecita. Ella y su hermano, ambos. Sueños pequeños. Mentes pequeñas. Valores pequeños. Incluso Billy. Consiguió convertirse en un pirata medio decente, pero es incapaz de pensar en algo más grande que un rinconcito asqueroso en un mar asqueroso. Todo ello sin dejar de darse palmaditas en la espalda por su código de honor.

Era de noche. Y la oscuridad era tal que apenas podíamos vernos las caras el uno al otro. Pero de la boca del volcán brotaban hilillos naranjas que me permitían orientarme.

Yo estaba prácticamente roto. Cada vez que tiraba de los remos, un temblor me recorría el cuerpo entero.

Pero cada vez que intentaba descansar, él oía que las palas habían dejado de chocar contra el agua y hacía chasquear el látigo.

Por fin había dejado de hablar acerca de mi madre. Pero no había dejado de hablar.

—Es el dinero... Siempre es el dinero. Nunca dejes que te convenzan de que no es así. El dinero es poder. El dinero es amor. El dinero es hombre. El dinero es lo que hace que el mundo gire... y gire... y gire...

Estaba nevando.

Yo nunca había visto nevar. Solo había leído al respecto. Pero ahora había pequeños copos secos por doquier. Se me pegaban a las manos. Se me pegaban a la cara.

Su voz me llegó a través de la oscuridad, cansada y débil.

—Voy a ganar. ¿Sabes por qué? Porque nadie más tiene los huevos para meter las manos en un volcán y sacar una fortuna.

El cielo era púrpura. El mar estaba en calma. Estábamos cerca.

Para entonces yo ya sabía que lo que caía del cielo no era nieve sino la ceniza que el volcán escupía y se esparcía sobre todo.

Él llevaba un rato sin moverse ni hablar. Tenía los ojos cerrados. Una delgada capa de ceniza le coronaba la cabeza, y algunas partículas de ella se habían quedado suspendidas en sus pestañas. La pistola se inclinaba hacia un lado, descansando contra el cabestrillo que sostenía el brazo herido.

Me lancé sobre él.

Pero me había olvidado de que estaba encadenado. Los grilletes me tomaron por sorpresa y caí mal. Él se despertó con un sobresalto.

Forcejeamos. El bote se sacudió con fuerza. Estuvimos a punto de caer al mar.

No obstante, al final, estábamos donde empezamos.

Yo en los remos.

Él con la pistola.

Ceniza cayendo del cielo.

El sol debía de estar en lo alto, pero no podía verlo. El cielo estaba oscuro y llovían cenizas. El volcán se alzaba delante de nosotros, descargando su rabia en las alturas.

Yo seguía remando. No sé cómo. Estaba atontado. Flotando en un mundo de pesadilla.

Había una embarcación. Avanzando hacia nosotros. Las velas flojas. Los remos en el agua.

Oí voces. Fantasmas en la distancia.

—¿Amigos tuyos?

Traté de ver algo a través de la niebla. El barco estaba a babor. Había personas moviéndose en cubierta. Demasiado lejos para distinguir las caras. Demasiado lejos para oír las palabras que decían sus voces.

Era demasiado tarde para las palabras.

Tuvo que sacarme del bote para descargarme en el muelle, y lo hizo gritando de rabia y de dolor durante toda la operación. Lo que le dolía tenía que ser el brazo. Se había quitado el cabestrillo y lo sostenía él mismo mientras me vigilaba. Me pareció gracioso verlo así, como un pájaro herido protegiéndose el ala.

La ceniza estaba por todas partes. Me asfixiaba la garganta y me quemaba los ojos.

Los cerré.

Él me gritó, pero en ese punto ya todo me tenía sin cuidado.

Sentí agua bajando por mi garganta. Tosí y la escupí.

—Aquí. Bebe.

Me encontraba en una silla. En una mesa. En una taberna oscura y vacía. Había un cubo y un vaso delante de mí, además de algunas galletas rancias y media rueda de queso. Pembroke estaba quitándole el moho al queso con un cuchillo.

—Come. Deprisa.

Él me dejó solo, y se llevó el cuchillo. Intenté ponerme de pie solo para sentir las cadenas golpeando contra mis pies.

Me dejé caer en la silla y bebí y comí.

Casi había acabado de comerme el queso cuando oí un gorjeo. Alcé la cabeza.

Enmarcado en la luz grisácea de la puerta abierta estaba la silueta de un hombre al que le faltaba un pedazo de la cabeza.

El hombre gorjeó de nuevo y me di cuenta de quién era.

—Mungo...

Tenía el cuerpo cubierto de ceniza húmeda. La ropa y el pelo chorreaban agua. Su gorjeo era sonoro y urgente. Estiró los brazos y me hizo señas para que me acercara.

Me puse de pie y caminé hacia él arrastrando los pies con el corazón en la garganta y las cadenas rechinando en las orejas.

Iba a mitad de camino hacia la puerta cuando se oyó un *tong* metálico, hueco, y Mungo se derrumbó en el suelo como un bulto.

Roger Pembroke estaba en el marco de la puerta y sostenía una pala como si fuera un garrote.

—¿De dónde ha salido? —dijo.

Miré el cuerpo inmóvil de mi viejo amigo esperando que no fuera real, esperando que solo lo hubiera imaginado.

Esperando que lo hubiera imaginado todo.

Sentí un palazo en el brazo, justo con la fuerza necesaria para convencerme.

—Es hora de irnos.

CAPÍTULO 36

EL RISCO ROJO

M uévete!

Estábamos a mitad de camino hacia la cresta, bañados en sudor debido al calor abrasador, luchando por abrirnos paso a través de la tupida vegetación que cubría la ladera y nos llegaba hasta la cintura. Las plantas atascadas. El ascenso estaba siendo muy lento, pues las cadenas se enredaban todo el tiempo en las ramas bajas.

Pembroke iba detrás de mí. Hacía tanto calor que se había quitado la camisa y tenía el torso espolvoreado con la ceniza gris que cubría la ladera y salpicaba el aire a nuestro alrededor.

—¡Muévete!

Había dejado de amenazarme con el látigo. No servía para nada y necesitaba mantenerme lo suficientemente fuerte para estar en condiciones de cavar cuando llegáramos arriba. Nos encontrábamos a apenas unos doscientos metros de la pared de roca rosa conocida como el Grano del Diablo. Sin embargo, bajo nuestros pies había un estruendo constate y aterrador, y de tanto en tanto el cielo se encendía cuando el volcán escupía lava derretida.

—¡Más rápido!

Sacudí el pie para liberarlo de un arbusto.

—Son las cadenas —dije—. Solo con que me las quitara... Él negó con la cabeza.

—Deja. Muévete.

—Por favor... no voy a huir. —Eso era una mentira.

—¿Quieres que te las quite? Encuentra mi tesoro.

Hubo un sonoro chisporroteo en la parte alta de la ladera, a nuestra derecha. Ambos nos volvimos en esa dirección.

Algo se estaba abriendo camino a través de la vegetación. En el borde de la ladera, las ramas de los arbustos se sacudían con violencia, lanzando nubecillas de ceniza antes de desaparecer de la vista como si hubieran sido devoradas por un animal escurridizo, invisible.

—¡Deprisa! —dijo Pembroke, empujándome hacia arriba.

Luché por avanzar a través de la vegetación manteniendo un ojo atento a la extraña conmoción que tenía lugar a nuestra derecha. Entonces logré entrever un color naranja brillante a nivel del suelo y me di cuenta de qué era lo que se estaba tragando las plantas.

Era lava. Un torrente grueso reptaba montaña abajo derritiendo todo lo que encontraba a su paso.

Después de eso Pembroke ya no tuvo que gritarme para que me moviera más rápido. Si iba a morir ahogado en lava, sería a campo abierto, donde al menos pudiera verla venir.

Diez minutos después estábamos en lo alto de la colina. Habíamos salido a un campo de esquistos cubierto de cenizas a espaldas del Grano del Diablo. De un extremo al otro del Grano había apenas unos cincuenta metros, pero cincuenta metros es mucho terreno donde cavar.

Y más lejos, montaña arriba, en dirección a la cima, podíamos ver una media docena de ríos de lava bajando lentamente hacia nosotros.

Pembroke me adelantó y, con la pala en la mano buena,

empezó a dar zancadas a lo largo del risco. A cada paso, los esquistos crujían bajo sus botas.

De repente, me sorprendí mirando fijamente la cicatriz grande y roja que tenía en la parte alta de la espalda, justo dentro del omoplato izquierdo. Los restos de ceniza que le salpicaban la piel la cubrían parcialmente, así que por un momento no estuve seguro de qué era lo que estaba viendo.

Era una *C* de unos diez centímetros, idéntica a la que había visto en la espalda de mi tío.

Hasta entonces yo no había creído en realidad nada de lo que Pembroke había dicho acerca de Healy o de mi madre. Pero ver esa cicatriz me hizo preguntarme por todo ello de nuevo. Durante un momento me quedé boquiabierto, viéndolo inspeccionar el suelo en busca de una señal que le dijera dónde debía cavar.

Entonces me di cuenta de que me estaba dando la espalda.

De inmediato empecé a inspeccionar el suelo yo también, pero en busca de una roca lo bastante grande para pegarle en la cabeza. Por desgracia, una capa de ceniza lo cubría todo, e incluso arrastrando la cadena para revolver las hojas de esquisto no conseguí hallar un trozo más grande que mi pulgar.

—¡VEN AQUÍ!

Estaba arrodillado en un punto hacia la mitad del risco.

Al empezar a caminar hacia él, un rugido atronador surgió de algún lugar en las entrañas de la tierra y toda la ladera de la montaña se sacudió con tanta fuerza que a punto estuve de irme al suelo.

Oí a Pembroke soltar un taco, sorprendido. Cuando me volví a verlo, descubrí que miraba fijamente en dirección a la cumbre.

A unos doscientos metros subiendo en línea recta por la ladera, el terreno se había rajado y un nuevo géiser de lava había brotado por la hendidura abierta y lanzado un río de lava que ahora bajaba hacia nosotros. La nueva lava, más fina y más líquida, avanzaba el doble de rápido que la que habíamos visto antes.

—¡VEN AQUÍ! —bramó una vez más al tiempo que se ponía de pie y clavaba la pala en la tierra. Para cuando llegué a su lado, había vuelto a sacar la pistola del bolso.

Con un gesto de la cabeza me señaló la pala.

—¡Cava!

Miré al suelo. Al principio no entendí por qué había elegido ese lugar precisamente. Luego, al mirar con más atención, vi una roca, más grande, más lisa y de un color diferente tanto de los esquistos negros que la rodeaban como del rosa rojizo del Grano.

Había varias piedras como esa, piedras redondas del tamaño de un puño, alisadas por el mar. Pintado en la más grande, con un tinte tan pálido que la imagen casi se había desvanecido, había un pájaro de fuego.

Las piedras eran tan grandes que tal vez podría matar a Pembroke si conseguía darle con una en la cabeza.

Y por esa razón él había vuelto a apuntarme con la pistola.

—Ni se te ocurra. ¡Cava!

Tiré de la pala para sacarla del suelo y empecé a cavar. Los esquistos sueltos cedían sin dificultad.

—¡Apresúrate...! No allí, más allá... ¡Ahí! ¡DEPRISA!

Alcé la cabeza para ver por qué su voz se había tornado tan apremiante.

Los chorros de lava se acercaban a nosotros. Una línea, delgada, veloz, ya goteaba de hecho sobre el costado del risco rojo, a apenas unos pocos metros de distancia.

Cavé más rápido aún.

La pala chocó contra algo sólido.

Era madera. Podrida y astillada.

—¡Dame eso!

Pembroke me quitó la pala, me apartó de un empujón y empezó a cavar de forma frenética, gruñendo por el dolor que eso le causaba en el brazo herido.

Vi la lava a lado y lado de donde estábamos. Por donde habíamos llegado, un río de casi un metro de ancho ya había alcanzado el risco.

No podría saltar un metro con esas cadenas en las piernas.

—¡Ayúdame a cavar! —me gritó.

—¡Dame las llaves! —le grité a mi vez.

—¡NO LAS TENGO!

Me había mentido antes. O me estaba mintiendo ahora. Pero en realidad eso no tenía ya importancia. Iba a morir si no conseguía saltar esos ríos de lava.

Miré por encima del hombro el chorro delgado que estaba justo a mi espalda. Podía salvarlo incluso con las cadenas puestas, no había problema. Pero más allá había uno más ancho, de metro y medio por lo menos, que ya empezaba a derramarse sobre el risco.

Estaba atrapado por ambos lados.

Pembroke seguía llamándome a gritos para que lo ayudara a cavar, pero no le presté atención. Nada que pudiera hacerme sería peor que lo que me ocurriría si no conseguía librarme de las cadenas.

«¿Cómo...?»

Justo delante de mí, el esquisto chisporroteaba y se evaporaba en los bordes del río de lava, que lentamente iba hundiéndose en el subsuelo a medida que devoraba la roca.

«Derrite las cadenas.»

Me senté cerca del borde del río de lava, levanté y estiré las piernas y bajé la cadena que colgaba entre ellas a la corriente naranja.

El hierro chisporroteó al contacto con la roca derretida y empezó a disolverse. El flujo de lava tiraba de mis pies con fuerza.

El calor era intenso y se hacía peor a cada segundo que pasaba.

«Solo unos segundos más...»

Entonces hubo un dolor nuevo y diferente, más arriba, alrededor de los tobillos.

Las anillas de hierro se estaban recalentando.

Subí de inmediato los pies aún más para alejarlos del calor, con lo que casi me salpiqué de lava en las piernas.

La piel de los tobillos estaba ardiendo.

La cadena se había partido en dos, pero todavía había unos cuantos centímetros de ella colgando en cada anilla y sabía que si trataba de correr con esos trozos de hierro sueltos, terminaría rompiéndome los huesos del pie.

Tenía que quemar el resto de la cadena.

Pembroke continuaba gritando maldiciones dirigidas a mí y exigiendo que le ayudara. Pero ni siquiera me volví a verle.

En lugar de ello, giré sobre la cadera para tener un mejor ángulo y luego bajé el pie izquierdo a la lava.

De inmediato, el grillete comenzó a quemarme la piel.

«Aguanta... aguanta...»

Apreté los dientes para resistir el dolor.

«¡Sí!»

La cadena del pie izquierdo había desaparecido por completo. Ahora era el turno del derecho. Giré hacia el otro lado.

Debajo de mí la montaña rugía. Pembroke no paraba de gritar. El dolor en el pie izquierdo era abrasador.

Bajé el pie derecho a la lava.

La pierna empezó a temblar. No podía controlarlo.

La retiré de la lava doblando la rodilla y la dejé descansar sobre el esquisto.

«Respira hondo. No te asustes.»

Volví a intentarlo.

El hierro empezó a chisporrotear. El dolor del grillete caliente alrededor del tobillo fue en aumento.

Di un alarido. Pero aguanté.

Un instante después había terminado y yo estaba de nuevo de pie, cojeando, saltando a la pata coja, ambos grilletes quemándome los tobillos.

«Ya se enfriarán. Es imposible que empeore.»

Oí un rugido de furia a mis espaldas.

—¡ ***** SALVAJES!

Me volví. Pembroke estaba arrodillado sobre el agujero que había cavado, a medio camino entre donde yo estaba y el río de lava de un metro de ancho que tenía que cruzar para escapar. Salté a la pata coja en esa dirección y, al acercarme, vi el tesoro.

Estaba apilado en una caja de madera del tamaño de un pequeño ataúd. Pembroke había abierto la tapa haciendo palanca con la pala y ahora escarbaba frenéticamente los montones de pequeñas conchas de mar blancas, buscando en vano algo más.

Pero no había nada más.

Las conchas eran el tesoro.

Miles y miles de ellas. Una fortuna en el dinero de los nativos.

Un siglo atrás, cuando los okalu todavía gobernaban las Nuevas Tierras, lo que hubieras podido comprar con semejante cantidad de conchas era inimaginable. Podrías haber levantado todo un ejército con ellas.

Y aún en nuestra época, había tribus de las Nuevas Tierras que todavía comerciaban con ellas. Podías comprarte una cantidad inverosímil de tortitas de maíz y mantas con semejante cantidad de conchas.

Pero no un barco. Y mucho menos un ejército. Nada de lo que quería Pembroke.

Hundió la mano en la pila, sacó un puñado de conchas y me las arrojó como si fuera un bebé enfadado.

—¡ ***** !

Entonces se volvió y estiró el brazo hacia atrás. Demasiado tarde comprendí que buscaba la pistola. Cuando se volvió en mi dirección, empecé a correr, pero tropecé y me caí de bruces con fuerza al tiempo que oía tronar la pistola.

El disparo no me dio, pero levanté tanta ceniza al caer que al abrir los ojos tenía delante toda una nube. Me costó un gran esfuerzo levantarme hasta ponerme de rodillas, los ojos abrasados por la ceniza, y lo primero que vi cuando la visión empezó a aclararse fue a Pembroke viniendo hacia mí con la pala.

Lo esquivé agachándome y rodando hacia un lado, pero al hacerlo levanté todavía más ceniza, y tuve que cerrar los ojos mientras escupía la que se me había metido en la boca. Cuando volví a abrirlos, Pembroke se alzaba ante mí, enmarcado en la explosión de fuego naranja que se elevaba al cielo desde el volcán mientras él levantaba la pala, decidido a descargarla con toda su fuerza sobre mi cráneo.

Entonces, de repente, en lugar de pegarme, estaba tambaleándose hacia un lado, gritando de dolor y sorpresa. Al verlo alejarse de mí dando vueltas, juraría que tenía un mono montado a horcajadas en la cabeza.

Me puse de pie tambaleándome, atontado y confuso, y oí un chillido y un grito y un *clac*, y entonces vi a un mono pasar volando delante de mí, despedido desde el extremo de la pala de Pembroke.

—¡CLEM!

Era Adonis, que corría a toda velocidad hacia Pembroke, pidiendo a gritos venganza para su mascota. Por desgracia, había más furia que seso detrás del ataque, y Pembroke sorprendió a mi hermano dándole un palazo en el pecho que lo tumbó al suelo en el acto.

Adonis aterrizó de espaldas y al instante estaba tosiendo, ciego en su propia nube de ceniza. Pembroke fue a por él.

Cerca de mi pie estaba una de las grandes piedras lisas que marcaban el lugar donde se encontraba enterrado el tesoro. Recogí una y la lancé contra la cabeza de Pembroke.

Fallé. La piedra le pasó justo frente a la nariz y fue a estrecharse contra el mango de la pala justo cuando estaba alzándola de nuevo.

La sacudida tomó por sorpresa a Pembroke justo el tiempo suficiente para que Adonis rodara lejos del alcance de la pala y retrocediera hasta donde yo estaba gateando en su nube de ceniza.

Me puse de pie y busqué otra piedra grande, pero lo único que tenía a mi alcance era la pistola descargada que Pembroke había abandonado, así que se la arrojé.

Fallé de nuevo.

Al tiempo que Pembroke esquivaba la pistola, por el rabillo del ojo vi un estallido naranja brillante. Un nuevo géiser había brotado de la ladera a menos de seis metros por encima de nosotros.

La lava empezó a bajar por la montaña en dirección a Pembroke, que, concentrado por completo en Adonis y en mí, no la veía venir. Sin embargo, bastaba con que diera tres pasos hacia nosotros, para quedar fuera de peligro.

Levantó la pala y dio el primer paso en nuestra dirección.

—¡HÁBLAME MÁS ACERCA DE MI MADRE! —grité.

Se detuvo.

—¿Qué?

La lava avanzaba con rapidez hacia él.

—¡QUIERO SABER MÁS COSAS!

Bufó con repugnancia y empezó a moverse de nuevo.

—Demasiado tarde...

—¿LA AMASTE?

La pregunta lo pilló desprevenido durante medio segundo, justo el tiempo suficiente para que la roca hirviente llegara hasta el pie derecho, se abriera paso a través de la bota en un instante y le hiciera perder el equilibrio y caer de lado, directamente sobre el río de lava que bajaba por la ladera.

Cerré los ojos con fuerza al oír sus gritos.

Para cuando los gritos cesaron y volví a abrir los ojos, no quedaba nada de Roger Pembroke salvo una nube de vapor.

Me volví para buscar a mi hermano. Estaba a unos pocos metros de distancia, llorando sobre el cuerpo inmóvil del mono.

—¡Cleeeeeeem!

Clem no estaba muerto, o al menos Adonis insistió en que no era así. Mi hermano apretaba al animal contra su pecho mientras ambos corríamos montaña abajo, saltando y esquivando los ríos de lava que parecían haber brotado de repente por todas partes.

Bochorno se estaba derritiendo bajo nuestros pies.

Al llegar a Puerto Rasguño nos encontramos con Mungo, que vagaba aturdido por la calle principal, apretando un trapo contra el tajo que Pembroke le había abierto en lo que le quedaba de cabeza.

Lo habría abrazado, pero no teníamos tiempo para eso.

Tomamos los remos del bote de Pembroke y los metimos en la lancha en la que Adonis y Mungo había llegado remando desde el barco en el que se encontraban cuando emprendieron mi rescate, la embarcación que Pembroke y yo habíamos pasado al entrar en el puerto.

Y entonces empezamos a remar con todo lo que teníamos.

En mi caso, «todo» no era mucho. A duras penas era capaz de levantar un remo, veía doble y tenía el cerebro en tal estado de desconcierto que en realidad no entendía qué estaba pasando ni cómo había terminado en un bote con Adonis y Mungo y un mono comatoso.

Ellos intentaron explicármelo. El barco del que saltaron para acudir en mi ayuda era un pecio remendado que los piratas de campo habían tardado casi toda una semana en poner en condiciones de navegar, después de sacarlo de la playa en la que había naufragado años atrás. No era que tuvieran otra opción precisamente: después de la erupción inicial, un estallido menor que había hecho llover humo y ceniza a lo largo y ancho de la isla, todos habían dejado la plantación y corrido a Puerto Rasguño solo para descubrir que el pueblo estaba desierto y que el *Trasgo de los Mares*, la última nave funcional en toda Bochorno, ya estaba a un kilómetro y medio del puerto.

Los piratas de campo se habían hecho a la mar tan pronto como terminaron de arreglar el barco. Iban saliendo del puerto justo en el momento en que Pembroke y yo entrábamos. Mungo me había reconocido, y exigió a los piratas de campo que volvieran para recogerme. Lo sometieron a votación y el plan de salvarme la vida había perdido por un margen de treinta y cinco a dos.

Sin embargo, Mungo los había convencido de que lo dejaran ir solo en una de las lanchas que habían subido a la cubierta en caso de que el barco terminara hundiéndose, y dado que tenían otras, a nadie se le ocurrió una buena razón para negarse.

Al parecer Adonis lo había acompañado motivado principalmente por la culpa, una emoción que hasta entonces no sabía que él fuera capaz de sentir. En un principio *Clem* se había quedado atrás, pero una vez que Mungo y Adonis echaron la lancha al agua, los piratas de campo les arrojaron el mono por la borda.

Se dirigieron de inmediato a la orilla, pero Adonis no remaba tan rápido como Mungo quería, y cuando estaban a unos cuatrocientos metros habían tenido una discusión que terminó con Mungo saltando de la lancha para hacer a nado el resto del camino. Fue por eso que apareció empapado y mucho antes que Adonis. Mi hermano, por su parte, me había visto salir del pueblo con Pembroke en dirección al Grano del Diablo mientras todavía estaba remando.

Después de amarrar la lancha en el puerto, Adonis nos siguió por el Valle de las Plantas Atascadas, lo que le resultó bastante fácil gracias al rastro que yo había dejado al subir arrastrando la pesada cadena a través de la maleza.

Era una historia ligeramente complicada, y una difícil de explicar mientras remas para salvar tu vida de un volcán a punto de estallar en una erupción apocalíptica. Razón por la cual yo seguía aún esforzándome por entender los puntos básicos cuando el volcán finalmente hizo erupción de verdad.

Adonis asegura que cuando la explosión definitiva se produjo, el cielo se ennegreció, el océano se levantó y todos gritamos muertos de miedo hasta que la ceniza que caía se hizo tan densa que ya no podíamos abrir la boca. Después de eso, estuvimos flotando, perdidos, indefensos, y tosiendo ceniza, hasta que la isla Amanecer apareció en el horizonte, sepultada bajo su propia capa de ceniza gris.

Y cuando atracamos en Villa Dichosa, la combinación de asalto pirata y erupción volcánica había convertido la rica y colorida ciudad que solíamos envidiar en una ruina desolada tan maltrecha y triste como Puerto Rasguño.

Sin embargo, yo no recuerdo nada de eso. Una vez leí en un libro que en climas fríos, cuando llega el invierno y el ambiente se torna hostil, los osos hibernan. Es como si apagaran sus cuerpos hasta que es primavera y la vida vuelve a ser más fácil.

Creo que algo similar fue lo que me pasó a mí. Había sufrido ya demasiados problemas y dificultades, y cuando la erupción tapó el sol, mi cuerpo decidió por fin que había tenido suficiente y que era hora de cerrar por un tiempo y no regresar hasta que alguien más se hubiera encargado de arreglar las cosas o, al menos, de barrer toda esa ceniza.

CAPÍTULO 37

FINALES FELICES

Desperté. Millicent estaba sentada en el borde de la cama, mirándome.

—Oh, ho... la —dijo—. ¿Cómo te sientes?

—Te quiero —dije.

Ella sonrió con su sonrisa perfecta.

—Yo también te quiero.

Ella se inclinó y me besó ligeramente en los labios. Y, a continuación, se apresuró a enderezarse.

—¿Podrías repetirlo? —pregunté.

Ella frunció el ceño.

—Llegado el momento —dijo—. Pero no hasta que te hayas lavado los dientes. Y comido algo con mucha menta. O hinojo, quizá. —Estiró la mano y me repasó el pelo de la frente—. Y te hayas dado un buen baño caliente. Estás bastante oloroso, ¿sabes? Iré a buscar a uno de los criados para que prepare el agua. No aguanto las ganas de ir a contárselo a los demás. Les encantará saber que has despertado.

—¿Cuánto tiempo he dormido?

—Una semana o más. Al principio estábamos muy preocupados. Pero después empezaste a roncar, y a hablar en sueños, y el doctor dijo que eso era una buena señal y que lo más probable era que solo estuvieras exhausto.

—¿Has estado aquí todo ese tiempo? ¿Sentada a mi lado?

—Cada minuto que estuve despierta —dijo con voz entrecortada, romántica.

—¿De verdad?

Ella sonrió y arrugó la nariz.

—No. No realmente. Asomaba la cabeza un par de veces al día. Ha sido casualidad que estuviera aquí justo ahora.

Se puso de pie.

—Date prisa con el baño, ¿sí? Todos se mueren de ganas de verte, pero, en serio, es mejor que estés menos roñoso. —Su cara se iluminó—. ¡Y, además, ya casi es hora de la comida! ¿Tienes hambre?

—Estoy famélico.

—¡Perfecto! Los verás a todos entonces. Celebraremos un banquete en tu honor. ¿A que no adivinas quién está aquí? Tu tío.

—¿De verdad?

—Sí. Llegó hace unos días. Se está quedando con nosotros —dijo. Y bajó la voz para adoptar un tono cómplice—. No te lo vas a creer... pero hay en marcha un movimiento para nombrarlo gobernador.

—¿Qué dices?

Millicent se rio.

—¡Lo sé! ¡Es una locura! Sin embargo, la isla entera está hecha un desastre, con lo del saqueo y el volcán y el cierre de la mina, y al parecer la gente piensa que la mano firme del comodoro Pantalonlargo —entornó los ojos al pronunciar el nombre— es justo lo que se necesita para enderezar las cosas.

»Por supuesto —continuó—, siempre que puedan convencerlo de que acepte el empleo. Él dice que se ha retirado. No para de hablar de cuidar su jardín. Lo que es bastante raro. En cualquier caso... —Se encaminó hacia la puerta—. Le diré a mi madre que esperemos a que estés listo para comer. Y me aseguraré de que haya pan con mermelada. Pero apresúrate, en serio... Bueno, si te apetece.

—Claro. Definitivamente.

—¡Fantástico! No me aguanto las ganas de tenerte en el campo de croquet. Nadie más da la talla. A Kira le aburre por completo. El Tripas está todo el tiempo rompiendo los mazos. Y tu hermano es pésimo. Aparte de que hace trampa.

—¿Mi hermano también está aquí?

—Por supuesto. Y tengo que decir que se está portando mejor que nunca. Aunque eso no es decir mucho, ¿no es así?

—¿Y Mungo? ¿Está bien?

Ella sonrió.

—Mungo es un encanto. Ha venido a verte dos veces. Y eso que el camino de la mina hasta aquí es largo, ya sabes.

—¿La mina? ¿Qué está haciendo allí?

—¿Tú no...? Oh, claro, ¿cómo ibas a saberlo? En realidad ha funcionado bastante bien. Verás: para reconstruir Villa Dichosa, necesitamos dinero. Para conseguir dinero, necesitamos volver a poner en marcha la mina de plata. Para poner en marcha la mina de plata, necesitamos hombres dispuestos a trabajar en ella. Y hasta el momento los únicos que están por la labor son los piratas de campo que antes trabajaban en vuestra plantación. La buena noticia para ellos es que ganan mucho más extrayendo plata que recogiendo pomelos.

—Solo asegúrate de que no se gastan la paga en ron —le advertí—. O en armas.

Ella asintió con aire pensativo.

—¿Sabes? Son este tipo de cuestiones las que me hacen pensar que tu tío realmente es el hombre más adecuado para dirigir las cosas durante un tiempo. Muy bien —dijo, y para señalar que había terminado dio una palmada con las manos—. ¿Alguna pregunta más? ¿O puedo ir ya a organizar lo de tu baño?

Pensé un momento.

—Solo una: ¿se recuperó el mono?

—¿Te refieres a *Clem*? —Millicent suspiró—. Sí. Pero no

sé si va a durar mucho por aquí. Mi madre ha llegado al límite de su paciencia con él: es extremadamente desagradable y se hace caca encima de absolutamente todo.

La comida fue maravillosa. Al igual que el resto del día. Y el día siguiente. Y la semana siguiente. Y el mes siguiente.

Durante no sé cuánto tiempo la vida fue perfecta.

Bueno, no exactamente perfecta. Todavía había cenizas del volcán por todas partes. Incluso semanas después de la erupción, seguía encontrándome restos de ceniza en las orejas, cada vez que me bañaba, y en el pañuelo, cada vez que me sonaba la nariz, lo que hacía con frecuencia, pues las partículas de ceniza que aún había en el aire me hacían estornudar sin parar.

Aun después de que los peores estropicios habían sido arreglados, Villa Dichosa, con sus fuertes en ruinas y edificios calcinados, continuaba pareciendo una cara a la que le faltaban la mitad de los dientes. Las ropas elegantes y los muebles finos tardaron en regresar a las tiendas y los ricachones que solían pavonearse por el Paseo Celestial parecían haber perdido en gran medida las ganas de fanfarronear.

Para mi sorpresa, mi tío terminó aceptando el cargo de gobernador. La idea de abandonar su retiro no parecía entusiasmarle, y juró que renunciaría tan pronto como Amanecer estuviera en condiciones de arreglárselas por sí misma. Pero entretanto, él era exactamente lo que la isla necesitaba. Ahora que los trabajadores de la mina eran verdaderos asalariados y muchos menos que antes (por no mencionar el hecho de que los piratas de campo no eran en absoluto el ideal de empleados fiables de ninguna empresa) el dinero no llegaba a la ciudad tan fácilmente como en la época de Pembroke. Y la mayor parte de él estaba destinado con antelación a costear la reparación del estropicio, de modo que no quedaba mucho para que alguien se enriqueciera.

Eso enfureció de forma irracional a unas cuantas personas

que antes eran muy ricas, y las riñas habrían sido interminables si mi tío no hubiera estado ahí para recordarles, de cuando en cuando, con su voz calmada pero aterradora, que si no hacían un esfuerzo por llevarse bien y ser menos codiciosas, tendrían que rendirle cuentas a él.

El suyo era un trabajo aburrido, y en gran medida poco agradecido, en especial si se lo compara con capitanear un barco pirata. No obstante, a él parecía gustarle o, al menos, entretenerle. Por la noche, cuando regresaba a la Mansión de las Nubes, le contaba a la señora Pembroke anécdotas acerca de los lugareños más ridículos, que los hacían reír a ambos hasta que las caras se les ponían coloradas.

Por lo que podía ver los dos parecían disfrutar mucho de la compañía del otro.

Eso era definitivamente cierto en el caso del resto de nosotros. El Tripas, Kira, Millicent y yo pasábamos los días durmiendo hasta tarde, comiendo bien, jugando al croquet y explorando la isla.

En una de nuestras primeras excursiones, subimos a la cumbre del monte Majestad y terminamos tropezando con el único trozo de tierra en centenares de kilómetros a la redonda que no se había visto afectado por la erupción. Era un prado justo por encima del límite forestal, a la sombra de una pared de roca casi vertical en la cara este de la montaña, exactamente al lado opuesto de Bochorno, con lo que de algún modo se había librado de la lluvia de ceniza. Más de dos hectáreas de un verde exuberante, cubiertas por completo de flores silvestres.

Y lo que era todavía mejor, nosotros éramos los únicos que sabíamos de su existencia, con excepción de una mula de apariencia satisfecha a la que encontramos mascando flores. El animal parecía tan sorprendido de vernos como nosotros a él.

—¡*Tortazo*! —gritó Millicent—. ¡No te atrevas a comerte todas esas flores!

No hubiera podido ni queriendo. Sencillamente había demasiadas. Nos turnamos para rascarle el morro y, al final del día, nos siguió a casa y terminó haciéndose un lugar entre los animales de la Mansión de las Nubes.

A partir de entonces la llevábamos con nosotros cada vez que íbamos al prado, lo que hacíamos con frecuencia. Una vez allí tomábamos la merienda y luego nos echábamos sobre la hierba y veíamos las nubes pasar mientras oíamos al Tripas tocar la guitarra. Me resultaba imposible imaginarme un lugar en la tierra más feliz y apacible que ese prado.

Era tan perfecto que incluso era agradable cuando Adonis nos acompañaba.

Al principio, él permanecía cerca de nosotros la mayor parte del tiempo. Los cuatro hicimos un gran esfuerzo para ser amables con él, y él hizo lo posible para no comportarse como un abusón o un zoquete. Pero siempre era una lucha. Y por lo general le acompañaba *Clem*, que no se llevaba bien con nadie. Finalmente, la paciencia de la señora Pembroke con el mono se agotó y, con discreción pero con firmeza, desterró a *Clem* a un anexo de la propiedad que no estaba siendo utilizado. Después de ello, Adonis terminó pasando una buena parte de su tiempo allí y el resto trabajando para mi tío.

El tío Billy (que fue el modo de llamarle que Adonis y yo adoptamos, pues el nombre Quemadura Healy había pasado a ser impronunciable por temor a asustar a los lugareños, y llamarlo «comodoro Pantalonlargo» nos parecía tonto) advirtió pronto que Adonis no estaba precisamente encajando, así que empezó a encargarle pequeños trabajos aquí y allá, llevar mensajes a la mina, acarrear suministros en la ciudad, esa clase de cosas, y mi hermano realmente le cogió el gusto.

El trabajo era remunerado, lo que obviamente le agradaba, pero creo que Adonis lo disfrutaba por algo que iba mucho más allá de eso. Le gustaba la palmada en la espalda que mi tío solía darle después de un trabajo bien hecho. Eso, sin duda, contribuyó a mejorar su actitud: después de un par de semanas trabajando con nuestro tío, dejó de tener que esforzarse tanto para no actuar como un gamberro.

La transformación de Adonis fue una sorpresa, aunque ni de lejos tan grande como la que nos aguardaba una tarde en la Mansión de las Nubes al regresar de uno de nuestros paseos. Allí nos esperaban el señor Dalrymple y Makaro, recién desembarcados de Villa Edgardo. Venían escoltando a una adolescente ligeramente sobrealimentada, tan hosca y callada que tardé un momento en reconocer que era mi hermana Venus.

Makaro había regresado a las Nuevas Tierras (se emocionó un poco contándonos el reencuentro del que había sido testigo cuando los doscientos esclavos que habíamos liberado consiguieron finalmente regresar a los Dientes del Gato junto a los demás okalu) y estaba instalándose de nuevo en la vida de la tribu cuando tuvo noticias de una incursión moku en los límites del territorio okalu.

La incursión resultó ser una bastante curiosa. Los moku no habían disparado un solo tiro y se habían retirado después de depositar a mi hermana, atada y amordazada, en la base de un puesto de vigilancia okalu. El vigía que la encontró informó de que, antes de huir, los moku habían proclamado que mi hermana era la Princesa del Alba y que los okalu debían obedecer todas sus órdenes.

Los okalu se mostraron escépticos desde el principio y su escepticismo creció todavía más cuando le quitaron la mordaza a Venus y ella comenzó a ladrarles órdenes en roviano, un idioma que solo Makaro entendía, y a duras penas.

Con bastante rapidez, los okalu concluyeron que lo ocurrido era una especie de treta de los moku para socavar la moral de la tribu, y tras debatirlo, decidieron mandar a Venus a Villa Edgardo, con Makaro como escolta. Desde allí ella había conseguido abrirse camino hasta nosotros.

Venus, como era de esperar, no estaba en absoluto contenta con la situación. La conmoción de pasar de ser solo Venus a ser la todopoderosa Princesa del Alba para, finalmente, volver a ser otra vez solo Venus debió de ser tremenda.

Todos procuramos ser amables con ella, pero fue un verdadero reto, pues mi hermana era tan desagradable como el mono *Clem*. No obstante, tenía la ventaja de que no se hacía caca encima de las cosas, de modo que la señora Pembroke mostró una paciencia infinita con ella y se esforzó de forma inimaginable para hacer de Venus una persona tolerable en las distancias cortas. Al final, mi hermana terminaría pasando la mayor parte del tiempo en casa de los Wallis, pues a los tres niños de la familia no les molestaba dejarla jugar a ser su reina siempre que al final del día pudieran jugar a sacrificarla, lo que desde el punto de vista de Venus era, supongo, un buen trato.

También volvimos a ver a Cyril, aunque solo una vez y de lejos. Estaba haciendo compras con su madre en el Paseo Celestial. Lo saludamos con la mano, pero él fingió que no nos veía, y cuando llegamos a la tienda en la que se había escabullido, la encontramos misteriosamente vacía. No obstante, mi tío Billy tenía negocios con el padre de Cyril, y un día, al regresar a casa, nos contó que los Whitmore habían encontrado un nuevo internado en Rovia y que Cyril estaba de camino allí para estudiar filosofía política.

Lo cierto es que sentí un poco de pena por él. No tenía necesidad de evitarnos: nosotros nunca hablábamos de todo lo que nos había ocurrido en el pasado, ni siquiera entre los cuatro. Por mi parte, solo en una ocasión sentí la necesidad de volver sobre ello, un día que estaba a solas con mi tío en el porche trasero de la Mansión de las Nubes. Atardecía y ambos estábamos viendo una espectacular puesta de sol sobre el monte Majestad.

—¿Mi madre...? —empecé. Y me detuve. No estaba seguro de cómo plantear la pregunta.

Él sonrió con expresión de cariño.

—Adelante —dijo.

—¿Ella... y Reggie Pingry...?

No tuve que decir nada más. Él sabía qué era lo que le estaba preguntando.

—Estaban comprometidos —dijo en voz baja—. Y quizá resulte difícil de creer, pero en ese momento nada en el mundo me habría gustado más que verlos casados. Él era como un hermano para mí. —Me miró a la cara para comprobar mi reacción. Yo me volví y me concentré en el atardecer—. El problema con Reggie... —Su voz se apagó. Pero un momento después empezó de nuevo—. La primera vez que viste a Roger Pembroke, ¿qué pensaste de él? —me preguntó.

Recordé esa primera vez en la hostería El Pavo Real... y al hombre encantador que rescató a mi andrajosa familia de una multitud de ricachones desdeñosos y nos invitó a la comida más generosa que yo había visto en la vida.

—Pensé que era apuesto y listo y amable —dije—. Y que si él fuera un general, y yo un soldado, saltaría de un precipicio con él sin pensármelo dos veces.

Mi tío asintió.

—Así era como la mayoría de las personas se sentían al conocerle. Y algunas de ellas no se daban cuenta de la verdad hasta que ya habían saltado del precipicio.

La puerta de la casa se abrió y apareció la señora Pembroke.

—La cena está lista, caballeros —dijo con una sonrisa.

Mi tío le devolvió la sonrisa y se puso de pie. Luego bajó la cabeza para mirarme a mí.

—Podemos seguir hablando de esto...

—Está bien así —dije, poniéndome de pie yo también—. Vamos a comer.

Tras un mes de vida perfecta y despreocupada, la señora Pembroke empezó a proponer con delicadeza que tomáramos clases con los antiguos tutores de Millicent. Y cuando vio que no le hacíamos mucho caso, siguió proponiéndolo pero con menos delicadeza.

Luego reclutó a mi tío, que se puso de su lado, y el juego terminó. A partir del día siguiente, las lecciones comenzaban sin demora a las ocho y continuaban hasta las tres. Millicent y yo las tomábamos sin quejarnos mucho. A Kira también se le daba bien. Su ortografía era atroz, pero por lo demás era una estudiante aplicada.

Los otros variaban en el grado de desastre. Venus mordió al profesor de matemáticas y llegado el momento acabó confinada en el comedor con la señora Pembroke de forma indefinida. El Tripas era todavía peor. En su caso, los tutores intentaron instituir una especie de castigo denominado «tiempo muerto», pero dado que este implicaba sentarse y permanecer quieto, fue un fracaso absoluto. Yo hice cuanto pude para ayudarlo a estudiar, pero ni siquiera yo pude convencerlo de que tenía algún sentido aprender a leer, mucho menos a sumar y restar.

Adonis duró exactamente una semana antes de decidir, después de una larga conversación con mi tío, que era tiempo de hacerse a la mar. El *Tordo*, el barco que solía transportar los pomelos de mi padre y en el que el Tripas y yo habíamos viajado a Pella Nonna, estaba en el puerto de Villa Dichosa, camino de las Ladrador, y mi tío hizo los arreglos necesarios para que mi hermano se uniera a la tripulación como aprendiz de marinero.

En otra época yo habría apostado a que la tripulación le arrojaría por la borda apenas hubieran dejado de ver el puerto. Pero para entonces los efectos positivos de la influencia de mi tío sobre Adonis eran bastante sólidos y supuse que le iría bien.

Clem era otra historia. El mono acompañaría a Adonis en su travesía, pero yo tenía serias dudas de que siguiera a bordo cuando llegaran a las Ladrador.

Adonis seguía sin ser precisamente mi persona preferida en la tierra, pero había empezado a caerme bien. De modo que cuando lo despedí en el muelle, se me formó un nudo en la garganta. A juzgar por la ronquera con la que me dijo adiós, había otro nudo en la suya.

Él fue el primero de nosotros en marcharse, pero al poco tiempo me di cuenta de que no sería el último. Dos días después, el Tripas salió hecho una furia de una clase de matemáticas dejando tras de sí un reguero de tacos.

Fui tras él para intentar calmarle. Lo encontré fuera de la casa, cerca de la puerta principal, golpeando con un palo una de las grandes columnas que había en la fachada de la Mansión de las Nubes.

—¿Estás bien?

—Estoy ***** del *pudda* estudio —espetó.

—Bueno, te entiendo. Pero no tienes que pegarle a la columna con el palo.

—¿Prefieres que le pegue al *porsamora* tutor?

—No... Mejor sigue con la columna.

Dio unos cuantos golpes más y finalmente bajó el palo.

La cara se le crispaba. Eso ya no solía pasarle.

—Si tanto detestas las clases —dije—, ¿por qué no haces otra cosa? Apuesto a que mi tío te dejaría trabajar con él.

El Tripas negó con la cabeza y volvió a retorcerse.

—No... De todas formas, tengo que marcharme.

Dijo eso en voz baja, pero las palabras aterrizaron en mí como un puño en el estómago.

—¿Marcharte adónde?

—Primero a Pella. A tocar la guitarra y ganar algún dinero. Luego al sur. A las Ladrador y así.

—¿Qué hay allí?

—La familia —dijo.

—¿Tienes familia? —El par de ocasiones en que yo había tratado de preguntarle al respecto, él había estado a punto de pegarme un puñetazo.

—No lo sé —dijo con una de sus muecas—. Tengo que averiguarlo.

—Bueno, tómate un tiempo para pensarlo...

—Ya he pensado bastante. Desde la última vez que fui. Tengo que ver si puedo encontrarlos.

—Pero... —dije con un nudo en la garganta. Uno mucho peor que el que tuve con Adonis.

—¿Pero qué?

—Nosotros somos tu familia, ¿no? Yo y Kira y Millicent...

—¡Por supuesto! Pero... no es lo mismo —dijo, antes de soltar una maldición entre dientes y limpiarse los ojos con el dorso de la mano buena—. Es solo por saber. Tengo que hacerlo. De una forma u otra.

—¿Vas a buscarlos solo?

Negó con la cabeza.

—Kira vendrá conmigo. —Por debajo de su desgreñado flequillo los ojos se asomaron para buscar los míos—. Ven tú también, si quieres.

Yo quería irme con ellos. Pero la sola idea de dejar a mi tío, por no hablar de a Millicent, me superaba.

El Tripas y yo estuvimos hablándolo durante un rato y, al final, él aceptó aplazar su viaje al menos un par de días para darme tiempo de resolver qué era lo que yo haría.

Inicialmente no le dije nada a Millicent. Pero de inmediato ella adivinó que algo iba mal, y esa tarde, cuando fuimos al prado en la montaña, me preguntó por ello.

—¿Qué te pasa?

—Nada.

—¿Entonces por qué pareces tan triste?

Entonces se lo conté. El Tripas y Kira estaban algo más abajo de donde nos encontrábamos, jugando con *Tortazo* a buscar el palo. Para ser una mula, se había vuelto bastante buena. En la Mansión en las Nubes solía pasar mucho tiempo con los perros y creo que quizás había empezado a pensar que era uno de ellos.

Los vimos correr por el prado, riéndose y gritando.

—¿Cómo podríamos hacer que se queden? —le pregunté.

—No podemos —dijo Millicent.

—¿No quieres que se queden?

—Por supuesto que quiero que se queden. Pero tarde o temprano todos tendremos que irnos.

—Tú y yo no —dije.

Una sombra cruzó su cara. Mi estómago se agitó un poco.

—¿Qué pasa? —le pregunté—. ¿Dímelo?

—Iré a Winthrop. El próximo semestre.

La expresión de mi cara debió de alarmarla, porque se apresuró a reconfortarme poniéndome una mano en el pecho.

—Deberías venir conmigo.

No sabía si llorar o gritar.

—¡Millicent! ¡Es una escuela para chicas! ¡Al otro lado del océano!

—Hay una escuela masculina cerca. Se llama Kirkland o algo así. Podrías hablar con tu tío. Estoy segura de que él podría conseguir que te admitieran.

—¡Pero yo no quiero ir a un internado masculino en Rovia!

—Pues bien, entonces: ¿qué es lo que sí quieres hacer? —me preguntó.

Pensé un momento en ello.

—Yo solo quisiera que todo fuera como es ahora —dije—. Para siempre.

Ella sonrió. No era su sonrisa habitual, sino una más melancólica, con la tristeza colándose a hurtadillas por las comisuras de los labios.

—Eso es lo único que no puedes tener —dijo—. Nada permanece igual por mucho tiempo. Al final todo cambia.

La miré a los ojos.

—¿Todo?

La tristeza abandonó su sonrisa durante un momento.

—No todo —dijo ella.

Entonces me dio un beso, solo para asegurarse de que yo lo había entendido.

Durante un buen tiempo después de eso ninguno de los dos dijo nada. Millicent descansó la cabeza dorada sobre mi pecho y yo vi a mis mejores amigos jugar en el prado mientras intentaba resolver cómo mantenernos unidos.

Millicent en Rovia... El Tripas y Kira en el sur... Mi tío en Amanecer... El futuro se me presentaba como un problema de matemáticas que no podía resolver.

Nunca fui bueno para las mates.

—¿Qué voy a hacer? —dije finalmente.

Millicent se encogió de hombros.

—No pienses en ello —me dijo—. Tenemos el presente. Disfrutémoslo.

Y eso fue lo que hicimos.

ÍNDICE